»Einer der herzergreifendsten Romane, die ich dieses Jahr gelesen habe ... Es ist unmöglich, sich nicht in die Familie Hope zu verlieben.« *Irish Independent*

Seit dem Tod seiner Frau ist Tom Hope nicht mehr derselbe. Er schafft es weder, sich um seine Mädchen Evie (13) und Lola (8), noch um sich selbst oder den täglich chaotischer werdenden Familienalltag zu kümmern. Zum Glück gibt es Linda, Toms Schwiegermutter, die einspringt und die Fäden zusammenhält. Doch die Mädchen brauchen ihren Vater, und so trifft Linda eine radikale Entscheidung: Sie fährt nach Australien, Rückkehr ungewiss. Und während sie dort selbst mit der Frage konfrontiert wird, wie ihre Zukunft aussehen soll, bleibt Tom – plötzlich allein auf sich gestellt – nichts anderes übrig, als sich seiner Trauer zu stellen und die Verantwortung für seine Familie zu übernehmen. Und so stürzen sich Tom, Evie und Lola gemeinsam ins Abenteuer zu dritt – Stolperfallen und emotionale Achterbahnfahrten inklusive.

Mike Gayle, 1970 in Birmingham geboren und aufgewachsen, studierte an der Universität Salford Soziologie und schrieb als Journalist u. a. für *Sunday Times Style* und *Cosmopolitan*. Der Autor lebt – nach Abstechern in Manchester und London – mit seiner Familie und einem Kaninchen in Birmingham.
www.mikegayle.co.uk

insel taschenbuch 4616

Mike Gayle

Nur zusammen ist man nicht allein

Mike Gayle

NUR ZUSAMMEN IST MAN NICHT ALLEIN

Roman

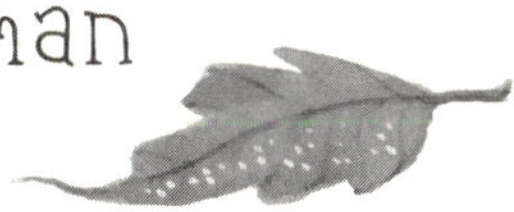

Aus dem Englischen
von Katja Bendels

INSEL VERLAG

Die Originalausgabe erschien 2016 unter dem Titel
The Hope Family Calendar bei Hodder & Stoughton, London,
an Hachette UK company

Erste Auflage 2017
insel taschenbuch 4616
Deutsche Erstausgabe

Vertrieb durch den Suhrkamp Taschenbuch Verlag
Umschlagfoto: FinePic®, München
Umschlaggestaltung: zeromedia.net, München
Satz: Satz-Offizin Hümmer GmbH, Waldbüttelbrunn
Druck: CPI – Ebner & Spiegel, Ulm
Printed in Germany
ISBN 978-3-458-36316-3

Für meine Mädchen.
Danke, dass ihr so seid, wie ihr seid.

Erster Teil

»Wer seine Trauer verbirgt,
wird keine Linderung erfahren.«
Türkisches Sprichwort

1
Ich würde ja gern mehr Zeit mit euch verbringen

Tom

Es war schon spät, als ich von der Arbeit nach Hause kam.

»Zu Hause«, das ist ein Haus mit vier Schlafzimmern in Reigate, Surrey. Laura hat es damals aufgetan. Ich glaube, es war noch gar nicht offiziell auf dem Markt, als sie mich mitgenommen hat, um es uns anzusehen. Die Vorbesitzerin hatte ihr ganzes Leben in diesem Haus verbracht und war, wie man uns sagte, friedlich im Schlaf verstorben. Sie hatte kein Testament hinterlassen, und so war eine dieser Erbenermittlungs-Firmen auf den Plan getreten, die für eine angemessene Provision eine Buchhalterin mittleren Alters in Llanelli darüber informierte, dass sie gerade von ihrer Großtante, die sie bis dato nicht gekannt hatte, ein Haus geerbt hat. Und da die Dame keinerlei Neigung verspürte, in einen Vorort von London zu ziehen, beauftragte sie einen Makler auf der High Street damit, das Haus für sie zu verkaufen. Der hatte den Hörer noch gar nicht ganz aufgelegt, als Laura bei ihm hineinmarschiert kam, hochschwanger und fest entschlossen, nie wieder Miete zu zahlen. Noch am selben Abend sahen wir uns das Haus an, und Laura war sofort über beide Ohren verliebt. Am nächsten Morgen überredete sie mich, ein Angebot über den gesamten geforderten Preis abzugeben, auch wenn das Haus von oben bis unten renoviert werden musste. Es war ein ziemliches Glücksspiel, aber es hatte sich ausgezahlt, denn nun wohnten wir in einem Haus, das wir uns später, nachdem die Immobilienpreise in die Höhe geschossen waren, im Traum nicht mehr hätten leisten können. Aber das war typisch Laura: Alles, was sie anfasste, wurde zu Gold.

Jedenfalls: Ich war gerade von der Arbeit nach Hause gekommen – oder genauer gesagt von einem Dinner mit ein paar Agenten, die den ganzen Abend lang ihre Künstler in den höchsten Tönen gepriesen hatten, damit ich sie in einer meiner Shows auftreten ließ. Ich bin Fernsehproduzent, hauptsächlich im Entertainment-Bereich, also für die Sendungen, die die Leute samstagabends so sehen wollen. Ein Artikel im *Broadcast Magazine* hatte mir sogar einmal den Namen »Mr Saturday Night« verpasst.

Im Haus war es ruhig, und das hatte ich zu dieser Uhrzeit auch nicht anders erwartet. Wenn man es den Kindern überlassen würde, zu entscheiden, wann sie ins Bett gingen, würden sie Zirkus machen, bis ihnen die Augen aus dem Kopf fielen, aber zum Glück hatten sie Linda. Und Linda hatte sie. Ein perfektes Arrangement für alle Beteiligten. Und das Beste an Linda war: Sie ging in der Regel früh schlafen. Wenn sie es verhindern konnte, war sie selten nach zehn im Bett, was bedeutete, dass ich, wenn ich es richtig abpasste – also an den meisten Abenden –, das Erdgeschoss für mich allein hatte. Heute allerdings nicht. Ich stand gerade in der Küche, die Weinflasche in der einen, ein leeres Glas in der anderen Hand, als meine Schwiegermutter in ihrem flauschigen blauen Pünktchenbademantel im Türrahmen erschien.

»Guter Tag?«

»Langer Tag.« Ich seufzte und stellte die Flasche und das leere Glas zurück auf den Küchentresen. »Kannst du nicht schlafen?«

»Ehrlich gesagt, habe ich auf dich gewartet. Hast du einen Augenblick Zeit? Es gibt etwas, über das ich dringend mit dir sprechen muss, und … nun, du scheinst meine Nachrichten nicht bekommen zu haben.«

Mir sank das Herz. Alles, woran ich während der gesamten Taxifahrt nach Hause hatte denken können, war die folgende Stunde meines Lebens: Wie ich mir ein großes Glas Wein einschenken, ein wenig Musik auflegen und mich im Halbdunkel auf dem Küchensofa ausstrecken würde, um an möglichst gar nichts zu denken. Aber dank Linda würde es dazu nun nicht kommen.

Wir setzten uns aufs Sofa, auf dem ich, wie gesagt, eigentlich mein Glas Wein hatte genießen wollen. Ich sah Linda an. Kennen Sie diesen Moment, wenn Sie jemanden ansehen und Ihnen klar wird, dass dieser jemand überhaupt nicht so aussieht, wie Sie ihn sich vorstellen? In meinem Kopf war ein Bild von Linda als junggebliebener Sechsundsechzigjährigen. Klar, sie hatte graue Haare und ein paar Fältchen im Gesicht, aber was sie eigentlich auszeichnete, war ein stetes Funkeln in den Augen und ein gewisser Schwung in ihren Schritten. Und dazu ein wundervoll lautes Lachen. Die Frau allerdings, die gerade neben mir saß, sah aus, als wollte sie für die Rolle einer alten Dame in einer Comedy-Sendung vorsprechen. Noch nicht ganz Halbmondbrille und Gehstock, aber allzu weit davon entfernt war sie auch nicht. Sie wirkte alt. Ernsthaft alt. Alt in dem Sinne, dass man, würde sie jetzt sterben, sagen würde: Sie hat ihr Leben wirklich gelebt. Dabei ist sechsundsechzig heutzutage doch wirklich kein Alter. Oder sollte es zumindest nicht sein. Ich fragte mich, ob sie in letzter Zeit vielleicht auch nicht besonders gut schlief. Ein paar schlaflose Nächte können hier und da schnell ein paar Jahre dazuaddieren. Ich überlegte kurz, ob ich ihr ein paar von den Schlaftabletten anbieten sollte, die ich von meiner letzten Dienstreise aus den USA mitgebracht hatte, aber sie wartete eindeutig darauf, dass ich sie fragte, worüber sie mit mir reden wollte, und so tat ich ihr den Gefallen – auch wenn es mich einige Überwindung kostete.

»Es geht um übernächstes Wochenende.« Sie blickte mir forschend in die Augen, um zu sehen, ob mir die Bedeutung dieses Datums bewusst war. Als glaubte sie tatsächlich, dass ich so etwas vergessen könnte. »Die Mädchen und ich haben darüber gesprochen, was sie gerne machen möchten, und sie haben gesagt, sie würden gerne nach Southwold fahren. Und ... nun ja, ich finde, das ist eine großartige Idee. Du weißt, wie sehr Laura Southwold geliebt hat.«

Linda hatte recht. Laura hatte Southwold wirklich geliebt. Es war ihr Zufluchtsort gewesen, wann immer sie eine Auszeit aus dem Alltag gebraucht hatte, auch schon vor der Geburt der Mädchen. Sie hatte oft davon gesprochen, später einmal dort hinzuziehen, wenn wir nicht mehr arbeiten müssten, und mit unseren Enkelkindern am Strand spazieren zu gehen. Southwold und Laura gehörten zusammen, und es war der beste Ort, um sich an sie zu erinnern. Ich war voll und ganz einverstanden.

»Das ist eine schöne Idee. Du solltest unbedingt mit den Mädchen hinfahren. Gönnt euch was richtig Schönes, sie haben es verdient.«

»Was ist mit dir?«

»Mit mir? Ich würde gern mitkommen, Linda, wirklich, aber im Büro brennt im Moment die Luft – wir haben zwei Sendungen in Produktion und mehr in der Entwicklung, als wir eigentlich bewältigen können. Ich kann jetzt unmöglich freinehmen. Du weißt selbst, wie wenig ich in der letzten Zeit am Wochenende zu Hause war.«

»Ja, das habe ich allerdings bemerkt«, sagte Linda spitz. »Man könnte fast denken, du wohnst im Büro, so viel Zeit, wie du da verbringst. Musst du wirklich so viel arbeiten? Die Mädchen vermissen dich. Sehr.«

»Und ich sie«, antwortete ich. »Sobald es etwas ruhiger wird, machen wir alle zusammen Ferien, du, die Kinder und ich, irgendwas Besonderes. Ich sehe es schon vor mir: Die Mädchen toben im Pool, während du dich im Bikini in der Sonne rekelst und einen Cocktail schlürfst.«

Noch vor ein paar Jahren hätte sie jetzt ihr Lachen hören lassen und eine entsprechende Antwort gegeben, aber heute kommt gar nichts. Null. Tatsächlich scheint sie ernsthaft wütend zu sein.

»Du denkst, das ist alles nur ein Witz, oder?«

»Ganz im Gegenteil.«

»Die Mädchen brauchen dich, Tom. Sie brauchen ihren Vater, und im Moment bist du einfach nie da.«

»Ich habe dir doch gesagt, Linda, ich muss arbeiten. Ich würde ja gern mehr Zeit mit euch verbringen, aber ich kann nicht.«

Sie schüttelte den Kopf. »Ich habe befürchtet, dass du das sagen würdest – weswegen ich die Dinge selbst in die Hand genommen habe.«

Sie starrte mich mit stählernem Trotz an. Das hier war kein Bluff. Sie hatte etwas Hinterhältiges getan, und ich hatte es nicht kommen sehen.

»Wovon redest du?« In meiner Stimme schwang eine Spur Anspannung mit.

»Du hast mir keine andere Wahl gelassen.«

»Was hast du gemacht?« Die Panik in meiner Stimme wurde deutlicher.

»Ich habe heute Morgen deinen Chef angerufen und ihn gebeten, dir das Wochenende freizugeben.«

Jetzt fiel auch der letzte Rest Selbstbeherrschung von mir ab. »Du hast *was*?«

»Du hast gerade selbst gesagt, dass du mitkommen würdest, wenn du nicht arbeiten müsstest. Nun, dein Chef meint, dass du das Wochenende freinehmen kannst. Er hat gesagt, es wäre überhaupt kein Problem und er wäre sogar froh darüber.«

Ich war so wütend, so außer mir, dass ich aufsprang, und die ebenso wütende Linda tat es mir gleich. Mit zornig geschwellter Brust standen wir uns gegenüber: meine eins dreiundachtzig gegen ihre eins fünfundsechzig, wie zwei ungleiche Boxer.

»Du hattest kein Recht, so etwas zu tun!«

»Und du hast kein Recht, dich wie ein egoistischer Mistkerl aufzuführen! Die Mädchen brauchen dieses Wochenende, Tom. Und sie brauchen dich, wenn sie sich an ihre Mutter erinnern. Es sind *deine Töchter*, um die ich mir Sorgen mache. Und wenn ich hinter deinem Rücken mit deinem Chef sprechen muss, um sicherzustellen, dass du mit ihnen nach Southwold fährst, dann tue ich das verdammt noch mal, ohne mich dafür zu entschuldigen! Ich bin die einzige Großmutter, die diese beiden Mädchen haben, und du kannst mir glauben, dass es auf dieser Welt nichts gibt, was ich nicht für sie tun würde.«

Linda

Tom sprach die ganze Woche kein Wort mit mir. Seine Taktik hätte allerdings mehr Effekt gehabt, wenn wir – wie sonst üblich – abends beim Essen alle an einem Tisch gesessen und uns unterhalten hätten. Aber in letzter Zeit redeten wir ohnehin kaum noch miteinander. Im Lauf des Jahres, das ich nun bei ihm und den Mädchen wohnte, hatte sich mein Verhältnis zu ihm in eine beunruhigende Mischung aus Haushälterin, Kinderfrau und platonischem Ehefrau-Ersatz verwandelt. Ich hielt das Haus in Ordnung, wusch und bügelte die Wäsche und kümmerte mich um seine Kinder, und im Gegenzug gab er mir ein eigenes Zimmer und mehr Haushaltsgeld, als ich ausgeben konnte. Wir waren keine Freunde mehr, zumindest nicht in der Form, wie wir es einmal gewesen waren. Wir waren einfach zwei Menschen, die in einem unendlich tiefen Ozean Seite an Seite auf der Stelle schwammen, viele, viele Meilen vom Strand entfernt und ohne Hoffnung auf Rettung. Und wir wurden mit jedem Tag müder.

Wie anders war es gewesen, als wir uns zum ersten Mal begegneten, im Sommer 1997. Laura war damals mitten in ihrem Fotografie-Studium in London. Ich hatte mich frisch von Tony getrennt, nach gerade einmal neun Monaten, nachdem ich herausgefunden hatte, dass seine Beziehung zu seiner Ex-Frau nicht annähernd so beendet war, wie er mich hatte glauben lassen. Laura hatte mich übers Wochenende zu sich nach London eingeladen, und um nicht allein zu Hause sitzen zu müssen und Tony nachzutrauern, nahm ich ihre Einladung an und machte mich am Freitag gleich nach der Arbeit auf den Weg.

Am nächsten Morgen gingen Laura und ich auf der Oxford Street shoppen, und beim Mittagessen in einem hübschen kleinen Café auf der Monmouth Street erzählte sie mir von dem neuen Mann in ihrem Leben: Tom Hope. Tom war fünfundzwanzig und kam ursprünglich aus Reading, lebte aber seit vier Jahren in London, wo er als Researcher für eine Produktionsfirma arbeitete. Laura schwärmte davon, wie groß und gutaussehend er war, und dass er der netteste Mann sei, den sie jemals getroffen habe. Wie es sich für eine besorgte Mutter gehört, fragte ich sie nach Toms Eltern und hoffte inständig, sie mochten besser sein als die letzten – ein Hippiepärchen, das mir ganz selbstverständlich einen Joint anbot, gerade einmal fünf Minuten nachdem wir uns vorgestellt hatten. Laura erzählte mir, dass Toms Mutter mit einem anderen Mann durchgebrannt war, als Tom noch ganz klein war, und dass sein Vater vor zwei Jahren nach langem Kampf gegen Lungenkrebs gestorben war. Obwohl ich wusste, dass er ein erwachsener Mann war und sich ohne Zweifel mit seiner Situation arrangiert hatte, kam ich nicht umhin, Mitleid mit dem armen Kerl zu empfinden. Selbst erwachsene Kinder brauchten ihre Eltern. Und das galt auch für junge, unabhängige Männer wie Tom.

Nach dem Essen fuhren wir zurück zu Lauras Wohnung in Hammersmith und trafen ihre Mitbewohnerinnen. Der deutliche Altersunterschied zwischen mir und den Mädchen hielt uns nicht davon ab, uns bei ein paar Flaschen Wein über Männer und ähnliche Dinge auszulassen. Jedes der Mädchen gab ihren Senf zu meiner Erfahrung mit Tony dazu, und nach ein paar Gläsern begannen wir Pläne zu schmieden, wie ich mich an ihm rächen könnte. Und wenn man vom Teufel spricht – genau in diesem Moment klingelte das Telefon, und wer war am anderen Ende? Tony. Er sagte, er müsse mit mir reden, und obwohl ich es besser hätte wissen müssen, ließ ich mich darauf ein. Um mir ein wenig Privatsphäre zu ermöglichen, verließen die Mädchen die Wohnung und gingen los, um ein paar Dinge fürs Abendessen einzukaufen.

Mein Gespräch mit Tony war so aufreibend, wie ich es erwartet hatte, doch ich ließ mich nicht beirren: Zwischen uns war es aus. Und als ich dann allein in Lauras Wohnung saß und noch einmal die Monate Revue passieren ließ, die ich schon wieder auf den falschen Mann verschwendet hatte, wurde mir deutlich, wie viel Pech ich mein ganzes Leben lang in der Liebe gehabt hatte. Hätte ich es nicht besser gewusst, hätte ich glauben können, unter einem Fluch zu stehen. Vor Tony war ich mit Andrew zusammen gewesen (der unsere Beziehung nach zwei Jahren beendete, weil er sich in seine Sekretärin verliebt hatte), vor Andrew mit Christopher (dem es nicht so sehr um mich ging als um einen Babysitter für seine Kinder), vor Christopher mit Stephen (dem es beinahe Spaß zu machen schien, mich aus der Fassung zu bringen, indem er wie ein Fähnchen im Wind seine Launen änderte) und vor Stephen mit Edward (der wie Tony eine Ex-Frau hatte, die alles andere als »ex« war). Die Liste zog sich über vierzig Jahre, und ganz oben stand der eine, der das Ganze ursprünglich ins Rollen gebracht hatte – Frank Smith, Lauras Vater. Der erste Mann, der mir das Herz gebrochen hatte.

Mitten in diesen schmerzlichen Erinnerungen klingelte es an der Tür. Nicht einmal oder zweimal, nein, fünfmal hintereinander! Ich mochte es normalerweise schon nicht, wenn man meine Gedanken unterbrach, aber in dieser Situation verlor ich die Nerven und stapfte wütend die Treppe hinunter. Als ich die Tür aufriss, um dem Störenfried ordentlich die Meinung zu sagen, wurde ich von dem freundlichen Gesicht eines großen, ein wenig schlampig gekleideten jungen Mannes überrascht. Durch Lauras Erzählungen, die Flasche Sekt und den Tankstellen-Strauß frischer Blumen wusste ich sofort, wen ich vor mir hatte: Das hier war der neue Mann in ihrem Leben.

Mein Gegenüber blickte mich verwirrt an. »Das muss eine Verwechslung sein. Ich habe bei Nr. 3 geklingelt.«

»Ja, das ist mir bewusst. Meine Ohren klingeln immer noch.«

»Also ... ich wollte zu Laura Wood?«

Ich lachte und hob eine Braue. »Das will ich doch hoffen.« Es war ein bisschen gemein, aber ich konnte es einfach nicht lassen.

Es dauerte einen Moment, aber schließlich fiel der Groschen. »Sie sind Lauras Mutter, nicht wahr?«

Ich nickte. »Und Sie sind sicher Tom. Müssen Sie dieses Wochenende nicht arbeiten?«

»Wir sind früher fertig geworden als geplant. Ich hatte ganz vergessen, dass Sie übers Wochenende zu Besuch sind. Ich sollte besser wieder gehen.«

»Unsinn. Laura muss jeden Augenblick zurück sein. Wenn Sie möchten, können Sie gern reinkommen und auf sie warten.«

Sie hätten die Panik in seinen Augen sehen sollen. Smalltalk mit der Mutter seiner neuen Freundin? Er sah aus, als würde er sich lieber den Arm abbeißen.

»Nein, wirklich, ich komme später noch mal vorbei«, sagte er nervös und wollte mir den Sekt und die Blumen in die Hand drücken. »Könnten Sie Laura das hier geben?«

»Das können Sie selbst tun«, sagte ich. »Sie steht direkt hinter Ihnen.«

Das strahlende Lächeln, das über Lauras Gesicht zog, als sie ihn sah, bewies mir unmissverständlich, wie verliebt sie war. Sie sah aus, als hätte jemand in ihrem Innern ein Licht angeschaltet. Meine Tochter leuchtete aus allen Poren. Wenn jemand Sie so glücklich machen kann, bloß weil er unerwartet auftaucht, dann haben Sie ohne Zweifel das große Los gezogen.

Laura schlang die Arme um Toms Hals und starrte ihm in die Augen, als wollte sie ihm bis tief in die Seele blicken. »Du hast mir gefehlt, Tom Hope.«

Sie küssten sich und hätten wohl auch noch eine Weile damit weitergemacht, wenn Tom sich nicht daran erinnert hätte, dass ich noch immer im Türrahmen stand.

»Äh ... Laura, deine Mutter ist hier.«

Laura lachte. »Ich weiß. Ich habe sie eingeladen.«

»Aber ...«

»Macht sie dir Angst?«

Tom nickte.

»Keine Bange«, sagte sie und drehte sich zu mir um. Sie sah so wunderschön aus, so glücklich, dass ich meinen Blick nicht von ihr wenden konnte. »Du beißt nicht, oder, Mum?«

»Nein«, antwortete ich und zwinkerte Tom zu. »Und wenn, dann nicht allzu fest.«

Die Leichtigkeit unserer ersten Begegnung hatte den Grundton für unsere Beziehung gelegt. Und während die Sache zwischen Tom und Laura ernster wurde, kamen auch er und ich uns näher. Als Laura und ich im darauffolgenden Jahr in die Ferien fuhren, war ich es, die darauf bestand, dass Tom uns begleitete, und als Lauras Großvater einige Monate später starb, war es nur natürlich, dass auch Tom an der Trauerfeier teilnahm, schließlich gehörte er mittlerweile zur Familie. Und als Tony sich weigerte, mir das Geld zurückzuzahlen, das ich ihm für seine Druckerei geliehen hatte, war es Tom, der – ohne dass ich ihn darum gebeten hätte – nach York fuhr und ihn davon überzeugte, mir das Geld samt Zinsen zurückzugeben.

Es war nicht nur, was Tom tat, sondern seine ganze Art. Er

liebte es, die Menschen um ihn herum zum Lachen zu bringen; er arbeitete hart und wusste immer, was zu tun war, egal in welcher Situation. Ich hätte mir keinen pflichtbewussteren, gütigeren und liebevolleren Mann für meine Laura wünschen können. Wenn ich in Liebesdingen verflucht war, so schien meine Tochter mit Tom den Hauptgewinn gezogen zu haben.

Dennoch muss ich gestehen, dass ich mir ernsthaft Sorgen machte, als Laura plötzlich schwanger war. Das Baby war nicht geplant gewesen – die beiden waren erst seit zwei Jahren ein Paar und Laura gerade einmal vierundzwanzig. Als alleinerziehende Mutter wusste ich aus eigener Erfahrung, was für eine Herausforderung es war, ein Kind großzuziehen, selbst mit dem Luxus, einen verlässlichen Partner an seiner Seite zu haben.

»Ach Mum, wir kriegen das schon hin«, sagte Laura, als gäbe es überhaupt keinen Grund, sich Sorgen zu machen.

»Aber was ist mit deiner Fotografie?«, fragte ich, »Du stehst kurz vor deinem Studienabschluss. Wie willst du das machen, wenn du jetzt ein Baby bekommst?«

»Ich lasse es einfach auf mich zukommen«, antwortete sie. »Ich kann den Abschluss nachholen, oder ich suche mir einen Job oder mache mich selbständig. Die Dinge laufen nicht immer so, wie wir sie planen, Mum, aber weißt du was? Ich möchte es gar nicht anders. Ich habe mein ganzes Leben noch vor mir, und mehr als genug Zeit, meine Träume zu verwirklichen. Alles, was jetzt zählt, sind Tom, ich und dieses kleine Würmchen, das in meinem Bauch wächst.«

Das »kleine Würmchen« erblickte acht Monate später in den frühen Morgenstunden des 2. Februar das Licht der Welt. Evie war das hübscheste Baby, das ich je gesehen hatte. Man musste nur ihren Blick erhaschen, und schon strahlte sie einen an, als wäre man ihr der liebste Mensch auf Erden. Fünf Jahre später folgte ein zweites Würmchen, am 3. September um 16.10 Uhr. Sie nannten sie Lola, und ich verliebte mich sofort in meine kleine Lolly.

Trotz ihres jungen Alters schien Laura in ihrer Mutterrolle mindestens genauso aufzugehen wie in ihrer Fotografie. Und obwohl es Zeiten gab, in denen ich mich fragte, ob sie sich nicht zu früh zu viel zugemutet hatte, wirkte sie oft glücklicher und lebensfroher, als ich sie jemals zuvor gesehen hatte.

Und ich? Zu behaupten, die beiden Mädchen hätten mein Leben verändert, wäre eine massive Untertreibung. Sie erhellten jeden Winkel meines Daseins, sodass es keinen einzigen dunklen Fleck mehr gab. Ich hörte auf, mir Sorgen darüber zu machen, ich könnte alt werden und müsste einsam und allein mein Dasein fristen. Ich hörte auf, mich über meine unerzogenen Grundschüler zu ärgern, die ich unterrichtete, oder über ihre mindestens ebenso unerzogenen Eltern und die scheinbar endlose Lawine an Aufgaben, die die Schulleitung auf mich abwälzte. Seit es die beiden gab, hatte all das an Bedeutung verloren. Nach einem Leben voller Herzschmerz hatte ich endlich das Glück gefunden, und niemand würde es mir wieder wegnehmen.

2
Ein ganz normaler Tag

Tom

Der Tag, an dem Laura starb, war ein ganz normaler Tag. Keine Kometen, die vor einer bevorstehenden Katastrophe warnten, keine Meteoriten, die auf die Erde krachten. Nichts, was darauf hingedeutet hätte, dass es etwas anderes als ein stinknormaler Oktobertag werden würde.

Das Klingeln meines Weckers riss mich aus dem Schlaf. Ohne die Augen zu öffnen, drückte ich wie jeden Morgen auf die Schlummertaste, und Laura rückte wie jeden Morgen ein Stück näher an mich heran. So lagen wir da, Haut an Haut, Wärme an Wärme, und versteckten uns vor der Welt, bis der Wecker uns erneut daran erinnerte, dass es Zeit wurde aufzustehen, und dieses Mal meinte er es ernst. In wenigen Minuten würde Laura unter der Dusche stehen, und sobald sie raus war, würde ich ihr folgen. Wenn ich in einer Dampfwolke aus dem Badezimmer kam, würden auch die Mädchen wach sein, ihre Schuluniformen anziehen und – in Evies Fall – die letzten Hausaufgaben machen.

Das Frühstück war bei den Hopes ein besonderes Ereignis. Laura war es wichtig, dass wir so oft wie möglich gemeinsam am Tisch saßen, und da die Mädchen, wenn ich abends nach Hause kam, schon lange gegessen hatten, trafen wir uns eben alle beim Frühstück. Das war unsere Gelegenheit, zusammen zu sein und uns von unserem Tag zu erzählen, und jeder – auch ich – hatte daran teilzunehmen.

Ich bin nicht wirklich ein Morgenmensch und ziehe es vor, Interaktionen jeglicher Art auf ein Minimum zu beschränken, bevor ich meinen ersten Kaffee getrunken habe, aber es gefiel mir, wie Laura darauf bestand, dass unser Frühstücksritual unantastbar war. Diese Einstellung zeigte, wo ihre Prioritäten lagen: zuerst die Familie, dann alles andere. In einer Welt, in der man allzu leicht den Sinn für die wichtigen Dinge verlor, tat es gut zu wissen, dass es auf unserem Schiff einen Kapitän gab, der dafür sorgte, dass wir in die richtige Richtung fuhren. In unserer Familie war Laura die Leithündin, die oberste Chefin, CEO der *Hope Familien AG*.

Wenn man bedenkt, dass ich normalerweise noch im Halbschlaf bin, bis ich meine zweite Tasse Kaffee getrunken habe, wundere ich mich selbst darüber, wie viel mir von diesem Morgen noch im Gedächtnis geblieben ist. Aber es ist alles da: der Duft von Lauras Shampoo im Flur, der Song von Taylor Swift, der in der Küche aus dem Radio tönte, und die ersten Worte, mit denen ich begrüßt wurde, als ich an den Küchentisch trat.

»Ich habe dir dein Frühstück eingeschüttet, Dad.«

Das war Lola. Sie zeigte auf eine ungesunde Mischung aus Cheerios, Coco Pops, Smacks und Toppas. Selten hatte eine Schüssel mit Frühstücksflocken so unappetitlich ausgesehen.

»Ich weiß gar nicht, was ich sagen soll.«

Laura stieß mir mit dem Ellbogen in die Seite. »›Danke schön‹ wäre ein guter Anfang«, sagte sie. »Lola hat Evie und mir gerade erklärt, dass sie sich Sorgen macht, ob du auch genug Vitamine und Mineralien zu dir nimmst.«

»Das lernen wir gerade in der Schule«, erklärte Lola.

»Ihr sprecht in der Schule über Cheerios? So eine Unterrichtsstunde hätte ich auch gerne gehabt.«

Ich wackelte mit den Augenbrauen, um anzudeuten, dass sie gerade Opfer eines Daddy-Witzes geworden war, der niedersten Form menschlichen Humors.

»Nein, Daddy, wir sprechen über Vitamine und Mineralien«, korrigierte meine Tochter mich geduldig. »Die Menschen, die unser Essen machen, tun ganz viel davon in unsere Frühstücksflocken, damit wir gesund bleiben.«

»Ich finde, das sieht echt eklig aus«, schnaubte Evie in einer Art, die in letzter Zeit zum Grundton ihrer Kommunikation geworden war. »Ich würde das nicht für eine Million Pfund essen!«

»Nun, dann wirst du nie erfahren, wie unglaublich köstlich es tatsächlich ist«, antwortete ich, nahm den Löffel und schlang einen Mundvoll von Lolas Mixtur hinunter. »Köstlich«, murmelte ich und gab mein Bestes, mir nicht anmerken zu lassen, wie der Zucker meine Geschmacksnerven malträtierte. »Genau was der Doktor mir verschrieben hat.«

Trotz Lauras bester Absichten endete das Frühstück selten so entspannt, wie es begonnen hatte. Manchmal war es Evie, die vom Tisch aufstand, um einer ihrer Freundinnen auf eine Textnachricht zu antworten; ein andermal war es Lola, der plötzlich eingefallen war, dass noch ein halbes Dutzend Elternbriefe ununterschrieben irgendwo in den Untiefen ihrer Schultasche ein Dasein fristeten. Und hin und wieder war ich es, der nach einem kurzen Blick in meine E-Mails am Küchentisch über irgendeinen Notfall stolperte, der mein augenblickliches Eingreifen erforderte. Doch Laura gelang es jeden Morgen, uns alle noch einmal zum morgendlichen Briefing zu versammeln, bevor wir endgültig aus dem Haus stürmten. Sie nahm den Familienkalender vom Haken an der Wand neben dem Kühlschrank und servierte jedem von uns seine Portion an Aufgaben und Erinnerungen. Der Tag, an dem wir Laura verloren, machte auch darin keine Ausnahme.

Zu Evie sagte sie: »Du hast heute Schwimmen, Schatz. Hast du deine Tasche schon gepackt?«

Zu Lola: »Die Eierkartons für Mrs Baker sind im Schrank neben der Spüle. Könntest du sie bitte in eine Tüte packen und an die Tür stellen?«

Und zu mir: »Vergiss nicht, heute Abend auf dem Rückweg Evie bei Marina abzuholen. Und morgen ist Lolas Elternabend. Wenn also irgendjemand versucht, dir nach fünf noch einen Termin einzubuchen, sag ihnen, dass du nicht kannst.«

Mit diesen Worten warf sie einen letzten Blick auf den Kalender, bevor sie ihn wieder zurück an seinen Platz an der Wand hängte.

Manchmal machte ich mich über sie lustig. Wenn ein Feuer ausbräche und sie nur drei Dinge aus dem Haus retten könnte, wären es: 1. und 2. die Kinder und 3. der Familienkalender. Ihn zu haben, auszufüllen und darüber zu brüten schien Laura einen Seelenfrieden zu bereiten wie nichts anderes. Denn auch wenn in dem Kalender so unangenehme Dinge standen wie Steuerfristen, Zahnarzt- und TÜV-Termine, so gab es auch eine Menge Dinge, auf die man sich freuen konnte: Ferien, Theaterbesuche, Geburtstage. Und vor allem herrschte Ordnung. In einer Welt, in der alle möglichen unerwarteten Dinge geschehen konnten, von Zugunglücken und Überschwemmungen bis hin zu Terroristen, die Busse in die Luft sprengten, half dieser Kalender uns, daran zu glauben, dass keine Katastrophe uns je treffen könnte, weil wir ja genau wussten, wie die Zukunft aussah – wir konnten sie in den Händen halten.

Die zweite morgendliche Grundregel im Hope-Haushalt neben dem gemeinsamen Frühstück lautete: Niemandem war es gestattet, das Haus zu verlassen, ohne sich vorher bei allen zu verabschieden – und zwar richtig. Nicht Evie, die von einem Anruf abgelenkt wurde, oder Lola, die sich in einem Tagtraum verloren hatte, oder ich, der ich gerade eine Nachricht tippte. Und da ich in aller Regel als Erster aus dem Haus ging, bekam ich auch zuerst meine Verabschiedung. An diesem Tag war es ein feuchter Kuss von Lola, von Evie eine dargebotene Stirn, auf die ich meinen Kuss setzen durfte, und zum Schluss ein dicker, altmodischer Schmatzer von Laura.

»Wirst du es heute Abend wirklich schaffen, Evie bei Marina abzuholen?«

»Ja, versprochen. Bist du heute an der Uni?«

»Nein, ich muss ein Projekt fertigstellen.«

»Soll ich irgendwas fürs Abendessen besorgen?«

»Ein guter Shiraz wäre nicht schlecht.«

»Oh? Gibt es was zu feiern?«

Sie lehnte sich vor und drückte ihre Lippen auf meine Wange. »Sagen wir so: Ich bin froh, wenn es vorbei ist.«

Ich wollte gerade nachfragen, was für ein Projekt das war, an dem sie arbeitete, als ich hörte, wie sich die Mädchen oben stritten und gegenseitig mit der schlimmstmöglichen Konsequenz drohten: es ihrer Mutter zu erzählen. Ich stellte meine Tasche ab und wollte nach oben gehen, um die beiden Streithähne zur Raison zu bringen, aber Laura hielt mich zurück.

»Ich geh schon«, sagte sie. »Du bist sowieso schon spät dran.«

Ich sah auf die Uhr. Ich würde mit den Göttern des Straßenverkehrs feilschen müssen, um meinen Zug nicht zu verpassen. Bevor ich ging, sagte ich noch, sie solle sich von den beiden nicht ärgern lassen, gab ihr einen letzten Kuss und sprang ins Auto, ohne mich noch einmal umzudrehen. Und ohne den Hauch einer Ahnung, dass ich sie nie wiedersehen würde.

Linda

Ich weiß noch, dass ich an dem Morgen in meinem kleinen Reihenhäuschen in York im Bett lag und überlegte, was ich an diesem Tag zu erledigen hatte. Sie wissen schon, so Dinge wie Milch kaufen, zu einem neuen Stromanbieter wechseln, alte Kleidungsstücke zum Wohltätigkeitsladen bringen, den Gefrierschrank entfrosten ... Mittags wollte ich in der Obdachlosenunterkunft bei der Essensausgabe helfen, wie ich es freitags immer tat, und am Nachmittag hatte ich vor, in die Bibliothek zu gehen. Das waren die Dinge, mit denen ich meine Tage füllte, seit ich mit vierundsechzig in Rente gegangen war. Es war schon seltsam – ich dachte wirklich, es würde ein ganz normaler Tag werden. Aber es war kein normaler Tag. Es war der Tag, nach dem nichts mehr so sein würde wie zuvor.

Tom

Ich saß im Taxi auf dem Weg zu einem Lunch-Termin mit ein paar wichtigen Leuten von Channel Four, mit denen ich über eine neue Quiz-Show sprechen wollte, als ich den Anruf erhielt. Eine weibliche Stimme mit einem angenehmen schottischen Akzent fragte mich, ob ich Tom Hope sei. Und dann sagte sie, sie habe schlechte Nachrichten.

»Es tut mir leid, aber Ihre Frau hatte einen Unfall auf der M23. Man hat sie aus dem Wagen schneiden müssen, per Helikopter ins St Francis Hospital gebracht und sofort operiert.«

In meinen Ohren begann es zu rauschen, und ich fühlte mich schlagartig so elend, dass ich den Taxifahrer anbrüllte, er solle an den Straßenrand fahren und anhalten. Ich konnte es nicht ertragen, in einem fahrenden Wagen zu sitzen, während ich versuchte, einen Sinn in dem zu finden, was ganz und gar keinen Sinn ergab. Warum sollte Laura auf der M23 gewesen sein? Hatte das etwas mit ihrem Projekt zu tun? Vergeblich überlegte ich, wo sie wohl hingefahren sein könnte oder ob sie etwas diesbezüglich erwähnt hatte, als mir plötzlich klar wurde, dass es ein Irrtum sein musste. Das war nicht meine Laura Hope. Man hatte mir eine Tragödie geliefert, die für einen anderen armen Kerl bestimmt war.

»Das muss ein Fehler sein«, erklärte ich. »Sie müssen den Falschen angerufen haben.«

Die Krankenschwester blieb ruhig. Sie ging noch einmal die Details durch, und alles passte perfekt zusammen, bis hin zu der Tatsache, dass es sich bei dem Unfallwagen um einen roten Nissan Micra gehandelt hatte, genau wie der Leihwagen, den Laura in der Woche zuvor von der Werkstatt bekommen hatte, weil ihr eigenes Auto einen neuen Auspuff bekam.

Und doch weigerte ich mich, es zu glauben. Ich bat die Krankenschwester, in der Leitung zu bleiben, während ich Lauras Nummer wählte und betete, dass sie abnahm. Als ich dann ihre Stimme hörte, durchströmte mich eine Welle von Dankbarkeit und Erleichterung. Sie war in Sicherheit. Die Krankenschwester hatte sich vertan. Meiner Laura ging es gut. Ich würde sie nie wieder als selbstverständlich hinnehmen. Von jetzt an würde alles anders werden. Ich war einfach nur froh, dass sie in Sicherheit war. Doch dann bat Laura mich plötzlich, eine Nachricht zu hinterlassen, sie würde zurückrufen, sobald sie konnte. Kurz Stille, schließlich das Summen des Pieptons in meinem Ohr.

Voller Panik nannte ich dem Taxifahrer den Namen des Krankenhauses und sagte ihm, es sei ein Notfall. Ich muss ziemlich überzeugend gewesen sein, denn er raste los, ohne in den Seitenspiegel zu schauen, und hätte beinahe einen Radfahrer umgefahren. Während die beiden Männer sich noch gegenseitig anbrüllten, wählte ich Lindas Nummer. Sie musste erfahren, was passiert war.

Wir waren Familie, Linda und ich, und das nicht nur, weil sie die Mutter meiner Frau oder die Großmutter meiner Töchter war, wir waren Familie, weil sie mich vom ersten Tag an so behandelt hatte. Weil ich in all den Jahren, in denen wir uns kannten, nicht ein einziges Mal daran gezweifelt hatte, dass sie mich ebenso liebte wie ihre Tochter. Aber vor allem waren wir Familie, weil ich ihr ebenso wichtig war wie sie mir. Ihr sagen zu müssen, was geschehen war, brach mir das Herz.

»Es geht um Laura.« Ich bemühte mich um eine laute Stimme, damit sie mich über den Lärm im Obdachlosenheim verstehen konnte. »Sie hatte einen Unfall. Ich bin auf dem Weg zum Krankenhaus. Sie wird noch operiert. Man hat mir versprochen, dass sie in den besten Händen ist. Alles wird gut. Laura ist eine Kämpferin. Alles wird gut, aber du musst sofort herkommen.«

Linda

Ich glaube nicht, dass ich jemals in meinem Leben eine solche Angst hatte wie in dem Augenblick, als ich Toms Anruf erhielt. Er war immer die Ruhe selbst, egal was passierte. Ich erinnere mich noch an eine Situation, als er und ich mit den Mädchen unterwegs waren und sahen, wie eine Frau angefahren wurde. Überall war Blut. Sie hätten Tom erleben sollen, er war so souverän und gefasst, kümmerte sich um die Verletzte und bat die Leute, einen Krankenwagen zu rufen. Die ganze Situation schien ihn nicht im Geringsten aus der Ruhe zu bringen, als wäre das alles nichts Außergewöhnliches. Doch als er mich an jenem Freitag anrief, konnte ich die Panik in seiner Stimme hören, und das machte mir Angst. Sie untergrub all seine Versicherungen, all seine beruhigenden Worte, und ich rechnete mit dem Schlimmsten.

Ich war so erschüttert, dass ich die Suppenschüssel, die ich in der Hand hielt, fallen ließ; aber wenn ich ehrlich bin, kann ich mich nicht mehr daran erinnern. Alles zwischen diesem Moment und meiner Ankunft im Krankenhaus liegt wie in einem undurchdringlichen Nebel. Ich weiß, dass jemand mich zum Bahnhof in York gefahren haben muss und dass ich irgendwie drei Stunden Zugfahrt überstanden habe. Ich weiß, dass ich immer wieder mit Tom telefoniert habe, um zu hören, ob es Neuigkeiten gab. Und ich weiß, dass ich irgendwie vom Bahnhof einmal quer durch London zum Krankenhaus gekommen sein muss. Aber das Einzige, woran ich mich wirklich erinnere, ist der Anblick von Tom, wie er zusammengesunken im Wartezimmer saß, den Kopf in den Händen vergraben.

»Irgendwas Neues?«

»Noch nicht.«

Er stand auf, und ich nahm ihn fest in meine Arme, hielt die Augen geschlossen und zwang mich, ruhig zu bleiben. Es war schwieriger, als ich gedacht hatte, und es dauerte eine Weile, bis ich ihn loslassen konnte. Er setzte sich wieder, und ich ließ mich neben ihm auf einen Stuhl sinken.

»Das muss sicher was Gutes bedeuten, wenn wir noch nichts gehört haben, oder?«, sagte ich. »Das heißt, sie sind noch damit beschäftigt, ihr zu helfen.«

Ich spürte, wie eine Träne über meine Wange lief, und wischte sie hastig fort. Jetzt war nicht die Zeit zu weinen, das konnte ich mir für später aufheben, wenn mein Schatz außer Gefahr war.

Tom

Ich konnte mir genau vorstellen, was Linda in dem Moment durchmachte. Wenn eines der Mädchen auf dem OP-Tisch gelegen hätte, wäre ich völlig zusammengebrochen, selbst wenn sie schon lange erwachsen wären und eigene Familien hätten. Deine Kinder werden immer deine Kinder bleiben, ganz egal, wie alt sie sind oder ob sie längst ihr eigenes Leben führen, und du wirst sie immer beschützen wollen. Ich musste stark sein, für Linda, auch wenn ich mir ebenso große Sorgen um Laura machte wie sie. Sie sollte wissen, dass ich für sie da war.

»Sie wird es schaffen«, sagte ich. »Ich weiß es. Sie ist stark.«

»Und fit und jung und gesund«, sagte Linda fast mechanisch und trocknete sich die Augen. »Ich kann es einfach nicht glauben. Ich habe diese schrecklichen, gefährlichen Autobahnen immer gehasst. Die Leute fahren so egoistisch heutzutage, rasen und drängen sich gegenseitig ab. Es ist ein Wunder, dass überhaupt noch jemand heil an seinem Ziel ankommt.«

»Die Polizei sagt, der Unfall war fast am Ende der M23. Vermutlich war sie auf dem Rückweg nach Reigate. Sie hatte gar nicht erwähnt, dass sie heute irgendwo hinwollte. Am Telefon dachte ich für einen Moment, es wäre eine andere Laura.«

Für einen winzigen Augenblick veränderte sich Lindas Gesichtsausdruck, so als ob ihr irgendein verstörender Gedanke durch den Kopf schoss. Vielleicht hatte sie auch nur für den Bruchteil einer Sekunde dieselbe Hoffnung. Aber dann sah ich ihre Tränen und erkannte, dass die furchtbare Tatsache erst jetzt wirklich zu ihr durchgesickert war, dass ihre Tochter aus einem völlig zerstörten Auto herausgeschnitten werden musste.

Ich legte den Arm um sie. »Sie wird es schaffen«, versprach ich. »Sie haben gesagt, sie ist in den besten Händen.«

Linda

Ich war Tom so dankbar für seinen Zuspruch. Er war immer ein wundervoller Schwiegersohn gewesen, und es gab so vieles, was ich ihm sagen wollte, Dinge über die Vergangenheit und die Zukunft, Dinge, die ich ihm erzählen und erklären musste. Aber in meiner Not fand ich nicht die richtigen Worte, und als ich mich wieder gefasst hatte, war es zu spät. Die Tür zum Wartezimmer schwang auf, und ein grauhaariger Mann in hellblauer OP-Kleidung trat auf uns zu. Ohne Zweifel war er der Chirurg, der Laura operiert hatte. Sein Gesichtsausdruck war vollkommen neutral und verriet nichts über das Schicksal meines Mädchens.

»Mr Hope?«

Tom nickte. »Und das ist Linda Wood, Lauras Mutter.«

»Ich bin Steve Evans, der Chef des Teams, das Laura heute Nachmittag operiert hat. Wir haben alles getan, was in unserer Macht stand, um sie zu retten, aber es hat nicht gereicht. Es tut mir sehr leid. Ich weiß, es sind nur Worte, aber ich bedauere ihren Verlust zutiefst.«

Die Zeit verlangsamte sich. Die Geräusche um mich herum

klangen verzerrt. Ich fühlte mich, als würde ich ertrinken, als hätte ich vergessen, wie man atmet, und ich bin mir sicher, ich wäre in diesem Zustand versunken, wenn mir nicht bewusst gewesen wäre, was Tom gerade durchmachte.

Bis zu diesem Moment hatte ich nie darüber nachgedacht, dass es tatsächlich eine Hierarchie der Trauer geben könnte. Man weiß instinktiv, dass die Starken sich um die Schwächeren kümmern müssen, nicht wahr? Aber was ist, wenn beide stark sind? Oder beide schwach? Was ist, wenn Stärke und Schwäche schwanken wie Ebbe und Flut? Was ist, wenn man die Mutter ist, die gerade ihre Tochter verloren hat? Was ist, wenn man der Mann ist, der gerade die Mutter seiner Kinder verloren hat, die Frau, die er liebt? Ich kann nicht für andere sprechen. Aber ich wusste instinktiv, dass ich mich um Tom kümmern musste. Es brach mir das Herz, sein Schluchzen zu hören und all die Laute, die aus ihm herausbrachen. Wie ein wildes Tier in einer Falle. Jede Mutter würde ihre Trauer beiseiteschieben, um ihr eigen Fleisch und Blut zu trösten, und auch wenn ich nicht Toms biologische Mutter war, so spielte Biologie in diesem Moment keine Rolle.

Die Krankenschwestern führten Tom und mich in einen kleinen Raum, und ich versuchte ihn dazu zu bringen, sich auf das Bett zu legen, aber er saß nur da, die Knie an die Brust gezogen und die Hände über dem Kopf, als wollte er sich vor einem unsichtbaren Angriff schützen.

Ich hatte noch nie zuvor einen Menschen gesehen, der so zerstört war wie Tom in diesem Moment. Er schien sich tief in sich selbst vergraben zu haben. Alle Versuche, ihn zu trösten, waren vergeblich. Wo auch immer er war, an welchen dunklen Ort sein Schmerz ihn geführt hatte, er war verloren und allein, unfähig, wieder in die Wirklichkeit zurückzukehren.

Ich weiß nicht mehr, wie lange wir in diesem fensterlosen Raum saßen. Die Zeit schien jegliche Bedeutung verloren zu haben. Es kann eine halbe Stunde gewesen sein oder sehr viel länger, ich erinnere mich nur noch daran, dass irgendwann Toms Handy klingelte. Er reagierte nicht. Und das Klingeln nahm kein Ende. Als mich dieser schreckliche Lärm schier verrückt machte, grub ich in seiner Jacke nach dem Telefon. Ich wollte es schon ausschalten, doch dann sah ich Evies Namen auf dem Display leuchten und nahm ab.

»Dad?«

»Ich bin's, mein Engel, Nanny.«

»Wo ist Dad?«

»Hier bei mir, Liebling. Wir kommen bald nach Hause. Wo bist du?«

»Ich bin schon zu Hause, mit Lola und Tante Marina. Dad ist nicht gekommen, um mich abzuholen. Und wo ist Mum? Ich habe sie angerufen, aber sie geht nicht ran.«

»Wir erklären euch alles, sobald wir zu Hause sind.«

»Aber ich will wissen, wo Mum ist.«

»Es dauert nicht mehr lange, wir kommen bald, versprochen.«

Ich konnte es ihr unmöglich am Telefon sagen. Ich hätte es nicht ertragen, nicht da zu sein, um sie in den Arm zu nehmen und zu trösten. »Evie, mein Schatz, hast du mich lieb?«

»Ja, klar.«

»Vertraust du mir?«

»Ja.«

»Gut. Dann vertrau mir, wenn ich sage, dass wir gleich nach Hause kommen.«

Ich legte das Handy weg, und es kostete mich einige Mühe, bis ich Tom endlich dazu bewegen konnte, mich anzusehen.

Die Mädchen hatten ihre Mutter verloren. Sie durften jetzt nicht auch noch ihren Vater verlieren.

»Tom«, begann ich. »Ich weiß, dass es entsetzlich wehtut, aber du darfst dem jetzt nicht nachgeben. Evie und Lola brauchen dich. Du musst stark sein, Tom. Für sie und für Laura.«

»Ich weiß«, sagte er. »Aber ich kann nicht, Linda. Ich kann einfach nicht.«

3
Haben wir uns verstanden?

Tom

Martin Freer, der Managing Director von Pluto Productions und laut *Guardian* der zwölftmächtigste Mann der britischen Medienwelt, war nicht unbedingt dafür bekannt, besonders sensibel zu sein.

Ich kannte Martin, seit er mir meinen ersten Job als Laufbursche gegeben hatte. Das war ziemlich genau zwanzig Jahre her, und in dieser Zeit hatte ich erlebt, wie er Leute gefeuert hatte, nur weil sie im Studio einen Apfel gegessen haben oder einfach zu einem ungünstigen Zeitpunkt in seinem Blickfeld standen. Ich hatte gesehen, wie er sich mit anderen TV-Managern geprügelt hat, und kann schon gar nicht mehr sagen, wie oft er ehemaligen Mitarbeitern Geld gezahlt hat, damit sie die Firma nicht verklagten. Mir gegenüber war Martin allerdings immer fair gewesen und so zahm wie ein Lämmchen. Er mochte mich, und ich mochte ihn, und auch wenn wir nicht unbedingt Freunde waren, so waren wir doch nicht allzu weit davon entfernt. Dementsprechend optimistisch war ich an dem Tag nach meinem Streit mit Linda, ihn davon überzeugen zu können, dass meine Schwiegermutter übers Ziel hinausgeschossen und vielmehr selbst diejenige war, die ein freies Wochenende brauchte. Ich hätte nicht weiter danebenliegen können.

»Du hast Glück, dass ich dich nur zwinge, das Wochenende freizunehmen«, bellte er. »Am liebsten würde ich dir ein Sabbatical verpassen. Es ist jetzt ein Jahr her, dass deine Frau gestorben ist, Tom, und egal wie sehr du es dir wünschst, du kannst dich nicht davor verstecken, indem du dich in die Arbeit stürzt. Vielleicht ist deine Schwiegermutter wirklich übergeschnappt. Vielleicht aber auch nicht. Ehrlich gesagt, ist mir das auch egal. Du magst es gut verstecken, aber du bist völlig hinüber, und zwar nicht erst seit gestern. Wenn du es also wagst, an einem der Tage, an denen du freihaben solltest, auch nur deinen Kopf durch diese Tür hier zu stecken, werde ich deinen Arsch eigenhändig auf die Straße befördern. Ich meine es ernst, Tom. Du bist vielleicht einer der besten Produzenten, die ich kenne, aber ich werde keine Sekunde zögern, dich zu feuern.«

Linda

An dem Tag nachdem ich mit Tom über Southwold gesprochen hatte, rief sein Chef mich an und berichtete, dass er Tom ordentlich ins Gewissen geredet hatte (Mr Freers Wortwahl war deutlich plastischer). Und wie zur Bestätigung fand ich ein paar Tage später einen Zettel auf dem Küchentisch:

Linda, nach längerem Nachdenken habe ich beschlossen, doch mit euch nach Southwold zu fahren. Hab von Freitagnachmittag bis Sonntag freigenommen. Bitte sag es auch den Mädchen. Tom.

Wie erleichtert ich war, als ich diese Nachricht las! Es fühlte sich an wie, ich weiß nicht, als würden die Dinge endlich wieder in die richtigen Bahnen zurückkehren. Als müssten wir nur diesen ersten Jahrestag hinter uns bringen, und alles würde besser werden.

Am Freitagmorgen weckte mich das Geräusch von Toms Wagen, als er sich auf den Weg zur Arbeit machte. Ich schaltete das Radio an und griff nach meinem Notizblock, um meine To-do-Liste weiter zu füllen, doch ich hatte gerade mal ein paar Worte geschrieben, als es an meiner Tür klopfte und Lola in ihrem hellgrauen Häschenschlafanzug hereinkam.

»Guten Morgen, Prinzessin!« Ich schlug die Decke zurück, damit sie zu mir ins Bett krabbeln konnte. »Wie geht es dir heute?«

»Ich bin aufgeregt«, erklärte sie eifrig und kuschelte sich an mich. »Ich habe geträumt, dass wir im Meer schwimmen und die Wellen um uns rumschwappen. Daddy hat dich und mich und Evie nass gespritzt, und dann haben wir ihn alle zusammen unter Wasser getaucht.« Sie sah zu mir hoch, und ihre Augen strahlten. Wie sehr sie Laura ähnelte, als die so alt gewesen war. Manchmal, wenn ich meine Enkelin in den Armen hielt, fühlte es sich an, als würde ich in der Zeit zurückreisen.

»Evie meint, sie geht nicht im Meer schwimmen, weil das Wasser zu kalt ist«, sagte Lola, die immer noch zu mir hochsah. »Aber das stimmt nicht, oder, Nanny?«

»Natürlich nicht«, antwortete ich, auch wenn ich ähnlich dachte wie Evie. Immerhin war es Oktober. »Und selbst wenn es ein bisschen kalt ist, werden wir so viel Spaß haben, dass uns sicher ganz schnell warm wird.«

Wir kuschelten noch eine Weile und plauderten, bis es erneut an die Tür klopfte. Es war erst Viertel vor sieben, aber Evie war bereits fertig angezogen und hatte sich die Schultasche über die Schulter gehängt. Ich wurde sofort misstrauisch. Evie war sonst nie so früh auf den Beinen.

»Ich muss heute früher in der Schule sein«, erklärte sie rasch. Sie gab mir einen Kuss auf die Wange und wuschelte ihrer Schwester durch die Haare. »Ich wollte nur schnell tschüss sagen.«

»Und warum müsst ihr früher da sein?«

Evie zuckte mit den Schultern. »Einfach so. Ich bin schon ziemlich spät dran.«

»Und wo ist der Brief?«

»Welcher Brief?«

»Der Brief von der Schule, in dem steht, dass du heute früher da sein musst.«

»Es gab keinen.«

»Schätzchen, diese Schule schreibt Elternbriefe, wenn ihr euch auch nur die Nase putzen musstet. Da werden sie wohl kaum darauf verzichten, wenn ihr extra früher da sein sollt. Also komm, erzähl mir, was du wirklich vorhast.«

Evie verschränkte die Arme vor der Brust und verzog das Gesicht. In letzter Zeit brauchte es nicht viel, um sie auf die Barrikaden zu bringen.

»Alle anderen gehen auch.«

»Alle anderen gehen auch wohin?«

»Frühstücken. Bei Starbucks.«

»Und du dachtest, dass ich dich nicht gehen lasse.«

»Ich wusste, dass du es nicht erlauben würdest.«

Ich klopfte auf die Matratze, damit sie sich zu mir setzte, und legte den Arm um sie.

»Wie lautete Mums goldene Regel zum Thema Frühstück?«

»Dass wir immer gemeinsam essen.«

»Und du möchtest sie brechen?«

»Wieso darf Dad es dann?«

»Weil er arbeiten muss.«

»Er muss immer arbeiten.«

»Ich weiß, Schatz«, sagte ich. »Ich weiß. Und ich hoffe sehr, dass sich das irgendwann ändert.«

Während des Frühstücks bemühte ich mich, wieder Frieden mit Evie zu schließen, aber meine Enkelin verweigerte stur jeden einzelnen Gesprächsversuch und schaufelte schweigend ihr Essen in sich hinein. Als sie fertig war, saß sie mit finsterer Miene am Tisch, bis ich ihr endlich erlaubte, aufzustehen und zur üblichen Zeit zur Schule zu gehen.

Ich machte Lola ein Sandwich, während sie am Küchentisch saß und noch einmal die Wörter buchstabierte, die sie zur Übung aufbekommen hatten, und dann machten wir uns plaudernd auf den Weg zur Schule. Ich genoss diese kurzen Momente mit Lola, und gerade an diesem Tag, mit Blick darauf, wie unterschiedlich die beiden Schwestern waren, genoss ich sie noch mehr. Die Zeit raste, und eines Tages würde sich die süße Achtjährige, die mir mit Freude alles erzählte, was in ihrem Kopf vorging, in den gleichen Druckkochtopf an Hormonen verwandeln wie ihre dreizehnjährige Schwester. Ich hätte weinen können bei der Vorstellung, dass auch Lola sich so weit von mir entfernen würde. Eines Tages würde ich blinzeln, und diese Momente, die ich so sehr liebte, wären für immer vorbei. Ich musste sie genießen, solange es sie gab.

Nachdem ich Lola zur Schule gebracht hatte, plauderte ich noch ein wenig mit den anderen Müttern auf dem Schulhof. Es hatte mich gerührt, wie selbstverständlich sie mich trotz des Altersunterschieds als eine von ihnen akzeptiert hatten. Viele waren mit Laura befreundet gewesen und hatten sich große Mühe gegeben, mich in ihre kleine Gruppe aufzunehmen. Sie hatten mich sogar zu ihrem monatlichen Frauenabend eingeladen. Ich wusste nicht, was mich da erwarten würde, und war herzlich überrascht gewesen, wie viel manche von ihnen tranken. Fest entschlossen, einen guten Eindruck zu machen, unterhielt ich sie mit Anekdoten aus meiner vergeudeten Jugend, was sie ganz offensichtlich zum Brüllen komisch fanden.

Ich lächelte bei dem Gedanken an diesen ersten Abend mit den anderen Müttern, verabschiedete mich von ihnen und ging hinüber zur High Street, um noch ein paar Kleinigkeiten zu besorgen. Dann fuhr ich nach Hause zurück und bereitete alles für den Ausflug vor. Ich war es gewohnt, für die Mädchen zu packen, aber für Tom fiel es mir nicht so leicht. Da ich keine Ahnung hatte, was er würde mitnehmen wollen, legte ich ein paar Sachen zu einer kleinen Reisetasche auf sein Bett. Er sollte selbst entscheiden, wenn er am Mittag nach Hause kam.

Als ich um drei Uhr von Tom noch nichts gehört hatte, schickte ich ihm eine Nachricht, ob alles in Ordnung sei. Als um vier von ihm noch immer keine Spur war, wurde es zunehmend schwieriger, ruhig zu bleiben. Und bis Evie aus der Schule kam, machte ich mir solche Sorgen, dass ich alle halbe Stunde versuchte, ihn auf dem Handy zu erreichen. Erst als ich es gegen sechs schließlich im Büro versuchte, erfuhr ich, dass Tom an diesem Tag gar nicht zur Arbeit gekommen war.

Um den Kindern keine Angst zu machen, erzählte ich ihnen, ihr Vater sei im Büro noch aufgehalten worden und würde sich so bald wie möglich auf den Weg machen. Ich setzte sie mit allen Snacks, die ich finden konnte, vor den Fernseher, während ich herumtelefonierte und versuchte, ihn zu finden. Ich war schon kurz davor, die größeren Krankenhäuser in der Umgebung anzurufen, als um kurz nach sieben das Telefon klingelte. Ich riss den Hörer ans Ohr und schwor mir, nicht wütend zu werden, solange nur nichts passiert war.

»Spreche ich mit Ms Linda Wood, 37 Frederick Avenue?«

Die Stimme klang eloquent und ziemlich offiziell. Mein Magen verkrampfte sich, und mir wurde übel.

»Ja«, antwortete ich, »das ist richtig.«

»Mein Name ist Phillip Pellier. Ich bin der zuständige Rechtsbeistand der Oak-Road-Polizeiwache. Es geht um Mr Thomas Hope, der nach meinen Informationen Ihr Schwiegersohn ist?«

»Ja, das stimmt. Wo ist er? Ist alles in Ordnung?«

»Ich kann Ihnen versichern, es geht ihm gut, Ms Wood. Allerdings muss ich Sie darüber informieren, dass er nach dem 1988 Road Traffic Act wegen Alkohols am Steuer in Gewahrsam genommen wurde.«

Tom

Es gibt kaum etwas so Ernüchterndes, wie auf einer abwaschbaren Vinylmatratze zu sitzen und seine eigene Sterblichkeit zum Soundtrack eines Junkies in der Nachbarzelle zu kontemplieren, der alle paar Minuten brüllt: »Ich bring die Schlampe um!« Glücklicherweise wurde in diesem Augenblick die Zellentür geöffnet, und Mr Pellier, der Rechtsbeistand an diesem Abend, und Sergeant Collins, der nette Polizist, der mich durch die Aufnahme begleitet hatte, traten herein. Sie hatten gute Neuigkeiten. Der letzte Alkoholtest hatte ergeben, dass mein Pegel ausreichend gesunken war und ich nun endlich, nach sieben Stunden der Einkerkerung, nach Hause gehen konnte.

Während man mir meine Schuhe und Sachen aushändigte, wurde ich darüber informiert, dass ich auf Kaution entlassen worden war und voraussichtlich innerhalb der nächsten fünf bis acht Werktage vor Gericht zu erscheinen hätte. Den genauen Termin würde man mir noch mitteilen. Das Schlimmste aber kam erst noch: Da ich mich schuldig bekannt hatte, durfte ich ab sofort nicht mehr Auto fahren. Ich konnte mich also nicht nur nicht selbst nach Hause fahren, mein Plan, mich bei Linda und den Mädchen zu entschuldigen, indem ich sie gleich am nächsten Morgen nach Southwold fuhr und das Cottage für eine weitere Nacht buchte, war damit hinfällig geworden. Und da Linda meinen Range Rover ebenso wenig fahren wollte wie einen Panzer, gingen die Chancen, auch nur für eine einzige Nacht wegzukommen, gegen null. Das ganze Wochenende war ruiniert. Linda würde mir niemals verzeihen. Die Kinder würden mir niemals verzeihen. Und es bestand die entfernte Möglichkeit, dass ich mir selbst auch niemals verzeihen würde.

Linda

Zu behaupten, dass ich wütend auf Tom war, wäre die Untertreibung des Jahres. Ich war fuchsteufelswild. Es war einfach nicht zu glauben! Wie konnte er die Mädchen nur so im Stich lassen? Wie konnte er es wagen, ihre Pläne zu Ehren ihrer Mutter, die sie so schrecklich vermissten, zu ruinieren? Wie konnte er es wagen, den Jahrestag des Todes meiner Laura zu beschmutzen, indem er sich betrunken hinters Steuer setzte?

Je länger ich darüber nachdachte, desto bewusster wurde mir allerdings, dass die ganze Geschichte nicht zuletzt auch meine Schuld war. Ich hatte Tom zu lange zu viel durchgehen lassen. Wie sagt man so schön? Man kann es auch zu gut meinen. Und wenn ich an das letzte Jahr zurückdachte, dann traf das ganz sicher zu.

In den Wochen nach Lauras Beerdigung war Tom so niedergeschmettert gewesen, wie man nur sein konnte. Er hatte sich in sein Bett verkrochen, die Gardinen zugezogen, die Tür geschlossen und kaum ein Wort gesprochen. Nichts konnte ihn aus seinem Zimmer locken, weder der Arzt, der ihm frische Luft verordnete, noch seine Freunde, die anboten, mit ihm etwas zu unternehmen, ja nicht einmal seine eigenen Töchter, die ihn anflehten, ein wenig Zeit mit ihnen zu verbringen. Es war, als wäre er in einer harten Schale aus Trauer gefangen, und nichts und niemand konnte ihn daraus befreien. Und obwohl mein Herz dafür plädierte, ihn in Ruhe zu lassen, so sagte mein Kopf mir, dass er diesen Zustand verlassen musste, schon seinen Kindern zuliebe.

Natürlich konnte ich ihn verstehen. In diesen Wochen traf auch mich der Schmerz immer wieder wie ein perfekt gezielter rechter Haken. Ich spürte, wie meine Beine weich wurden, und musste mich irgendwo festhalten, um nicht zu Boden zu gehen. Wie viele Male stellte ich mir vor, wie gut es täte, dem Schmerz einfach nachzugeben. Nicht die Lippen zusammenpressen zu müssen, so fest, bis sie bluteten, um bloß nicht von der Qual, die in mir tobte, fortgerissen zu werden. Doch jedes Mal, wenn ich mit dem Gedanken spielte, mich einfach gehenzulassen, erinnerte ich mich wieder an diesen Moment im Krankenhaus, als ich begriff, dass ich die Starke sein musste, auch wenn es mich innerlich zerriss. Ich hatte eine Aufgabe in dieser Familie zu erfüllen. Es gibt Momente im Leben, da stehst du wieder auf, nicht weil du selbst es willst, sondern weil andere davon abhängig sind.

Als Tom sich auch einen Monat nach der Beerdigung noch im Bett verkroch, wurde mir klar, dass etwas geschehen musste. Ich zog ernsthaft in Erwägung, wieder nach York zurückzukehren. Meine Anwesenheit in dieser Familie machte die Dinge eher schlimmer als besser. Denn ich hatte Tom erlaubt, jede Verantwortung abzugeben. Und auch wenn der Gedanke, die Mädchen zu verlassen, mir schreckliche Angst machte, so hatte ich doch keine Wahl. Es war das einzig Richtige.

Ein paar Tage später beschloss ich, Tom zu verkünden, dass ich abreisen würde. Da ich fest davon ausging, auf Widerstand zu stoßen, ging ich meine Argumente im Kopf noch einmal durch, während ich den Frühstückstisch abräumte. Ich wollte ihm sagen, dass jeder im Leben eine Rolle brauchte, einen Ort, eine Aufgabe, und dass ich ihm seine weggenommen hatte. Ich würde immer für ihn und die Kinder da sein, aber jetzt müsse er wieder das Ruder übernehmen. Ich würde nach York zurückkehren, und es gab nichts, was meine Entscheidung rückgängig machen konnte.

Ich atmete noch einmal tief durch und klopfte an die Tür von Toms Schlafzimmer. Da ich keine Antwort bekam, drehte ich vorsichtig den Türknopf und trat ein. Statt in das dunkle Zimmer mit der zusammengekrümmten Figur unter der Bettdecke, die mich normalerweise erwarteten, trat ich in einen hellen, sonnigen Raum. Die Fenster waren geöffnet, und ein frisch rasierter Tom stand im Anzug vor dem Spiegel und richtete den Kragen seines Hemds.

Er drehte sich zu mir um und sah mich mit neutralem Gesichtsausdruck an. Beinahe schien es, als hätte ich mir den vergangenen Monat nur eingebildet.

»Ich wollte gerade runterkommen und dich suchen. Wie sehe ich aus?«

Ich hatte keinen blassen Schimmer, was hier vor sich ging, und fragte mich, ob er wohl irgendeine »Phase« durchmachte.

»Sehr gut«, antwortete ich, auch wenn der Anzug wie ein

Sack von seiner abgemagerten Gestalt hinunterhing. »Gibt es einen Anlass?«

»Ich gehe wieder zur Arbeit. Ich habe mit der Personalabteilung gesprochen. Wir haben uns geeinigt, dass ich erst mal halbtags anfange und dann nach und nach wieder Vollzeit arbeite.« Er stellte sich neben mich. »Ich habe mir gedacht, du könntest ganz zu uns ziehen. Also, natürlich nur, wenn du das auch möchtest. Es muss ein Albtraum sein, aus dem Koffer zu leben, so wie du es in den letzten Wochen getan hast. Ich habe mal recherchiert und die Nummern von ein paar Umzugsunternehmen rausgesucht, die sogar für dich packen, wenn du willst. Du kannst weiterhin oben das Dachzimmer haben, aber wir können auch gerne tauschen, wenn du lieber dieses Zimmer hier möchtest. Und natürlich werden wir einen Innenausstatter bitten, es für dich herzurichten.«

Ich war sprachlos. Wie konnte das derselbe Mann sein wie der, der vor Trauer wochenlang nicht hatte aufstehen können? Der Mann, der nun vor mir stand, sah so aus und klang wie Tom, aber das war einfach unmöglich. Ganz offensichtlich befand er sich in einem Stadium totaler Negation.

»Ich weiß nicht, ob du schon wieder zur Arbeit gehen solltest, Tom. Es ist vielleicht noch ein bisschen früh«, sagte ich vorsichtig, als wäre er eine tickende Zeitbombe. »Ich finde es wunderbar, dass du dich wieder besser fühlst, und ich möchte dich nicht zurückhalten, aber denkst du nicht, du solltest erst ein wenig Zeit mit den Kindern verbringen? Du hast ihnen in den letzten Wochen schrecklich gefehlt.«

»Und sie mir«, sagte Tom, »wirklich. Ich verspreche dir, Linda, sobald ich wieder richtig auf den Beinen bin, werde ich mehr als genug Zeit mit ihnen verbringen. Aber das hier muss ich jetzt einfach tun. Und was die Mädchen anbelangt: Natürlich sähe ich es am liebsten, wenn du dich um sie kümmern würdest, aber es ist auch kein Problem, jemand anderen zu suchen, der das übernimmt.«

Ich war mir nicht sicher, ob es eine Drohung war oder einfach nur eine Feststellung der Tatsachen. In seinem geistigen Zustand hätte es das eine wie das andere sein können, möglicherweise auch beides. Aber allein der Gedanke, die Kinder würden nach allem, was sie durchgemacht hatten, auch noch von Fremden versorgt werden, war einfach zu viel.

»Natürlich bleibe ich«, sagte ich. »Nichts würde mich glücklicher machen.«

Ein paar Tage später brachte ein kleiner Umzugswagen alles, was ich aus York benötigte, und eine Woche darauf arbeitete Tom bereits wieder Vollzeit. Und so wurde ich für die Mädchen zum Elternersatz, während Tom sich in seine Arbeit stürzte und bald nicht einmal mehr so tat, als wäre er ihr Vater. Aber mir war schon da klar, dass er seine Trauer nicht für immer würde ignorieren können. Irgendwann würde sie ihn einholen.

Tom

Als der Jahrestag von Lauras Unfall näher rückte, wollte ich mich einfach nur irgendwo verkriechen. Ich wollte mich nicht erinnern. Ich wollte nicht an die guten Zeiten zurückdenken. Und ganz sicher wollte ich nicht mit meiner Familie in einem Schuhkarton an der Küste eingesperrt sein. Alles, was ich wollte, war vergessen – als ob das tatsächlich möglich gewesen wäre. Als ich dann an dem Tag, als wir nach Southwold fahren sollten, nach einer unruhigen Nacht aufwachte, beschloss ich, alle Gedanken an den Jahrestag zu verdrängen und stattdessen jeden Moment so zu nehmen, wie er kam.

Statt also über die Leere in meinem Herzen zu grübeln, beantwortete ich noch im Bett die ersten Mails. Statt mich auf den Schmerz in meiner Seele zu konzentrieren, machte ich mich für den Tag zurecht. Als einziges Zugeständnis an meine wahren Gefühle gestattete ich mir, noch einmal nach den Mädchen zu sehen, bevor ich mich auf den Weg machte. Evie hatte sich in ihre Decke gerollt wie eine Raupe in ihren Kokon, während Lola mit weit ausgebreiteten Armen und Beinen wie ein Oktopus in ihrem Bett lag, ihre Disney-Prinzessinnen-Decke halb auf dem Boden. Ich wollte ihnen beiden einen Kuss geben, ihnen sagen, wie leid es mir tat, dass ich in den letzten Monaten nicht für sie da gewesen war. Ich wollte ihnen sagen, dass ich mich ändern würde, aber ich brachte es nicht über mich, auch nur irgendetwas davon wirklich zu tun. Und so hauchte ich ihnen beiden von der Tür aus einen Kuss zu und ging hinaus.

Wie immer fuhr ich nach Redhill zum Bahnhof, stellte den Range Rover auf dem Parkplatz ab, kaufte am Kiosk ein paar Zeitungen, am Snackstand einen Kaffee und nahm den Zug um 6.24 Uhr nach London. Während der Fahrt blätterte ich durch die Zeitungen, trank die Hälfte meines Kaffees und las noch ein paar Mails. An der Victoria Station arbeitete ich mich durch die Massen zur U-Bahn, stieg in den Zug nach Holborn und drängte mich dort gemeinsam mit Hunderten anderer Pendler auf die Rolltreppe, durch die Ticket-Schranken und hinaus auf die volle Straße. Und genau an diesem Punkt, nur wenige hundert Meter von Pluto Productions entfernt, begannen die Dinge schiefzulaufen. Ich wurde von einer Welle der Panik überschwemmt und von der Überzeugung, dass etwas

Schreckliches passieren würde, wenn ich jetzt zur Arbeit ging. Zehn Minuten lang stand ich wie erstarrt auf dem Gehsteig, während sich die Menschen um mich herum drängten und mich anrempelten. Egal, wie sehr ich es versuchte, Ich konnte nicht weiter. Schließlich drehte ich mich um und fuhr mit der Rolltreppe wieder hinunter zur U-Bahn. Sofort ließ meine Panik nach. Innerhalb einer Stunde saß ich in einem menschenleeren Zug zurück nach Redhill.

Ich verbrachte den Morgen damit, auf einer Bank oberhalb der Tennisplätze im Memorial Park zu sitzen und an Laura zu denken. Ich dachte an den Abend, an dem wir uns in einer Bar in Brixton durch Freunde von Freunden kennengelernt hatten, wie gut sie in ihrer Jeans-Latzhose und dem knallorangefarbenen T-Shirt ausgesehen hatte und wie interessant ich sie gefunden hatte, als wir uns unterhielten. Ich erinnerte mich, wie nervös ich gewesen war, als ich am Ende des Abends nach ihrer Nummer gefragt hatte, denn ich hatte fest damit gerechnet, dass sie sie mir nicht geben würde. Und wie erleichtert ich war, als sie sie tatsächlich auf einen Zettel schrieb. Ich rief sie gleich am nächsten Morgen an, und wir trafen uns zum Lunch in Camden und verbrachten den Nachmittag damit, über den Markt zu spazieren. Ich erinnerte mich an unseren ersten Kuss, nur eine Sekunde bevor die Türen der U-Bahn sich öffneten, und an das sichere Gefühl, als der Zug davonfuhr, endlich gefunden zu haben, wonach ich gesucht hatte.

Als es gegen Mittag anfing zu regnen, verließ ich den Park und setzte mich ins Auto. Ich schaltete mein Handy an und wurde augenblicklich mit diversen Nachrichten bombardiert, wo zum Teufel ich bitte steckte. Statt zu antworten, startete ich den Wagen, fuhr eine Weile ziellos durch die Gegend und hielt schließlich auf dem Parkplatz vor dem Red Lion Pub. Meine erste Bestellung waren ein Bier und ein Schnaps, so wie auch die zweite und dritte. Tief in meinem Innern wusste ich, dass es keine gute Idee war, so schnell so viel zu trinken, aber irgendwie war es das Einzige, was Sinn machte.

Es war eine Nachricht von Linda, die mich am Nachmittag schließlich dazu bewegte, wieder zum Auto zurückzugehen. Ich hatte an der Bar gestanden und mir gerade eine weitere Runde bestellt, als – mal wieder – mein Handy klingelte. Da ich mit der Welt mittlerweile wieder etwas mehr in Einklang war, hielt ich es mir ans Ohr und lauschte der neusten aus einer ganzen Reihe von Mailboxnachrichten, die Linda hinterlassen hatte.

»Tom, ich kann einfach nicht fassen, wie egoistisch du dich verhältst! Ich bin fast wahnsinnig vor Sorge! Das ist nicht richtig! Das ist ganz und gar nicht richtig von dir! Ich möchte mir nicht vorstellen, was Laura sagen würde, wenn sie dich jetzt sehen könnte. Bitte, Tom, wo auch immer du gerade bist, denk nur einen Augenblick nach und komm nach Hause.«

Linda hatte recht. Ich verhielt mich egoistisch und bereitete ihr grundlos Sorgen. Laura wäre ausgerastet, wenn sie mich so gesehen hätte. Sie hätte mich ausgezählt und erklärt, dass ich mich wie der letzte Idiot benahm. Ich musste die Dinge wieder geradebiegen. Ich musste nach Hause.

Ich verließ das Pub, stieg in mein Auto und startete den Motor. Fest davon überzeugt, den Rückwärtsgang eingelegt zu haben, trat ich aufs Gas, und der Wagen machte einen Satz nach vorn in den Kofferraum des Autos vor mir. Es schepperte so heftig, dass die Alarmanlage meines Vordermanns aufheulte, und bevor ich richtig registrieren konnte, was geschehen war, hatte sich schon eine kleine Gruppe Neugieriger versammelt, und es dauerte nicht lange, bis auch die Gäste im Pub erfuhren, was hier draußen passiert war. Plötzlich wälzte sich ein fetter Kerl mit finster wirkenden Tattoos auf den Armen in mein Blickfeld, und als er die zerdepperte Stoßstange sah, verzog sich sein Gesicht auf eine Art und Weise, die keinen Zweifel daran ließ, dass der Wagen, in den ich hineingekracht war, ihm gehörte. Jede Hoffnung, ich könnte mich geirrt haben, verpuffte augenblicklich, als er anfing, mit einer solchen Wucht auf meine Motorhaube einzuschlagen, dass der ganze Wagen wackelte.

Es dauerte nicht lange, bis die Polizei kam und die Situation unter Kontrolle brachte. Einer der Polizisten zwang Tattoo Man, beim Streifenwagen zu warten, während sein Kollege an mein Seitenfenster klopfte und mir signalisierte, die Scheibe hinunterzulassen.

»Ich erkläre Ihnen jetzt, wie es läuft«, sagte der junge Mann. »Sie werden die Tür öffnen und friedlich aus dem Auto steigen, oder mein Kollege und ich werden Sie strampelnd und schreiend herausziehen und Ihnen zu allem, was Sie sich selbst eingebrockt haben, noch Behinderung der Polizei anhängen. Haben wir uns verstanden?«

Im nächsten Augenblick saß ich auf der Rückbank eines Streifenwagens auf dem Weg zur Wache, wo man mich wegen Trunkenheit am Steuer in Gewahrsam nahm. Dann entledigte man mich meiner Schuhe, meines Gürtels und aller anderen Dinge, die ich bei mir hatte, und schloss mich in eine Zelle, wo ich bleiben musste, bis man mich für nüchtern genug erklärte, um wieder auf freien Fuß gesetzt zu werden.

4
Ich werd's mir mal ansehen

Linda

Das unverkennbare Rattern des Dieselmotors eines schwarzen Taxis verkündete Toms Ankunft. Ich legte das Buch weg, auf das ich mich ohnehin nicht hatte konzentrieren können, und trat ans Erkerfenster, wo ich die Gardinen zur Seite schob und Tom dabei zusah, wie er den Fahrer bezahlte. Den ganzen Abend hatte ich überlegt, was ich zu ihm sagen würde, wenn ich ihn schließlich zu Gesicht bekam. Normalerweise bin ich eher ein zurückhaltender Mensch, aber unter diesen Umständen wollte ich nichts anderes, als meiner Wut freien Lauf zu lassen, ohne Rücksicht auf Verluste. Ich hatte mehr als genug emotionale Munition, um Tom bis in alle Ewigkeit aus den Socken zu hauen, und so, wie er sich verhalten hatte, war ich auch bereit, sie einzusetzen. Doch als er dann vor mir im Türrahmen stand, wirkte er so bemitleidenswert, so niedergeschlagen, dass es sich angefühlt hätte, als würde ich auf einen Menschen eintreten, der bereits am Boden lag.

Also sagte ich nichts und fragte ihn nur, ob alles okay sei. Er nickte geknickt, und ich murmelte »gut« oder so ähnlich und bemühte mich, nicht so zu klingen, als würde ich es auch so meinen. Doch er reagierte überhaupt nicht. Eine Weile sahen wir uns schweigend an, bis ich es nicht länger ertrug und ihn schluchzend in die Arme schloss. Und auch wenn ich einen Teil meiner Tränen für Tom vergoss und den ganzen Schlammassel, in den er sich gebracht hatte, und ein paar weitere einfach einer Mischung aus Erleichterung und Frustration entsprangen, so galten doch die meisten von ihnen meiner geliebten Laura, die wir, wie die antike Uhr im Flur uns deutlich mitteilte, als sie Mitternacht schlug, an diesem Tag genau vor einem Jahr verloren hatten.

In dieser Nacht schlief ich nicht besonders gut. Ich dachte an Tom und die Mädchen, und vor allem an Laura. Und selbst als ich endlich eindöste, war es nicht für lange. Am nächsten Morgen war ich früh wieder auf den Beinen, fest entschlossen, den Mädchen ihr Wochenende in Southwold zu ermöglichen. Ich hatte keine andere Wahl, als meine Angst vor Toms riesigem Auto und den vollen Straßen hinunterzuschlucken. Jede einzelne Sekunde der drei Stunden und zweihundertsechzehn Kilometer langen Fahrt ängstigte ich mich zu Tode, doch der Applaus, den die Mädchen mir spendeten, als wir vor dem hübschen kleinen Cottage hielten, machte das alles wieder wett.

Es war mild für die Jahreszeit, und die Mädchen und ich gingen hinaus zum Pier und versuchten unser Glück beim Krebsefangen. Abends jedoch, als wir gemeinsam mit Tom dick eingepackt gegen die Kälte an einem Fish-and-Chips-Stand zu Abend aßen und anschließend noch einen spätabendlichen Strandspaziergang unternahmen, bestand kein Zweifel mehr daran, dass es Herbst geworden war. Nachdem wir eine halbe Stunde gegangen waren, blieb ich stehen, setzte den Rucksack ab, den ich mitgebracht hatte, und zog eine schwarze Mülltüte hervor, aus der ich zu Toms Überraschung eine dicke Feuerwerksrakete zog.

»Was ist das?«, fragte Tom, während die Mädchen nähertraten.

»Die Mädchen und ich haben sie letztes Wochenende gekauft«, erklärte ich

»Wir wollen jedes Jahr an diesem Tag eine Rakete steigen lassen«, sagte Evie.

»Wir glauben, dass Mummy sich darüber gefreut hätte«, fügte Lola hinzu. »Sie fand Raketen toll, oder, Daddy?«

Ich reichte Tom die Rakete und zog die Kinder ein paar Schritte zurück, als er sie zündete. Einen Augenblick lang geschah nichts, dann zischte und knisterte es, weiße Funken sprühten in den Sand, und endlich, mit einem hohen Pfeifen, schoss die Rakete in die Luft und explodierte in einem bunten Sternenregen. Die Mädchen quietschten vor Freude. Ich blickte zu Tom, in der Hoffnung, seine Reaktion zu sehen, doch er hatte sich abgewandt und starrte hinauf in den Himmel. Erst als die letzten Funken der Rakete verglüht waren, senkte er den Blick, und ich sah Tränen in seinen Augen.

Später, als die Mädchen im Bett waren, machte ich mich auf die Suche nach Tom, um ihn zu fragen, ob er einen Tee wolle. Er saß auf der Bank vor dem Haus und starrte so konzentriert in die Sterne hinauf, als glaubte er wahrhaftig, Laura wäre einer von ihnen. Ich setzte mich zu ihm.

»Du holst dir noch eine Lungenentzündung.«

»Es ist nicht so kalt«, erwiderte er. »Ich komme gleich rein.«

»Es war ein guter Abend, nicht wahr? Ich glaube, für die Mädchen war es wirklich schön, denkst du nicht?«

»Wahrscheinlich hast du recht. Auch wenn ich mir nicht sicher bin, was genau ich dazu eigentlich beigetragen habe.«

»Du bist ihr Vater.«

»Aber ich weiß nicht, was sie brauchen. Im Gegensatz zu dir.«

»Du wüsstest es, wenn du nur ein wenig mehr Zeit mit ihnen verbringen würdest. Ein guter Vater zu sein, heißt zum größten Teil, einfach für sie da zu sein. Du kannst Laura nicht ersetzen, aber du kannst nicht ewig davonlaufen.«

Wir saßen noch eine Weile schweigend nebeneinander. Dann fischte ich eine Visitenkarte, die ich schon eine Weile mit mir herumgetragen hatte, aus der Tasche und drückte sie Tom in die Hand.

»Was ist das?«

»Ich bin vor einer Weile in der Bücherei darüber gestolpert. Vielleicht ist es genau das, was du brauchst.«

»COPE. Trauerbegleitung in der Gruppe«, las Tom im Licht seines Handys. »Wir helfen Ihnen, sich selbst zu helfen.«

»Du weißt doch auch, dass du so nicht weitermachen kannst, oder?«, sagte ich und erwiderte seinen fragenden Blick. »Du brauchst Hilfe, Tom.«

Er betrachtete die Karte.

»Ich werd's mir mal ansehen«, sagte er.

Tom

Die Stimmung zwischen Linda und mir hatte sich nach dem Wochenende in Southwold deutlich verbessert. Beinahe fühlte es sich so an, als ob es jetzt, wo ich den absoluten Tiefpunkt erreicht hatte, nur noch bergauf gehen konnte. Als sie mich schließlich am Dienstag, dem Tag meiner ersten COPE-Sitzung, (und Bonfire Night, ganz nebenbei bemerkt) fragte, ob ich noch immer vorhätte, dorthin zu gehen, antwortete ich: »Ja, natürlich.« Und meinte es auch.

Vor dem Hintergrund explodierender Feuerwerksraketen am Himmel marschierte ich durch die feuchten Straßen von Reigate zur Methodist Church auf der High Street. Ich spähte durch die kleine Scheibe in der Tür und sah gut ein Dutzend Stühle in einem Kreis stehen, von denen etwa die Hälfte besetzt war. Je mehr ich mir vorzustellen versuchte, wie ich durch diese Tür gehen und mich auf einen der Stühle setzen würde, desto deutlicher wurde mir, wie wenig ich tatsächlich dort sein wollte. Was ich eigentlich wollte, war, nach Hause zu fahren, aber ich wäre überall hingegangen, solange ich nur nicht da reinmusste. Der Gedanke, mit einer Gruppe Fremder in einer Kirche zu sitzen und über meine tote Frau zu reden, kam mir völlig absurd vor. Das war einfach nicht mein Ding. Aber ich war es Linda schuldig, und wenn die Vorstellung, dass ich an diesem Treffen teilnahm, sie glücklich machte, dann war es wohl das Mindeste, was ich tun konnte.

»Und? Wie bekloppt sehen die da drin aus?«

Ich drehte mich um und stand einem etwa achtzigjährigen Mann mit blauem Basecap, schwarzem Jackett und etwas zu kurzer grauer Hose gegenüber. Er wirkte wie jemand, der sich schon vor langer Zeit von dem Gedanken verabschiedet hatte, dass Kleidung irgendeinen anderen Zweck erfüllte, als einen Menschen warm zu halten – sofern sie für ihn überhaupt jemals eine andere Funktion gehabt hatte. Hätte er nicht dieses Funkeln in den Augen und dieses verschmitzte Grinsen im Gesicht gehabt, hätte ich darauf gewettet, dass er nicht alle Tassen im Schrank hatte. Aber so exzentrisch er auch wirken mochte, es gab keinen Zweifel, dass er absolut klar im Kopf war.

Ohne auf eine Antwort von mir zu warten, stellte sich der Alte neben mich. »Also, wie sehen sie aus?«

Ich trat zur Seite, damit er durch das kleine Fenster blicken konnte.

Er starrte lange durch die Scheibe. Dann machte er einen

Schritt zurück und sagte kopfschüttelnd: »Die sehen *alle* bekloppt aus. Alles Bettnässer, wie sie da sitzen.«

Jemanden so respektlos über Fremde, noch dazu Trauernde, sprechen zu hören, war seltsam erleichternd und eine willkommene Abwechslung zu den mitleidigen Mienen und gedämpften Stimmen, denen man üblicherweise begegnete. Der Alte gefiel mir.

»Und, wer hat Sie heute Abend hierhergeschickt?«, fragte ich. »Ich gehe mal davon aus, dass Sie nicht freiwillig hier sind.«

»Meine Enkelin«, erwiderte er. »Liegt mir dauernd in den Ohren, ich hätte den Tod meiner Dot noch nicht richtig verarbeitet! Als ob mit einem Haufen Deppen im Kreis zu sitzen mir meine Frau zurückbringen würde. Was ist mit Ihnen?«

»Meine Schwiegermutter«, antwortete ich knapp.

Der Alte zuckte mit den Schultern, als respektierte er es, wenn ich meine Angelegenheiten für mich behalten wollte; oder als würde es ihn ohnehin nicht besonders interessieren.

»Und, gehen Sie rein, oder was?«

Gute Frage. Ich holte tief Luft und öffnete die Tür. Als wir eintraten, drehten sich alle Anwesenden zu uns um. Ein Typ mit einer kleinen, runden John-Lennon-Brille und einem langen dunkelbraunen Pferdeschwanz lächelte uns aufmunternd zu. Er musste der Leiter der Gruppe sein.

»Willkommen, Jungs«, sagte er und bedeutete uns, Platz zu nehmen. »Kommt rein, kommt rein. Je mehr, desto besser.«

Mein Begleiter war ganz offensichtlich nicht allzu begeistert, von einem Kerl, der sein Enkel hätte sein können, als »Junge« bezeichnet zu werden, und murmelte missbilligend vor sich hin, laut genug, dass er sein Missfallen auch gleich hätte herausschreien können. Wir setzten uns nebeneinander in den Stuhlkreis, und nachdem ich mit den anderen eine unbehagliche Begrüßung getauscht hatte, blickte der Pferdeschwanz auf seine Uhr und erklärte die Sitzung für eröffnet.

»Zuerst einmal«, begann er, »möchte ich sagen, wie großartig es ist, ein paar neue Gesichter zu sehen ... und natürlich auch ein paar alte Bekannte! Für diejenigen, die heute zum ersten Mal hier sind, möchte ich ganz kurz erklären, worum es uns hier geht: Wir wollen Strategien finden, wie wir mit unseren Gefühlen und Gedanken umgehen können; wie wir mit den Menschen umgehen können, die vielleicht nicht verstehen, wie wir uns fühlen; wie wir positiv denken können, auch wenn es das Letzte ist, was wir eigentlich wollen. In diesem Raum könnt ihr offen sagen, was ihr fühlt und denkt, ohne Angst haben zu müssen, dass jemand über euch lacht oder euch kritisiert. Wie unser Motto schon sagt: Wir wollen euch helfen, euch selbst zu helfen.« Er klatschte in die Hände, als wollte er ein wenig dringend benötigte Energie in diesen Raum zaubern. »Okay. Bevor wir anfangen, schlage ich vor, dass jeder sich kurz vorstellt. Sagt uns, wie ihr heißt, und erzählt was über euch, das ihr gerne mit uns teilen möchtet. Ich fange an: Mein Name ist Alan, ich lebe mit meiner Frau und zwei Kindern in einer Wohnung ganz in der Nähe, und bin jetzt seit mittlerweile knapp vier Jahren bei COPE in der Trauerberatung tätig.« Er klatschte noch mal und fügte hinzu: »So viel zu mir«, bevor er die unscheinbare und etwas verhuscht wirkende Frau neben sich auffordernd ansah.

»Hallo. Ich bin Karen. Ich arbeite in Teilzeit als Klavierlehrerin und bin heute zum ersten Mal bei COPE. Mein Bruder ist vor drei Jahren an Darmkrebs gestorben, und ich vermisse ihn schrecklich.«

Nach und nach stellte jeder im Kreis sich kurz vor und gab

Tom

Die Wahrheit ist: Ich war fix und fertig. Wie konnten so wenige Menschen so viel Trauer und Schmerz in sich tragen? Clive und ich, die wir während der gesamten Sitzung kein einziges Wort mehr von uns gegeben hatten, mussten uns anhören, wie ein junger Mann jeden Abend das Abendessen für seine Freundin zubereitete, die bei einem Autounfall ums Leben gekommen war, und wie eine Frau, deren Schwester vor zehn Jahren an Leukämie gestorben war, seitdem jeden Abend in Tränen ausbrach. Und dann gestand eine respektabel aussehende Dame in den Fünfzigern, dass sie seit dem Tod ihres Sohnes, der in Afghanistan gefallen war, jede Woche Klamotten bei Marks & Spencer klaute, ohne sie auch nur ein einziges Mal zu tragen.

Ich kann nicht leugnen, dass es mir zu einem gewissen Grad guttat, diese Geschichten zu hören. Zu sehen, dass auch andere, ganz normale Menschen unter einem ähnlichen Schmerz litten, gab mir das Gefühl, nicht ganz so allein zu sein. Ich war nicht »seltsam«, weil ich mir meine Trauer manchmal wie ein Monster aus *Doctor Who* vorstellte, das in einer finsteren Ecke auf mich wartete. Ich war nicht »sonderbar«, weil ich abends oft mit dem Rücken an der Tür im Badezimmer saß und mein Gesicht tief in ein Handtuch vergrub, das ich mit Lauras Parfüm eingesprüht hatte, damit ich sie wenigstens noch einmal riechen konnte. Und ich war nicht »verrückt«, weil ich immer noch nicht Lauras Mobilfunkvertrag gekündigt hatte, um ihre Mailboxansage hören zu können, wenn es zu schlimm wurde. Doch schon am Ende der Sitzung, als Alan uns eine Hausaufgabe für nächste Woche vorschlug – »Schreibt einen Brief an den Menschen, den ihr verloren habt« –, wusste ich, dass ich nie wieder dorthin gehen würde. Es war einfach nicht mein Ding.

Linda

Ein paar Tage später erwartete mich eine schöne Überraschung, als meine beste und älteste Freundin Moira aus Melbourne anrief. Moira und ich kannten uns noch aus der Lehrerausbildung in Manchester. Wir hatten uns auf Anhieb verstanden, und es war Moiras Bruder Paul gewesen, durch den ich Frank kennengelernt hatte, Lauras Vater. Moira hatte mir die Hand gehalten, als der Schwangerschaftstest mir verkündete, dass ich ein Kind bekommen würde, und mich getröstet, als Frank mich sitzenließ und mir in einem Brief erklärte, dass er noch nicht bereit war, Vater zu werden. Und es war auch Moira gewesen, die elfeinhalb Stunden lang nicht von meiner Seite wich und mir den Schweiß von der Stirn tupfte, als ich meine wunderschöne, lächelnde Laura zur Welt brachte.

Während all der Höhen und Tiefen der letzten vierzig Jahre war Moira immer eine positive Kraft in meinem Leben gewesen, selbst als die Liebe sie ans andere Ende der Welt verschlug. Trotz der großen Entfernung telefonierten wir regelmäßig, sodass jede von uns nach wie vor regen Anteil am Leben der anderen nahm. Ich war für sie da gewesen, als ihr erster Mann, Peter, nach nur zehn Jahren Ehe an Darmkrebs starb, so wie sie für mich da gewesen war, als Laura uns verließ.

Moira und ich hatten schon seit einer Weile nicht mehr gesprochen, und so lauschte ich ihren Neuigkeiten und erzählte ihr meine, und am Ende lud sie mich, wie jedes Mal, zu sich nach Melbourne ein, und wie jedes Mal sagte ich, sie solle lieber vorsichtig sein, eines Tages würde ich die Einladung vielleicht annehmen.

5
In die Ecke gedrängt

Tom

Eine Woche nach meinem ersten COPE-Meeting hatte ich einen Termin bei Peters & Whitelaw, einer Anwaltskanzlei in Islington, die mein Boss mir empfohlen hatte. Ich saß noch nicht ganz, als Mr Whitelaw in seine Unterlagen schaute und sagte: »Wie ich sehe, haben Sie sich schuldig bekannt. Ich bin mir sicher, wir können das umgehen, sofern Sie *noch einmal ganz nüchtern über alles nachgedacht und beschlossen haben, Ihr Schuldeingeständnis zu widerrufen.*«

Ich rutschte unbehaglich auf meinem Stuhl herum und ignorierte die eindeutige Aufforderung in seinen Worten.

»Tatsächlich habe ich das nicht.«

Der Anwalt nickte, als wäre das nur ein unbedeutendes Hindernis, und konzentrierte sich wieder auf seine Unterlagen.

»In Ihrer Aussage steht, Sie seien an diesem Tag ins Pub gegangen, weil Sie beschlossen haben, nicht zur Arbeit zu gehen. Darf ich fragen, was Sie beruflich machen?«

»Ich arbeite beim Fernsehen. Ich bin leitender Produzent, unter anderem von Sendungen wie *The Big Night Out.*«

Mr Whitelaw nickte wieder. »Das ist nicht ganz mein Spezialgebiet, aber ich bin mir sicher, meine Frau sieht sich das hin und wieder an.« Er blickte wieder in seine Unterlagen. »Würden Sie Ihre Tätigkeit als stressig beschreiben?«

Stressig war eindeutig untertrieben. Ich glaube, der einzige

Berufszweig, der mehr junge Mitarbeiter verbrannte, waren die britischen Streitkräfte. »Hin und wieder«, antwortete ich.

»Und Sie sagen, Sie seien an diesem Tag auf dem Weg zur Arbeit gewesen, als Sie beschlossen, kehrtzumachen und nach Hause zu fahren. Darf ich nach der Ursache dieses spontanen Entschlusses fragen?«

Er war auf der Suche nach mildernden Umständen, irgendwas, das er benutzen konnte, um mich vom Haken zu holen. Aber ich war nicht bereit, Lauras Tod als Entschuldigung anzubringen, um meine eigene Haut zu retten. Es war an der Zeit, für meine Fehler geradezustehen.

»Einfach so«, antwortete ich dementsprechend. »Es gab keinen besonderen Grund. Manchmal geht man zur Arbeit und stellt fest, dass das der letzte Ort ist, an dem man gerade sein möchte.«

Mr Whitelaw nickte halbherzig. Er spürte ganz offensichtlich, dass ich ihm nicht alles erzählte. »Würden Sie von sich sagen, dass Sie ein Alkoholproblem haben?«

»Nein, ganz und gar nicht.«

»Würden Sie sagen, dass Sie unter Druck stehen?«

»Nicht mehr als alle anderen auch.«

»Okay. Fällt Ihnen irgendetwas ein, das Sie an diesem Tag dazu gebracht haben könnte, Alkohol zu trinken und dann ins Auto zu steigen? Etwas, das wir vor Gericht nutzen könnten? In Ihrer Aussage steht, dass Sie nach Hause mussten, weil Sie übers Wochenende verreisen wollten. Gab es da möglicherweise einen besonderen Anlass?«

»Meine Schwiegermutter hat den Ausflug organisiert. Ich hatte nicht viel damit zu tun.«

Mr Whitelaw seufzte, legte den Stift auf den Tisch und zog die Brille ab. »Mr Hope«, begann er, als spräche er mit einem

Schuljungen. »Ihnen ist bewusst, dass das Vergehen, dessen Sie beschuldigt werden, kein Kavaliersdelikt ist? Auch wenn es das erste Mal ist, so nehmen die Gerichte Alkohol am Steuer sehr ernst. Im schlimmsten Fall müssen Sie mit einer Freiheitsstrafe rechnen, ganz zu schweigen von dem Verlust Ihres Führerscheins für bis zu drei Jahre.« Er schob sich die Brille wieder über die Nase und nahm den Stift in die Hand. »Mit diesen Informationen im Hinterkopf, sind Sie wirklich sicher, dass Ihnen kein einziger mildernder Umstand einfällt?«

Freiheitsstrafe? Ich hatte kaum die sieben Stunden in der Zelle der Polizeistation überstanden. Mir war völlig bewusst, dass die ganze Bedrohung sich in Luft auflösen würde, sobald ich meinen Trumpf der toten Ehefrau aus der Tasche zog. Ich brauchte ihm nur zu erzählen, dass es fast genau ein Jahr her war, dass ich Laura verloren hatte, und dass ich die ganze Zeit an sie hatte denken müssen. Dass ich nur angefangen hatte zu trinken, um zu verhindern, dass die Erinnerung an sie mich überwältigte, und bloß ins Auto gestiegen war, weil ich meine mutterlosen Kinder übers Wochenende von hier hatte fortbringen sollen.

Ich schluckte und sah Mr Whitelaw in die Augen. »Es tut mir leid, aber es gibt keine mildernden Umstände. Ich habe getan, was ich getan habe. Es war dumm von mir, und nur ich allein trage die Verantwortung.«

Mr Whitelaw war ganz offensichtlich kein Mensch, der schnell aufgab, und in der Zeit, die uns noch blieb, machte er mir mehr als deutlich, dass er diesen Fall ohne Zweifel verlieren würde, wenn er vor Gericht nicht irgendetwas zu meinen Gunsten anzubieten hätte. Doch egal, wie oft er mir mit einer Gefängnisstrafe drohte, ich weigerte mich, ihm zu geben, was er wollte, es schien mir einfach nicht richtig. Und als ich schließlich die Kanzlei verließ, fühlte ich mich, als hätte ich gerade einen Schwergewichtsboxkampf überstanden.

Während ich durch die nassen, dunklen Straßen von Islington Richtung U-Bahn lief, meldete sich mein Handy. Auf dem Bildschirm leuchtete meine wöchentliche Erinnerung: »20 Uhr COPE«. Selbst wenn ich nicht gerade erfahren hätte, dass ich vielleicht ins Gefängnis musste, bezweifle ich, dass ich tatsächlich zu diesem Treffen gegangen wäre. Einmal war mehr als genug. Die Frage war nur: Sollte ich Linda beichten, dass diese Selbsthilfegruppe nichts für mich war, und damit riskieren, sie schon wieder zu enttäuschen, oder sollte ich lügen und meine Probleme allein lösen? Es dauerte ungefähr eine halbe Sekunde, um zu einer Entscheidung zu kommen, und so schrieb ich Linda: »Vergiss nicht, dass ich heute Abend später komme. Fahre noch zum COPE-Treffen.« Ich steckte das Telefon zurück in die Jackentasche, nahm die U-Bahn zur Victoria Station und den 18.05 nach Redhill, wo ich den Abend allein in einem Pub am Bahnhof verbrachte und mich an einem großen Glas alkoholfreiem Cider festhielt. Pünktlich um halb zehn verließ ich das Pub, fuhr mit dem Taxi nach Hause und fand Linda in der Küche.

»Wie war's?«, fragte sie.

»Gruselig«, antwortete ich. »Aber es war es wert.«

Sie legte mir mitfühlend eine Hand auf die Schulter. »Du bist so tapfer, Tom. Das bist du wirklich.«

»Danke«, erwiderte ich und sank damit auf ein neues Level der moralischen Degeneration. Wenn ich so weitermachte, würde ich bis Weihnachten Katzenbabys bei lebendigem Leib über dem Feuer rösten.

Linda

Ich war stolz auf Tom. Er setzte so viel Energie in seine wöchentlichen COPE-Treffen, und auch wenn ich mir nach wie vor Sorgen darüber machte, wie viel er arbeitete und wie selten er seine Töchter sah, war ich doch voller Hoffnung, dass sich alles schon bald ändern würde. Und als aus einem milden November ein besonders kalter Dezember wurde und er noch immer regelmäßig zu seinen Treffen ging, glaubte ich wirklich, mein Schwiegersohn würde die Kraft entwickeln, im kommenden Jahr eine ganz neue Seite aufzuschlagen.

Am ersten Montag im Dezember traf ich mich wie üblich mit meinem Buchclub. Ich hatte eine Anzeige dieser Gruppe in der örtlichen Bücherei entdeckt und war nun seit mittlerweile acht Monaten regelmäßig dabei. Nachdem ich mich nach zwanzig Jahren Pause wieder an die Organisation einer Familie gewöhnt hatte, sehnte ich mich nach ein wenig Gesellschaft. In York war ich in mehreren Buchclubs gewesen und hatte sie immer als eine nette Möglichkeit betrachtet, mit Leuten in Kontakt zu kommen. Und so hatte ich mich ohne zu zögern angemeldet.

Anfangs hatte mir die Teilnahme allerdings weniger Spaß gemacht als erhofft, was hauptsächlich daran lag, dass Faye, die die Gruppe ein Jahr zuvor gegründet hatte, uns ständig zwang, schrecklich langweilige literarische Romane zu lesen. Nach meinem dritten Treffen, bei dem sie uns doch tatsächlich den neusten Booker-Preisträger aufdrängen wollte, meuterte ich gemeinsam mit ein paar anderen Damen, was dazu führte, dass wir als Nächstes einen wunderbaren Cozy-Crime-Thriller lasen, der Fayes literarisches Ästhetikempfinden dermaßen quälte, dass sie aus ihrem eigenen Buchclub austrat.

Mittlerweile hatten wir die Bücher ganz aufgegeben und trafen uns lieber in einem Café auf der High Street zu einem netten Plausch.

An diesem Vormittag sprachen wir über unsere Familien und vor allem darüber, wie enttäuscht manche von ihnen waren. Die Tatsache, dass Weihnachten vor der Tür stand, schien alles nur noch schlimmer zu machen. Margaret, die vor ihrer Pensionierung Sozialarbeiterin gewesen war, brach es förmlich das Herz, dass sie ihren Enkel nie zu Gesicht bekam, weil ihre Schwiegertochter es nicht zuließ. Lillian, eine Bibliothekarin in Teilzeit, war wütend auf ihre beiden Töchter, die mit Anfang vierzig gar nicht daran dachten, ihr auch nur ein einziges Enkelkind zu schenken. Und Gill, eine ehemalige Ärztin, machte sich Sorgen wegen ihres jüngsten Sohnes, der mittlerweile drei Kinder mit zwei Frauen hatte und mit einer dritten ein weiteres erwartete.

»Ich fühle mich schrecklich«, seufzte ich, als Margaret von ihrem letzten vergeblichen Versuch berichtet hatte, Kontakt zu ihrem Enkel aufzunehmen. »Ich darf meine Enkelinnen jeden Tag sehen.«

»Oh Linda, nicht doch«, erwiderte Margaret. »Du hast einen entsetzlich hohen Preis dafür bezahlt.«

Die anderen Damen am Tisch nickten zustimmend.

»Was ist eigentlich mit deinem Schwiegersohn?«, erkundigte sich Lillian. »Wie geht es ihm? Ich habe ihn letztens im Pub gesehen. Geht es ihm besser?«

»Es geht ihm gut«, sagte ich. »Tatsächlich scheint er in letzter Zeit eine richtige Wandlung durchzumachen. Warum fragst du?«

»Ich weiß nicht«, erwiderte Lillian nachdenklich. »Er sah irgendwie so unglücklich aus. Hat ganz allein in einer Ecke gesessen.«

Ich überlegte, wann das wohl gewesen sein könnte.

»Letzten Dienstag«, erklärte sie. »An meinem Geburtstag. Meine beiden Mädchen haben mich zum Essen eingeladen. Mir wäre es ja lieber, sie würden mir ein Enkelkind schenken – egal ob aus dem Reagenzglas, adoptiert, von einer Leihmutter oder von irgendeinem Fremden, ich würde alles nehmen!« Der ganze Tisch, mit Ausnahme von mir, brüllte vor Lachen.

»Habe ich was Falsches gesagt?«, fragte Lillian, als sie mein ernstes Gesicht sah.

»Natürlich nicht«, versicherte ich. »Ich habe nur nachgedacht. Bist du sicher, dass es am Dienstag war?«

»Absolut.«

Die Miss Marple in mir erwachte. »Um welche Uhrzeit etwa?«

»Nun, er war da, als wir um sieben kamen, und ich bin mir ziemlich sicher, dass er immer noch da war, als wir um neun wieder gegangen sind.«

An diesem Abend hatte ich in der Küche gesessen und Namensschilder in Evies Sportsachen genäht, als Tom nach Hause kam – angeblich von seinem COPE-Treffen, das ach so großartig gelaufen sei. Er fühle sich mittlerweile schon so viel besser.

Mit einem lauten Klirren stellte ich meine Tasse auf den Tisch, und die anderen lehnten sich in Erwartung eines Skandals, der sich vor ihren Augen abzeichnete, synchron nach vorne.

»Er hat mich angelogen!«

»Wer?«, fragte Lillian.

»Tom!«

Ich hatte den Frauen nichts von seiner Verhaftung gesagt, irgendwie war es mir nicht richtig erschienen, aber jetzt erzählte ich ihnen alles, von seinem Versprechen, zu den Sitzungen zu gehen, bis zu dem Umstand, dass er heute seine Anhörung vor Gericht hatte.

»Er hat mir ganze zwei Monate lang jede Woche ins Gesicht gelogen!«

»Das ist wirklich frech«, erklärte Lillian. »Was wirst du jetzt tun? Ihn zur Rede stellen?«

»Ihn zur Vernunft bringen, wenn ich ihn in die Finger kriege! Wie konnte er mich nur so hintergehen?«

»Beruhige dich«, sagte Margaret tröstend. »Offensichtlich hat er größere Probleme, als er zugeben kann.«

»Wir alle haben Probleme, Margaret, und trotzdem lügen wir nicht die Menschen an, die uns etwas bedeuten!«

»Hast du mal versucht, ihn dazu zu bringen, mit einem Arzt zu sprechen?«, fragte Gill. »Dort könnte man ihm individuelle Hilfe nahelegen, wenn es das ist, was er braucht.«

»Sie könnten ihm einen Flug zum Mond nahelegen, und es würde nichts bringen. Dieser Kerl wird von sich aus niemals Hilfe suchen oder sich ändern, es sei denn, jemand zwingt ihn dazu. Und dieser jemand werde wohl ich sein müssen.«

Tom

Linda stand an der Spüle und erledigte den Abwasch, als ich von meinem Gerichtstermin zurückkehrte. Sie hatte mir schon den ganzen Nachmittag über Nachrichten geschickt und gefragt, wie es ausgegangen war, aber ich hatte es nicht über mich gebracht, ihr zu antworten.

Sie trocknete sich die Hände an einem Küchenhandtuch ab und drehte sich zu mir um. »Wie ist es gelaufen?«

»Eine deutliche Verwarnung vom Richter und achtzehn Monate Führerscheinentzug plus sechzehnhundert Pfund Strafe.«

»Ich dachte, der Anwalt, den du dir ausgesucht hast, soll der beste auf seinem Gebiet sein?«

»Ist er auch«, erwiderte ich. »Seinetwegen stehe ich hier, anstatt mich meinen neuen Zellenkameraden im Gefängnis vorzustellen.«

Während Linda den Wasserkocher auffüllte, sah ich durch den Stapel Post auf dem Küchentisch. Nichts Besonderes – Rechnungen und Werbung, einiges davon noch immer an Laura adressiert.

»Ich habe mich gefragt, wie es mit deinen COPE-Sitzungen so läuft«, sagte Linda aus der anderen Ecke der Küche, während ich auf einen Umschlag starrte, der an »Mr T. Hope und Mrs L. Hope« gerichtet war. »Du hast schon länger nichts mehr davon erzählt.«

»Ganz gut«, antwortete ich, riss den Umschlag auf und blätterte durch die Wasserrechnung. Gleich am nächsten Morgen wollte ich dort anrufen und sie bitten, Laura aus der Adresszeile zu streichen – auch wenn ich genau wusste, dass ich es sowieso nicht tun würde. »Da gibt es nicht viel zu erzählen.«

»Hast du denn das Gefühl, dass es dich voranbringt?« Sie stand jetzt neben mir und hielt zwei dampfende Teetassen in den Händen, von denen sie eine vor mir abstellte.

»Langsam, aber ja, ich komme voran.«

»Gehst du morgen wieder hin?«

»Natürlich«, antwortete ich. »Ich freue mich darauf.«

Linda knallte ihren Becher so fest auf den Tisch, dass der Tee überschwappte. Doch statt ihn aufzuwischen, starrte sie mich mit funkelnden Augen an. Plötzlich ergaben ihre Fragen zu meinen COPE-Sitzungen einen Sinn. Sie hatte mich durchschaut.

»Ich kann es erklären.«

»Daran habe ich nicht den geringsten Zweifel!«, fauchte sie mich an. »Nur dass ich dir kein Wort mehr glaube. Wie konntest du mich nur so anlügen?« Ich öffnete den Mund, um etwas zu sagen, aber Linda hob abwehrend die Hand und ließ mich gar nicht erst zu Wort kommen. »Ich möchte es nicht hören, Tom, ich möchte gar nichts mehr hören!« Sie ließ sich schwer auf einen Stuhl sinken. Ihr Gesicht wirkte schrecklich müde. »Das ist alles meine Schuld. Hätte ich dich und die Mädchen einfach euer Leben führen lassen, ich weiß, du hättest es geschafft. Aber das habe ich nicht getan, nicht wahr? Stattdessen habe ich mich eingemischt und eine Rolle übernommen, die mir nicht zusteht.«

Ich war nicht aus Stein. Egal wie ichbezogen ich auch sein mochte, bei ihren Worten fühlte ich mich schuldig. Wenn Linda nicht da gewesen wäre und sich um die Mädchen gekümmert hätte, wer weiß, was aus ihnen geworden wäre. Warum war ich bloß nicht weiter zu diesen dämlichen Treffen gegangen?

»Du hast dich nicht eingemischt, Linda. Du hast uns geholfen. Ich kann mir gar nicht vorstellen, wo wir heute wären, wenn du uns nicht über Wasser gehalten hättest. Wir wären unmöglich allein zurechtgekommen.«

»Nun, bald wirst du keine andere Wahl haben«, erwiderte sie. »Es reicht, Tom. Ich gehe.«

Sie bluffte. Sie musste bluffen. »Das meinst du nicht ernst, Linda.«

»Doch, Tom«, sagte sie. »Gleich im neuen Jahr. Und du wirst mich nicht zurückhalten.«

Jetzt übertrieb sie aber. Sie würde die Mädchen niemals verlassen. Sie waren ihr Leben. Nein, sie wollte sicher bloß meine Aufmerksamkeit.

»Hör zu, Linda«, begann ich, »wir wissen beide, dass das niemals funktionieren würde. Was solltest du überhaupt in York mit dir anfangen? Du würdest es keine fünf Minuten aushalten. Aber ich verstehe, was du mir sagen willst, und ich ...«

Linda unterbrach mich. »Ich gehe nicht zurück nach York.«

»Wohin dann?«

»Nach Australien. Meine Freundin Moira hat mich schon so oft zu sich eingeladen, und heute habe ich zugesagt.«

Ich schloss die Augen und seufzte erleichtert. Sie hatte nicht vor, uns wirklich zu verlassen. Sie sprach von Ferien. Es würde nicht einfach werden, aber ich würde es schon schaffen, mich ein paar Wochen allein um die Mädchen zu kümmern, während sie sich eine Pause gönnte.

»Ist es das, worum es geht? Ein paar Wochen Australien? Du hast mir einen schönen Schreck eingejagt. Hör zu, Linda, ich verstehe, wie du dazu kommst. Und du hast jedes Recht ...«

Linda schüttelte den Kopf. »Ich spreche nicht von zwei Wochen Urlaub, Tom. Ich werde für sechs Monate nach Australien fliegen.«

»Sechs Monate?« Mir wurde schlagartig übel. »Das ist doch verrückt! Du kannst mich doch nicht ein halbes Jahr mit den Kindern allein lassen. Das ist egoistisch!«

Linda lachte. »Egoistisch? Ich? Das sagt der Richtige. Du bist ihr Vater! Ich habe dich gewarnt. Und nur damit du es weißt: Ich kann dir nicht versprechen, dass ich wieder hierher zurückkomme.«

Sie meinte es wirklich ernst. Es war eine Katastrophe. Seit Lauras Tod hatte ich mich keine einzige Stunde um die Mädchen gekümmert. Wie sollte ich jetzt plötzlich allein für sie sorgen? Ich musste die Angelegenheit mit Linda wieder geradebiegen, und zwar sofort.

»Linda ... hör zu ... es tut mir leid. Du hast ja recht, ich habe die Dinge aus der Hand gleiten lassen. Aber ich verspreche dir, ich werde es wiedergutmachen. Ich gehe wieder zu den Sitzungen.«

»Du könntest nicht, selbst wenn du wolltest«, erwiderte sie. »Die Gruppe ist seit Ende November aufgelöst. Und selbst wenn: Ich werde trotzdem fliegen.«

»Aber du liebst die Mädchen doch. Warum tust du ihnen dann so was an? Sie werden dir nie verzeihen, dass du sie im Stich lässt.« Das war unfair und mit das Schlimmste, was ich ihr vorwerfen konnte, aber ich fühlte mich völlig in die Ecke gedrängt.

»Ich verstehe, dass es ein Schock für dich ist«, sagte Linda ruhig und sah mich an. In ihren Augen leuchtete mehr Mitleid als Wut. »Aber du wirst dich daran gewöhnen. Und ich fliege nicht vor Weihnachten, du hast also genug Zeit, dich vorzubereiten. Du musst für deine Mädchen da sein, und das meine ich ernst. Sie haben schon ihre Mutter verloren, das Letzte, was sie brauchen, ist, auch noch dich zu verlieren.«

Es war einfach furchtbar. Konnte sie denn nicht sehen, wie kaputt ich war? Konnte sie nicht sehen, dass ich das allein niemals schaffen konnte? Ich musste ihr das unbedingt klarmachen.

Zum Glück gehöre ich zu den Menschen, die unter Druck zu Höchstleistungen auflaufen. Es gibt nichts Besseres, als aus einem Pitch mit einem Sender herauszumarschieren und zu wissen, dass du den Deal in der Tasche hast. Ich kann unter Druck gut denken, und was ich jetzt dachte, war Folgendes:

Ich hatte es vermasselt, und ich musste Linda beweisen, dass ich alles in meiner Macht Stehende tun würde, um es wiedergutzumachen.

»Du hast absolut recht«, sagte ich. »Ich muss wieder zu ihrem Dad werden, und was ich gerade gesagt habe – dass sie dir niemals verzeihen werden –, tut mir leid. Das war nicht richtig. Aber ich werde es wiedergutmachen. Ich muss noch mal zur Arbeit, aber morgen werden du, ich und die Mädchen zusammen essen gehen und ein bisschen Zeit miteinander verbringen. Ich werde dir beweisen, dass ich es ernst meine: Ich werde mich ändern.«

6
Glaub mir, es ist das Beste

Tom

Die Mädchen konnten es kaum fassen, als sie am nächsten Tag aus der Schule kamen und mich zu Hause antrafen, und erst recht nicht, als ich verkündete, dass wir alle gemeinsam essen gehen würden.

»Und du kommst auch mit?«, fragte Evie misstrauisch.

»Selbstverständlich«, erwiderte ich.

»Aber musst du denn nicht arbeiten?«, fragte Lola.

»Normalerweise schon. Aber nicht heute. Heute habe ich mir gesagt: Vergiss die Arbeit. Ich will lieber ein bisschen Zeit mit euch verbringen.«

»Wo gehen wir hin?«, fragte Evie aufgeregt.

»Ins *Giraffe*, euer Lieblingsrestaurant.«

Statt in aufgeregtes Jubeln auszubrechen, zogen die beiden lange Gesichter und blickten fragend zu Linda. Ich verstand nicht recht, was los war.

»Das *Giraffe* ist für Babys«, sagte Lola, die eindeutig etwas nachplapperte, das sie von Evie gehört hatte.

Evie stieß Lola in die Seite. »Das darfst du nicht sagen, das ist unhöflich.« Sie wandte sich an mich, wobei sie gleichzeitig einen halbherzigen Angriff ihrer Schwester abwehrte. »Das klingt toll, Dad.«

Linda nahm mich beiseite. »Ich fürchte, sie sind nicht mehr ganz so begeistert vom *Giraffe* wie früher«, erklärte sie. »Ich glaube, der Pizza Express ist eher ihr Ding.«

Ich zuckte mit den Schultern. Was bedeutete es schon, wenn ich nicht mehr wusste, welches das Lieblingsrestaurant meiner Töchter war? So etwas änderte sich schließlich ständig. In diesem Moment hätte ich sie ins Ritz eingeladen, wenn es Linda dazu gebracht hätte, ihre Meinung zu ändern. Also gingen wir zum Pizza Express. Wir bekamen einen Tisch in der Nähe des Fensters, das mit Glitzergold und Sprühschnee geschmückt war. Ich musste beinahe brüllen, um mich gegen das *Dean Martin Christmas Album* durchzusetzen, als ich den Mädchen, die die Speisekarte studierten, verkündete, sie dürften sich aussuchen, was sie wollten. Nachdem die Kellnerin unsere Bestellung aufgenommen hatte, erzählten die Mädchen Linda und mir von ihrem Schultag, doch irgendwann hörte ich nicht mehr zu. Die Tatsache, dass ich nicht gewusst hatte, welches ihr Lieblingsrestaurant war, begann an mir zu nagen.

Es war natürlich nur eine Kleinigkeit. Keine große Sache. Und trotzdem fragte ich mich, was ich sonst alles nicht mehr wusste. Schon vor einer Weile hatte ich gelernt, dass sich bei Kindern ständig alles veränderte. Ich erinnerte mich an die Puppe, die Evie früher überallhin mitnahm. Eines Tages hatte ich gesehen, dass sie sie zu Hause vergessen hatte, aber als ich es Laura sagte, lachte die nur und erklärte mir, dass Annabels Zeit fast abgelaufen sei. Und tatsächlich, zwei Wochen später fand ich die Puppe mit einem Haufen Bücher und Klamotten unter Evies Bett. Nach diesem Vorfall konnte ich mit relativ guter Treffsicherheit voraussagen, wann ein Lieblingsspielzeug exkommuniziert werden würde. Aber das war früher. Im Laufe der Zeit waren die Veränderungen subtiler geworden und bezogen sich mittlerweile mehr auf die Mädchen selbst, die Art, wie sie sich und die Welt sahen. Und nachdem ich ein

Jahr lang nur in meinem eigenen Kopf gelebt hatte, wie konnte ich da jetzt auch nur annähernd ahnen, wer sie waren, ganz zu schweigen davon, wer sie in Zukunft sein mochten? Evie war nicht länger das Grundschulmädchen, das gerade auf die höhere Schule gewechselt hatte. Sie hatte Pickel bekommen und ein Handy, das ihre Lebensader zum Rest der Welt zu sein schien. Dachte sie die gleichen Dinge wie ein typisches Mädchen im Teenageralter? Und was dachte ein typisches Mädchen im Teenageralter überhaupt? Drehte sich in ihrem Kopf alles um Klamotten und Jungs? Und was war mit Lola? Sie hatte das letzte Jahr auch nicht eingelegt in Aspik verbracht. War es nur mein spontaner Eindruck, oder war sie tatsächlich deutlich stiller geworden? War das nur die neue, ältere Lola, oder eine Reaktion auf den Tod ihrer Mutter?

Ein Teil von mir wollte die Antworten auf all diese Fragen erfahren, wollte alles über die Mädchen und ihr Leben wissen, aber zugleich bekam ich allein beim Gedanken panische Angst davor, was diese Antworten bedeuten könnten. Ohne Laura hatte ich nicht die geringste Ahnung, wie ich an meine Töchter herantreten sollte. Ich liebte meine Mädchen, aber ich war nicht der geborene Vater. Das war mit ein Grund dafür gewesen, warum ich das alles im letzten Jahr Linda überlassen hatte. Sie war ihre Großmutter und damit ihrer Mutter, die sie so sehr vermissten, am nächsten. Ich war nur der Typ, der verantwortlich war, wenn sonst keiner mehr blieb, um den Job zu erledigen. Ja, ich war der Vater der Mädchen, aber was genau bedeutete das eigentlich?

Ich konzentrierte mich wieder auf das Gespräch am Tisch und warf hin und wieder etwas in die Runde, wobei ich mich um unverfängliche Gesprächsthemen bemühte: keine Politik, keine Religion und keine Fragen, was sie mal werden wollten, wenn sie groß waren. Stattdessen redeten wir über die Schule, über Freunde, Musik, Bücher und Weihnachtsgeschenke. Wir diskutierten über die besten Weihnachtsfilme aller Zeiten (Nummer eins: *Buddy – Der Weihnachtself*, knapp gefolgt von *Ist das Leben nicht schön*). Ich war gar nicht so schlecht, scherzte herum und brachte die Mädchen zum Lachen. Doch als der Kellner unsere Teller abräumte und uns die Dessertkarten brachte, verkündete Linda plötzlich, dass sie den Mädchen etwas zu sagen habe.

»Vielleicht sollten wir damit noch ein wenig warten«, unterbrach ich sie rasch, in der Hoffnung, dass die beiden es gar nicht bemerkt hatten. »Es ist gerade so nett.«

Linda und ich starrten uns an. Mein Blick sagte: *Was denkst du, was du da tust?*, während ihrer entgegnete: *Es ist mir egal, was du denkst. Ich werde es ihnen trotzdem sagen.*

Die Mädchen spürten die Spannung zwischen Linda und mir.

»Was ist los?«, fragte Evie.

»Ihr seid komisch«, sagte Lola. »Das mag ich nicht.«

»Ich muss euch beiden etwas sagen«, begann Linda und vermied es, mich dabei anzusehen. »Es ging alles ziemlich schnell, aber es ist so: Ich werde nach Neujahr nicht länger hier bei euch sein.«

»Das verstehe ich nicht«, sagte Lola. »Gehst du weg?«

»Ja, ich fliege nach Australien«, sagte Linda. »Du erinnerst dich doch an meine Freundin Moira? Ich habe schon oft von ihr erzählt, und sie hat euch beide einmal getroffen, als ihr noch klein wart. Sie lebt in Australien, und sie hat mich eingeladen, sie zu besuchen.«

»Aber wir kommen mit, nicht wahr Nanny?«, fragte Evie. »Ich wollte schon immer mal nach Australien.«

Linda legte eine Hand auf Evies Kopf. »Nein, Liebling, ich werde allein fliegen. Und ich fürchte, ich werde nicht nur ein paar Wochen weg sein, sondern länger, ein halbes Jahr.«

»So lange?« Evie schnappte nach Luft. »Du kannst doch nicht einfach ein halbes Jahr fortgehen! Wer soll sich denn um uns kümmern?« Linda sah zu mir. Evie folgte ihrem Blick und starrte mich ungläubig an. »Du lässt uns mit Dad alleine?«

»Es ist das Beste«, sagte Linda.

Es war an der Zeit, dass ich die Diskussion wieder in richtige Bahnen lenkte. »Nanny geht nirgendwo hin«, versuchte ich die Situation zu beruhigen. »Sie möchte mir damit nur etwas beweisen, das ist alles, okay? Es gibt keinen Grund, sich Sorgen zu machen.«

»Ich möchte überhaupt nichts beweisen, Tom«, sagte Linda wütend. »Ich werde nach Australien fliegen, und ich werde dort bleiben, solange ich will.«

In Lolas Augen glitzerten Tränen. »Aber ich will nicht, dass du gehst, Nanny! Ich will, dass du hierbleibst, bei uns!«

»Dad, sag ihr, dass sie nicht gehen kann!«, rief Evie trotzig. »Sag ihr, dass es dir nicht gut geht und du dich nicht um uns kümmern kannst.«

Die Nachricht, dass es mir »nicht gut ging«, traf mich wie ein Schlag ins Gesicht. War es das, was Evie über mich dachte? Nicht, dass ich abwesend oder egoistisch war, sondern krank? Ob es nun stimmte oder nicht, es tat verdammt weh, sie das sagen zu hören.

»Ich fürchte, Nanny hat sich bereits entschieden, mein Schatz.«

»Dann sitz nicht einfach so da rum!«, fauchte sie. »Sorg dafür, dass sie ihre Meinung ändert! Sie kann nicht weggehen!«

Ich blickte Linda an in der Hoffnung, jemanden zu sehen,

dessen Entschlossenheit in sich zusammenfiel. Doch ihr Gesicht, auch wenn es noch so traurig war, zeigte keinerlei Anzeichen von Kapitulation. Das war es also. Sie hatte sich entschieden. Sie würde wirklich fortgehen.

Wenn ein gewonnener Pitch das großartigste Gefühl der Welt war, so war ein verlorener die Hölle. Und dieser Pitch hier war spektakulär in die Hose gegangen.

Linda

Ich kann gar nicht ausdrücken, wie wütend ich auf Tom war. Konnte er denn nicht sehen, dass ich es nur zu ihrem Besten tat? Konnte er nicht verstehen, dass mich die ganze Sache weit mehr schmerzte als ihn? Aber natürlich kannte ich die Antwort auf diese Fragen: nein. Ihm war nicht einmal die Verzweiflung bewusst, in die er seine Töchter gestürzt hatte. Alles, was er sehen konnte, war seine Trauer. Alles, was er fühlen konnte, war die Panik, sich nicht länger verstecken zu können.

Später am Abend klopfte ich an die Tür des Wohnzimmers, wo Tom sich verschanzt hatte, seit er vor mir und den Mädchen her nach Hause gestürmt war.

»Darf ich reinkommen?«, fragte ich vorsichtig und schob den Kopf durch die Tür.

»Ich dachte, du hättest klargemacht, dass du tun und lassen kannst, was du willst«, knurrte er. »Warum also jetzt fragen?«

Ich setzte mich ihm gegenüber auf das Sofa. Er griff nach der Fernbedienung, schaltete den Fernseher aus und tauchte den Raum in Schweigen.

»Tom, ich weiß, dass du wütend auf mich bist ...«

Tom lachte. »Das trifft es nicht mal annähernd.«

»Nun, das mag so sein«, erwiderte ich und bemühte mich, ruhig zu bleiben. »Aber du weißt selbst, dass du das brauchst. Und ich würde dich nicht allein lassen, wenn ich nicht davon überzeugt wäre, dass du dieser Herausforderung gewachsen bist. Du musst wieder spüren, dass die Mädchen dich brauchen, Tom. Du musst spüren, ein Vater zu sein. Und ... nun ja ... was ich brauche, ist das Wissen, den Fehler wiedergutzumachen, dich nicht schon viel früher dazu gezwungen zu haben.«

»Das hast du mir alles schon mal gesagt«, stöhnte Tom verächtlich. »Und ich verstehe immer noch nicht, wieso du so extrem werden musstest. Du willst, dass ich mehr Verantwortung übernehme. Gut, das werde ich. Aber das ist kein Grund wegzugehen. Du hast deine Ansichten sehr deutlich gemacht.«

»Genau das bezweifle ich, Tom. Und ich glaube nicht, dass sich das ändern wird, solange ich hier bin. Du warst immer ein wundervoller Vater. Als die Mädchen klein waren, bist du selbstverständlich nachts aufgestanden, um sie zu füttern, du hast ihre Windeln gewechselt und sie gebadet. Ich weiß, wie hart du gearbeitet hast, um ihnen ein Heim zu schaffen und sie zu versorgen. Und ich weiß, wenn ich im Krankenhaus nicht neben dir gestanden hätte, als du diese schreckliche Nachricht erhalten hast, wenn du dich nicht darauf verlassen hättest, dass ich die Mädchen so lieben und trösten würde, wie ich es getan habe, dann hättest du dich niemals so vollständig deiner Trauer überlassen. Egal wie schmerzhaft es gewesen wäre, du hättest dich aufgerichtet, dir den Staub abgeklopft und wärst für deine Kinder da gewesen. Und genau deshalb kann ich nicht bleiben, Tom. An diesem Tag habe ich dir die Möglichkeit gegeben, die Verantwortung mir zu überlassen.

Und die einzige Chance, das wieder geradezubiegen, ist, dir diese Möglichkeit wieder zu nehmen. Was auch immer als Nächstes geschieht, ist allein deine Entscheidung.«

Der Januar kam sehr viel schneller, als ich erwartet hatte. Gerade noch hatten Tom und ich uns mitten in einem kalten Krieg befunden, und im nächsten Moment schon stand ich mit zwei großen Koffern und einer Reisetasche im Hausflur.

»Ich kann immer noch nicht glauben, dass du wirklich gehst«, sagte Evie und schlang die Arme um meine Taille, während wir auf das Taxi warteten. »Sechs Monate! Das ist eine Ewigkeit! In sechs Monaten kann alles passieren!«

»Du wirst dich wundern, wie schnell die Zeit vergeht«, sagte ich mit fester Stimme. Ich hatte mir geschworen, nicht vor den Mädchen zu weinen. »Wart's nur ab. Ehe du dich's versiehst, bin ich auch schon wieder da.«

»Aber ich will nicht, dass du gehst«, sagte Lola und drückte ihren Kopf gegen meine Hüfte. »Wenn du wirklich da hinfliegen musst, um deine Freundin zu besuchen, warum können wir nicht mitkommen und sie mitbesuchen?«

»Das wäre großartig, nicht wahr?«, sagte ich und wuschelte Lola durch die Haare. »Wer weiß, vielleicht können wir nächstes Mal ja gemeinsam dorthin fliegen.«

Von draußen war ein Hupen zu hören. Die Mädchen riefen die Treppe hinauf zu Tom, dass es so weit sei. Als er herunterkam, warf er mir einen verächtlichen Blick zu, der sagte: *Ich kann einfach nicht glauben, dass du mir das antust, nach allem, was wir zusammen durchgemacht haben.* Nicht zum ersten Mal fragte ich mich, ob er mich nicht vielleicht sogar ein wenig dafür hasste.

»Ich nehme deine Koffer«, sagte er, ohne mich anzusehen.

»Danke«, murmelte ich leise und schickte die Mädchen hinaus zu ihrem Vater ins Taxi, während ich noch kurz zurückblieb.

Für einen letzten Moment war ich allein in dem Haus, das über ein Jahr lang mein Heim gewesen war, und ich gestattete mir, ein paar der Tränen zu vergießen, die mir schon den ganzen Morgen hinter den Augen brannten. Dann wischte ich alle verräterischen Spuren fort, kontrollierte noch einmal mein Make-up im Garderobenspiegel und blickte mich ein letztes Mal um. *Es ist die richtige Entscheidung. Jetzt kannst du nicht mehr zurück, du musst die Sache durchziehen.*

Tom

So wütend ich auch auf Linda war, in Wahrheit war ich noch sehr viel wütender auf mich selbst, weil ich mich wie der letzte Hornochse benommen hatte. Alles, was sie über mich gesagt hatte, war richtig. Im letzten Jahr war ich so tief in meinem eigenen Leid versunken, dass ich die wirklich wichtigen Dinge aus den Augen verloren hatte. Ich hatte mich auf meine Arbeit verlassen statt auf meine Familie, um mich aus diesem Sumpf herauszuziehen. Ich hatte nur an mich und meine eigenen Gefühle gedacht. Sie hatte recht. Ich musste mich um meine Töchter kümmern, ich musste wieder ein Vater sein, und doch wollte die Entschlossenheit, die ich dafür brauchte, einfach nicht kommen. Wie konnte ich für einen anderen Menschen sorgen, wenn ich kaum in der Lage war, mich um mich selbst zu kümmern? Das Ausmaß an Liebe, Fürsorge und Aufmerksamkeit, die meine beiden Mädchen brauchten und verdienten, machte mir Angst. Linda schien das mühelos zu gelingen, und Laura, ja, Laura war ohnehin ein Naturtalent gewesen. Wie konnte ich das jemals auch nur halb so gut erledigen wie sie? Wie würde diese ganze Sache *nicht* darauf hinauslaufen, dass ich das Leben dieser beiden perfekten Kinder ruinierte?

Ich war gerade mal zehn gewesen, als meine Mum meinen Dad wegen irgendeines Kerls verlassen hatte und nie wieder zurückgekehrt war. Und selbst in diesem Alter hatte ich schon gewusst, dass es für meinen Dad nicht leicht werden würde, sich allein um mich zu kümmern. Er arbeitete viel und war gerade mal in der Lage, eine Konservendose zu öffnen und ihren Inhalt auf dem Herd aufzuwärmen. Ich war also zum größten Teil auf mich allein gestellt. Er hatte mir immer Geld hingelegt, damit ich mir etwas zu essen kaufen konnte, und ich wusste, wo die nächste Fish-and-Chips-Bude war. Mit der Zeit aber gingen mir die Hosenbeine meiner Schuluniform nur noch bis zu den Knöcheln, die Staubschicht auf den Regalen wurde immer dicker, Geburtstage verstrichen, ohne dass sie gefeiert wurden, und wir beide vergaßen, wie gut es tat, wenn jemand einem über den Kopf streichelte, einfach nur aus Zuneigung. Allmählich wurde deutlich, dass meine Mum weit mehr getan hatte, als uns beiden bewusst gewesen war. Ich wollte meinen Dad nicht verurteilen. Er hatte getan, was er konnte. Aber manchmal fragte ich mich, was wohl aus mir geworden wäre, wenn mein Vater gegangen wäre und nicht meine Mutter. Wäre ich ein liebenswerterer, sensiblerer und aufmerksamerer Mensch geworden? Und hätte ich mir dann auch Gedanken darüber gemacht, wie es andersrum gewesen wäre? Ich glaube, was ich damit sagen will, ist: Ich hatte diese Folge der *Single Dad Show* schon mal gesehen, und es erschien mir hoffnungslos optimistisch zu glauben, das Skript würde sich ändern, bloß weil ich das Pech hatte, diesmal die Hauptrolle zu spielen.

Linda

Es war der erste Samstag im neuen Jahr, und am North Terminal des Flughafens Gatwick war der Teufel los. Es wimmelte von Familien mit völlig überladenen Trolleys, jungen Pärchen, die winzige Köfferchen hinter sich herzogen, und durchgestylten Geschäftsleuten, die auf ihre Handys einredeten. Ich wollte einfach nicht glauben, dass ich in wenigen Augenblicken eine von ihnen sein sollte: eine Reisende auf dem Weg zu einem Ort, der nicht mein Zuhause war. Bevor ich abflog, musste ich mich jedoch unbedingt noch mit Tom versöhnen. Ich brauchte das Gefühl, dass wir wieder Freunde waren, eine Familie. Evie und Lola, die vom Trubel und der allgemeinen Aufregung eines geschäftigen Flughafens für den Moment von ihrem Trennungsschmerz abgelenkt waren, liefen los, um zu sehen, ob sie meinen Check-in-Schalter auf der großen Anzeigetafel finden konnten, und gaben mir so einen kurzen Augenblick, um noch einmal mit Tom zu reden.

»Möchtest du die Dinge zwischen uns wirklich so belassen?«

Er blies die Backen auf und seufzte. »Dasselbe könnte ich dich fragen. Ich kann einfach nicht glauben, dass du diese alberne Aktion tatsächlich durchziehst. Du weißt genau, dass du jede einzelne Minute ohne die Mädchen hassen wirst. Warum willst du dir das antun, bloß um mir etwas zu beweisen?«

»Das ist nicht der Grund. Ich gehe, um dich vor dir selbst zu schützen.«

»Ich brauche niemanden, der mich vor mir selbst schützt«, zischte Tom. »Ich brauche jemanden, der mich nicht einfach im Stich lässt.«

Bevor ich antworten konnte, kamen die Mädchen zurück. »Du musst zum Schalter 67, Nanny«, sagte Evie und deutete aufgeregt auf eine Warteschlange. »Darf ich deinen Koffer schieben?«

Auch ohne ihn anzusehen, spürte ich Toms starren Blick auf mir.

»Und ich schiebe den anderen«, sagte Lola und packte den Griff, nur um festzustellen, dass der Koffer viel schwerer war, als sie erwartet hatte. »Ich glaube, das schaffe ich nicht allein.«

Tom kam ihr zu Hilfe, und ich versuchte, seinen Blick zu erhaschen, in der Hoffnung, er wäre genauso frustriert wie ich, weil es uns nicht gelungen war, unser Gespräch zu beenden, doch er wich mir aus. Sein Gesicht war wie versteinert.

Die Kinder und ich stellten uns ans Ende der Warteschlange. Tom erklärte, er wolle sich etwas zu trinken holen, und verschwand in Richtung eines Kaffee-Stands. Zu meiner Erleichterung plapperten die Mädchen munter drauflos und lenkten mich so davon ab, weiter über Tom nachzudenken. Es war beinahe, als wollten sie die letzten Minuten nutzen und mir noch alles berichten, was in ihren Köpfen vorging. Was würde ich im Flugzeug zu essen bekommen? Wo genau würde ich sitzen? War ich schon jemals so lange geflogen? Wie spät war es jetzt in Australien? Würde ich dort auch englisches Fernsehen sehen können? Die Mädchen stellten so viele Fragen, dass die Leute um uns herum mich lächelnd ansahen. Und ich lächelte stolz zurück, als wollte ich sagen: Ja, das sind meine Enkelinnen, und ja, ich weiß, was für ein unglaubliches Glück ich habe.

Ein weiterer Schalter wurde geöffnet, und schon bald konnte ich meine Koffer abgeben. Mit meiner Bordkarte machten wir uns auf die Suche nach Tom, der mit einem Kaffee in der Hand vor den Rolltreppen wartete.

»Nanny hat ihre Bordkarte«, verkündete Lola aufgeregt. »Die braucht man, um ins Flugzeug einsteigen zu können. Ich möchte auch eine Bordkarte haben!«

»Ich weiß, mein Schatz«, sagte Tom. »Irgendwann vielleicht.«

Auch ein weiterer Versuch, Toms Blick einzufangen, schlug fehl. Ich erklärte den Kindern, dass es Zeit wurde zu gehen, und wir fuhren mit der Rolltreppe zur Abflughalle hinauf.

»Ich fürchte, hier müssen wir uns verabschieden«, sagte ich kurz vor der Sicherheitskontrolle und kniete mich vor Lola. Eine Welle der Emotionen, gegen die ich mit aller Kraft ankämpfen musste, rollte über mich hinweg. »Sag mir noch einmal die drei Dinge, an die ihr immer denken sollt. Weißt du sie noch?«

Lola nickte unter Tränen. »Erstens: mich um Dad kümmern. Zweitens: mich um Evie kümmern. Drittens: immer daran denken, dass du uns lieb hast.«

»Und so ist es, nicht wahr?«, sagte ich, während die Tränen über Lolas Wangen liefen. »Nanny hat euch unendlich lieb, ganz egal, ob sie direkt neben euch steht oder auf der anderen Seite der Welt ist.«

Dann war Evie dran. »Du fehlst mir jetzt schon«, sagte sie und tauschte die Plätze mit ihrer Schwester. Es brach mir das Herz zu sehen, wie sehr sie gegen die Tränen ankämpfte.

»Ihr mir auch«, antwortete ich. »Aber wenn ich euch vermisse, dann bedeutet es, dass ich euch sehr lieb habe, und das ist gut, nicht wahr?«

Evie schlang die Arme um mich. »Ich will nicht, dass du gehst, Nanny. Bitte sag, dass du hierbleibst.«

»Ich kann nicht, Liebling. Versprich mir, dass du ein tapferes Mädchen sein wirst, ja? Und vergiss nicht, gut auf deinen Dad aufzupassen, und auf Lola. Und wenn du mich brauchst, egal wann, dann rufst du mich an. Daddy hat die Nummer.«

Schließlich wandte ich mich an Tom, der ein wenig abseits stand. Ich bat die Mädchen, einen Augenblick zu warten, nahm ihn bei der Hand und trat ein paar Schritte zur Seite.

»Ich weiß, dass du denkst, ich mache einen Fehler«, begann ich. »Und du glaubst, ich würde nicht verstehen, was du durchgemacht hast, aber du irrst dich. Ihr drei braucht euch gegenseitig, und alles, was ich tue, ist, euch den Raum dafür zu geben.« Ich trocknete mir die Augen und sah zu ihm hoch. »Du kannst es, auch wenn du daran zweifelst.« Ich griff in meine Tasche, zog ein in Geschenkpapier eingewickeltes Päckchen heraus, etwa so groß wie eine zusammengefaltete Zeitung, und reichte es Tom.

»Was ist das?«

Es war ein kleiner Scherz. Ich hatte es ihm eigentlich als Versöhnungsgeschenk geben wollen, da wir uns offenbar jedoch noch immer im Krieg befanden, war ich mir nicht sicher, ob er es mit dem erhofften Humor nehmen würde. Aber egal, ob er darüber lachen konnte oder nicht, er würde es brauchen. »Mach es auf und finde es heraus. Ab sofort hast du das Sagen.«

7
Kein Wunder, dass es wehtut

Tom

Mein erster Morgen ohne Linda erwies sich als in etwa so angenehm wie mein erster Abend, der, wie sich herausgestellt hatte, nicht besonders angenehm wurde. Auf dem Rückweg vom Flughafen hatten die Mädchen mich mehr oder weniger ignoriert, und wir waren kaum durch die Haustür, als sie auch schon in Evies Zimmer verschwanden und die Tür hinter sich zuknallten. Als wäre mir nicht auch so klar gewesen, dass ich da oben nicht willkommen war. Ich wärmte zwei Portionen Mikrowellenspaghetti auf und stellte sie auf einem Tablett vor ihre Tür. Als ich eine halbe Stunde später wieder raufging, um nachzusehen, waren die Teller leer, und auf dem Tablett lag ein Zettel in Evies Handschrift: »Wenn wir Nanny nicht zurückkriegen, reden wir nie wieder ein Wort mit dir!« Ich knüllte den Zettel zu einem Ball zusammen und stopfte ihn in meine Tasche. Nachdem ich die Küche aufgeräumt hatte, verbrachte ich den restlichen Abend damit, auf dem Sofa zu sitzen und die Ansage auf Lauras Mailbox abzuhören. Darüber musste ich dann irgendwann eingeschlafen sein. Als ich am nächsten Morgen auf dem Sofa erwachte, lag das Telefon noch auf meiner Brust. In der Hoffnung, dass die Mädchen wenigstens bereit waren, sich auf einen Waffenstillstand einzulassen, machte ich ein großes Frühstück mit allem, was sie gern aßen – Pancakes und Bacon und drei Sorten Eier. Nun, sie freuten sich tatsächlich über das Frühstück, aber deshalb sprachen sie trotzdem kein einziges Wort mit mir, während sie am Tisch saßen. Und anschließend verließen sie demonstrativ jeden Raum, sobald ich hereinkam, als wäre ich ein übler Gestank, vor dem sie flüchteten. Schließlich beschloss ich, dass es wohl das Beste wäre, wenn wir alle mal ein paar Stunden aus dem Haus kämen, statt uns den ganzen Tag anzuschweigen, und so landeten wir bei Marina und Richard.

Marina und Rich waren Lauras älteste Freunde, die über die Jahre auch meine Freunde geworden waren. Vor Lauras Tod hatten wir uns häufig gesehen, denn die beiden hatten ebenfalls Kinder in Evies und Lolas Alter, und obwohl ich ihnen seit der Beerdigung aus dem Weg gegangen war – so wie den meisten meiner Freunde –, hatte sie das nicht davon abgehalten, die Mädchen und mich immer wieder am Wochenende zu sich einzuladen.

»Wir freuen uns so, dass du angerufen hast«, sagte Marina, als unsere Kinder gemeinsam die Küchenschränke nach Keksen durchsuchten und mit Handladungen voll Backwaren wieder rausrannten.

»Es tut mir wirklich leid, dass ich mich so rar gemacht habe«, sagte ich kleinlaut. »Es ist nur, dass …«

»Du brauchst uns nichts zu erklären, Kumpel«, sagte Rich und reichte mir eine Flasche Bier. »Wir freuen uns einfach, dass ihr hier seid.«

Wir saßen in der großen Wohnküche und plauderten. Wie einfach und selbstverständlich es sich anfühlte – beinahe erwartete ich, dass Laura nach ihrer üblichen Tour durch das Haus, bei der sie die neusten Renovierungsprojekte der beiden bewunderte, durch die Tür kommen und sich zu uns setzen würde. Ich bin mir sicher, dass wir alle Lauras Abwesenheit spürten. Und ich denke, das war einer der Hauptgründe, wieso ich diese Situation so lange gemieden hatte. Doch jetzt war ich den beiden einfach nur dankbar, dass sie mich nicht aufgegeben hatten.

Nach dem Mittagessen verzogen sich die Kinder ins Wohnzimmer, um die Xbox zu malträtieren, und das Gespräch am Tisch kam auf Lindas Abreise.

»Sie ist also wirklich geflogen?«, fragte Rich.

»Gestern Morgen«, antwortete ich.

»Und sie kommt erst in sechs Monaten zurück?«, fragte Marina. Ich nickte und stellte zufrieden fest, dass meine Freunde Lindas Verhalten mindestens so verwerflich fanden wie ich. »Aber was denkt sie sich nur dabei? Es ist erst ein Jahr her, dass du Laura verloren hast, sie kann doch unmöglich von dir erwarten, dass du Vollzeit arbeitest und dich dabei noch um die Kinder kümmerst.«

Es war mir nicht wirklich bewusst gewesen, als ich beschlossen hatte, zu Rich und Marina zu fahren, aber das hier war genau der Grund, warum ich hier war: Mitgefühl. Solange man vierundzwanzig Stunden am Tag davon umgeben ist, versteht man gar nicht, wie abhängig man vom Mitgefühl anderer Menschen eigentlich werden kann. Vor allem, wenn die eigene Welt kopfsteht. Gerade noch ist man ein ganz normales menschliches Wesen mit all seinen Fehlern und Schwächen, und im nächsten Moment, dank einer bizarren Wendung des Schicksals, gelten die normalen Regeln der menschlichen Interaktion nicht mehr. Man kann tun und lassen, was man will, und niemand wird einen dafür verurteilen.

Ich muss gestehen: Ich genoss dieses Mitgefühl – nicht auf zynische oder berechnende Art und Weise, sondern einfach, weil es mir das Gefühl gab, nicht den Verstand zu verlieren. Denn wissen Sie, Trauer fühlt sich oft so an, als würde man verrückt werden. Sie treibt einen dazu, die seltsamsten Dinge zu tun. Ich erinnere mich an eine Situation, nicht lange nachdem ich wieder angefangen hatte zu arbeiten, in der ich allein im Pausenraum war und ohne besonderen Grund nach dem Kessel mit kochendem Wasser griff und ihn gegen die Wand schleuderte. Als meine Kollegen den Lärm hörten, kamen sie angerannt, um zu sehen, was passiert war, aber nicht einer von ihnen hat mich gefragt, ob ich noch alle Tassen im Schrank hätte. *Er hat seine Frau verloren*, sagten ihre Blicke, während sie die Sauerei um mich herum aufwischten, *vielleicht ist Küchengeräte an Wände schleudern eins der Stadien, die er durchmachen muss.*

Jedenfalls, nachdem Linda mein Verhalten wochenlang kritisiert hatte, war die Gegenwart von Marina und Rich eine wahre Erleichterung. Sie erinnerten mich genau im richtigen Moment daran, dass ich ein Trauma durchlebt und das Recht hatte, zu tun, was ich wollte, wann ich es wollte, ohne dafür zur Rechenschaft gezogen zu werden.

»Du weißt, an den Wochenenden und auch sonst helfen wir dir gerne, wann immer wir können«, sagte Marina eine Stunde später, als ich mich an der Haustür von ihnen verabschiedete, während die Kinder auf der Straße Fußball spielten.

»Danke, ich weiß das zu schätzen.«

»Was wirst du jetzt machen?«, fragte Rich.

Ich hatte einen ganzen Monat Zeit gehabt, mir etwas einfallen zu lassen. Einen ganzen Monat, in dem ich mit meinem Chef hätte sprechen und ein Sabbatical oder eine Teilzeit-Lösung hätte vereinbaren können. Oder sogar hätte kündigen können, um eine Weile als Freelancer zu arbeiten. Stattdessen hatte ich mich dafür entschieden, die ganze Angelegenheit einfach zu ignorieren. Ich hatte mir sprichwörtlich die Finger in die Ohren gesteckt und die Augen zugekniffen in der Hoffnung, das Problem würde sich von selbst lösen. Sogar noch, als ich Rich und Marina davon erzählte, war es mir unmöglich, mir vorzustellen, dass Linda nicht da sein würde, wenn wir nach Hause kamen.

Dank meiner Vermeidungsstrategie hatte ich jetzt ein echtes Problem. Etwa zu der Zeit, wenn Lola am Montag zur Schule gebracht werden musste, hatte ich einen Termin in Soho, und gegen Mittag, wenn es Zeit war, sie wieder abzuholen, würde ich in Meetings hocken, die frühestens gegen halb acht beendet wären. Und selbst wenn ich es irgendwie schaffen würde, den Montag ohne Kinderbetreuung zu überstehen, würde spätestens mein Zwei-Tages-Trip nach Amsterdam (um mich mit den Produzenten einer leichten Unterhaltungssendung zu treffen, an der Pluto interessiert war) mich noch vor dem Wochenende wegen Kindesvernachlässigung vor Gericht bringen.

Ich sah Rich an, der noch immer auf eine Antwort wartete.

»Ich sitze ganz tief in der Scheiße«, sagte ich, und wir lachten, als hätte ich es nicht todernst gemeint.

Marina küsste mich zärtlich auf die Wange. »Pass auf dich auf, ja?«

Ich fragte mich, wie viel sie von meinem ersten Jahr ohne Laura wusste und ob sie ahnte, dass ich mich nicht nur von meinen Freunden, sondern auch von meiner Familie zurückgezogen hatte. Und was würde sie wohl von der Geschichte mit meinem Führerschein halten? Hätte sie mir das ebenfalls verziehen? Während die beiden uns nachwinkten und die Mädchen und ich so taten, als würden wir die Straße hinunter zu meinem nicht existierenden Wagen spazieren, fragte ich mich, ob meine Freunde, wenn ich nicht so viele Dinge vor ihnen geheim gehalten hätte, Linda nicht sogar zustimmen würden, dass ich noch nicht einmal annähernd wieder auf die Beine gekommen war.

Die Mädchen sprachen auf dem gesamten Heimweg kein Wort mit mir, und kaum waren wir zu Hause, verschwanden sie nach oben. Ich spielte mit dem Gedanken, das Geschirr vom Frühstück wegzuräumen, das noch in der Spüle stand. Dann überlegte ich, ob Lola und Evie saubere Schuluniformen für den nächsten Tag hatten, und wenn nicht, was ich dagegen unternehmen sollte. Und schließlich dachte ich an Linda, wo sie wohl gerade war, was sie wohl gerade tat und wie sie nur hatte glauben können, das Ganze sei eine gute Idee.

Mein Handy summte. Es war eine Nachricht von Marina: »Hab grad mit meiner Schwester telefoniert. Ihrem alten Kindermädchen – sie ist großartig – ist gerade ein Job abgesagt worden, und ich habe sofort an dich gedacht. Ruf sie gleich an, sonst ist sie weg! Küsschen, M.«

Ich hatte mich noch in keinster Weise mit Tagesmüttern, Au-pairs oder irgendeiner anderen Form der Kinderbetreuung beschäftigt. Nicht nur, weil ich wusste, dass Linda völlig entsetzt wäre, sondern auch, weil ich den Gedanken selbst nicht besonders mochte. Nachdem meine Mutter uns verlassen hatte, war ich von einer ganzen Armada an desinteressierten Nachbarn und Freunden von Freunden betreut worden. Die meiste Zeit war es ganz okay gewesen, aber hin und wieder ging es auch schief, wie einmal, als ich bei Mr und Mrs Catteridge bleiben sollte, die ein paar Häuser weiter wohnten und deren Schäferhund mich mit wildem Blick so böse anbellte, dass ich mir in die Hose gemacht habe. Oder als Joan, eine alte Freundin von meiner Mutter, nicht bemerkte, wie ich Nägel in eine Steckdose steckte. Oder als Mrs Hughes mich mit ihren beiden Söhnen allein ließ, um ein paar Besorgungen zu machen, und die beiden es total witzig fanden, mich in den Wäscheschrank zu sperren, während sie wilde Monster spielten und an der Tür kratzten.

Aber das war damals gewesen. Und wenn diese Frau gut genug gewesen war, um auf Freyas Kinder aufzupassen – Marinas Schwester war mehr als anspruchsvoll –, dann hatte sie sicher ganze Stapel an Referenzen. Ich wählte die Nummer, die Marina mir geschickt hatte, und eine junge Frau mit kanadischem Akzent nahm ab.

»Hi Brooke, mein Name ist Tom Hope. Ihre ehemalige Arbeitgeberin, Freya, hat Sie empfohlen. Sie hat gesagt, dass Sie auf der Suche nach einer neuen Stelle sind, und ich dachte mir, vielleicht hätten Sie Zeit vorbeizukommen, damit wir uns unterhalten können? Ich bräuchte jemanden, der sich um meine Töchter kümmert.«

Sie erzählte, dass sie von Freya schon von mir gehört hätte. »Ich würde gern aushelfen«, sagte sie. »Wann würde es Ihnen denn passen?«

Ich blickte die Treppe hinauf und stellte mir vor, wie die Mädchen gerade Nadeln in eine Puppe steckten und mir allerlei Böses an den Hals wünschten. »Jetzt sofort? Ehrlich gesagt, ist es ziemlich dringend.«

Linda

In Australien war es früher Montagmorgen. 4.34 Uhr, um genau zu sein. Und endlich, nach dreiundzwanzig Stunden Flugzeit, mit einem kurzen Aufenthalt in Singapur, hatte ich mein Ziel erreicht. Zu Hause war es noch Sonntagnachmittag, die schönste Zeit der Woche. Die Mädchen würden nach dem Mittagessen gerade auf dem Sofa kuscheln und einen Film anschauen. Doch statt bei ihnen zu sein, saß ich hier, in einem Flugzeug, Tausende von Meilen entfernt.

Ich vermisste sie. Abgesehen von ein paar Wochenendkursen oder Nächten, in denen sie bei Freundinnen übernachtet hatten, war ich seit meinem Einzug nie länger von ihnen getrennt gewesen als die üblichen Schulstunden. Und nun, so weit weg und ohne die Möglichkeit, sie in den Arm zu nehmen, erschien es mir beinahe unerträglich. Meine Seele schmerzte, und sie schmerzte noch mehr bei dem Gedanken, wie sie wohl mit Tom zurechtkamen.

Tom

Ich räumte gerade das schmutzige Geschirr in die Spülmaschine, als es klingelte. Vor der Tür stand eine junge Frau mit einem strahlenden Lächeln und dem Aussehen eines Menschen, der es gewohnt war, viel Zeit an der frischen Luft zu verbringen. Während wir uns in der Küche unterhielten, rechnete ich fast damit, dass die Mädchen hereinkommen würden, neugierig und fest entschlossen herauszufinden, was ich im Schilde führte. Aber sie ließen sich nicht blicken.

Nach einer halben Stunde hatte Brooke mir alles berichtet, was ich über ihre Eignung als Kindermädchen wissen musste. Brookes Eltern führten zu Hause in Montreal einen Kinderladen, wo sie schon als kleines Mädchen mitgeholfen hatte. Sie hatte einen Abschluss in Kinderpsychologie von der Universität in Toronto und war in London, um sich eine Pause zu gönnen, bevor sie mit ihrer Lehrerausbildung begann. Bei Marinas Schwester Freya hatte sie mit im Haus gewohnt und ausgeholfen, wo es nötig war, und sie war gerne bereit, das auch bei uns zu übernehmen. Als ich ihr erklärte, dass die Mutter der Mädchen gestorben war und ich sehr viel arbeitete, sagte sie nur: »Das ist schon in Ordnung, Mr Hope, wirklich. Dafür bin ich ja da.«

»Also, wie geht es jetzt weiter?«, fragte ich. »Machen wir das per Handschlag oder unterschreiben wir einen Vertrag? Ich habe so was noch nie gemacht.«

Brooke lachte. »Nun, normalerweise würden Sie mich jetzt den Mädchen vorstellen und uns eine Weile allein lassen, um zu sehen, wie wir miteinander zurechtkommen.«

Evie und Lola. Beinahe hätte ich vergessen, dass sie in der ganzen Sache mehr oder weniger die Hauptrolle spielten. Das Letzte, was ich gebrauchen konnte, war, dass Brooke den Job nicht annahm, weil meine Töchter sich wie die letzten Gören aufführten.

»Bevor wir nach oben gehen, sollten Sie wissen, dass meine Töchter im Moment nicht mit mir reden«, erklärte ich in der Hoffnung, dass Ehrlichkeit in diesem Fall die beste Strategie war. »Sie geben mir die Schuld dafür, dass ihre Großmutter nach Australien geflogen ist. Ich bin sozusagen in Ungnade gefallen.«

Brooke ließ sich davon nicht aus der Ruhe bringen. »Das ist schon in Ordnung«, sagte sie. »Überlassen Sie sie einfach mir.«

Ich trat in den Flur und rief nach den Mädchen, die sich eine ganze Weile Zeit ließen, bevor sie oben auf der Treppe erschienen und mit leerem Blick auf mich herunterstarrten.

»Hört zu, ich weiß, ihr seid wütend auf mich, aber wie wäre es mit einer Waffenruhe? Ich möchte euch nämlich jemanden ...«

Jemand tippte mir auf die Schulter, und als ich mich umdrehte, stand Brooke neben mir. Sie lächelte mir zu und wandte sich dann an die Mädchen.

»Hi Mädels, ich bin Brooke, und ich bin ein Kindermädchen, das ist so eine Art Mischung zwischen großer Schwester und bester Freundin. Euer Vater denkt darüber nach, mich einzustellen, was bedeutet, dass wir ziemlich viel Zeit miteinander verbringen würden. Na ja, und da sollten wir uns vielleicht erst mal kennenlernen und feststellen, ob wir uns leiden können. Was sagt ihr, wollen wir rausfinden, ob wir uns mögen?«

Evie gab sich alle Mühe, unbeeindruckt zu wirken, aber ihr Blick verriet, dass Brooke sie bereits in der Tasche hatte. Lola dagegen versuchte gar nicht erst, sich zu wehren, und sah Brooke mit großen verliebten Augen an.

»Komm, ich zeig dir mein Zimmer!«, rief sie und polterte die Treppe hinunter.

»Lola, komm zurück!«, rief Evie und beobachtete mit geballten Fäusten, wie ihre einzige Verbündete die Seiten wechselte. »Vergiss nicht, worüber wir gesprochen haben.«

»Aber da ging es um Dad«, erwiderte Lola flehentlich. »Nicht um Brooke. Und außerdem will ich ihr mein Zimmer zeigen.«

Evies Gesicht war verzerrt von dem inneren Konflikt, in dem sie sich befand. Sosehr sie mich dafür bestrafen wollte, dass ich ihre Großmutter fortgetrieben hatte, so wenig wollte sie die Gelegenheit verpassen, sich mit dem neuen Kindermädchen anzufreunden.

Evie starrte ihre Schwester mit hartem Blick an. »Brooke will dein Zimmer sowieso nicht sehen, Lolls, es ist ja voller Babykram. Sie will garantiert meins zuerst sehen.«

Lola war entsetzt. »Mein Zimmer ist nicht voller Babykram!«

Brooke lächelte die beiden strahlend an. »Kommt schon, ihr beiden«, sagte sie. »Ich möchte *beide* Zimmer sehen, und wir haben alle Zeit der Welt.«

Linda

Es dauerte fast eine Stunde, bis ich es durch die Passkontrolle geschafft und mein Gepäck abgeholt hatte – meine zwei großen Koffer, die so schwer waren, dass ich den jungen Mann neben mir bitten musste, mir zu helfen, sie vom Band zu hieven. Und als ich endlich durch die Türen in die Ankunftshalle trat, übermannte mich eine Welle der Erschöpfung. Mein ganzer Körper schmerzte, und alles, was ich wollte, war die Augen zumachen und schlafen. Doch als ich dann Moira vor mir sah, war alle Erschöpfung wie weggeblasen.

»Wie wunderbar, dich zu sehen!«, rief sie und schlang die Arme um mich, in die ich mich dankbar fallen ließ. »Es ist viel zu lange her.«

»Ich kann gar nicht glauben, dass ich tatsächlich hier bin«, sagte ich mit einem Kloß im Hals. »Es ist so schön, dich zu sehen.«

Moira hatte nach Lauras Tod mehr als einmal angeboten, nach England zu kommen, aber ich hatte es jedes Mal abgelehnt und ihr gesagt, dass ich mich auf die Mädchen konzentrieren müsse. Und so waren es mittlerweile schon fünf Jahre geworden, in denen wir uns nicht mehr gesehen hatten. Fünf Jahre, und sie sah immer noch großartig aus und schien weit mehr mit sich im Reinen als beim letzten Mal, als wir uns gegenübergestanden hatten, kurz nachdem sie ihren Mann verloren hatte. In gewisser Hinsicht machte mir das Hoffnung.

Wenn sie das, was sie erlebt hatte, hinter sich bringen und immer noch lächeln konnte, dann würde ich auch sechs Monate ohne meine kleinen Schätzchen überstehen.

»Ich hab mir gedacht, wir bleiben erst einmal ein paar Wochen hier«, sagte Moira, während wir aus dem Halbdunkel der Tiefgarage in das gedämpfte Licht des neuen Tages fuhren. »Du kannst zur Ruhe kommen, wir gehen ein bisschen shoppen und schauen uns ein paar Galerien an. Und dann könnten wir nach Sydney fahren, und natürlich kannst du unmöglich den ganzen Weg bis nach Australien kommen, ohne das Great Barrier Reef zu sehen. Genau wie den Uluru, der Sonnenaufgang dort ist spektakulär. Es wird dir gefallen. Und dann müssen wir noch irgendwo ein paar Tage auf Hamilton Island reinquetschen, die Strände da sind einfach zum Sterben schön. Und dazwischen könnten wir noch einen Besuch in den Weinbergen machen und unseren australischen Wein probieren. Na, wie klingt das?«

Das war typisch Moira. Schon damals war sie immer diejenige gewesen, die Pläne gemacht hatte.

»Ernsthaft?«, fragte ich. »Das klingt alles fantastisch, aber auch überwältigend.«

»Das ist bloß der Jetlag«, sagte Moira. »Wenn du dich ein wenig ausgeruht hast, wirst du es kaum erwarten können, auf Tour zu gehen.«

Ich fragte mich, was Evie und Lola wohl gerade machten, und sah instinktiv auf die Uhr, die ich allerdings schon im Flugzeug auf Melbourne-Zeit umgestellt hatte. Ich war so müde, und plötzlich fühlte ich mich seltsam abgeschnitten von der Welt zu Hause.

»Du denkst an die Mädchen, nicht wahr?«, fragte Moira.

Ich nickte. Ich konnte an nichts anderes denken.

»Das ist ganz normal«, sagte Moira. »Ihr wart euch so nah im letzten Jahr. Kein Wunder, dass es wehtut, sie für so eine lange Zeit zurückzulassen.«

»Es fühlt sich an, als hätte man mir das Herz rausgerissen, und der Zustand, in dem Tom sich befindet, macht es nicht gerade besser.«

»Ich dachte, du wärst dir sicher, dass ihm die Herausforderung guttun würde?«

»Schon. Ich wäre nicht hier, wenn ich nicht davon überzeugt wäre. Es ist nur ... ich wünschte, wir hätten unseren Streit beigelegt, bevor ich gegangen bin. Es ist kein schönes Gefühl, sich so zu verabschieden.«

»Wenn er nur halb der Mann ist, den du mir beschrieben hast, dann wird er das hinbekommen«, sagte Moira. »Glaub mir, du hast ihm genau den Tritt in den Hintern verpasst, den er gebraucht hat.«

Nach Moiras Aufmunterung fühlte ich mich sehr viel besser, und den Rest der Fahrt redeten wir über die Mädchen und wie schnell sie groß wurden. Die Zeit verging wie im Flug, und es dauerte nicht lange, da hielten wir schon vor Moiras hübschem kleinem Häuschen am Rand von St. Kilda, das für die nächsten Monate mein Zuhause sein würde.

Als wir meine Koffer aus dem Wagen geladen hatten, führte Moira mich durchs Haus und dann nach oben in ein gemütliches Gästezimmer, das nach hinten zum Garten hinausging und für die Dauer meines Aufenthalts mir gehören würde. Als wir wieder hinuntergingen, fragte mich Moira, ob ich etwas essen wollte, bevor ich mich hinlegte. Doch als sie mein Gesicht sah, lachte sie nur und meinte: »Du willst weder das eine noch das andere, nicht wahr?«

Tom

Ich saß am Küchentisch und kämpfte gerade mit einer Online-Bestellung beim Supermarkt, als das Telefon klingelte. In der Erwartung, dass es Marina wäre, die hören wollte, wie mein Gespräch mit Brooke verlaufen war, nahm ich ab. Mit Linda hatte ich nicht gerechnet. In meinem Kopf saß sie immer noch im Flugzeug, wie in einem endlosen Schwebezustand, auf dem Weg zu ihrem Ziel, ohne jemals dort anzukommen. So hatte ich zumindest der Tatsache nicht ins Gesicht blicken müssen, ihr zu gestehen, dass sie gewissermaßen umsonst ans andere Ende der Welt geflogen war. Brooke hatte mein Angebot angenommen. Wir hatten uns vor einer Stunde auf die Konditionen geeinigt, und jetzt war sie auf dem Weg nach Gilford, um ihre Sachen zu holen. Lindas Plan, mich zum Vollzeitvater zu machen und meine Seele durch die Freuden der praktischen Elternarbeit zu retten, war fehlgeschlagen, und stattdessen würde sich jetzt eine Fremde um ihre Enkelinnen kümmern. Das war nicht unbedingt die Art von Neuigkeiten, die ich gern überbrachte, weder jetzt noch in einem anderen Leben. Ihre Reaktion würde ganz oben auf der Richterskala anschlagen, und die Chancen standen gut, dass sie mir diese Sache niemals verzeihen würde.

»Linda, ich hatte gar nicht damit gerechnet, schon so schnell von dir zu hören. Wie geht es dir?«

»Gut, danke. Der Flug hat meine alten Knochen zwar ein bisschen in Mitleidenschaft gezogen, aber damit ist in meinem Alter wohl zu rechnen. Wie geht es dir?«

»Ach, weißt du, wie es halt so ist.«

»Und die Mädchen? Hattet ihr einen schönen Tag?«

»Ja, ganz okay. Wir waren bei Rich und Marina zum Essen.«

»Oh, das klingt großartig! Die beiden sind wirklich reizend. Ich bin mir sicher, ihr hattet einen wundervollen Tag. Wenn ich richtig rechne, müsste es bei euch jetzt früher Abend sein. Was machen die Mädchen denn gerade?«

»Sie sitzen vor dem Fernseher und essen zu Abend. Sie werden ausflippen vor Freude, wenn sie hören, wer am Telefon ist. Ich gehe schnell und ...«

»Tom?«

»Ja?«

»Könntest du noch einen Augenblick warten, bevor du sie holst? Es ist nur ... nun ... ich finde, wir sollten reden. Ich fühle mich ganz elend, wenn ich daran denke, wie wir uns verabschiedet haben. Wir haben uns doch immer so nah gestanden, du und ich. Du musst verstehen, Tom, dass ich dir mit meinem Weggang nicht wehtun wollte. Ich wünsche mir einfach, dass du die Chance bekommst, zurück zu deiner Familie zu finden. Es mag sich im Moment nicht so anfühlen, aber ich glaube fest daran, dass es der Anfang von ...«

Ich ertrug es nicht länger. Ich musste es ihr sagen. »Linda, hör zu ... es wird dir nicht gefallen, aber ich habe ein Kindermädchen engagiert, das sich in Zukunft um Evie und Lola kümmern wird.«

»Du hast was?«

»Sie zieht heute ein und fängt gleich morgen früh an.«

»Oh Tom, bitte sag, dass das ein Scherz ist.«

»Es tut mir leid, aber ich meine es ernst. Sie ist wirklich nett. Sie heißt Brooke und kommt aus Kanada, und ihre Referenzen sind ...«

Linda begann zu weinen. »Ich kann es einfach nicht glauben, Tom. Wie können dir deine Töchter nur so egal sein, dass du es nicht wenigstens versuchst?«

»Was hast du denn erwartet?«, blaffte ich und meine Schuldgefühle schlugen um in altbekannte Wut. »Dass ich aufhöre zu arbeiten, zu Hause bleibe und einen auf glückliche Familie mache? Und wovon sollten wir leben? Von Luft und Liebe?«

»Oh Tom, denkst du wirklich, ich bin so dumm? Ich habe deine Kontoauszüge gesehen, und ich weiß genau, wie viel Geld du von der Versicherung bekommen hast und wie lange es jetzt schon auf deinem Konto liegt. Du arbeitest nicht, um Essen auf den Tisch zu bringen, sondern um dich vor dem Leben zu verstecken. Du könntest ein ganzes Jahr freinehmen, ohne dass der Haufen an Geld, der auf deinem Konto Staub ansammelt, auch nur eine Delle bekäme, von einem halben Jahr ganz zu schweigen.«

Sie hatte recht, jedenfalls was die Versicherung anging. Das Kleingedruckte der Police hatte vorgesehen, dass die Summe, die bei Lauras oder meinem Tod ausgezahlt würde, sich verdoppelte, falls unsere Kinder zu diesem Zeitpunkt noch unter sechzehn wären. Ich war mir dessen gar nicht bewusst gewesen. Und so hatte die Versicherung eine so hohe Summe auf mein Konto überwiesen, dass ich fast wöchentlich einen Anruf von meiner Bank bekam mit dem Hinweis, das Geld lieber auf ein geeigneteres Konto zu überführen. Es hatte ein Auffangnetz sein sollen, damit der überlebende Elternteil sich im Katastrophenfall keine Sorgen ums Geld machen müsste.

Ich versuchte es mit Selbstverteidigung: »So einfach ist das nicht, ich ...«

»Hör auf!«, sagte Linda, und ihre Stimme zitterte. »Ich will es nicht mehr hören. Alles, was dich interessiert, bist du selbst. Ich kann dir gar nicht sagen, wie enttäuscht ich bin. Und ich bin mir sicher, wenn Laura den Mann sehen könnte, der du geworden bist, würde sie es bereuen, dir jemals begegnet zu sein.«

8
Ich will doch einfach nur nach Hause

Tom

»Wir machen Rührei«, erklärte Lola aufgeregt, als ich am nächsten Morgen in die Küche kam. »Willst du auch was?«

»Sehr gern«, antwortete ich und trat zu ihr an den Herd, und auch von Evie bekam ich ein gemurmeltes »Guten Morgen«.

Ich hatte mir den Wecker etwas früher gestellt, um Brooke an ihrem ersten Tag ein wenig zur Hand gehen zu können, hatte es aber geschafft, ihn völlig zu ignorieren und weiterzuschlafen. Als ich schließlich hochgeschreckt war und an die Türen der Mädchen klopfte, waren sie nirgendwo zu sehen. Erst als ich die Treppe runterging, hörte ich das Lachen aus der Küche, und dort stolperte ich in eine Szene, die man wohl als häusliches Glück bezeichnen würde: Lola stand auf einem Hocker neben Brooke und rührte in einer Pfanne, während Evie fleißig Butter auf Toastscheiben schmierte. Beide Mädchen trugen ihre Schuluniformen und waren perfekt frisiert. Ich warf einen Blick auf die Küchenuhr – erst fünf vor sieben.

»Alles okay?«

Brooke lächelte. »Könnte nicht besser sein, was, Mädels?«

»Du weißt, wie spät es ist, oder?«

Brooke lachte. »Wir haben heute ein bisschen früher angefangen«, sagte sie und zwinkerte Lola zu. »Aber das war schon in Ordnung. Ich war ohnehin bereits wach und startklar, also haben wir uns gedacht, wir nutzen die Gelegenheit und machen uns ein besonderes Frühstück, nicht wahr?«

»Und Evie hat auch mitgemacht«, fügte Lola hinzu.

»Und wann genau war das alles?«, fragte ich und fürchtete mich beinahe vor der Antwort.

»Kurz nach halb sechs«, sagte Brooke. »Aber wie gesagt, ich war sowieso schon wach.«

Ich entschuldigte mich im Namen meiner Töchter und versprach, es würde nicht wieder vorkommen, doch sie schien das wirklich völlig in Ordnung zu finden. Zu meiner Verblüffung wirkte sie so wach und lebendig wie am Vortag, als ich sie zum ersten Mal gesehen hatte, und ich fragte mich, wie sie wohl am Abend nach einem ganzen Tag mit den Mädchen aussehen mochte.

Dass ich an diesem Morgen verschlafen hatte, hing damit zusammen, dass ich den größten Teil der Nacht wach gelegen und über meinen Streit mit Linda nachgedacht hatte. Ihr Kommentar, dass Laura es bereuen würde, mir jemals begegnet zu sein, hatte mich tief getroffen. Hätte Laura sich für mich geschämt? Letzte Nacht hatte ich mir eine Million Gründe zurechtgelegt, warum das nicht stimmte. Laura hätte sicher verstanden, dass ich nur tat, was für die Mädchen langfristig am besten war. Bestimmt wäre es ihr lieber, wenn sie von einem Kindermädchen wie Brooke versorgt würden als von mir, solange ich noch immer von meiner Trauer überwältigt zu werden drohte. Es wäre ihr egal gewesen, wenn ich jemanden dafür bezahlte, solange Evie und Lola glücklich waren. Linda, sagte ich mir, irrte sich. Ich war hier nicht der Böse. Ich war das Opfer. Linda selbst hatte mich in diese Situation gebracht, ich reagierte nur darauf.

Wir setzten uns an den Frühstückstisch, und zwischen Gabeln voll trockenem Rührei – Lola war während des Kochprozesses ein wenig abgelenkt gewesen – plauderten die Mädchen ununterbrochen mit Brooke. Es war schön, die beiden so fröhlich und sorglos zu sehen. Wenn ich allein mit ihnen am Tisch gesessen hätte, hätte ich ihnen jedes Wort einzeln aus der Nase ziehen müssen. Diese Veränderung war allein Brookes Werk. Und doch, trotz allem, was ich sah und hörte, fragte ich mich, ob Linda nicht vielleicht doch recht hatte. Vielleicht hätte Laura den Gedanken tatsächlich unerträglich gefunden, dass ich unsere Töchter einer Fremden überließ. Vielleicht hätte sich ihr beim Anblick einer anderen Frau in ihrem eigenen Haus, die noch dazu bezahlt wurde, um die Kinder zu füttern, der Magen umgedreht. Vielleicht wäre sie tatsächlich von mir enttäuscht.

»Was ist los, Dad?«

Es war Evie. Ich sah auf und bemerkte, dass alle Blicke auf mich gerichtet waren.

»Du starrst auf deinen Teller wie ein Psycho«, sagte Evie.

»Ich habe über die Arbeit nachgedacht«, erklärte ich.

Evie gähnte. »Arbeit ist langweilig.«

»Ich weiß«, erwiderte ich, »aber irgendjemand muss schließlich die Rechnungen ...« Ich verstummte, bevor ich noch mehr Unsinn redete. »Jedenfalls ...« Ich stand auf und gab den Mädchen einen Kuss. »Das war ein tolles Frühstück, aber ich denke, es wird Zeit, dass ich mich auf den Weg mache.«

Linda

Ich hatte Moira versprochen, darüber zu schlafen. Keine unüberlegten Entscheidungen, bevor ich nicht richtig ausgeschlafen wäre. Aber an Schlaf war gar nicht zu denken. Ich wälzte mich im Bett hin und her und dachte immer wieder an das unsägliche Gespräch mit Tom. Der nüchterne Ton, mit dem er mir verkündet hatte, dass er irgendein junges Mädchen eingestellt hatte, damit es sich um *meine* Enkelkinder kümmerte, ließ mich innerlich brodeln. Als wäre es ihm egal! Als würde mein Fortgehen überhaupt nichts bedeuten. Als glaubte er wirklich, die Liebe und Hingabe, die ich diesen beiden Kindern geschenkt hatte, wäre nur eine Ware, die man kaufen und verkaufen konnte wie eine Packung Cornflakes! Als ich aufgelegt hatte, zitterte ich vor Wut. Ich bin ganz sicher kein gewalttätiger Mensch, aber wenn Tom in Reichweite gewesen wäre, hätte er ein blaues Auge davongetragen. Mit seiner Entscheidung, ein Kindermädchen einzustellen, hatte er eine Grenze überschritten, und ich war mir nicht sicher, ob das jemals wieder rückgängig zu machen war. Aber ich würde ganz sicher nicht still dasitzen und zusehen. Wenn Moira nicht gewesen wäre, hätte ich meine Koffer gepackt und den ersten Flug zurück nach England genommen. Aber ich hatte ihr versprochen, über die ganze Sache zu schlafen. Jetzt war die Nacht vorbei, und ich hatte lange genug gewartet. Es wurde Zeit zu handeln.

Ich zog meinen Bademantel über, nahm die Handtasche vom Stuhl neben meinem Bett und schlich leise, um Moira nicht zu wecken, nach unten. Im Halbdunkel tastete ich nach dem Telefon in der Küche, wählte die Nummer der Airline und wartete. Irgendwann wurde ich mit einem dieser Computermenüs verbunden, und nachdem ich diverse Tasten gedrückt hatte, hörte ich schließlich einen echten Menschen am anderen Ende der Leitung.

»Ich würde gerne meinen Rückflug nach London umbuchen.«

Die Frau am anderen Ende stellte mir ein paar Fragen im Hinblick auf die von mir angedachte Buchungsänderung, und für einen Moment dachte ich: Ha, da habe ich mir so viele Sorgen gemacht, dass es furchtbar kompliziert wäre, und tatsächlich ist es überhaupt kein Problem! Doch dann fragte sie mich, wann ich denn fliegen wollte.

»Es tut mir leid, aber bei einer Umbuchung brauchen wir mindestens achtundvierzig Stunden Vorlauf«, sagte sie. »Wenn Sie schon heute Nachmittag nach London zurückfliegen möchten, müssen Sie ein neues Ticket kaufen.«

Als sie mir dann noch sagte, was das kosten würde, war ich entsetzt. Es war, als hätte sie sich gerade irgendeine vierstellige Zahl ausgedacht. Der Preis war doppelt so hoch wie der, den ich bereits für Hin- und Rückflug bezahlt hatte. Ich versicherte mich noch einmal, dass ich richtig gehört und sie mich richtig verstanden und nicht in die erste Klasse gesteckt hatte. Hatte sie nicht.

»Das ist ja Wucher!«, protestierte ich. »Ich will doch einfach nur nach Hause. Gibt es denn keine günstigere Möglichkeit?«

»Nicht in den nächsten achtundvierzig Stunden«, erklärte sie. »Möchten Sie, dass ich für Sie buche?«

»Ja, bitte«, erklärte ich trotzig. Ich würde in dieses Flugzeug steigen, und wenn es mich meine gesamten Ersparnisse kostete.

Sie begann mit dem Buchungsprozess, und ich entspannte mich ein wenig. Auch wenn es mich ein kleines Vermögen kostete, bald würde ich wieder bei meinen Mädchen sein. Schließlich fragte sie mich nach meiner Kreditkarte, und ich zog mein Portemonnaie aus der Handtasche, aber die Karte war nicht da. Ich kippte den gesamten Inhalt meiner Tasche aus und bat die Dame am Telefon, einen Augenblick zu warten, während ich hektisch anfing zu suchen und mich zu erinnern versuchte, wo ich die Karte zum letzten Mal gesehen hatte. Seit meinem Abflug hatte ich sie noch nicht wieder benutzt. Es ergab keinen Sinn, zumal alles andere und auch mein Geld noch da waren. Aber die Karte war nicht da, wo sie sein sollte.

»Ich habe sie gestern Abend aus deiner Tasche genommen.«

Ich drehte mich um. Moira stand im Bademantel und mit entschlossenem Blick im Türrahmen.

»Du hast was?«

»Ich hatte so eine Vorahnung. Aber wenn du jetzt zurückfliegst, machst du einen großen Fehler.«

»Ich kann die Mädchen unmöglich in der Obhut einer Fremden lassen.«

»Wenn du jetzt einknickst, wird sich nichts ändern. Du hast selbst gesagt, dass Tom sich seiner Verantwortung stellen muss, aber so nimmst du ihm die Möglichkeit, genau das zu tun.«

»Er hat die Verantwortung aber schon wieder abgeschoben. Wenn den Mädchen was zustößt, werde ich mir das niemals verzeihen.«

»Es wird ihnen nichts zustoßen. Tom würde sie niemals irgendeiner Fremden überlassen, der er nicht vertraut. Ich finde, du solltest ihm wenigstens ein paar Wochen Zeit geben, um selbst zu erkennen, was das Richtige ist.«

»Und was, wenn er das nicht tut?«

»Dann bezahle ich deinen Rückflug und fahre dich persönlich zum Flughafen.«

In meinem Kopf drehte sich alles. Was Moira sagte, ergab Sinn, und doch musste ich mich mit aller Kraft gegen den inneren Drang wehren, alles stehen und liegen zu lassen und nach Hause zu eilen. »Ich will doch nur das Beste für alle.«

»Dann bleib hier, sei stark, und wir werden es gemeinsam aussitzen.«

Tom

Die erste Woche, in der Brooke sich um die Mädchen kümmerte, verging wie im Flug. An den meisten Abenden rief ich vom Büro aus zu Hause an, oft nachdem die Mädchen zu Abend gegessen hatten, und fragte, wie der Tag gewesen war. Brooke gab mir eine kurze Zusammenfassung, und ich konnte guten Gewissens mit meinen Kollegen oder Kunden essen gehen und erst spät am Abend nach Hause kommen. In der Regel erwartete mich dort ein Zettel auf der Arbeitsplatte in der Küche, auf dem Brooke mir schrieb, dass die Mädchen gut eingeschlafen seien, und auflistete, welche Ausgaben sie gehabt hatte. Je nach Laune kritzelte ich nur einen Smiley auf den Zettel oder ein paar Zeilen, in denen ich ihr für ihre Arbeit dankte. An dem Abend, als ich aus Amsterdam zurückkehrte, schrieb ich ihr eine ganze DIN-A4-Seite, auf der ich ihr sagte, was für eine großartige Arbeit sie leistete, doch dann zögerte ich. Es klang zu sehr danach, als wollte ich den Umstand kompensieren, dass ich meine Kinder die ganze Woche lang nicht gesehen hatte. Also warf ich das Blatt in den Müll und kritzelte einen Smiley auf ihre Nachricht mit den Worten: »Danke! Sie sind unersetzlich!«

Am Freitag schaffte ich es gar nicht erst nach Hause. Am Samstag sollte die erste neue Sendung von *The Big Night Out* ausgestrahlt werden, und so hatte ich meine Assistentin gebeten, mir ein Hotelzimmer zu buchen für den Fall, dass ich im Studio gebraucht würde. Aber sie brauchten mich nicht, und so verbrachte ich das Wochenende hauptsächlich damit, Kaffee zu trinken und dem Team zu versichern, was für großartige Arbeit sie leisteten. Und trotzdem gab es mir, was ich offenbar wollte: eine Möglichkeit, mich zu verstecken, und einen

Grund, mir einzureden, dass meine Abwesenheit zu Hause irgendeinem höheren Zweck diente.

Zu Beginn der zweiten Woche unter neuer Ordnung erhielt ich einen Anruf von Marina. Ich war gerade unten im Studio und verfolgte einen Probedurchgang für eine weitere Folge von *The Big Night Out*. Abgesehen von ein paar wenigen Anmerkungen meinerseits lief es insgesamt gut, und ich wollte gerade das Team zusammenrufen, um meine Ideen zu besprechen, als mein Handy klingelte. Als ich sah, wer anrief, erinnerte ich mich, dass Marina bereits vor ein paar Tagen versucht hatte, mich zu erreichen, und ich nicht zurückgerufen hatte. Erst jetzt kam mir der Gedanke, dass ich sie möglicherweise aus Angst davor nicht zurückgerufen hatte, dass sie herausfinden könnte, wie wenig ich mich tatsächlich am Leben meiner Kinder beteiligte.

»Hi Marina, alles okay? Tut mir leid, dass ich letzte Woche nicht zurückgerufen habe. Ich hatte furchtbar viel um die Ohren.«

»Kann ich mir vorstellen. Rich und ich haben uns die Show mit den Kindern angesehen. Wir fanden sie großartig. Bist du zufrieden?«

»Absolut. Wir haben die erste Sendung vom letzten Jahr meilenweit übertroffen: 6,2 Millionen Zuschauer und ein Anteil von 36,8 Prozent.«

»Das klingt unglaublich. Gut gemacht! Du kannst stolz sein.«

Sie hatte recht, das könnte ich eigentlich. Ich hatte für diese Sendung härter gearbeitet als für alles andere im letzten Jahr, und dennoch, als die Zuschauerzahlen reinkamen und meine Kollegen die Korken knallen ließen und mir auf die Schulter klopften, war mein einziger Gedanke, wie hohl und leer das alles war.

»Ich bin sehr zufrieden, wie es gelaufen ist.«

Marina lachte. »Das ist mal wieder typisch. Du bist so bescheiden! Lass uns das feiern. Rich und ich führen dich mal so richtig aus.«

»Danke«, antwortete ich, auch wenn ich keinen großen Wert darauf legte, ausgeführt zu werden. »Das ist wirklich nett von euch.«

»Also, Mr Saturday Night«, sagte Marina. »So gerne ich auch höre, wie gut es bei dir im Job läuft, habe ich eigentlich aus einem anderen Grund angerufen. Erzähl mir, wie du mit Brooke zurechtkommst.«

»Sie ist eine kanadische Allzweckwaffe.«

»Und die Mädchen? Mögen sie sie?«

»Sie lieben sie.«

»Ich wusste es. Sie ist immer so fröhlich und voller Leben. Freyas Kinder fanden, sie war das Beste, was ...«

»Ich fürchte, ich muss ihr kündigen.«

Ich hatte nicht gewusst, dass ich das sagen würde, bis es aus mir herausplatzte. Aber jetzt wurde mir bewusst, dass ich das schon von dem Augenblick an hatte sagen wollen, als ich Brooke den Schlüssel zu unserem Haus gegeben hatte. Linda hatte recht: Es war nicht fair, weder ihr noch meinen Töchtern oder der Erinnerung an Laura gegenüber.

»Wieso? Ist was vorgefallen?«

»Ja ... nein ... hör zu, ich muss los. Aber ich verspreche dir, ich melde mich wieder und erkläre dir alles.«

Brooke und die Mädchen waren oben, als ich an diesem Abend nach Hause kam. Ich konnte hören, wie Lola, die sich zum Schlafengehen fertig machte, um Hilfe rief, weil sie ihren Pyjama nicht finden konnte, und wie Evie Brooke von einem

Mädchen erzählte, das im Unterricht getadelt worden war. Einen kurzen Augenblick lang spielte ich mit dem Gedanken, nach oben zu gehen und die drei zu überraschen, doch dann dachte ich an das Gespräch, das ich mit Brooke führen musste, und beschloss, unten zu warten. Also ging ich in die Küche und goss mir ein Glas Wasser ein, und dabei fiel mir ein Stapel Sachen ins Auge, die Brooke zusammengesammelt haben musste. Obenauf lag die Post und ganz unten das Päckchen, das Linda mir am Flughafen gegeben hatte. Ich hatte es völlig vergessen und nicht mehr daran gedacht, seit ich es in der Küche abgelegt hatte. Ich zog es hervor und öffnete es. Es war ein funkelnagelneuer Familienkalender für das neue Jahr. Die Tatsache, dass Linda ihn so schön verpackt und mir zum Abschied überreicht hatte, sollte ohne Zweifel ein Hinweis auf die neue Rolle sein, die auf mich wartete – ein Hinweis, der dank meiner absoluten Entschlossenheit bislang bei mir auf taube Ohren gestoßen war. Doch jetzt trat ich zum Kalender, der an der Wand hing, nahm ihn herunter und hängte den neuen an seine Stelle. Und statt den alten in den Müll zu werfen, setzte ich mich und blätterte durch die Seiten. Darin fand sich eine dichte Ansammlung an Schulveranstaltungen und Übernachtungen, Zahnarztterminen und Geburtstagsfeiern, Schulexkursionen und Familienurlauben, Ballettvorführungen und Wochenendausflügen. Eine Auflistung all der Dinge, an denen ich im letzten Jahr nicht teilgenommen hatte; ein Inventar all der Zeit, die ich mit meinen Töchtern verpasst hatte; vor allem aber war es der Beweis, wie tief ich gefallen war und wie sehr ich alle im Stich gelassen hatte. Das Versteckspiel, die Angst vor der Verantwortung, das haltlose Versinken in Trauer und Selbstmitleid, all das musste aufhören. Und zwar sofort. Linda hatte recht, die Selbstmitleidsparty, die ich mir im letzten Jahr geschmissen hatte, war vorbei.

Die Neuigkeiten verkündete ich den Mädchen am nächsten Abend, nachdem ich mich mit Brooke darauf geeinigt hatte, dass sie für ein zusätzliches Monatsgehalt noch ein paar Tage bleiben würde, bis ich die Situation mit meiner Arbeit geregelt hatte.

»Aber wer wird sich um uns kümmern, wenn Brooke weg ist?«, fragte Lola.

»Ich«, antwortete ich und setzte sie auf meinen Schoß. »Ich werde mich um euch kümmern, genau wie Mum es getan hat.«

»Wirst du mich auch zur Schule bringen?«

»Und dich wieder abholen.«

Evie lachte, als wäre es die albernste Idee, die sie jemals gehört hatte. »Was? Und du kochst das Essen und hilfst mir mit den Hausaufgaben?«

»Und wasche eure Sportsachen, nähe fehlende Knöpfe wieder an eure Schuluniformen und bügle eure Sachen«, fügte ich hinzu. »Von jetzt an werde ich all das tun. Ich allein und sonst niemand.«

»Aber wie willst du das machen und dabei arbeiten?«, fragte Evie.

»Werde ich nicht«, antwortete ich. »Ich werde zu Hause bleiben.«

»Du meinst, du hast gekündigt?«

Martin hatte es nicht glauben wollen, als ich ihm gesagt hatte, dass ich eine Auszeit brauchte. Er hätte jedes Recht gehabt, mich mit einer seiner legendären Wut-Tiraden zu überziehen, wenn man bedachte, dass eine seiner größten Shows jetzt keinen Produktionsleiter mehr hatte. Aber alles, was er sagte, war: »Wurde auch Zeit.« Und er bot mir an, zu seinem Psychiater auf der Harley Street zu gehen. Er selbst würde für meine Sitzungen aufkommen. Ein Angebot, das ich höflich ablehnte. Er schlug vor, ein Jahr frei zu nehmen, und zwar von diesem Nachmittag an. Ich erklärte, dass ich nur die Hälfte der Zeit bräuchte und noch für die nächsten beiden Sendungen bleiben wollte, um sicherzugehen, dass alles glattlief. Am Ende einigten wir uns darauf, dass am folgenden Samstag meine letzte Sendung sein würde und wir über meine Rückkehr sprechen würden, wenn erst einmal ein halbes Jahr vergangen war.

»Ich werde ein Sabbatical machen«, erklärte ich Evie. »Das ist so etwas wie unbezahlter Urlaub. Ich werde noch bis Ende der Woche bleiben, damit dort auch alle wissen, was sie zu tun haben, und ab Sonntag bin ich dann zu Hause.«

»Aber wenn du nicht arbeitest, wie werden wir dann Geld verdienen? Werden wir arm sein? Bekomme ich dann immer noch Taschengeld?«

»Keine Sorge, wir werden trotzdem genug Geld haben«, antwortete ich und konnte mir das Grinsen kaum verkneifen. »Und du bekommst auch weiterhin dein Taschengeld. Aber die eigentliche Frage ist nicht das Geld. Die wichtigste Frage ist, ob wir das miteinander hinbekommen. Was denkt ihr? Habe ich das Zeug dazu, den Laden hier zu schmeißen, bis Nanny wieder zurückkommt?«

Die Mädchen schauten sich an und zuckten mit den Schultern. Da hatte ich meine Antwort. Sie waren sich nicht sicher, und wenn ich ehrlich war, ging es mir genauso. Das Ganze war ein Spielchen, und der Einsatz hätte kaum höher sein können, aber es gab nur das oder nichts. Und, na ja, mit »nichts« hatte ich es schon versucht und dabei ein ganzes Jahr verschenkt –

und war sogar straffällig geworden. Also blieb mir nur noch, mich mit allem, was ich hatte, ins Familienabenteuer zu stürzen und zu hoffen, dass die ganze Sache gut ausging.

Linda

Als Tom mir die Neuigkeiten verkündete, fing ich wieder an zu weinen, diesmal aber vor Erleichterung. Ich schluchzte so sehr, dass ich schon dachte, ich könnte nie wieder aufhören. Jedes Mal, wenn ich den Mund öffnete, um ihm zu sagen, wie froh ich war, fing ich wieder an zu weinen. Aber ich denke, er wusste, was ich sagen wollte, denn er selbst wiederholte immer wieder: »Diesmal werde ich sie nicht enttäuschen, Linda, ich schwöre dir, ich werde sie nicht enttäuschen. Was auch immer nötig ist, ich werde dafür sorgen, dass Laura stolz auf mich wäre.«

Zweiter Teil

»Alles hängt von der Erziehung ab.«
Leo Tolstoi, *Krieg und Frieden*

9
Da geht es um Jungs

Tom

Es war gerade mal halb acht an meinem ersten Morgen als alleinerziehender Vater, und ich lief bereits auf Hochtouren. Bislang hatte ich zweimal den Trockner geleert, zwei Maschinen Wäsche gewaschen, die Schuluniformen der Mädchen gebügelt, das Frühstück gemacht, bei Evie Fieber gemessen, um festzustellen, ob sie wirklich krank war (war sie nicht), ihr dann bei ihren Chemie-Hausaufgaben geholfen (der Grund für ihre angebliche Krankheit) und ihr zum Abschied zugewunken, als sie sich schließlich auf den Weg zur Schule gemacht hatte. Danach hatte ich Lola bei einem Bild von Henry VIII geholfen, ihr ein neues Oberteil gesucht, damit sie es gegen das tauschen konnte, das sie gerade mit schwarzer Farbe beschmiert hatte, und jetzt musste ich nur noch ihr Lunchpaket packen, und alles war erledigt.

Als ich nach dem Brotmesser griff, um ihr Käse-Schinken-Branston-Pickle-Sandwich kleinzuschneiden, stellte Lola sich neben mich und beobachtete genau, was ich tat.

»Alles okay?«

Sie nickte.

»Bist du sicher?«

Sie nickte wieder und sah zu, wie ich ihr Sandwich in vier Teile teilte, es sorgfältig in Klarsichtfolie wickelte und dann mit einer Clementine, einer Flasche Wasser und zwei Jaffa-Keksen in ihre mit Glitzersteinchen besetzte Kätzchen-Tasche legte.

»Hier, bitte schön«, sagte ich, zog schwungvoll den Reißverschluss zu und warf einen Blick auf die Uhr am Backofen. Ich hatte all meine morgendlichen Pflichten erledigt und sogar noch ein paar Minuten Zeit. Ich war so gut!

»Dad?«

Ich blickte hinunter zu Lola, deren Brauen sich beunruhigend zusammengezogen hatten. »Ja, Schatz?«

»Für wen sind die Sandwiches?«

Ich lachte. »Du meinst die Käse-Schinken-Branston-Pickle-Sandwiches, die ich gerade in deine Katzentasche gepackt habe?« Sie nickte, ohne meinen Sarkasmus zu bemerken. »Für dich, Süße.«

»Oh«, sagte sie. Lola war die Königin des Unausgesprochenen. Das »Oh« war sozusagen ihr Standard, um mir zu vermitteln, dass ich einen Fehler gemacht hatte.

»Warum ›oh‹?«

»Ach nichts.«

»Bist du sicher?«

Sie nickte. »Ich weiß, du tust nur dein Bestes, Daddy.«

Jetzt war ich mir ganz sicher, dass ich irgendwas falsch gemacht hatte. »Was hab ich getan?«

Sie seufzte schwer. »Die Sandwiches«, sagte sie. »Ich mag sie als Dreieck, nicht als Quadrat. Aber ich kann auch Quadrate essen. Es ist nur so, dass ich lieber Dreiecke mag.«

Ich öffnete die Katzentasche und starrte hinein. Immer wenn ich den Mädchen sonntagabends ihre Sandwiches geschmiert hatte, hatte Laura mich daran erinnert, wie die beiden sie mochten. Ich hatte immer nur mit den Augen gerollt. Aber anscheinend war das wichtiger, als ich gedacht hatte, jedenfalls für Lola. Sie legte Wert auf Details.

Ich holte die Sandwiches aus der Tasche, legte sie zur Seite und begann eine neue Scheibe Toast mit Butter zu bestreichen.

Lola zog die Nase kraus und sah mich an. »Was machst du da?«

»Ein neues Sandwich.«

»Aber das brauchst du nicht. Quadrate schmecken genauso wie Dreiecke.«

»Ich fürchte, da irrst du dich«, antwortete ich. »Quadratische Sandwiches schmecken nicht mal annähernd so gut wie dreieckige. Ich weiß das genau, denn wenn man erwachsen ist, so wie ich, muss man ständig quadratische Sandwiches essen. Nur Kinder bekommen dreieckige.«

Lola lachte. »Das stimmt nicht. Nanny hat auch dreieckige Sandwiches gegessen.«

»Weil sie eine besondere Erlaubnis von der Queen bekommen hat. Ein Freund von mir auf der Arbeit hat mal dreieckige Sandwiches gegessen, und am nächsten Tag hat die Polizei ihn in den Tower gesperrt.« Ich lächelte. »Ich mache dir deine dreieckigen Sandwiches, Süße, aber nur, weil ich nicht will, dass du verhaftet wirst, okay?«

Als ich das zweite Sandwich geschmiert und diagonal durchgeschnitten hatte, kontrollierte ich es noch einmal auf mögliche Quellen der Enttäuschung, packte es in Lolas Tasche und reichte sie ihr.

»Zufrieden?«

Sie nickte.

»Gut«, erwiderte ich. »Jetzt müssen wir nämlich wirklich los.«

So spät, wie wir waren, hätten wir eigentlich den ganzen Weg rennen müssen, aber ich konnte mich nicht mehr erinnern, wann ich das letzte Mal allein mit Lola zur Schule gegangen war. Und irgendwie erschien es mir nicht richtig, uns zu hetzen, statt diesen Moment zu genießen.

»Ist deine Lieblingsfarbe immer noch Gelb?«, fragte ich, während wir Hand in Hand die Straße entlangspazierten, als hätten wir alle Zeit der Welt.

»Gelb, und dann Pink und dann Grün«, antwortete Lola und zupfte geistesabwesend an den Bändern ihres Rucksacks. »Aber Gelb finde ich immer noch am schönsten.«

»Und was ist mit deinem Lieblingsbuch? Immer noch *Wilbur und Charlotte*?«

Lola zuckte die Achseln. »Ich mag es immer noch, aber am liebsten mag ich *Fünf Freunde*. Bevor Nanny weggegangen ist, hat sie mir noch den ersten Band von *Harry Potter* vorgelesen, der war auch sehr gut.«

»Und was ist mit deinen Freunden? Hast du eine beste Freundin?«

»Hunderte«, antwortete sie. »Ich bin das beliebteste Mädchen in der Schule.«

»Das ist gut.« Ich konnte mich gerade mal an eine Handvoll Namen von den Geburtstagspartys erinnern, zu denen ich sie samstags manchmal gebracht hatte. »Was ist mit Lucy?«

»Sie ist okay.«

»Und ... wie hieß noch mal das Mädchen, das so gerne Fußball gespielt hat?«

»Parminder. Die ist auch okay.«

»Also, von all den Hunderten von Freunden, wer sind deine alleralleraller besten Freunde?«

»Willst du, dass ich sie alle aufzähle?« Sie seufzte. »Also, wenn du es wirklich wissen willst: Amelia, Poppy, Abigail und Skye. Wir spielen in der Mittagspause immer Seilspringen, und alle wollen mitspielen.«

»Und lasst ihr sie?«

Sie zuckte mit den Schultern. »Manchmal.«

Trotz meiner Sorge, wir könnten viel zu spät dran sein, hatten wir doch noch genug Zeit, als wir auf den Schulhof kamen, wo sich bereits zahlreiche Eltern mit ihren Sprösslingen versammelt hatten. Plötzlich wurde mir bewusst, dass ich offiziell der »Neue« hier auf diesem Pflaster war. Ich hatte keine Ahnung von dieser Welt oder ihren Bewohnern. Dementsprechend fühlte ich mich wie ein Fisch auf dem Trockenen, und die Einzige, an die ich mich halten konnte, war ein achtjähriges Mädchen, das sich selbst in ihren besten Zeiten nie ganz sicher war, was um sie herum vorging.

»Wir müssen meine Sandwiches wegbringen«, sagte Lola und zeigte auf einen hölzernen Schrank, wo die Kinder üblicherweise ihre Lunchtaschen deponierten. Sie nahm meine Hand, und ich folgte ihr, während ich den Eltern, die mir vage bekannt vorkamen, unterwegs mit einem unbehaglichen Lächeln zunickte. Da standen die schicke rothaarige Mutter, die laut Laura immer furchtbar rumlästerte, und der große Inder mit dem Turban, der nur sechs Häuser weiter wohnte, mit seinen drei Töchtern, die alle gleich aussahen. Die New-Age-Mum, die bereits graue Haare hatte und den Yogakurs unten im Freizeitzentrum leitete, zu dem Laura hin und wieder gegangen war. Vielleicht bildete ich es mir nur ein – *so* interessant war ich ja nun auch nicht –, aber ich hatte das Gefühl, als registrierten sie alle meine Anwesenheit auf eine Art und Weise, die deutlich zeigte, dass sie nicht alltäglich war und ich hier auffiel.

»Gut«, sagte ich, als wir Lolas Tasche verstaut hatten, gerade als die Glocke läutete. »Hast du alles, was du für heute brauchst?«

Lola nickte, und ich gab ihr einen Kuss auf den Scheitel. »Ich wünsche dir einen schönen Tag, Süße.«

Sie lächelte. »Ich dir auch, Dad.«

Die Kinder strömten über den Schulhof auf das Schulgebäude zu, und ich stand da und sah zu, wie Lola durch die Tür verschwand. Im Vergleich zu den anderen Kindern in ihrer Klasse wirkte sie so klein und zerbrechlich, dass ich mich zurückhalten musste, um sie nicht einfach auf den Arm zu nehmen und nach Hause zu tragen. Wie konnte so ein kleines Mädchen keine Mutter haben? Wie konnte es sein, dass so ein junger Mensch, der noch keine Ahnung hatte, wie viel vier mal acht war, wissen sollte, was der Tod bedeutet?

Linda

Es war der Beginn meiner dritten Woche in Australien, und Moira und ich saßen auf der Terrasse eines schicken Fischrestaurants und sahen der Spätsommersonne zu, wie sie auf der Oberfläche des Yarra River tanzte. Wir trugen beide sündhaft teure neue Kleider, die wir am Vormittag in einem schicken Designer-Outlet in Melbourne erstanden hatten, mitsamt neuen passenden hohen Schuhe. Wir trugen sogar neuen Schmuck – ich einen silbernen Armreifen, Moira eine goldene Kette. Seit Tom sich bereit erklärt hatte, die Verantwortung für die Mädchen zu übernehmen, hatte ich mich gezwungen, mich zu entspannen und meine Zeit bei Moira zu genießen. Schließlich saß ich hier, am anderen Ende der Welt, ohne Verpflichtungen. Ich konnte tun und lassen, was ich wollte und wann ich es wollte. Bisher hatten Moira und ich vor allem geshoppt wie die Verrückten und uns das volle Wellnessprogramm gegönnt, bei dem wir gerubbelt und geschrubbt, gebadet und poliert worden waren. Wir hatten in hübschen kleinen Cafés mit Blick aufs Meer gefrühstückt und gemütlich in den besten Restaurants der Stadt zu Mittag gegessen. Wir ließen es uns so richtig gut gehen. Aber die Wahrheit war: Ich konnte all das nicht wirklich genießen. Und Moira war das anscheinend nicht entgangen, sosehr ich auch versuchte, es vor ihr zu verbergen, denn als wir beim Abendessen saßen, sprach sie mich sanft, aber deutlich, darauf an.

»Du bist nicht glücklich, oder?« Moira piekte eine dicke saftige Garnele von ihrer Meeresfrüchte-Paella und schob sie sich in den Mund, während sie mich misstrauisch beobachtete.

»Oh doch«, antwortete ich. »Das Restaurant ist wirklich reizend, sieh dir nur diesen Blick an.«

»Ich rede nicht von dem Restaurant, ich rede davon, hier zu sein, in Australien.«

Ich seufzte. »Ist es so offensichtlich?«

Moira lächelte. »Ich kenne dich, seit du zwanzig bist, Linda, du brauchst nicht offensichtlich zu sein. Darf ich raten? Die Mädchen fehlen dir noch immer, richtig?«

Es kam mir undankbar vor, es laut zuzugeben, also nickte ich nur. »Ich habe gerade daran gedacht, dass Tom Lola ungefähr jetzt zum ersten Mal zur Schule bringt.«

»Es ist ein Spaziergang zur Schule«, sagte Moira. »Wie schwierig kann das sein?«

»Ich bin albern, nicht wahr? Es ist nur, ich kann einfach nicht aufhören, mir auszumalen, was sie zu Hause machen. Dabei gebe ich mir wirklich alle Mühe. Immer wieder sage ich mir, dass ich keinen Grund habe, mir Sorgen zu machen, aber es scheint nicht zu helfen.«

»Warum sollte es auch?«, sagte Moira. »Es ist großartig, dass dein Schwiegersohn zur Vernunft gekommen ist und wieder zu seiner Vaterrolle zurückgekehrt ist, aber das ändert nichts an der Tatsache, dass du im letzten Jahr im Leben der Mädchen eine wichtige Rolle gespielt hast. So etwas lässt man nicht einfach hinter sich. Du solltest stolz auf dich sein, dass du es überhaupt getan hast.«

»Du hast ja recht«, antwortete ich. »Aber du weißt, wie das ist. Je älter man wird, desto stärker wird das Gefühl, kämpfen zu müssen, um seinen Platz in der Welt zu finden. In England habe ich Freundinnen, die sich nie wirklich davon erholt haben, dass sie allein sind, seit die Kinder begonnen haben, ihr eigenes Leben zu führen.«

»Nach Peters Tod habe ich mich lange auch so gefühlt«, sagte Moira. »Es waren immer Peter und ich – wir – gegen den Rest der Welt, und dann, plötzlich, über Nacht, war alles anders. Ich war auf mich selbst zurückgeworfen. Plötzlich war ich irgendwie wieder die Person, die ich gewesen war, bevor ich ihn kennengelernt hatte, und wenn ich ehrlich bin, hatte ich keine Ahnung, wer dieser Mensch eigentlich war. Und das ist auch dein Problem. Du musst wieder lernen, die Linda zu sein, die du warst, bevor du dich um die Mädchen gekümmert hast.«

»Aber selbst da war ich noch Lauras Mutter, und alles davor fühlt sich an, als wäre es in einem völlig anderen Leben gewesen.«

»Es ist schwer, ich weiß«, sagte Moira und legte mir tröstend eine Hand auf den Arm. »Glaub mir, so unmöglich es dir scheinen mag, da durchzukommen, du musst versuchen weiterzumachen, denn sonst läufst du Gefahr, für immer in der Vergangenheit stecken zu bleiben.«

Es war schon spät, als wir nach Hause kamen, und ich gesellte mich noch auf einen Becher Tee zu Moira in die Küche.

Sie wirkte nachdenklich, und ich fragte mich, ob irgendetwas nicht in Ordnung war.

»Geht es dir gut?«

»Mir? Natürlich. Du bist es, um die ich mir Sorgen mache. Ich habe mir so gewünscht, dass du die Zeit deines Lebens hier unten hast, und du wirkst niedergeschlagener als vor deiner Ankunft.«

»Ich weiß. Es tut mir leid. Ich muss mich einfach zusammenreißen, das ist alles.«

Moira schüttelte den Kopf. »Das ist es nicht, was du brauchst. Was du brauchst, ist etwas, worauf du dich freuen kannst und das dich ablenkt. Eine Party zum Beispiel.«

Was ich da hörte, gefiel mir überhaupt nicht. »Eine Party? Was für eine Party?«

»Eine ›Willkommen in Oz‹-Party«, sagte sie. »Wir besorgen massenweise Essen und Getränke, und ich lade alle meine Freunde ein, und die sollen ihre Freunde mitbringen, und du wirst unser Ehrengast sein. Was sagst du?«

Es klang nach einer furchtbaren Idee, bei der ich normalerweise augenblicklich die Flucht ergriffen hätte. Auf Partys fühlte ich mich immer angespannt, so als wäre es meine Schuld, wenn ich mich nicht amüsierte. Eine Party zu meinen Ehren wäre ein wahrer Albtraum. Aber ich wollte Moira nicht verletzen, nach allem, was sie in den letzten Wochen für mich getan hatte.

»Das ist eine großartige Idee«, antwortete ich mit so viel Enthusiasmus in der Stimme, wie ich aufbringen konnte. »Vielleicht ist das ja genau das, was ich brauche.«

Später im Bett überlegte ich, wie ich wohl um diese Party herumkommen würde. Und am nächsten Morgen erwachte ich aus einer ununterbrochenen Reihe von Angstträumen, in deren letztem ich den Gästen die Jacken abgenommen und Sekt verteilt hatte, nur um irgendwann zu bemerken, dass ich von der Taille abwärts nackt war.

Ich machte mir gar nicht erst die Mühe zu versuchen, noch einmal einzuschlafen, denn ich brannte darauf, zu Hause anzurufen und zu erfahren, wie Toms erster Tag gelaufen war. Ich wollte alles ganz genau wissen, jedes kleinste Detail. Ich musste allerdings aufpassen, dass Tom nicht das Gefühl bekam, ich würde ihn kontrollieren. Ein Dilemma, das ich löste, indem ich beschloss, die senile Schwiegermutter zu spielen.

»Hallo Tom, ich bin es.«

»Hi Linda. Ist alles in Ordnung? Du wolltest doch erst am Freitag anrufen.«

»Stimmt, nicht wahr? Ich Dummkopf. Ich fürchte, ich leide immer noch unter der Zeitverschiebung. Jetzt bin ich schon so lange hier unten, und die Hälfte der Zeit bin ich immer noch völlig verwirrt. Ich hoffe, es macht dir nichts aus?«

»Natürlich nicht«, sagte Tom. »Wir sind gerade mit dem Abendessen fertig.«

»Was gab es denn Leckeres?«

»Halbverbrannten Cottage Pie mit Gemüse. Ich habe wohl den Ofen ein bisschen zu heiß gestellt. Aber was soll's, es ist mein erster Tag.«

»Oh, natürlich, das hatte ich völlig vergessen. Wie ist es gelaufen?«

»Bis auf ein paar Startschwierigkeiten ganz gut.«

»Das klingt großartig, Tom, wirklich. Ich will alles über deinen ersten Tag wissen. Wie geht es den Mädchen?«

Es dauerte eine Stunde, bis Linda mit mir fertig war, und eine weitere halbe, bis die Mädchen sich von ihr trennen konnten. Vor dem Anruf hatte ich Lola versprochen, ihr noch etwas vorzulesen – was ich nicht mehr getan hatte, seit Laura gestorben war –, doch mittlerweile war es weit nach ihrer Schlafenszeit.

»Ich fürchte, wir müssen das Vorlesen auf morgen verschieben«, sagte ich, als Lola ins Bett kletterte.

»Können wir nicht wenigstens ein winziges bisschen lesen? Nur ein paar Seiten, nicht mal ein ganzes Kapitel. Bitte?«

Ich spürte, wie meine Entschlossenheit dahinschmolz. »Hast du denn ein Buch, das du gerne lesen möchtest?«

»Mir egal«, antwortete sie. »Du darfst dir eins aussuchen.«

Ich kniete mich vor ihr Regal und ließ den Blick über die Buchrücken gleiten. Laura hatte darauf bestanden, dass die Mädchen eine Liebe zu Büchern entwickeln sollten, und als sie mit Evie schwanger war, kam sie fast jede Woche mit einem neuen Kinderbuchklassiker nach Hause. Dieses Bücherregal war sozusagen das Abbild der fürsorglichen und wohlüberlegten Laura. Es gab Bücher für jeden Anlass und jede Gemütslage, vom *Grüffelo* bis zur *Schatzinsel*.

»Wie wäre es hiermit?«, fragte ich und zog *Der König von Narnia* aus dem Regal.

»Nanny hat es mir im Sommer vorgelesen«, sagte Lola. »Es ist wirklich gut. Ich finde Aslan am besten.«

Ich versuchte es noch einmal. *Just William* von Richmal Crompton. Als kleiner Junge hatte ich diese Bücher geliebt, vielleicht würden sie Lola ebenfalls gefallen.

»Da geht es um Jungs«, sagte sie und verzog das Gesicht.

»Was ist an Jungs falsch?«

Lola rollte mit den Augen. »Alles?«

Schließlich entdeckte ich *Matilda* von Roald Dahl. Es war eins von Lauras absoluten Lieblingsbüchern gewesen, und die Ausgabe, die im Regal stand, war sogar ihre eigene, die sie in Lolas Alter gelesen hatte. Volltreffer. Ich hielt das Buch hoch, sodass Lola es sehen konnte.

»*Sophiechen und der Riese* war toll«, sagte sie. »Dann ist das hier vielleicht auch gut.«

Ich stimmte ihr zu und marschierte zum Bett zurück, als mir zum ersten Mal, seit ich das Zimmer betreten hatte, ein alter Schuhkarton auf ihrem Nachttisch auffiel. Er war offen und stand auf der Seite, und innen war er grellgelb angemalt. Das Bemerkenswerte daran aber waren die Fotos von Laura, die am Kartonboden und an den Seitenwänden klebten, und von denen einige sicher vorher in Fotoalben waren, die im Wohnzimmer standen. In der Mitte, mithilfe von Wattebäuschen aufrecht gehalten, stand ein Foto von Laura mit Lola und Evie, alle drei eng umschlungen auf dem Küchensofa. Ich war sprachlos. Wann hatte Lola das gemacht? Und wie lange stand es schon auf ihrem Nachttisch? Hatte sie es allein gebastelt, oder hatte Linda ihr dabei geholfen? Und war es gut, dass sie das Bedürfnis verspürt hatte, so etwas zu machen – oder zeigte das nur, wie traurig sie eigentlich war?

Als Lola erkannte, dass ich ihren kleinen Schrein entdeckt hatte, legte sie beide Hände an mein Gesicht und versuchte, meinen Kopf wegzudrehen.

»Daddy! Nicht gucken!«, rief sie und hatte ganz offensichtlich Angst, ich würde mit ihr schimpfen.

»Süße, es ist alles gut«, sagte ich und legte den Arm um sie. »Es ist nur ... ich sehe es gerade zum ersten Mal. Es ist toll. Hast du das selbst gemacht?«

Lola nickte. »Ich weiß, ich hätte vorher fragen sollen, bevor ich mir die Fotos ausgeliehen habe, aber ich wollte es unbedingt. Ich habe es an dem Abend gemacht, als Nanny weggegangen ist. Ich habe Mummy so schrecklich vermisst, und ich habe gedacht, dann fühle ich mich besser.«

»Und, hast du dich besser gefühlt?«

Lola kaute auf ihrer Lippe und nickte schüchtern. Dann drehte sie den Karton so, dass ich ihn richtig betrachten konnte. »Das sind meine Lieblingsfotos von Mum.« Sie zeigte auf jedes einzelne. »Das war, als sie zum ersten Mal an die Uni gegangen ist. Das war, als ihr geheiratet habt. Das ist das erste Bild, das ich mit ihrer Kamera machen durfte, und das große in der Mitte haben wir an Weihnachten gemacht, als der Weihnachtsmann mir das blaue Fahrrad gebracht hat.« Sie hielt inne und sah mich an. »Gefällt es dir?«

»Es ist wundervoll«, erklärte ich mit erstickter Stimme. »Ich bin mir sicher, Mummy hätte es auch gefallen. Für sie wäre es das Allerschönste auf der Welt gewesen.«

10
Wie der Laden hier wirklich läuft

Tom

Es war Freitagmorgen, die erste Woche beinahe überstanden, und als ich mich vor der Schule von Lola verabschiedete, kam es mir so vor, als hätte ich eine wahre Feuertaufe hinter mir. Dank des Familienkalenders hatte ich in dieser Woche daran gedacht, Lola zum Schwimmunterricht zu bringen (aber vergessen, ihre Schwimmsachen einzupacken) und sie pünktlich beim Klavierunterricht abzusetzen. Auch die Ballettstunde hatte ich nicht übersehen (es allerdings geschafft, mich auf dem Weg dorthin hoffnungslos zu verlaufen), und ich stand parat, um mir eine verwirrende Stunde lang die Optionen für die GCSE-Prüfungen an Evies Schule erklären zu lassen. Hatte der Familienkalender für meinen Hightech-Geschmack anfangs noch allzu sehr nach rückständigem 20. Jahrhundert ausgesehen, so hatte er sich doch als unersetzlich erwiesen. Nicht nur, dass er mir half, all die Schulveranstaltungen und außerschulischen Aktivitäten der Mädchen nachzuhalten, er hatte mich auch davor bewahrt, zahlreiche andere Termine und fällige Rechnungen zu verpassen. Im Büro hatte ich einen Assistenten gehabt, aber jetzt hatte ich nur noch diesen Kalender, und ohne ihn wäre ich bereits in der ersten Woche aufgeschmissen gewesen.

Ich winkte Lola noch einmal zu, drehte mich um und bahnte mir einen Weg durch das Gewimmel der anderen Eltern. Ich war auf dem Weg zu einem Termin bei der Bank, um ein besseres Zuhause für das Geld von der Versicherung zu finden, das immer noch auf meinem Girokonto lag, als ich bemerkte, wie eine Frau mich anlächelte. Sie war Ende dreißig, trug einen kurzen, akkurat geschnittenen braunen Bob, und an ihrer rechten Hand baumelte ein Kinderroller. Ich hatte keine Ahnung, wer diese Frau war, aber sie war ganz offensichtlich davon überzeugt, mich zu kennen, und als sie sah, dass ich sie gesehen hatte, kam sie rüber und sprach mich an.

»Tom, nicht wahr?«, sagte sie. »Ich bin Ellie, Ellie Sallucci. Ich war eine Freundin von Laura. Deine Evie war mit meiner Stella in der ersten Klasse.«

»Schön, dich kennenzulernen«, sagte ich. Ihr Name kam mir bekannt vor, und ich konnte mich daran erinnern, dass sie zu der Gruppe Mütter gehörte, mit denen Laura sich häufiger getroffen hatte, bevor sie wieder an die Uni zurückgekehrt war.

»Ich habe dich die ganze Woche schon auf dem Schulhof gesehen«, fuhr sie fort, »und wollte dich nur fragen, ob alles in Ordnung ist. Ich weiß, dass deine Schwiegermutter Lola sonst immer zur Schule gebracht hat, nicht wahr? Und dann war es eine junge blonde Frau, und jetzt bist du plötzlich hier. Ich hoffe, du hältst mich nicht für neugierig. Ich habe mir nur Sorgen gemacht.«

»Nein, alles in Ordnung«, erklärte ich und fragte mich, ob sie sich wirklich Gedanken um mich machte oder nur auf der Suche nach dem neusten Schulhof-Klatsch war. »Linda hat sich eine wohlverdiente Auszeit genommen und ist in Australien. Und ich habe beschlossen, für eine Weile zu Hause zu bleiben und mich um die Mädchen zu kümmern. Wir hatten ein bisschen Starthilfe, aber jetzt bin ich allein mit den beiden.«

Das war zwar vielleicht nicht die ganze Wahrheit, aber zumindest das Nächstbeste, was sie hier im Trubel des Schulhofs bekommen würde.

»Als Vollzeit-Vater also? Beeindruckend. Ich bin schon froh, wenn mein Mann sich überhaupt an die Namen unserer Kinder erinnert.« Sie lachte, doch dann wurde ihr Blick verlegen. Ich hatte es schon so oft gesehen: Die Leute fühlten sich plötzlich schlecht, wenn sie in Gegenwart eines Mannes, der seine Frau verloren hatte, über ihr Leben scherzten.

»Entschuldige, ich weiß nicht, was in mich gefahren ist«, sagte sie. »Selbstverständlich ist deine Situation nicht zu vergleichen. Laura war eine wundervolle Frau. Du musst sie schrecklich vermissen.«

Wir unterhielten uns noch eine Weile, hauptsächlich über ihre Tochter und ihren Sohn, dessen Roller sie in der Hand hielt, doch dann schien das Gespräch (zu meiner Erleichterung) zu einem natürlichen Ende zu kommen, und wir verabschiedeten uns voneinander. Ich hatte gerade ein paar Schritte getan, als sie noch etwas hinter mir herrief. Ich drehte mich um.

»Ich habe mich nur gefragt …«, begann sie. »Linda hat dir sicher alles gesagt, was du über die Schule wissen musst, aber falls du Fragen hast, kann ich dir gerne helfen, wenn du willst. Wir könnten uns vormittags einfach auf einen Kaffee treffen, dann erzähle ich dir, wie der Laden hier wirklich läuft.«

Linda

Es war Samstag, und endlich, nach drei Stunden Essensvorbereitungen in der Küche, zwei Stunden beim Friseur und drei verschiedenen Outfits (das erste, das Moira ausgesucht hatte, erschien mir zu extravagant, und das zweite, das ich ausgesucht hatte, war Moira zu konservativ), war der Abend der Party schließlich gekommen. Trotz meiner Unlust und meines ursprünglichen Zögerns freute ich mich jetzt tatsächlich auf die Ablenkung. Anfangs war ich noch ein wenig schüchtern, besonders als Moira darauf bestand, ihren Freunden zu erzählen, dass sie diese Party mir zu Ehren organisiert hatte. Immer wieder wurde ich gefragt, was mich nach Australien geführt hatte, und auch wenn ihre Augen nicht unbedingt feucht wurden, meine wurden es ganz sicher, als ich zum wiederholten Mal die Kurzfassung meiner Lebensgeschichte schilderte. Moiras Freunde – eine Mischung aus britischen Expats und waschechten Aussies zwischen fünfzig und siebzig – bildeten eine illustre Partygesellschaft, und ihre gelassene Einstellung zum Leben war ansteckend. Mithilfe von ein paar Gin Tonics entspannte auch ich mich schließlich und begann mich zu amüsieren.

Ich konnte mich schon gar nicht mehr erinnern, wann ich mich das letzte Mal in Gesellschaft anderer Menschen so hatte gehenlassen. In meinem Leben, ob als Tochter, als Lehrerin, Mutter oder Großmutter, war es mir immer darum gegangen, Verantwortung zu übernehmen und das Richtige zu tun. Ich bereute keines der Opfer, die ich als junge alleinerziehende Mutter gebracht hatte, oder später, als ich mich um meine Eltern gekümmert hatte. Diese Dinge tat man einfach aus Liebe. Aber es ließ sich nicht leugnen, dass sie über die Jahre ihren Tribut gefordert hatten. Als Laura klein gewesen war, hatte sie immer gesagt, ich müsse auch mal lernen, Spaß zu haben, und ich hatte ihr geantwortet: »Deshalb habe ich dich bekommen, damit du es mir beibringst.« Meine Laura, sie hat nie aufgegeben, mich zu ermutigen, aber im Spaßhaben war ich einfach nie wirklich gut gewesen. Ich fürchte, wenn man es einmal gewohnt ist, sich eher zugeknöpft zu geben, ist es schwierig, sich auch nur vorzustellen, man dürfte den Kragen hin und wieder ein wenig öffnen.

Doch hier, am anderen Ende der Welt, mit einem Drink in der Hand und nur für mich selbst verantwortlich, vergaß ich meine sonst so typische Reserviertheit. Und tatsächlich war es ein befreiendes Gefühl. Ich plauderte mit jedem, der in meine Nähe kam, erzählte Geschichten, die die Leute zum Lachen brachten, sang laut mit zu den Liedern aus meiner Jugend und tanzte wie ein Derwisch. Und ich muss gestehen, wenn die Mädchen mich so gesehen hätten (vor allem Evie), sie wären entsetzt gewesen, ihre Großmutter hier so herumtanzen zu sehen. Ich fühlte mich, als wäre ich wieder achtzehn Jahre alt. Das hier war mein freier Abend von der langweiligen alten Linda, die sich wegen allem und nichts Sorgen machte. An diesem Abend würde ich das Mark des Lebens trinken, egal wohin das führen würde.

Das erklärt wohl auch, warum ich mich um Mitternacht plötzlich draußen auf der Veranda wiederfand, wo ich mit Moira zu »I'm a Believer« von den Monkees auf dem Tisch tanzte. Früher war es einer meiner Lieblingssongs gewesen. Ich hatte die Single in einer Endlosschleife auf meiner kleinen Dansette gespielt und war dabei durch mein Zimmer getanzt. Jedenfalls, Moira und ich waren eigentlich gerade draußen, um ein wenig frische Luft zu schnappen, als das Lied gespielt wurde, und allein schon die ersten Takte gaben mir das Gefühl, so leicht zu sein wie eine Feder. Ich griff Moiras Hand und sagte: »Lass uns auf dem Tisch tanzen!« Sie lachte, weil sie glaubte, ich würde scherzen. Also beschloss ich, ihr zu zeigen, dass ich es ernst meinte, und mit dem Mut des Alkohols in meinen Adern trat ich mir die Schuhe von den Füßen und kletterte über einen der Terrassenstühle auf den Tisch. Moira und ich konnten da oben kaum gerade stehen, weil wir so sehr lachen mussten, und bald gesellten sich auch die anderen Partygäste zu uns nach draußen und tanzten und klatschten zur Musik. Das alles wäre gar kein Problem gewesen, wenn ich mich nicht vom Refrain hätte mitreißen lassen und einen Schritt nach hinten gemacht hätte. Ich verlor die Balance und purzelte vom Tisch. Es war einer dieser Momente, in denen alles wie in Zeitlupe vor einem abläuft. Ich dachte nur: »Du dumme Kuh! Was tanzt du auch in deinem Alter auf dem Tisch herum? Du wirst noch im Krankenhaus landen!« Und ich war mir sicher, wenn ich auf den Boden aufschlug, würde ich nicht nur ein paar Schrammen und Beulen, sondern auch gebrochene Knochen davontragen. Ich dachte an meine Reisekrankenversicherung und ob die Police wohl hoch genug war, um meine Behandlung zu bezahlen, und dann stellte ich mir vor, wie ich mit eingegipsten Armen und Beinen wie eine Figur aus *Dick und Doof* nach Hause geflogen würde. Doch statt auf dem Terrassenboden zu landen und mir die Knochen zu brechen, erschienen wie aus dem Nichts zwei Arme und fingen mich auf. Als ich meinen verwirrten Kopf hob, blickte ich in ein bärtiges Gesicht mit lächelnden grünen Augen.

»Sehr erfreut«, sagte er. »Ich bin übrigens Desi.«

Tom

Mitte der zweiten Woche, in der ich für die Mädchen zuständig war, dachte ich mir, es wäre vielleicht eine gute Idee, Ellies Angebot anzunehmen und mir die verwirrende Parallelwelt der Grundschule erklären zu lassen. Es schien kein einziger Tag zu vergehen ohne einen Brief von der Schule oder eine E-Mail in meiner Inbox, in der ich aufgefordert wurde, bei irgendetwas mitzuhelfen oder eine Aufgabe zu übernehmen, die ich nicht wirklich verstand. Was bitteschön war eine »Holzwerken-Woche«? Wo sollte ich innerhalb von zwei Tagen ein halbes Dutzend Marmeladengläser herholen, und wofür brauchten sie die überhaupt? Warum sollte ausgerechnet ich mich bereit erklären, als Begleitperson beim Theaterausflug der 4. Klasse zu *Charlie und die Schokoladenfabrik* mitzufahren, um auch noch auf die Kinder von anderen Leuten aufzupassen? Ich brauchte Antworten auf all diese Fragen und noch viele mehr, und so stand ich am Ende der Woche bereits eine Stunde vor Unterrichtsende vor dem Schultor, um mich mit Ellie zu treffen.

Es fühlte sich seltsam an, mit ihr von der Schule zur High Street zu laufen, und ich fragte mich, ob es ihr ähnlich ging. Ich war nie der Typ gewesen, der mit Frauen befreundet war, früher nicht und erst recht nicht, nachdem ich geheiratet hatte. Mit einer attraktiven verheirateten Frau über die Straße zu laufen und zu plaudern, obwohl sie keine Kollegin von mir war, ja nicht einmal eine Freundin, fühlte sich fast an, als ob ich etwas Verbotenes tat.

»Habe ich es richtig im Kopf, dass du beim Fernsehen gearbeitet hast, bevor du beschlossen hast, zu Hause bei den Kindern zu bleiben?«

»Ja«, sagte ich. »Ich war Produzent bei Pluto Productions.«

»Habe ich schon mal was von dir gesehen?«

Ich leierte die Namen eines halben Dutzends Sendungen herunter und bewahrte mir *The Big Night Out* bis zum Schluss auf. Sosehr ich die Show liebte, so sehr hasste ich es, dass die

Leute glauben könnten, es wäre das Einzige, was ich je produziert hatte.

Ellie schien ehrlich beeindruckt zu sein. »Die kenne ich alle! Und du warst daran beteiligt?«

»Tatsächlich habe ich die Konzepte für ein paar davon entwickelt.«

»Das klingt wahnsinnig spannend. Viel aufregender als der langweilige Kram, den ich mache.«

»Was machst du denn so?«

»Ich bin eigentlich Wirtschaftsprüferin, aber im Moment arbeite ich drei Tage die Woche als Financial Controller für eine Kanzlei in Bromley. Kein Terminkalender voll glamouröser Events wie bei dir.«

»Nicht mehr«, korrigierte ich. »Mittlerweile sind es Schwimmkurse, Musikstunden und überfällige Bücher, die in die Bücherei zurückgebracht werden müssen.«

»Und, fehlt dir die Arbeit?«

Es war das erste Mal, dass ich über diese Frage nachdachte. »Weißt du was?«, sagte ich, nachdem ich die letzten beiden Wochen in meinem Kopf Revue hatte passieren lassen. »Ich glaube nicht.«

Ellie lachte. Sie war ganz offensichtlich nicht überzeugt. »Ist das jetzt deine politisch korrekte Standardantwort? Du hast wohl das Memo noch nicht bekommen, in dem steht, dass es okay ist, es langweilig zu finden, zu Hause zu sitzen und sich um die Kinder zu kümmern. Oder ist es einfach noch so neu für dich?«

»Vermutlich, zumindest zum Teil«, antwortete ich. »Das alles fühlt sich noch so ungewohnt an, und ich bin immer noch damit beschäftigt, mich einzugewöhnen, während im Job ...«

»... sich schon eine gewisse Routine breitgemacht hat?«

»So könnte man es auch ausdrücken.«

»Und wie würdest du es ausdrücken?«

»Ich weiß nicht«, erwiderte ich nachdenklich. »Ich glaube, manchmal wird man einfach morgens wach und erkennt, dass es wichtigere Dinge im Leben gibt.«

Im Café bestellte ich uns was zu trinken und zwei Stück Karottenkuchen, während Ellie einen Tisch suchte. Als ich mich zu ihr setzte, hatte sie bereits den Schulkalender auf ihrem Smartphone aufgerufen und begann, mir jeden der anstehenden Termine zu erläutern, vom jährlichen Eier-Verzier-Wettbewerb (»Man vergisst ihn jedes Jahr, und dann steht er plötzlich vor der Tür, und jedes Mal ist es die reinste Quälerei.«) bis zum Schulfest (»Du wirst damit durchkommen, einen Kuchen zu kaufen. Aber selbst wenn du der geborene Kuchenbäcker sein solltest, behalte es lieber für dich, denn sonst wirst du für alles eingespannt – und das meine ich wörtlich.«). Es gab so viel, von dem ich nicht die geringste Ahnung hatte. So viel, von dem ich nicht einmal gewusst hatte, dass ich es wissen musste. Nicht zum ersten Mal in den letzten Wochen fragte ich mich, wie Laura all das so scheinbar mühelos im Griff hatte haben können, ohne wahnsinnig zu werden.

Ellie beendete ihre geführte Tour durch das Schuljahr, und ich fühlte mich dankbar, aber hauptsächlich erschlagen. »Ich hätte in einer Million Jahren nicht gewusst, was mich erwartet.«

»Habe ich am Anfang auch nicht«, sagte sie. »Das gehört zu den Dingen, die die Leute vergessen einem zu sagen, wenn die Kinder in die Schule kommen: Wie viel Arbeit es für die Eltern ist. Manchmal fühlt es sich an wie ein Vollzeit-Job.«

Nachdem wir das Thema Schule abgearbeitet hatten, war noch ein wenig Zeit, und so erzählte mir Ellie von sich. Sie kam ursprünglich aus Buckinghamshire und war mit einer Zwischenstation in Gloucester mit neunzehn zum Studium nach London gezogen. Dort hatte sie ihren Mann Marco kennengelernt. Drei Jahre nach ihrem Abschluss hatten die beiden geheiratet und waren kurz nach der Geburt ihrer Tochter nach Reigate gezogen. Sie erzählte mir, dass Marco die ganze Woche über bis spätabends arbeitete und am Wochenende meist zu müde war, um wirklich Zeit mit der Familie zu verbringen, doch sie sagte es mit einem so resignierten Unterton, dass ich dachte: »Was für ein Loser.« Bis mir bewusst wurde, dass ich noch vor wenigen Wochen genauso gewesen war.

Es war schon nach drei, als wir das Café verließen, und obwohl es sehr nett gewesen war, war ich doch froh, mich nun zu verabschieden. So entspannt und gesprächig Ellie auch sein mochte, ich kam mir vor, als ob ich Laura hintergehen würde – auch wenn es absurd klang. Außerdem war Ellie die Frau eines anderen Mannes. Und ich bin mir nicht sicher, ob es mir gefallen hätte, wenn Laura sich mit einem einsamen alleinerziehenden Vater angefreundet hätte. Für manche Leute mag das langweilig klingen, aber ich glaubte nun einmal fest daran, die Dinge so simpel wie möglich zu halten, und wenn auch nur deshalb, weil es das Leben in neun von zehn Fällen sonst sehr viel komplizierter gemacht hätte.

Wir machten uns auf den Weg und waren nur noch ein paar hundert Meter von der Schule entfernt, als Ellie ihr Briefing des aktuellen Schultratsches unterbrach und mich aus heiterem Himmel und ohne Vorwarnung fragte, ob ich schon wieder begonnen hätte, mich mit anderen Frauen zu treffen. Als sie meinen Gesichtsausdruck sah (der ehrlich gesagt eher amüsiert als betroffen war), entschuldigte sie sich eilig.

»Ich bin so ein Idiot! Bitte, ignorier mich einfach.«

»Schon okay, wirklich.«

»Natürlich ist es nicht okay. Und es geht mich auch überhaupt nichts an. Ich weiß nicht, was in mich gefahren ist!«

»Keine Sorge, das ist doch eine legitime Frage. Ich habe aber nur eine langweilige Antwort: Nein, ich treffe mich mit niemandem.«

»Nun, natürlich nicht. Es ist ja auch noch früh.«

»Das ist es gar nicht mal.«

»Was ist es dann?« Sofort schlug sie sich die Hand vor den Mund. »Ich tu's schon wieder! Ich klinge, als hätte ich eine neugierige Form von Tourette – Leute, die ich kaum kenne, nach ihrem Privatleben auszufragen ...«

»Ganz ehrlich, tatsächlich tut es gut, dass mich mal jemand nicht behandelt, als wäre ich aus Glas. Die Wahrheit ist, ich habe noch nicht wieder begonnen, mich mit Frauen zu verabreden, weil ich einfach keinen Sinn darin sehe. Laura war mein Jackpot, und die Chance, noch mal jemanden zu finden, der ihr auch nur nahekommt, ist minimal.«

Ellie antwortete nicht, und für einen Moment dachte ich, sie hätte mich nicht gehört, doch dann blieb sie stehen und sah mich an. »Darf ich was sagen?«

»Natürlich, schieß los.«

»Ganz sicher? Ich fürchte, ich habe meine große Klappe heute Nachmittag schon zu weit aufgerissen.«

»Glaub mir, es ist okay.«

Sie lächelte beruhigt und schob sich eine Haarsträhne hinters Ohr. »Meine Mutter ist vor ein paar Jahren gestorben, und es hat mich völlig umgehauen. Sie war immer so stark und eine so positive Kraft in meinem Leben, dass der Gedanke, sie nie wiederzusehen, mich fast wahnsinnig gemacht hat. Monatelang habe ich den Kindern erzählt, wie wundervoll sie war, fast anderthalb Jahre lang, bis meine Schwester mich eines Tages beiseitegenommen und mir gesagt hat, ich müsse aufhören so zu tun, als wäre Mum eine Heilige gewesen. Und dann hat sie mal eben mindestens ein halbes Dutzend Situationen genannt, in denen Mum alles andere als heilig gewesen war. Was ich damit sagen möchte, ist: Wenn man jemanden verliert, den man liebt, neigt man dazu, sich nur an die schönen Dinge zu erinnern. Aber wenn du Laura zu einer Heiligen machst, wird niemand jemals an sie herankommen, und du nimmst dir selbst die Chance, vielleicht mit einer anderen Frau noch einmal glücklich zu werden. Wenn du dich daran erinnerst, dass Laura ein Mensch war wie du und ich, nun, vielleicht wirst du dann eines Tages jemanden finden, der es zumindest einen Versuch wert ist.«

Ich konnte nicht anders, als Ellies Laienpsychologie einfach zu übergehen, und zwar erstens, weil ich mitten auf der Straße stand und auf dem Weg war, Lola abzuholen, und zweitens, weil sie es zwar sicher nur gut meinte, sich aber gewaltig irrte. Außerdem hatte ich bei meiner Arbeit beim Fernsehen schon vor langer Zeit gelernt, dass das Leben sehr viel einfacher ist, wenn man so tut, als würde man dem anderen zustimmen, selbst wenn es nicht so ist. Statt ihr also zu sagen, dass sie Unsinn redete und ich Laura nicht zu einer Heiligen machte, weil sie tot war, sondern weil sie nie etwas anderes gewesen war als perfekt, sagte ich, dass es ein interessanter Ansatz sei und ich darüber nachdenken würde.

Und damit war ich bereit, die ganze Angelegenheit sofort wieder zu vergessen. Doch am Abend schrieb Ellie mir eine Nachricht, in der stand, dass sie sich sehr über unser Treffen gefreut habe und hoffe, es bei Gelegenheit zu wiederholen. Ich wollte ihr gerade antworten, als Lola weinend in die Küche kam, weil Evie sie geärgert hatte. Und so lag ich bereits im Bett und war schon fast eingeschlafen, als Ellie mir wieder einfiel.

Hatte ich meine tote Frau wirklich zu einer Art Heiligen erhoben? Hatte ich alle Erinnerungen an ihre Fehler und Schwächen verdrängt und sie zu jemandem gemacht, der sie nie gewesen war? Verfälschte ich meine Erinnerungen und redigierte die Vergangenheit, um die Gegenwart ertragen zu können? All diese Fragen schwirrten mir plötzlich durch den Kopf, während ich dalag und mich dabei ertappte, wie ich in die Vergangenheit zurückkehrte, von unserer ersten Begegnung bis zu meinen letzten Erinnerungen an sie, bevor sie starb. Und ja, wir hatten so unsere Konflikte gehabt, aber dabei war es um Karrierethemen gegangen, um Gedanken über die Zukunft, Sorgen wegen der Kinder und die Frage, welche Richtung unser Leben nehmen sollte, aber das änderte nichts daran, dass Laura alles gewesen war, was ich je gewollt hatte und jemals wollen würde.

Ich hatte die Erinnerungen an sie nicht verzerrt. Egal wie viel Mühe ich mir gab, es hatte einen Grund, warum unsere Streitereien, nächtlichen Kabbeleien und hin und wieder auftauchenden Diskussionen in meinen Erinnerungen kaum eine Rolle spielten: Sie waren bedeutungslos. Wie Regentropfen in einem riesigen Ozean im Vergleich zu dem überwältigenden Gefühl, geliebt zu haben und geliebt worden zu sein. Wir hatten so viel Gutes zusammen erlebt, dass das Schlechte einfach keine Rolle spielte.

11
Das ist nichts für Typen wie dich und mich

Tom

Ein fieser Schneeregen fiel, und ich konnte kaum etwas sehen, als ich mit einem Stapel Fotoabzüge für Lolas Schulprojekt aus dem Fotoladen auf die High Street hinaustrat. Obwohl sie seit einer Woche von dem Projekt »Mein Leben bis heute« gewusst hatte, war es ihr erst heute Morgen in den Sinn gekommen, das zu erwähnen, und jetzt hatten wir noch knapp vierundzwanzig Stunden, um etwas auf die Beine zu stellen. Mit Blick auf die kurze Vorbereitungszeit, die uns noch blieb, hatten wir beschlossen, so viele Bilder wie möglich und so wenig Text wie nötig zu verwenden, und so hatte ich, während sie sich oben die Zähne putzte, die Fotoalben im Wohnzimmer durchgeblättert und die Fotos herausgenommen, die zum Thema passen könnten. Es war nicht leicht gewesen, durch die Vergangenheit zu blättern, und mehr als einmal erwischte ich mich dabei, wie ich an Bildern von Laura hängenblieb und mich nur mit äußerster Willenskraft wieder lösen konnte. Aber am Ende hatte ich vier Fotos ausgewählt: Lola direkt nach der Geburt, als sie zum ersten Mal in den Armen ihrer Mutter lag; im Alter von drei Jahren auf der Prinzessinnen-Party einer Freundin, wobei es ihr ganz offensichtlich völlig schnuppe war, dass sie als Einzige den Dresscode missachtet hatte und als Spiderman gekommen war; an ihrem ersten Schultag, wie sie stolz neben Evie an der Haustür steht und in die Kamera strahlt; und schließlich am Morgen ihres letzten Geburtstags, in ihrem Zimmer umgeben von Geschenken (Linda musste das Foto aufgenommen haben, denn wenn ich mich richtig erinnere, war ich zu diesem Zeitpunkt schon lange im Büro).

Ich kauerte mich unter meinen Regenschirm, und während ich die Straße hinunterlief, flackerten Erinnerungen vor meinem inneren Auge auf. Schnappschüsse, wie die Bilder, die sie hervorgerufen hatten – kurze Momente aus meinem Leben mit Laura: sie und ich auf unseren Liegen an einem traumhaft schönen Strand bei unserer Hochzeitsreise auf den Seychellen; der Tag, an dem wir Percy, unsere alte Katze, aus dem Tierheim nach Hause gebracht hatten; die schwangere Laura, die drei Wochen vor dem errechneten Geburtstermin Evies Kinderzimmer anstrich ... Hupen ... Hupen ... Hupen ...

Ich riss mich aus meinem Tagtraum und schaute mich verschreckt um. Das Hupen kam von einem grellgelben Honda, der im Schneckentempo neben mir herkroch, sodass sich der Verkehr hinter ihm bereits die gesamte High Street entlang staute. In der Erwartung, einen Freund, einen Kollegen oder irgendwelche Eltern aus Lolas Schule zu sehen, beugte ich mich hinunter, um einen Blick ins Wageninnere zu werfen. Und ich war nicht gerade wenig überrascht, als ich den alten Herrn von meiner ersten und einzigen COPE-Sitzung sah. Ich hätte ihn überall erkannt. Alte Männer mit Basecap bleiben mir im Allgemeinen in Erinnerung.

Völlig ungerührt von den Schimpftiraden, die von den anderen Fahrern auf ihn einprasselten, rollte er das Beifahrerfenster runter: »Dachte ich mir, dass du es bist, Kumpel«, sagte er. »Hab dich gesehen, als du aus dem Laden gekommen bist, ein Stück die Straße rauf. Tom, richtig? Ich vergesse nie ein Gesicht – das ist der Ex-Bulle in mir. Lang nicht gesehen, Junge! Wie geht es denn so?«

Ich versuchte mich an seinen Namen zu erinnern. Keith? Carl? Clive. Das war es. Clive! »Gut, Clive, danke der Nachfrage. Und dir?«

»Kann mich nicht beschweren. Und selbst wenn, mir würde eh keiner zuhören. Kann ich dich mitnehmen? Ich habe es nicht eilig, ist also kein Problem.«

Sosehr ich den Schneeregen hasste, ich war mir nicht sicher, ob ich in der richtigen Stimmung war, mit einem Fremden, der, ohne mit der Wimper zu zucken, den gesamten Verkehr aufhielt, bloß um kurz hallo zu sagen, in die Vergangenheit einzutauchen. Und so beschloss ich, höflich abzulehnen. »Das ist wirklich sehr nett, aber danke, es geht schon.«

Clive schnalzte leise mit der Zunge, ganz so, wie er es bei der Gruppensitzung in laut getan hatte. »Hör zu, steig einfach ein und hör auf, so ein Theater zu machen, okay? Ich will dich nicht heiraten, sondern bloß ein paar Meter die Straße runterfahren!«

Wie genau es Clive gelungen war, das Angebot, mich mitzunehmen, in eine Probe meiner Männlichkeit zu verwandeln, weiß ich nicht, aber genau das hatte er getan, und zwar mit Erfolg. Ohne den Autofahrern hinter uns in die Augen zu sehen, stieg ich eilig ein, und er fuhr los.

»Also, wie geht's dir so?«, fragte er, während wir die High Street entlangfuhren. »Was macht deine Familie?«

»Wächst und gedeiht«, antwortete ich. »Und du? Du wohnst mit deiner Enkelin zusammen, richtig? Was macht sie so?«

»Kommandiert mich rum wie ein kleines Kind.« Er schüttelte resigniert den Kopf. »Bist du noch mal zu einer dieser Sitzungen gegangen? Hättest mal meine Enkelin hören sollen, als ich ihr gesagt habe, dass ich da nicht mehr hingehe!« Er zwinkerte mir zu. »Aber nix da. Ich hab sogar dich ins Spiel gebracht. Hab ihr gesagt, dass nicht nur ich die Typen da alle für völlig meschugge halte, sondern mein Kumpel Tom auch!«

»Meine Schwiegermutter hat mir auch das Leben zur Hölle gemacht«, sagte ich und seufzte, als ich daran dachte, wie anders alles sein könnte, wenn ich nur weiter da hingegangen wäre. »Ich weiß nicht, im Rückblick wäre es vielleicht gar nicht so schlecht gewesen. Vielleicht hätten wir dem Ganzen doch noch eine Chance geben sollen.«

Clive konnte es nicht glauben. »Das ist ein Scherz, oder? Es war die reinste Horrorshow, von vorne bis hinten. Ein Haufen winselnder Bettnässer, die über ihre Gefühle quasseln? Das ist nichts für Typen wie dich und mich, Tommy Boy. Das war der Querschnitt von allem, was ich an der heutigen Welt nicht ausstehen kann, schön verpackt in einer *Sitzung*! Zu meiner Zeit hatten wir keine *Sitzungen*. Weißt du, was wir stattdessen hatten? Die deutsche Luftwaffe, die unserem Land das Licht ausknipsen wollte! Jawohl! Seit wann gibt es eigentlich niemanden mehr, der einfach sagt, wo es langgeht, und die anderen tun, was ihnen gesagt wird? Heutzutage geht nichts mehr ohne irgendeine verdammte *Sitzung*, wo man über seine *Gefühle* spricht. Ich sag dir, wenn es irgendwann mal eine ›Prügeln wir ein bisschen Verstand in diese nichtsnutzigen Penner da oben‹-Sitzung gibt, bin ich der Erste, der mitmacht!«

Den Rest der Fahrt verbrachte Clive damit, sich über die Müllabfuhr, die »arroganten Snobs bei der BBC und ihre linke Propaganda« und die aktuelle Zinslage aufzuregen. Und auch wenn die meisten seiner Kommentare von extrem bissig bis hin zu politisch völlig inkorrekt waren (»Wenn es nach mir ginge, würde ich jeden einzelnen dieser Knilche da oben in den Verwaltungsräten vor die Tür setzen und sie gegen ein paar Affen austauschen!«), war er nie langweilig (»Hab ich dir mal davon erzählt, wie ich damals, in den späten Sechzigern, ein UFO gesehen habe? Nein? Na ja, es ist eine lange Geschichte. Lass mich nur so viel sagen: Danach war ich nie wieder derselbe.«).

»Weißt du was, Tom«, sagte Clive, als wir schließlich vor meinem Haus hielten. »Es hat Spaß gemacht, mich mit dir zu unterhalten. Ich gehe meist für ein Stündchen rüber in die Tagesstätte im Gemeindezentrum, um zu sehen, was da so los ist, aber mit keinem da kann man sich so gut unterhalten wie mit dir. Ich finde, wir sollten uns mal zum Mittagessen treffen und das Ganze wiederholen. Was denkst du?«

Wenn ich bei meinen zwei Begegnungen mit Clive eines über ihn gelernt hatte, dann, dass es reine Zeit- und Energieverschwendung war, nein zu sagen. Zudem war ich mir gar nicht sicher, ob ich sein Angebot wirklich ablehnen wollte. In einer Welt, in der kaum noch jemand sagte, was er wirklich dachte, war er wie ein frischer Wind, und wenn ich ehrlich war, so hatte ich die kurze Zeit mit ihm wirklich genossen.

»Das ist eine gute Idee«, sagte ich und notierte meine Telefonnummer auf der Rückseite eines Kassenzettels aus dem Supermarkt. »Ruf mich an, wenn du Zeit hast.«

Linda

Moira und ich waren nach einer Woche bei ihren Freunden Isla und Peter in Sidney wieder nach Hause zurückgekehrt, und obwohl wir eine herrliche Zeit damit verbracht hatten, die Sehenswürdigkeiten der Stadt zu erkunden und so oft essen zu gehen, bis wir beinahe platzten, war ich froh, in das vergleichsweise ruhige Melbourne zurückzukehren, und freute mich darauf, es mir mit meinem Buch und einem Becher Tee gemütlich zu machen. Das Leben hatte da aber andere Pläne, wie ich feststellen musste, als Moira aufgeregt aus der Küche zu mir heraufschrie, ich solle sofort runterkommen.

Aufgeschreckt rannte ich zu ihr in der Erwartung, dass sie einen Einbrecher überrascht hatte oder so etwas Ähnliches, aber stattdessen hielt sie das Telefon in der Hand und grinste über das ganze Gesicht.

»Was ist passiert?«, fragte ich.

»Ich habe gerade meine Nachrichten abgehört, und eine davon ist für dich!«

»Von Tom und den Mädchen?«

»Glaubst du wirklich, ich würde dann so einen Zirkus machen?«, fragte Moira und runzelte die Stirn. »Sie brauchen bloß zu niesen, und schon sitzt du am Telefon, um sicherzugehen, dass alles in Ordnung ist. Nein, das hier ist zur Abwechslung wirklich aufregend!«

»Dann sag endlich, was es ist!«, rief ich ungeduldig.

»Ich gebe dir einen Tipp«, neckte Moira mich. »Es ist ein Gentleman, der höflichst fragen lässt, ob du unter Umständen nächste Woche für einen Ausflug in den Botanischen Garten verfügbar wärst ...«

»Du willst mich auf den Arm nehmen.«

»Nicht im Geringsten. Desi will mit dir ausgehen!« Moira reichte mir das Telefon. »Hör selbst, wenn du mir nicht glaubst.«

Ich hörte mir die Nachricht an. Es war genau, wie Moira gesagt hatte. »Nun ...« Ich reichte ihr das Telefon. »Den Tag werde ich mir im Kalender rot anstreichen.«

Ich musste daran denken, wie ich nach Desis Rettungsaktion auf Moiras Party den größten Teil des Abends mit ihm plaudernd auf der Veranda verbracht hatte. Er hatte nicht nur ein Talent dafür, beschwipste tanzende Frauen aufzufangen, sondern war auch ein überraschend angenehmer Gesprächspartner. Innerhalb einer halben Stunde wusste ich alles über ihn. Er war geschieden, hatte keine Kinder und bereute zutiefst, dass er und seine Ex-Frau nie welche bekommen hatten. Er war früher im Baugeschäft tätig gewesen und hatte für Moira und ihren Mann ein paar Arbeiten im Haus übernommen und sich dabei mit den beiden angefreundet. Mittlerweile war er in Rente, arbeitete aber hin und wieder noch für Freunde oder Verwandte.

Desi schien ein liebenswerter und freundlicher Mann zu sein, und wenn ich ihn in England auf einer Party kennengelernt und er mich um ein Date gebeten hätte, dann hätte ich mit ziemlicher Sicherheit zugesagt. Aber das hier war nicht England, sondern Australien, und ich war zu alt, um mich in eine Urlaubsromanze zu stürzen. Zudem war ich nach Melbourne gekommen, um mein Leben einfacher zu machen, und eine romantische Affäre würde es ohne Zweifel eher verkomplizieren.

»Ich kann dir garantieren, dass Desi ein grundehrlicher und ehrenhafter Mann ist, wenn es das ist«, sagte Moira und betrachtete mich misstrauisch. »Er ist ein herzensguter Kerl und war nach Peters Tod für mich ein wahrer Fels in der Brandung. Du könntest keinen besseren Mann finden.«

»Was es nur noch schlimmer macht«, antwortete ich. »Ich gebe zu, er ist attraktiv, und wir haben uns an dem Abend sehr gut unterhalten, aber ich bin nur für eine begrenzte Zeit hier und möchte weder ihm noch mir falsche Hoffnungen machen.«

Moira machte mir unmissverständlich klar, dass das nicht die Antwort war, auf die sie gehofft hatte. »Ich liebe dich, Linda, das weißt du, aber manchmal glaube ich wirklich, bei dir ist eine Schraube locker. Dieser Mann will dich nicht heiraten, sondern bloß den Tag mit dir verbringen. Was ist so schlimm daran?«

»Aber genau so fangen Beziehungen doch an, oder nicht? Und ich möchte im Moment keine Beziehung.«

Mit einem kaum unterdrückten Seufzen legte Moira das Telefon auf den Küchentresen. »Ich wette, die Linda, die bei meiner Party auf dem Tisch getanzt hat, hätte sich mit ihm verabredet.«

»Da könntest du recht haben, weswegen ich auch so froh darüber bin, dass sie sich aufs Land zurückgezogen hat, um sich ihrer Stickarbeit zu widmen.«

»Also, ich würde gerne mehr von ihr sehen. Sie war witzig. Mit ihr hätte man Pferde stehlen können, nicht so wie mit dir, du langweilige alte Kröte!« Wir mussten kichern, und Moira hielt mir das Telefon hin. »Nun mach schon«, sagte sie. »Von wegen genieß das Leben, Carpe Diem und so. Ich meine: Was ist das Schlimmste, das passieren kann?«

Tom

Mir wären mindestens ein Dutzend Cafés oder Restaurants eingefallen, in denen ich lieber zu Mittag gegessen hätte als im Café des Morrison's-Supermarkts in Reigate. »Da oder nirgends«, hatte Clive am Telefon erklärt. »Die kochen einen halbwegs trinkbaren Kaffee, die Mädchen hinter der Theke kennen mich und legen mir immer die knusprigsten Bacon-Stücke aufs Brötchen, und vor allem wird man da nicht mit Musik zugeplärrt. Ist mir ein Rätsel, wie irgendjemand sein Essen verdauen kann, während ihm so ein neumodischer Firlefanz in den Ohren klingelt.«

Es war nicht schwierig, Clive in dem Café zu finden. Er hatte sich schick gemacht, ohne Basecap, dafür mit kariertem Hemd, Jackett und Krawatte. Er war so vertieft in die *Daily Mail*, dass er mich erst bemerkte, als ich buchstäblich auf ihn herabblickte.

»Tom, verdammt! Wie lange lauerst du schon da hinter mir? Setz dich, ich bestell uns was zu essen.«

»Das geht auf mich«, sagte ich. »Ich lade dich ein.«

»Kommt gar nicht in die Tüte«, erklärte er streng. »Ich habe *dich* hierher eingeladen, und nicht andersrum. Wenn der Tag kommt, an dem ich einem Freund kein Bacon-Sandwich mit Tee mehr kaufen kann, können sie mich meinetwegen in eins dieser Altenheime verfrachten. Und jetzt setz dich, hör auf mit dem Gezeter und sag mir, wie du deinen Bacon willst.«

Während ich mich setzte, stellte ich fest, dass ich eigentlich keine Meinung zum Thema Bacon hatte. Ich mochte ihn, aber normalerweise verschwendete ich keine Gedanken an sein Aussehen oder seine Beschaffenheit. Ich aß ihn, wie er gerade kam. Doch wie ich Clive einschätzte, würde ich damit nicht durchkommen. Also bluffte ich.

»Ich nehme ihn knusprig, mit Tomatenketchup, daneben, nicht auf dem Brötchen.«

Clive nickte anerkennend. »Gute Wahl, Tommy Boy«, sagte er. »Das Letzte, was man auf dieser Welt gebrauchen kann, ist ein matschiges Brötchen.«

Ich genoss mein Essen mit Clive. Seine direkte Art ließ mich laut lachen, und ich weiß nicht, wie oft mir der Gedanke kam, dass ich Clive mit der richtigen Sendung vermutlich zum Fernsehstar machen könnte. Bei seiner Angewohnheit, kein Blatt vor den Mund zu nehmen, und seinen unverblümten Fragetechniken war ich mir sicher, sogar einen der großen öffentlichen Sender davon überzeugen zu können, diesen streitlustigen Mann auf Sendung zu bringen.

»Genau diese hirnlosen Einfälle sind der Grund, warum ich meine Fernsehlizenz in den Müll geworfen habe«, maulte Clive, als ich ihn halb im Scherz in meine Idee einweihte. »Wie diese Show auf ITV, mit den vier Frauen in den viel zu engen Kleidern. Lächerlich! Alles, was die zustande bringen, ist rumzugackern, sobald eine von denen den Mund aufmacht. Mal ehrlich, heutzutage bringen sie den letzten Mist in der Glotze und glauben tatsächlich, dass wir uns das ansehen. Alan Whicker würde sich im Grab umdrehen!«

So ging es noch eine gute halbe Stunde weiter – ich machte ein bisschen Smalltalk, bloß um Clive eine Möglichkeit zu geben, sich über irgendetwas aufzuregen –, bis selbst er ein wenig erschöpft wirkte. Ich wollte ihm gerade anbieten, noch einen Becher Tee zu besorgen (das Einzige, über das er sich, so nahm ich an, nicht beschweren würde), als ich eine junge Frau in schwarzer Lederjacke und Jeans mit ernstem Gesicht auf unseren Tisch zumarschieren sah. Sie hatte dunkelbraunes Haar, das teilweise unter einer hellen Mütze verborgen war, und ein so sympathisches Gesicht, dass nicht einmal der finstere Ausdruck, um den sie sich bemühte, es verdunkeln konnte.

Ohne mich eines Blickes zu würdigen, wandte sie sich an Clive. »Was ist hier los?«, fragte sie streng. »Du hast gesagt, du wolltest dich mit einem Freund zum Mittagessen treffen.«

»Wonach sieht das hier verdammt noch mal denn aus?«, antwortete Clive. »Mützenhäkeln für Obdachlose?«

»Wer ist der Typ?«, wollte sie wissen, und zwar laut genug, dass jeder einzelne Gast im Café die Ohren spitzte. »Er ist schließlich nicht gerade einer deiner Kumpels aus dem Bowling-Club, oder?« Sie funkelte mich böse an. »Wie heißen Sie, Kollege? Sind Sie irgend so ein Hochstapler, der einen wehrlosen alten Mann um seine Rente bringt?«

Wehrloser alter Mann? Kannte diese Frau Clive überhaupt? In den Jahren, die ich mittlerweile fürs Fernsehen arbeitete, hatte ich mehr als einen abgebrühten Verbrecher erlebt, der sehr viel wehrloser gewesen war als Clive.

»Das muss ein Irrtum sein«, erklärte ich. »Ich will niemanden um etwas bringen.« Sie ignorierte demonstrativ meine ausgestreckte Hand. »Ich bin Tom. Clive und ich haben uns kurz vor Weihnachten bei dieser Trauerbewältigungs-Sitzung in der Kirche kennengelernt.« Ich sah Clive an und grinste. »Abgesehen von mir selbst war er der einzige normale Mensch da.«

Ein Ausdruck des Entsetzens zog sich über das Gesicht der jungen Frau. Sie drehte sich zu Clive um und funkelte ihn an, als wäre alles seine Schuld. »Warum hast du mir nicht einfach gesagt, mit wem du dich triffst?«

»Weil es dich nichts angeht!«, erwiderte er. »Was willst du überhaupt hier? Spionierst du mir nach, oder was?«

»Ich brauche deinen Schlüssel«, seufzte sie. »Ich bin gerade von meinem Termin in London zurückgekommen, und als ich vor der Tür stand, habe ich gemerkt, dass ich meinen Schlüssel vergessen habe.«

»Wie oft habe ich dir schon gesagt, du brauchst ein System?«, schimpfte Clive. »Jeder Gegenstand braucht einen festen Platz.« Er zog einen Schlüsselbund aus seiner Tasche und reichte ihn ihr. »Problem gelöst.« Dann sah er mich an – der Ausdruck auf seinem Gesicht ein Paradebeispiel an Verdrossenheit. »Tut mir leid, Tom. Du musst denken, meine Familie besteht aus Idioten.« Er funkelte grimmig in Richtung der jungen Frau. »Aber gut, wo sie nun schon mal da ist: Das hier ist meine Enkeltochter Fran.«

Ich streckte noch einmal meine Hand aus, und diesmal nahm sie sie. »Freut mich, Sie kennenzulernen, Fran. Ich bin Tom Hope.«

»Ganz meinerseits, Tom«, antwortete sie und sah dabei aus, als wünschte sie, der Boden würde sich unter ihr auftun und sie verschlucken. »Ich weiß, das klingt jetzt ziemlich erbärmlich, nachdem ich Sie als Verbrecher beschimpft und in aller Öffentlichkeit zur Schnecke gemacht habe, aber es tut mir wirklich leid.«

»Sie haben sich bloß Sorgen um Ihren Großvater gemacht, wie es sich gehört«, erwiderte ich. »Wieso setzen Sie sich nicht zu uns?«

»Um Himmels willen. Ich habe Ihnen ohnehin schon das Mittagessen vermiest, da möchte ich es nicht noch schlimmer machen.«

»Ich bestehe darauf«, sagte ich. »Wie klingen Tee und ein Bacon-Sandwich?«

»Ehrlich gesagt?«, antwortete Fran widerstrebend. »Wundervoll. Ich habe heute Morgen völlig vergessen zu frühstücken.«

»Sie hört einfach nie zu, wenn ich ihr was sage«, brummte Clive. »Wie oft habe ich dir gesagt: Frühstück ist die wichtigste Mahlzeit des Tages. Es bereitet dich auf alles vor, was da kommen mag. Wenn Churchill morgens ohne Frühstück aus dem Haus gegangen wäre, würden wir jetzt alle Deutsch sprechen und im Stechschritt durch Marks & Spencer marschieren.«

Fran und ich sahen uns an und unterdrückten ein Grinsen. Bei allem Gepolter war Clive einfach wahnsinnig unterhaltsam.

»Gut. Also, ein Tee und ein Bacon-Sandwich«, sagte ich. »Schon unterwegs.«

Als ich zurückkam, erzählte Fran ein wenig von sich. Sie kam aus Middlesbrough, war neunundzwanzig und Clives zweitälteste Enkeltochter. Sie arbeitete als Graphik-Designerin und hatte bis vor ein paar Jahren noch oben im Nordwesten gewohnt, doch nach dem Tod ihrer Großmutter war sie bei Clive eingezogen, um ihm ein wenig Gesellschaft zu leisten. Jetzt war sie ein paar Tage in der Woche für eine kleine Werbeagentur in Clerkenwell tätig. Den Rest der Zeit arbeitete sie als Freelancerin für verschiedene Agenturen in London oder an ihren eigenen Illustrationen, die sie über ihre Website verkaufte.

»Könnte ich Ihre Arbeiten schon mal irgendwo gesehen haben?«, fragte ich.

»Kommt darauf an«, sagte sie. »Lesen Sie regelmäßig *Mind and Spirit*, die Nummer eins unter den Zeitschriften ›für die spirituell orientierte moderne Frau‹? Die haben im letzten halben Jahr drei Zeichnungen von mir gebracht.«

»Ich fürchte, mein Abonnement ist ausgelaufen«, scherzte ich.

Es war schon kurz nach halb zwei, als wir aufbrachen. Clive und ich verabschiedeten uns vor dem Supermarkt voneinander, und ich wollte gerade gehen, als Fran mich beiseitenahm.

»Ich wollte nur noch einmal sagen, wie leid mir die Sache von eben tut«, sagte sie. »Es ist mir furchtbar peinlich, wie ich Sie angeraunzt habe. Aber falls es Ihnen irgendein Trost ist: Mein Großvater wird es sich nicht nehmen lassen, die Geschichte der gesamten Familie aufs Brötchen zu schmieren.«

»Machen Sie sich keine Gedanken. Es ist in Ordnung, wirklich«, antwortete ich. »Ich arbeite ... *habe* beim Fernsehen gearbeitet, und ich kann Ihnen versichern, ich habe schon sehr viel Schlimmeres erlebt.«

»Es ist nett von Ihnen, das zu sagen, erst recht nach allem, was Sie durchgemacht haben.« Sie sah zu Boden. Clive und sie hatten ganz offensichtlich die Gelegenheit genutzt, über mich zu sprechen, als ich mich um ihren Lunch gekümmert hatte. »Mein Beileid zu Ihrem schrecklichen Verlust.«

»Danke«, antwortete ich und war froh, dass ich mir schon länger abgewöhnt hatte, mich an diesen oberflächlichen Phrasen zu stören. Irgendwann hört man auf, sich über Leute zu ärgern, die einfach nur nett sein wollen.

Einen kurzen Moment herrschte unbehagliches Schweigen, während wir uns ansahen. Schließlich sagte ich: »Jedenfalls, es hat mich gefreut, Sie kennenzulernen.«

»Mich auch«, erwiderte sie. »Und ich verspreche Ihnen, nächstes Mal werde ich mich benehmen.«

12
Dot, das ist Tom

Tom

Evies Geburtstagsparty stand ganz oben auf der Liste der Dinge, die mir Angst machten. Beinahe jeden Tag diskutierten wir darüber, wie diese Party aussehen würde, wobei ich entschieden für Pizza und Bowling plädierte und sie mit der gleichen Entschiedenheit erklärte, dass das ja wohl was für kleine Kinder sei. Jetzt, wo sie vierzehn wurde, wollte sie eine richtige Party, zu der sie all ihre Freunde einladen durfte.

Ich hatte genug Schlagzeilen à la »Haus nach Teenagerparty verwüstet« gelesen, um zu wissen, dass solche unbeaufsichtigten Ansammlungen Minderjähriger unter allen Umständen zu vermeiden waren, was der eigentliche Grund war, warum ich so vehement auf Pizza und Bowling bestand. Doch sosehr ich nicht bereit war, mein Haus als Top News in den Zehn-Uhr-Nachrichten wiederzufinden, war Evie nicht bereit, kampflos aufzugeben. Sie brachte ihr gesamtes Arsenal zum Einsatz, von emotionaler Erpressung (»Wenn du mich wirklich lieb hättest, würdest du es mir erlauben.«) bis zu offener Kriegsführung (»Wenn ich keine Party haben darf, dann will ich gar nichts.«). Schließlich, nur wenige Tage vor dem großen Tag, eskalierte die Situation endgültig, als sie beim Abendessen mein Nein zu ihrer Party mit Kindesmisshandlung gleichsetzte und mir endgültig der Kragen platzte.

Ich stand so schwungvoll vom Tisch auf, dass Lolas Wasserglas umkippte. »Das reicht! Ich will kein Wort mehr darüber hören! Und nichts, was du tust oder sagst, wird daran etwas ändern!«

»Aber das ist nicht fair!«

»Was genau ist an meinem Angebot, Pizza und Bowling für die halbe Schule zu bezahlen, nicht fair?« Mittlerweile stand ich auf der anderen Seite der Küche und kratzte wütend die Reste meines halb verzehrten Abendessens in den Mülleimer. »Wenn du das ernsthaft glaubst, junge Dame, würde ich gerne wissen, was du über globale Armut und Länder denkst, in denen junge Mädchen mit Gewalt davon abgehalten werden, zur Schule zu gehen!«

Ich war mir ziemlich sicher, dass ich die Diskussion verloren hatte, als ich meinem Temperament erlaubt hatte, mit mir durchzugehen. Und der Umstand, dass ich sie eben »junge Dame« genannt hatte, machte alles nur noch schlimmer. Laura hätte eine solche Situation niemals so eskalieren lassen. Sie war die Königin der Konfliktlösung gewesen, nicht nur bei den Kindern, sondern auch bei mir. Egal wie wütend man war, am Ende war es ihr immer gelungen, einem das Gefühl zu vermitteln, gehört und verstanden worden zu sein, auch wenn man nicht das bekommen hatte, was man wollte.

Evie stürmte weinend aus der Küche und schlug die Tür hinter sich zu. Lola und ich sahen uns kleinlaut an. Mein Blick sagte: *Entschuldige*. Und ihrer sagte: *Selbst ich konnte sehen, dass du das verbockt hast, Dad, und ich bin erst acht.*

Also trocknete ich mir die Hände ab und machte mich auf den Weg nach oben. Ich klopfte an Evies Zimmertür, und nachdem ich lange genug gewartet hatte, um zu wissen, dass sie mich nicht hereinbitten würde, öffnete ich und trat ein.

Evie lag mit dem Gesicht nach unten auf ihrem Bett und schluchzte.

»Ich denke, ich muss mich bei dir entschuldigen.«

Sie drehte sich um, die Dolche in ihren Augen gewetzt und zum Einsatz bereit. »Wofür? Dass du mein Leben zerstörst?«

Ich musste mir auf die Lippen beißen. Die Anschuldigung, das Leben eines Teenagers zu zerstören, musste ganz oben auf der Bingo-Karte mit dem Titel »Dinge, die deine Kinder dir vorwerfen werden, wenn sie in die Pubertät kommen« stehen.

»Ich wollte mich dafür entschuldigen, dass ich eben in der Küche so ausgerastet bin. Das war falsch, und es tut mir leid, okay? Hör zu, warum finden wir nicht einen Kompromiss?«

Sie setzte sich auf. »Einen Kompromiss? Welchen?«

»Wir machen es so: Ich bin immer noch der Meinung, dass du zu jung bist, um eine eigene Party zu feiern, ohne dass ein Erwachsener dabei ist. Aber wie wäre es, wenn ich dabei bleibe?«

»Und wo wirst du sein?«

»Im Fernsehzimmer.«

»Und Lola?«

»Bei mir. Vor dem Fernseher.«

»Und ihr kommt nicht raus?«

»Oh doch, glaub mir, ich werde rauskommen, und ich werde dir nicht sagen, wann.«

»Aber Dad, du wirst die ganze Party ruinieren, wenn du das tust.«

»Nun, wir machen es so oder gar nicht. Deine Entscheidung.«

Sie überlegte etwa eine halbe Sekunde lang. »Einverstanden«, erklärte sie dann und erlaubte sich ein kurzes Grinsen.

»Ich habe noch ein paar Bedingungen«, sagte ich schnell. »Erstens: Maximale Gästeanzahl: zwanzig. Zweitens: Keine Werbung in sozialen Netzwerken. Drittens: Sollte ich den Verdacht haben, dass irgendjemand Alkohol mitgebracht oder getrunken hat, werde ich es mir zur Aufgabe machen, dein Leben und das eines jeden deiner Gäste in einen wahren Albtraum zu verwandeln.« Ich hielt ihr die Hand hin. »Deal?«

Evie strahlte von einem Ohr zum anderen. »Deal«, sagte sie und schlug ein. »Ich verspreche dir, Dad, du wirst es nicht bereuen.«

Linda

Ich diskutierte gerade mit Moira darüber, ob ich noch mal aufs Klo musste (wohin ich allein in der letzten halben Stunde bereits zweimal verschwunden war), als es an der Tür klingelte und ich vor Schreck förmlich aus der Haut fuhr. Ich war sichtlich nervös.

»Denkst du, das ist er?«

»Wer sollte es sonst sein? Die Zahnfee?«, antwortete Moira mit mehr als nur einem Hauch Verzweiflung in der Stimme, bevor sie zur Tür ging und kurz darauf mit Desi zurückkehrte. Er trug Jeans und ein cremefarbenes Jackett – beides sah aus, als hätte er es heute zum ersten Mal an –, und die paar Haare, die er noch hatte, waren ordentlich gekämmt. Er sah aus wie ein zu großer Schuljunge an seinem ersten Schultag. Aber es war schön, ihn so schick zu sehen. Schließlich war es schon eine ganze Weile her, dass jemand das Bedürfnis gehabt hatte, mich zu beeindrucken.

Ich ging zu ihm, um ihn zu begrüßen, und er gab mir einen Kuss auf die Wange. Er roch nach Aftershave – Sandelholz mit einem Hauch Zitrusöl. Sauber und frisch.

»Du siehst toll aus«, sagte er. Ich dankte ihm und erklärte mit einem Schulterzucken, das mehr einer Verrenkung glich, als nonchalant daherzukommen, ich hätte gar nichts Besonderes angezogen, obwohl ich mich viermal umgezogen hatte, bis ich mit meinem Aussehen zufrieden gewesen war.

Er reichte mir einen kleinen Strauß mit roten und weißen Nelken. »Moira sagte, es seien deine Lieblingsblumen.«

»Sie sind wundervoll«, antwortete ich. »Viele Leute finden sie langweilig, aber ich freue mich immer, wenn ich sie sehe.«

Ich trug sie zur Spüle und wollte gerade das Wasser andrehen, um sie hineinzustellen, als Moira sie mir aus den Händen nahm. »Ihr beide zieht jetzt mal los. Ich kümmere mich um die Blumen«, erklärte sie, legte den Strauß auf die Arbeitsplatte und scheuchte uns aus dem Haus. »Macht euch einen schönen Tag. Und kommt nicht zu früh zurück. Das ist ein Befehl!«

Desi sorgte dafür, dass ich mich vom ersten Moment an wohl fühlte. Er gestand mir, dass er den ganzen Morgen über fürchterlich nervös gewesen war, und ich erzählte ihm, dass ich mich selber fühlte wie ein Teenager. Wir mussten darüber lachen, wie albern es doch war.

Auf dem Weg zum Botanischen Garten stellten wir fest, dass keiner von uns wirklich Ahnung von Pflanzen hatte.

»Ich bin keine große Gärtnerin. Ich habe höchstens mal im November ein paar Zwiebeln in Töpfe gesteckt, damit sie im Frühling blühen.«

»Ich schaue mir gerne einen schönen Garten an, aber wenn ich sechs Tage in der Woche auf der Baustelle verbracht habe, war Gartenarbeit das Letzte, was ich an meinem freien Tag tun wollte.«

»Wieso genießen wir nicht einfach, was wir heute so sehen? Wer weiß, vielleicht inspiriert es uns!«

Wir besuchten das Tropenhaus und den Tacoma Pavillon,

schlenderten durch den herrlich duftenden Kräutergarten und erkundeten den Lebensraum des unteren Yarra River, und obwohl wir hauptsachlich über die Pflanzen und Blumen sprachen, warfen wir auch hin und wieder eine persönliche Frage ein, die allerdings nie zu persönlich wurde. Ich glaube, vor allem genossen wir einfach die Gesellschaft des anderen.

Es war schon nach drei, als wir beschlossen, den Garten zu verlassen, wo wir auf der Wiese mit Blick über den See zu Mittag gegessen hatten. Als wir zu Desis Auto zurückgingen, fragte er, ob ich nach Hause wolle, und bevor ich wusste, was ich da sagte, erklärte ich: »Nicht wirklich, eigentlich.«

»Du langweilst dich nicht?«

»Wieso, sehe ich so aus? Dann sollte ich mir einen besseren Gesichtsausdruck zulegen.«

»Es ist nur ... ich weiß nicht ... ich wollte einfach, dass es ein schöner Tag wird, das ist alles.«

»Und das ist es«, sagte ich, und dann nahm ich sogar seine Hand, und wir ließen das Auto, wo es war, und schlenderten durch die Stadt, von der grünen Oase des Melbourne Park und der Fitzroy Gardens zur großartigen Architektur des Parlaments und der St. Patrick's Cathedral. Wir hatten es nicht eilig und dementsprechend kein schlechtes Gewissen, unterwegs eine Eis- und Kaffeepause einzulegen, und nun, da wir uns ein wenig aneinander gewöhnt hatten, redeten wir sehr viel mehr über uns. Desi erzählte mir von seiner Ex-Frau und der Scheidung, und ich erzählte ihm von Lauras Vater und wie er mich sitzengelassen hatte, und erwähnte sogar kurz Lauras Tod. Es fühlte sich gut an, ihm von mir zu erzählen. Es fühlte sich an, als würden wir Freunde werden.

»Du hast ganz schön was mitgemacht«, sagte er, als wir vor der St. Patrick's Cathedral standen und zu den Türmen hinaufblickten, die so hoch waren, dass mir dabei ein wenig schwindelig wurde.

»Ich glaube, das haben wir beide«, antwortete ich.

Danach machten wir uns auf die Suche nach etwas zu essen und entschieden uns für ein kleines italienisches Restaurant. Ich nahm Linguini mit Muscheln und Desi eine Lammkeule mit Rosmarinkartoffeln, und dazu bestellten wir eine Flasche Rosé. Der Wein war süß und leicht und schmeckte wie Limo, und wir waren beide überrascht, als die Flasche am Ende tatsächlich leer war.

Inzwischen war es Abend geworden, und wir nahmen ein Taxi zurück. Er setzte mich bei Moiras Haus ab, wo er mich noch zur Tür begleitete.

»Es war ein wunderschöner Tag«, sagte ich, während ich in meiner Handtasche nach dem Schlüssel kramte. »Und ich würde mich freuen, es bei Gelegenheit zu wiederholen.«

Desi schwieg eine Weile. Ich konnte sehen, dass er etwas sagen wollte, doch dann seufzte er nur. Ich fragte mich, ob er, wie ich, das Gefühl hatte, dass wir eine Verbindung zueinander aufgebaut hätten, und ob es das gewesen war, was er hatte sagen wollen, als er mich plötzlich in den Arm nahm und einen sanften Kuss auf meine Lippen drückte. Zuerst war ich völlig überrumpelt, doch dann erwiderte ich seinen Kuss, was, so glaube ich, wiederum ihn überrumpelte.

Tom

Trotz meiner zahlreichen spontanen Kontrollgänge im Verlauf des Abends, war das einzig Schlimme, das ich auf Evies Party erlebte, eine Gruppe Jungs, die in der Küche mit Limonade um die Wette gurgelten und sich dabei filmten. Evies Gäste waren allesamt vorbildlich, wenn auch in meinen Augen ein wenig zu sehr mit ihren Handys beschäftigt. Das einzige andere Bemerkenswerte abgesehen vom Limo-Gurgeln geschah, als ich etwa eine Stunde vor dem Ende der Party feststellte, dass Evie und ein paar ihrer engsten Freundinnen verschwunden waren. Bevor ich überhaupt mit dem Gedanken spielen konnte, mich bei ihren Gästen nach ihrem Verbleib zu erkundigen, kam Evie aus dem Bad im Erdgeschoss, flankiert von ihren Freundinnen, die jeweils einen Arm um sie gelegt hatten. Ein Blick in Evies Gesicht sagte mir, dass sie geweint hatte.

»Ich habe mir beim Tanzen das Knie an der Kommode gestoßen«, erklärte sie hastig.

Doch als ich sie fragte, ob ich es mir einmal ansehen sollte, lehnte sie ab. »Ehrlich, Dad, es geht mir gut. Ich will einfach nur weiterfeiern.«

Das war ganz offensichtlich nur ein Teil der Geschichte. Wahrscheinlich hatte sie sich mit einem der anderen Mädchen auf der Party gestritten, denn im Moment schien kein Tag zu vergehen, an dem nicht eine von ihnen sich weigerte, mit einer anderen zu reden. Da ich es sicherlich nur noch schlimmer machte, wenn ich versuchte, mich da einzumischen, erklärte ich Evie, dass ich im Fernsehzimmer sei, wenn sie mich bräuchte, und verzog mich widerstrebend.

Trotz meiner Anwesenheit auf der Party muss es ein voller Erfolg gewesen sein. Ein paar von Evies Freunden fragten sogar, ob es nächstes Jahr wieder eine Party geben würde. Ich versprach, darüber nachzudenken, aber mein Instinkt sagte mir, dass ich mein Glück lieber nicht herausfordern sollte. Doch während der Ferien im Februar konnte ich mich eines gewissen Stolzes nicht erwehren, meine erste Teenager-Party ohne einen Polizeieinsatz hinter mich gebracht zu haben. Es war ein kleiner Sieg, den ich mir in die Tasche stecken konnte, ein Zeichen, dass ich möglicherweise vielleicht doch nicht ganz so ein hoffnungsloser Fall in dieser Ganztags-Dad-Geschichte war, wie ich ursprünglich befürchtet hatte.

Ich sonnte mich in meinem Sieg, solange man mich ließ – was, wie sich bald herausstellte, nicht besonders lang war, denn alle hatten wichtigere Dinge, um die sie sich kümmern mussten: Ellie und ihr Mann hatten sich immer noch nicht wieder zusammengerauft; Richs und Marinas Jüngster hatte sich auf dem Spielplatz das Handgelenk gebrochen; und Linda, nun, Linda wirkte ein wenig abgelenkt. Obwohl sie sich nach wie vor mit ihren Perlen der Weisheit, wenn es um Kindererziehung ging, nicht lumpen ließ, schien sie mit den Gedanken weit weg zu sein, sobald das Thema darauf kam, was genau sie denn in Australien so trieb.

Ein paar Tage nachdem die Schule wieder begonnen hatte, schlug Clive vor, sich mal wieder zu treffen. Und da ich den gesamten vergangenen Tag damit verbracht hatte, den angesammelten Berg an Wäsche abzuarbeiten, erklärte ich, dass wir uns auch gleich heute treffen könnten, worauf er erwiderte: »Gut. Ich denke, es wird Zeit, dass ich dich meiner Dot vorstelle.«

Ich war mir nicht sicher, ob ich richtig gehört hatte. »Du willst was?«

»Du hast mich schon verstanden.«

»Nun, ehrlich gesagt, bin ich mir nicht ganz sicher, denn einen Augenblick lang dachte ich, du hättest gesagt, du wolltest mich Dot vorstellen, deiner Frau, so nach dem Motto: ›Hi, ich bin Tom, nett dich kennenzulernen.‹«

»Das ist genau, was ich meinte«, erklärte Clive. »Ich habe ihr alles über dich erzählt, und es ist an der Zeit, dass du sie persönlich kennenlernst.«

Ich raffte es immer noch nicht. »Persönlich?«

»Wie bist du nur so ein großer Fernseh-Fuzzi geworden, wenn du nicht mal den IQ eines Säuglings hast? Ich rede davon, dich mit zum Friedhof zu nehmen, nicht ihren Geist beim Gläserrücken heraufzubeschwören. Was ist nur los mit dir? Wobei, sag's lieber nicht, sonst hocken wir hier noch den ganzen Tag! Ich hol dich in einer halben Stunde ab. Sieh zu, dass du fertig bist. Wenn meine Dot eins nicht leiden konnte, dann Unpünktlichkeit.«

Es gab mehr als einen Grund, warum mir Clives Angebot, mich seiner toten Frau vorzustellen, Unbehagen bereitete. Zum einen zweifelte ich an meinen Fähigkeiten, so zu tun, als unterhielte ich mich mit einer Toten, aber vor allem hatte ich seit Lauras Beerdigung keinen Fuß mehr auf einen Friedhof gesetzt und auch nicht vorgehabt, jetzt damit anzufangen.

»Was ist mit deinem Gesicht passiert?«, fragte Clive eine halbe Stunde später, als ich in seinen grellgelben Honda stieg. »Bist du krank oder so was?«

»Es geht mir gut, es ist nur ...«

»Was?«

»Ich war nicht mehr auf einem Friedhof, seit ... du weißt schon ... seit ich Laura verloren habe.«

»Und?«

»Und ... na ja, ich bin mir nicht sicher, ob es mir wirklich guttut.«

»Du hast Angst, dass es ein paar schlechte Erinnerungen hervorruft, was?«

Ich nickte, erleichtert, dass ich es nicht selbst sagen musste. »Ja, so was in der Art.«

»Unsinn«, erklärte Clive und drehte den Zündschlüssel.

Wie sich herausstellte, hatte er recht. Ich hatte keine Flashbacks an den Tag von Lauras Beerdigung oder plötzliche Gefühlsausbrüche. Tatsächlich fühlte ich überhaupt nicht sehr viel, als wir auf den Parkplatz fuhren und über den Kiesweg zum Grab von Clives Frau gingen, selbst dann nicht, als wir vor einem weißen Grabstein stehen blieben und ich die Inschrift las:

In liebendem Gedenken an Dorothy ›Dot‹ Maynard.
Ehefrau, Mutter, Großmutter. Im Herzen der Menschen zu leben, die wir lieben, bedeutet niemals zu sterben.

Es waren rührende Worte, die mir nur noch mehr Schuldgefühle verliehen, wenn ich daran dachte, dass ich Lauras Grabstein nie gesehen und nicht die geringste Ahnung hatte, was dort draufstand. Das war eines der vielen Dinge, um die Linda sich gekümmert hatte, weil ich nicht in der Lage dazu gewesen war, und vor denen ich mich seitdem versteckte.

Clive räusperte sich und sagte zu dem Grabstein: »Dot, das ist Tom, mein Freund, von dem ich dir erzählt habe. Ich dachte, du willst ihn vielleicht mal kennenlernen. Er hat auch seine Frau verloren. Er hat so seine Fehler und Schwächen ...« Clive sah mich demonstrativ an. »Aber er ist ein guter Kerl, und ich bin mir sicher, ihr beide werdet euch gut verstehen.«

Während die Leichtigkeit in seiner Stimme zu sagen schien: »Natürlich meine ich das nicht ernst. Ich weiß, dass sie mich nicht hören kann«, sagte der verlorene Blick in seinen Augen etwas völlig anderes. Aber egal, was es war, ich befand mich in einer schwierigen Situation. Bereits damals, als ich meinen Vater verloren hatte, war ich zu dem Schluss gekommen: Wenn du tot bist, bist du tot, und das war's. Das hatte sich mit Lauras

Tod nicht geändert. Mich jetzt auf Clives Spiel einzulassen, wäre mir dementsprechend unendlich gönnerhaft vorgekommen. Doch ihn mit meinem Schweigen zu verdammen, bloß um darauf zu bestehen, dass wir in der »realen Welt« lebten, war zu grausam, um es überhaupt in Erwägung zu ziehen. Also entschied ich mich für gönnerhaft.

Ich räusperte mich und hockte mich neben den Grabstein. Meine Stimme war kaum mehr als ein Flüstern. »Hallo Dot, ich bin Tom.«

Clive schüttelte den Kopf und schnalzte missbilligend mit der Zunge. Offenbar gab es eine richtige und eine falsche Art, mit den Toten zu sprechen, und ich hatte bereits den ersten Fehler gemacht. »Du musst schon lauter sprechen, wenn sie dich hören soll. So hätte sie dich selbst mit ihrem Hörgerät nicht verstanden.«

Ich versuchte es noch einmal, diesmal lauter. »Hallo Dot, ich bin Tom.« Diesmal nickte Clive zufrieden, und so fuhr ich fort. »Ich habe ein bisschen auf deinen Clive für dich aufgepasst, du weißt schon, damit er keinen Unsinn macht, auch wenn er dir vermutlich genau das Gegenteil gesagt hat. Er hat mir viel von dir erzählt, und ...« Meine Stimme brach ab. Ich konnte nicht weitersprechen. »Sei mir nicht böse«, sagte ich zu Clive und fühlte mich wie ein mieser Freund. »Aber das bin ich einfach nicht.«

»Ehrlich gesagt«, Clive legte tröstend seine rechte Hand auf meine Schulter, »ich glaube nicht, dass es sie wirklich interessiert hätte, was du zu sagen hast.«

Wir blieben fast eine Stunde auf dem Friedhof, während Clive mit Dot plauderte und dabei das ohnehin schon makellose Grab pflegte. Er reinigte den Grabstein mit einem Tuch und einem Spray, das er mitgebracht hatte, fegte die losen

Blätter vom Grab, richtete die zahllosen Blumen, die um den Grabstein herum aufgestellt waren, und schnitt sogar das Gras um das Grab herum mit einer Schere. Während er arbeitete, erzählte er Dot von Steuerrückzahlungen, Neuigkeiten aus der Familie, Gasrechnungen und sogar, dass der Hersteller ihres Lieblings-Früchtebrots das Rezept geändert hatte – was Clive in aller Ernsthaftigkeit als »verdammte Perversion« bezeichnete –, als würde seine Frau direkt neben ihm stehen. Nach einer Stunde konnte man guten Gewissens behaupten, dass es, falls Dot wirklich von der anderen Seite aus zugehört hatte, nichts mehr gab, was sie nicht über diesen kleinen Fleck auf dieser Welt wusste, den sie zurückgelassen hatte.

Anschließend fuhren wir zu Clive nach Hause, wo wir noch eine Tasse Tee tranken, bevor ich mich auf den Weg machen musste, um Lola von der Schule abzuholen. Doch kaum war ich in den Flur getreten, als die Haustür sich öffnete und Fran hereinkam.

Seit wir uns bei Morrison's begegnet waren, hatte ich kaum mehr an Clives Enkeltochter gedacht, doch als sie nun plötzlich vor mir stand, spürte ich eine seltsame Leichtigkeit, so als hätte jemand gerade einen Witz erzählt, und ich würde immer noch darüber lachen.

»Oh, hallo ... Tom, ich habe gar nicht gewusst, dass Sie meinen Großvater heute besuchen wollten.« Seltsamerweise klang sie weit weniger erfreut, mich zu sehen, als ich gehofft hatte, und dann hörte ich eine männliche Stimme hinter ihr fragen: »Wer ist das?«, woraufhin ein großer, betont verlottert aussehender Mann ins Blickfeld polterte. Er hatte lange zottelige Haare und Augen, die die meisten Frauen wohl als durchdringend bezeichnen würden. In den Händen hielt er zwei große Reisetaschen.

»Ich sollte euch wohl vorstellen, was?«, sagte Fran. »Johnny, das ist Tom, der Freund meines Großvaters, von dem ich dir erzählt habe. Tom, das ist Johnny, mein Freund.«

Nach der Begegnung mit Frans Freund fühlte ich mich ausgesprochen seltsam, als hätte ich etwas Wichtiges vergessen oder verloren, und erst als ich vor Lolas Schule stand und die Glocke das Ende des Schultags ankündigte, wurde mir klar, dass dieses Gefühl nichts anderes als simple, althergebrachte Enttäuschung war, ein Gefühl, das durch den Umstand noch verkompliziert wurde, dass ich bis zu diesem Moment gar nicht gewusst hatte, dass es überhaupt etwas gab, worüber ich enttäuscht sein könnte.

Trotz meiner Entschlossenheit, es zu ignorieren – ich konnte mir nicht vorstellen, was es mir bringen sollte –, begleitete mich dieses Gefühl, während ich das Abendessen vorbereitete und auch, als ich die Wäsche aus dem Trockner holte und die nächste Ladung hineinstopfte. Und es war noch immer da, als ich den Wäschekorb aus dem Verschlag unter der Treppe holte und auf der Suche nach schmutziger Wäsche durch die Zimmer der Mädchen streifte. In Evies Zimmer sammelte ich T-Shirts, Socken und Schlafanzüge zusammen, und als ich gerade eine Strumpfhose unter ihrem Bett hervorziehen wollte, sah ich, dass etwas unter ihrem Kissen hervorlugte.

Ich zog es heraus und betrachtete es. Es war ein pink gemustertes Notizbuch, übersät mit Aufklebern. Zuerst dachte ich, es wäre eine Art Hausaufgabenheft, und wollte es schon zurücklegen, als ich es aus Neugier doch aufschlug und feststellte, dass ich Evies Tagebuch in der Hand hielt.

Ich setzte mich auf die Bettkante und wog ab, welche Optionen ich hatte: Ich konnte es einfach wieder dorthin zurücklegen, wo ich es gefunden hatte, oder ich konnte es öffnen und lesen. Im Rückblick denke ich, ich hätte womöglich auf mein Gewissen gehört und es zurückgelegt, wenn ich mich wegen Fran nicht so seltsam gefühlt hätte, doch in der seltsamen Stimmung, in der ich mich noch immer befand, dachte ich, Evies überschwängliche Begeisterung über ihre Party zu lesen, könnte mich wieder aufmuntern.

Als ich auf der Suche nach dem richtigen Eintrag durch ihr Tagebuch blätterte, begann ich allmählich, meine Entscheidung zu bereuen. Dieses Buch beinhaltete die intimsten und persönlichsten Gedanken und Gefühle meiner Tochter, und auch wenn das meiste genau dem entsprach, was man von einem vierzehnjährigen Mädchen erwartete (Listen mit Pop Bands, seitenweise Kritzeleien, Gedichte und eine Reihe überraschend guter Selbstporträts), war nichts davon für meine Augen bestimmt. Ich wollte das Buch schon zuklappen und wieder zurücklegen, als ich zufällig auf den Eintrag vom Abend ihrer Geburtstagsparty stieß, und es brach mir das Herz. In großen Buchstaben hatte Evie in ihrer unnachahmlichen Schrift über die ganze Seite geschrieben: »WIESO BIN ICH SO HÄSSLICH, DASS KEIN JUNGE MICH MAG?«

Das Gute war, dass Evies Worte jegliche Ernüchterung in Bezug auf Fran verdrängten. Tatsächlich verdrängten sie so ziemlich jeden Gedanken, der nichts mit meinem kleinen Mädchen zu tun hatte.

13
Du bist komisch, Dad. Wieso bist du so komisch?

Tom

Es war ein merkwürdiges Gefühl, dieser Unterschied, das Geheimnis eines anderen Menschen nicht zu kennen und plötzlich alles darüber zu wissen, vor allem, wenn es sich bei diesem Menschen um die eigene vierzehnjährige Tochter handelte. Von dem Augenblick an, als Evie von der Schule nach Hause kam und ihre Schultasche mitten im Flur liegen ließ, obwohl ich sie schon tausendmal gebeten hatte, es nicht zu tun, bis zu dem Moment, in dem sie mir einen Kuss auf die Wange drückte und erklärte, sie würde ins Bett gehen, konnte ich den Blick nicht von ihr wenden. Jede Geste, jedes Gähnen, Seufzen, Stirnrunzeln schienen irgendetwas zu bedeuten. Und obwohl sie sich nicht von anderen Teenagern zu unterscheiden schien – sarkastisch, selbstbezogen, unbeholfen, streitbar, mit dem gelegentlichen Aufblitzen ehrfurchtgebietender Liebenswürdigkeit –, war die Wahrheit nicht zu leugnen: Das Mädchen, das da am Küchentisch saß und seine Spanischhausaufgaben machte, war dasselbe Mädchen, das diese schreckliche Botschaft in ihr Tagebuch geschrieben hatte und eindeutig meine Hilfe brauchte.

Ich wartete eine gute Stunde, nachdem Evie zu Bett gegangen war, bis ich zum Telefon griff und Linda anrief. Kurz hatte ich mit dem Gedanken gespielt, Marina oder sogar Ellie, sozusagen als neutrale Außenstehende, um Rat zu fragen, aber irgendwie fühlte sich diese Sache so an, als sollte sie in der Familie bleiben. Zumal ich auf äußerst wackeligem Grund stand: Ich versuchte, das Richtige zu tun in einer Angelegenheit, von der ich auf völlig falsche Art und Weise erfahren hatte. Und obwohl ich nicht daran zweifelte, dass es gut war, diesen Eintrag in ihrem Tagebuch gelesen zu haben, so war mir doch sehr bewusst, dass Evie (falls sie es jemals herausfinden sollte) möglicherweise anderer Meinung sein würde.

Seit ihrer Ankunft in Melbourne hatte Linda sich allmählich von ihren täglichen Anrufen bei den Mädchen entwöhnt und war mittlerweile bei einem Anruf pro Woche am Freitagabend (britischer Zeit) angekommen, plus hin und wieder eine vorher abgesprochene Skype-Sitzung. Und so wusste ich, dass ein Überraschungsanruf am Mittwochvormittag (australischer Zeit) bei ihr alle Alarmglocken läuten lassen würde. Als Moira abnahm, bat ich sie dementsprechend als Erstes, Linda zu sagen, es gäbe keinen Grund zur Panik, auch wenn das keinerlei Effekt hatte.

»Es ist alles in Ordnung. Ich brauche einfach nur einen Rat, das ist alles. Es geht um Evie.«

»Was ist mit ihr? Ist was Schlimmes passiert?«

»Es ist nichts passiert. Es ist nur ... ich fürchte, sie könnte so eine Art Körperthema haben, und ich weiß nicht so recht, was ich tun soll.«

»Ein Körperthema?«, wiederholte sie und betonte die Worte, als gehörten sie zu einer anderen Sprache. »Was für ein Körperthema?«

Ich erklärte ihr die Situation, und noch während ich sprach, fragte ich mich, ob ich gerade aus einer Mücke einen Elefanten machte oder besser sofort einen Kinder- und Jugendpsychologen hätte anrufen sollen.

»Sie wirkt nicht so, als würde es ihr wirklich schlecht gehen«, erklärte ich, »und natürlich kann ich ihr nicht sagen, dass ich es gelesen habe ... Vielleicht hat sie sich an dem Tag einfach nur mies gefühlt, und am nächsten war schon alles wieder gut, aber ... was, wenn mehr dahintersteckt? Ich habe keine Ahnung, wie man sich in so einer Situation verhält. Ich habe wirklich keinen Schimmer.«

»Natürlich hast du das«, sagte Linda mit einer Schärfe in der Stimme, die mich überraschte. »Du bist ihr Vater, oder etwa nicht? Dann solltest du auch tun, was jeder gute Vater tun würde, wenn eins seiner Kinder unglücklich ist. Du nimmst sie in den Arm und sagst ihr, wie lieb du sie hast, und zwar für den Rest ihres Lebens.« Sie seufzte, und alle Schärfe verschwand aus ihrer Stimme. »Alle Mädchen durchleben solche Phasen, Tom. Ich bin mir sicher, auch Laura hat so etwas durchgemacht. Es gehört einfach zum Erwachsenwerden.«

So tröstlich Lindas Worte auch waren, ich war immer noch nicht überzeugt. Bevor ich das Tagebuch gelesen hatte, hatte ich das Gefühl, meine Sache gut zu machen. Aber jetzt, da ich wusste, dass Evie litt, fühlte ich mich überfordert, und ich hatte fast panische Angst davor, wo das hinführen könnte. »Aber was, wenn es nicht bloß eine Phase ist, Linda? Was, wenn das der Anfang von etwas Schlimmerem ist? Was, wenn sie schon angefangen hat, sich dünn zu hungern, oder sich ritzt oder irgendwelche anderen schrägen Sachen macht, die Mädchen in ihrem Alter so tun? Was, wenn es mit Lauras Tod zu tun hat? Was, wenn sie nichts anderes will, als ihre Mum zurückzuhaben, und stattdessen jetzt nur mich am Hals hat?«

»Untersteh dich, so etwas zu sagen, Tom! Sie hat dich genauso wenig ›am Hals‹, wie sie mich ›am Hals‹ hatte.«

»Nicht? Komm schon, Linda, du weißt genauso gut wie ich,

dass nicht ich derjenige bin, den sie jetzt braucht. Laura hätte gewusst, was man in einer solchen Situation sagen muss und wie man es sagen muss, und ich weiß nicht mal, wo ich anfangen soll. Deshalb frage ich dich ... nein, ich flehe dich an ... bitte, kannst du nicht für mich mit Evie sprechen?«

»Nein«, sagte Linda bestimmt. »Sie braucht dich, nicht mich. Mütter finden auch nicht immer die richtigen Worte mit ihren Töchtern, bloß weil sie das gleiche Geschlecht haben, genau wie Väter bei ihren Söhnen. Verstehst du denn nicht, Tom? Du bist Evies Vater, und du liebst sie, und das ist alles, was du brauchst, um ihr zu helfen. Keinen Schnickschnack oder geheime Abmachungen. Sei einfach nur für sie da.«

Linda

Als Tom und ich uns nach einer guten halben Stunde voneinander verabschiedeten, wirkte er deutlich ruhiger.

»Und, denkst du, du kommst zurecht?«, hatte ich ihn noch gefragt.

»Ja, ich denke schon. Ich muss sie einfach darin bestärken, dass sie okay ist, wie sie ist, das ist alles.«

»Genau. Es ist ein schwieriges Alter für Mädchen – die Hormone spielen verrückt –, aber ich verspreche dir, mit einer guten Portion Streicheleinheiten wird sie das alles prima überstehen.«

Als ich auflegte, glaubte ich tatsächlich einen Augenblick lang, dass alles gut werden würde. Ich fühlte mich ruhig und war mir sicher, dass ich Tom den richtigen Rat gegeben hatte und dass er sein Bestes für Evie tun würde. Doch dann kam Moira und fragte, wie es allen so ging, und ich fing an zu weinen und konnte nicht mehr aufhören. Meine Kleinen fehlten mir so sehr, und es tat furchtbar weh, nicht bei ihnen zu sein.

Das Merkwürdige war, wenn mich jemand vor Toms Anruf gebeten hätte, auf einer Skala von eins bis zehn zu beschreiben, wie glücklich ich war, hätte ich, ohne mit der Wimper zu zucken, »zehn« gesagt. Ich konnte mich nicht erinnern, wann ich das letzte Mal so zufrieden und entspannt gewesen war, und das verdankte ich Desi. Er war wirklich ein wundervoller Mann.

Seit unserem Kuss vor zwei Wochen hatten wir uns fast jeden Tag gesehen, ob für einen Spaziergang am Strand von St. Kilda oder für einen Ausflug, wie in den Point Cook Coastal Park. Manchmal gingen wir anschließend noch essen, manchmal einfach nur auf einen Kaffee und ein Stückchen Kuchen. Desi brachte mich mit seinen albernen Witzen zum Lachen und gab mir das Gefühl, der wichtigste Mensch auf der Welt zu sein, und wenn wir uns küssten, fühlte ich mich wieder jung. Ich wusste nicht, ob es die Sonne war oder das Gefühl, in den Ferien zu sein, aber ich fühlte mich so leicht und zufrieden, wie ich mich seit Jahren nicht gefühlt hatte. Ich beschloss, mir nicht zu viele Gedanken zu machen, wo es hinführen könnte, sondern den Dingen einfach ihren Lauf zu lassen. Vielleicht hatte die australisch-entspannte Lebenseinstellung ein wenig auf mich abgefärbt.

In dieser Stimmung schienen meine Tränen noch unpassender, und es brauchte eine große Tasse Tee, bevor ich Moira berichten konnte, was zu Hause vorgefallen war. Sie hörte schweigend zu, ohne mich zu unterbrechen.

»Es ist ein schreckliches Gefühl zu wissen, dass es Evie nicht gut geht«, sagte ich. »Am liebsten würde ich sofort zu ihr fliegen.«

»Wenn du jetzt zurückfliegst, geht alles, was du bei Tom bereits bewirkt hast, den Bach runter. Er wird es nie lernen, wenn du jedes Mal nach Hause läufst, sobald es schwierig wird. Ich weiß, es ist nicht leicht, aber ich verspreche dir, eines Tages wird er dir dafür danken.« Moira rieb mir mitfühlend über den Arm. »Triffst du dich heute mit Desi?«

Ich nickte und putzte mir die Nase. »Wir wollen in dieses hübsche Café auf der High Street, du weißt schon, Veronica's. Er hat vorher noch einen Zahnarzttermin, deshalb treffen wir uns da, und anschließend wollten wir vielleicht noch ein wenig die Küste entlangfahren.«

Moira lachte. »Ein Tagesauflug mit einem heißen Typen, der sich gerade die Zähne hat machen lassen! Wenn das nichts ist, worauf man sich freuen kann, dann weiß ich es auch nicht.«

Es war kurz vor elf, als ich ins Café kam. Ich bestellte mir einen Eistee, nahm ihn mit an einen Tisch am Fenster, von dem aus ich auf die Straße hinaussehen konnte, und blätterte in einer Ausgabe der *Herald Sun*, die jemand liegengelassen hatte. Doch irgendwann auf Höhe des Wirtschaftsteils verlor ich das Interesse, und über Evie und ihr Problem wanderten meine Gedanken zu Laura.

Ich hatte Tom gesagt, dass Laura ähnliche Krisen durchgemacht hatte, als sie in Evies Alter war, und es stimmte. Auch wenn es nicht annähernd so schlimm gewesen war, wie man es heutzutage immer wieder hörte, so hatte auch sie ihre Phasen gehabt. Laura war ein unsicheres Kind gewesen; sie hatte sich immer mit anderen verglichen und das Gefühl gehabt, nicht gut genug zu sein. Und es hatte auch nicht geholfen, dass sie eine hervorragende Schülerin gewesen und zur Grammar School gegangen war. Ich dachte häufig, dass sie, wenn sie auf die örtliche Gesamtschule gegangen wäre, vielleicht selbstbewusster, weniger ängstlich gewesen wäre. Auf der Grammar School war sie umgeben von Überfliegern, denen nichts schwerzufallen schien. Mir selbst war erst bewusst geworden, dass es ein Problem gab, als die Schule mich eines Tages (damals war Laura etwa fünfzehn) anrief und sagte, meine Tochter sei im Unterricht ohnmächtig geworden. Laura gab zu, in den vergangenen anderthalb Tagen nichts gegessen zu haben. Ich ging noch am selben Tag mit ihr zum Arzt, der mir erklärte, Essstörungen seien für Mädchen in diesem Alter nichts Ungewöhnliches. Ich sollte mir keine Sorgen machen, mit der Zeit würde sich das Problem schon von selbst lösen. Doch ich machte mir trotzdem Sorgen, und sie musste mir versprechen, niemals mit diesem Unfug anzufangen, und Gott sei Dank hat sie es, soweit ich weiß, auch nie getan. Doch selbst noch als erwachsene Frau hatte sie immer den Drang verspürt, sich selbst etwas zu beweisen, perfekt zu sein.

Mein Telefon summte und riss mich aus meinen Gedanken. Es war Desi, der gerade erst beim Zahnarzt raus war, sich aber beeilen würde. Ich spielte mit dem Gedanken, mir noch einen Eistee zu holen, doch das Café hatte sich mittlerweile gefüllt, und ich wollte meinen Tisch nicht aufgeben, und so vertrieb ich mir die Zeit damit, meinen Blick schweifen zu lassen und die Leute um mich herum zu beobachten.

Obwohl der Herbst angebrochen und die Temperaturen etwas milder geworden waren, war es ein herrlicher Tag. Auf der anderen Straßenseite wurde das Ladengeschäft neben dem Hardware-Store renoviert, und nach einer Weile kamen einige der Arbeiter herüber, um im Schatten vor dem Café eine Zigarette zu rauchen. Plötzlich ertönte ein lautes Scheppern hinter mir, und ich fuhr zusammen. Aber es war nur eine der Kellnerinnen, die ihr Tablett hatte fallen lassen. Als ich mich wieder zum Fenster umdrehte, sah ich auf der anderen Straßenseite einen Mann aus einem Hardware-Store treten, und sein Anblick ließ mich innehalten. Er war groß, hatte graue Haare und etwas in den Händen, das aussah wie zwei große Kanister Farbe, die er auf die Ladefläche eines weißen Pick-ups hievte. Er trug Jeans und ein kariertes Hemd mit hochgekrempelten Ärmeln, vermutlich ein Maler oder Dekorateur, der Farbe für einen Auftrag gekauft hatte. Während ich zusah, wie er noch zwei weitere Farbkanister auf den Pick-up lud, hatte ich plötzlich das Gefühl, diesen Mann zu kennen. War er ein Freund von Moira, der bei der Party gewesen war, oder vielleicht jemand, den ich im Fernsehen gesehen hatte? Vielleicht war ich ihm schon einmal zufällig begegnet, als ich mit Desi unterwegs gewesen war? Sosehr ich auch grübelte, ich konnte ihn nicht einordnen. Aber dann, als er mit seinem Wagen zurücksetzte, sah ich sein Gesicht im Profil, und ich wusste genau, wer er war. Ich sprang auf und rannte zum Eingang des Cafés, aber es war zu spät. Er war bereits halb die Straße hinunter, und selbst wenn ich vierzig Jahre jünger gewesen wäre, hätte ich ihn nicht mehr einholen können. Noch lange nachdem der Pick-up verschwunden war, stand ich wie angewurzelt da. Ich hätte nie erwartet, dieses Gesicht noch einmal zu sehen, und ganz bestimmt nicht hier, nicht jetzt. Erst als ein Pärchen versuchte, sich an mir vorbeizuschieben, kehrte ich wieder in die Gegenwart zurück. Ich entschuldigte mich dafür, dass ich im Weg gestanden hatte, und kehrte mit immer noch klopfendem Herzen an meinen Tisch zurück.

Als Desi kam, saß ich einfach nur da und starrte ins Leere. Es war offensichtlich, dass etwas nicht stimmte, denn er fragte mich, ob etwas passiert sei: »Du siehst aus, als hättest du ein Gespenst gesehen.«

Tom

Wenn man mir damals als Teenager gesagt hätte, dass ich später einmal ein Laien-Experte für das Selbstwertgefühl pubertierender Mädchen werden würde, hätte ich ihn für verrückt erklärt und weiter lechzend auf meinen 1989er Kylie-Minogue-Kalender gestarrt. Doch hier saß ich nun, zwei Tage nach meinem Panik-Anruf bei Linda, angefüllt bis obenhin mit Informationen.

Ich hatte meine Reise in die Gedankenwelt einer Vierzehnjährigen begonnen, indem ich mich durch einen Wust an Zeitungs- und Fachzeitschriftenartikeln im Internet arbeitete, woraufhin ich noch verwirrter war und mich mehr als nur ein bisschen schuldig fühlte. Als lebenslanger Fan des weiblichen Körpers hatte auch ich meinen Teil dazu beigetragen, ebendiesen zum Objekt zu degradieren, und so war auch ich ein Teil des Problems, was ziemlich verwirrend war, hatte ich doch gehofft, ein Teil der Lösung zu sein. Ich wollte, dass meine Tochter sich wohl in ihrer Haut fühlte, doch je mehr ich die Welt durch ihre Augen sah, desto bewusster wurde mir, wie schwierig das sein konnte. Plötzlich schien kein Tag mehr zu vergehen, an dem ich nicht mit Bildern von schlanken, unglaublich attraktiven Frauen konfrontiert wurde, die kaum etwas am Leib trugen, egal ob sie für Joghurt, Unterwäsche oder Autos warben. Und unabhängig vom jeweiligen Werbeslogan war die Message in allen Fällen die gleiche: Der weibliche Körper war ein öffentliches Gut, und es war beinahe unmöglich, nicht zu dem Schluss zu kommen, dass diese Welt ein schrecklicher Ort war, um ein vierzehnjähriges Mädchen zu sein.

Einmal abgesehen von feministischen Diskussionen, brachte mir meine Lektüre zahlreiche Supertipps und Weisheiten, um Teenagern zu helfen, sich in ihrem Körper wohl zu fühlen:

1. Reden Sie mit Ihrem Teenager darüber, wie sie sich selbst sieht.
2. Schaffen Sie eine Atmosphäre, in der Ihr Teenager in der Lage ist, sich Ihnen anzuvertrauen.
3. Unterstützen Sie Ihren Teenager auf ihrem Weg, eine Frau zu werden.

Mein Hauptproblem mit diesen Ratschlägen war nicht, dass sie offensichtlich, bevormundend und ziemlich lebensfremd waren, nein, mein Hauptproblem war, dass so ziemlich alle Ratschläge, die ich las, an Frauen gerichtet waren, als ob es den Autorinnen gar nicht in den Sinn gekommen wäre, dass es da draußen auch Väter wie mich gab, die ihre Töchter allein großzogen.

Ich konnte wohl kaum positiv über die Formen meines eigenen weiblichen Körpers reden, weil ich keinen hatte. Ich konnte keine Atmosphäre schaffen, in der »mein Teenager« sich wohlfühlte, über ihre Probleme zu reden, weil ich mir ziemlich sicher war, dass es keine einzige Situation gab, in der Evie mit mir über ihren Körper sprechen würde. Am Ende beschloss ich, einen Weg zu finden, ihr Selbstwertgefühl zu stärken, ohne sie überhaupt wissen zu lassen, dass ich glaubte, sie hätte irgendwelche Probleme.

Anfangs dachte ich, es wäre eine gute Idee, einfach meine Ausgabe von *Alles, was Ihr Teenager wissen muss* so herumliegen zu lassen, dass Evie sie selbst entdecken konnte, aber während der anderthalb Stunden, die es auf dem Küchentisch lag, war die Einzige, die es in die Hand nahm, Lola, die ich anschließend mit weit aufgerissenen Augen und der Nase tief zwischen den Seiten vorfand. Ein paar Tage später, als Lola oben in der Badewanne saß und Evie unten am Küchentisch an ihrem Erdkundeprojekt arbeitete, überlegte ich mir einen anderen Schlachtplan.

Ich (wie nebenbei): »Du siehst hübsch aus heute.«

Evie: »Danke.«

Ich: »Nicht dass du nicht jeden Tag wirklich hübsch aussehen würdest, natürlich.«

Evie: »Danke.«

Ich: »Aber heute siehst du besonders hübsch aus.«

Evie (starrt mich an): »Du bist komisch, Dad. Wieso bist du so komisch?«

An diesem Abend lag ich im Bett und überlegte, was ich tun sollte, als mir eine Idee kam, die genialer war als alles, was mir jemals in den Sinn gekommen war. Am nächsten Morgen beim Frühstück verkündete ich Evie meinen Plan:

»Ich gebe dir zweihundert Pfund für neue Klamotten. Und am Samstag fahre ich dich und deine Freundinnen zum Bluewater-Einkaufszentrum, damit du es ausgeben kannst.«

Evie spuckte ihre Cornflakes wieder aus. »Was?«

»Ich kann dir das Geld auch jetzt geben, wenn du willst«, sagte ich und griff nach meiner Geldbörse.

Sie hielt abwehrend die Hand hoch. »Ich ... ich verstehe gar nichts. Mein Geburtstag ist doch schon vorbei.«

»Ich habe letztens in deinen Schrank geschaut und dachte mir, du könntest mal wieder was Neues zum Anziehen brauchen.«

»Ich kann es nicht glauben«, sagte Evie, immer noch unter Schock. »Kann ich meine Freundinnen gleich anrufen, damit sie am Samstag auch wirklich Zeit haben?«

»Natürlich«, sagte ich und sonnte mich in ihrer Aufregung. »Ich möchte nur, dass du glücklich bist.«

An diesem Wochenende bestellte ich uns ein Taxi, das Evie und ihre Freundinnen, Lola und mich ins Mekka des Konsums, das Bluewater-Einkaufszentrum brachte. Die Mädchen gingen in die eine Richtung, Lola und ich in die andere, in dem Einvernehmen, uns in drei Stunden wiederzutreffen. In diesen drei Stunden schafften Lola und ich es, eine Handvoll Oberteile, Strumpfhosen und ein Paar Sachen für ihre Schuluniform zu kaufen, aber das war nichts im Vergleich zu dem Berg an Tüten, den Evie anschleppte, als wir uns wiedertrafen. Ich konnte ihr ansehen, dass sie Angst hatte, ich könnte der Meinung sein, sie hätte es übertrieben, aber als ich ohne eine Bemerkung vorschlug, sie und ihre Freundinnen auf eine Pizza einzuladen, hätte sie nicht erleichterter sein können. Und wenn ich ehrlich war, ich auch nicht.

In meinem Dilemma, dem mangelnden Selbstwertgefühl meiner Teenagertochter mit meinem eigenen Mangel an Östrogen zu begegnen, hatte ich die weibliche Selbsthilfe-Industrie mit ihrem ständigen Mantra, wie wichtig es sei, zu »reden« und seine Gefühle zu »teilen«, umschifft und war gleich ins Herz des Ganzen vorgestoßen, indem ich die offensichtliche Schlussfolgerung gezogen hatte: Nichts hebt dein Selbstwertgefühl so sehr wie ein Bündel Bargeld, das du für Dinge ausgeben kannst, die dir ein gutes Gefühl geben. Und als ich zusah, wie Evie und ihre Freundinnen fröhlich zu Nando's hüpften, kam ich zu dem Ergebnis, dass mir nicht nur eine unkonventionelle Lösung des Problems, sondern ein wahrer Geniestreich gelungen war. Was sich bestätigte, als ich mir ein letztes Mal erlaubte, in Evies Tagebuch zu lesen. Der erste Eintrag nach diesem Wochenende lautete: »Freu mich schon wie wahnsinnig auf die Schuldisko am Freitag!!!! Neue Klamotten! Neues Make-up! Das wird der Wahnsinn!!!!!!!«

Am Abend der Schuldisko gelang es mir mit Ach und Krach, Evie für fünf Minuten in die Küche zu beordern, um ein paar Nudeln in sie hineinzuschaufeln, bevor sie wieder nach oben verschwand, um sich weiter fertig zu machen. Ich hatte keine Ahnung, was genau sie da trieb – wer weiß, vielleicht färbte sie ihre Haare lila oder badete in Eselsmilch. Nicht zu überhören allerdings waren ihre Freude und ihre Aufregung, die sich, der Musik und dem lauten Lachen nach zu urteilen, das aus ihrem Zimmer drang, mit der Ankunft ihrer Freundin Kuldip noch steigerten.

Ich saß mit Lola vor dem Fernseher, als es an der Tür klingelte – Evies Partytaxi. In der Erwartung, dass Evie die Treppe heruntergepoltert kommen und die Tür öffnen würde, blieb ich sitzen. Doch als es erneut klingelte, musste ich davon ausgehen, dass sie es bei dem Lärm da oben wohl nicht gehört hatte. Also ging ich zur Tür und begrüßte die Mutter von Evies Freundin Anya, die ein wenig gestresst wirkte. »Anya sitzt im Auto, und ich stehe im Halteverbot. Sind die beiden startklar?«

Ich wollte gerade nach Evie rufen, als die beiden Mädchen die Treppe runterkamen. Ich erstarrte. Während Kuldip mit Shorts, Strumpfhose und Glitzerpulli wie ein normaler Teenager aussah, trug Evie etwas, das sie – so vermutete ich – nur auf unserem Shoppingtrip gekauft haben konnte. Etwas, das ich, wäre ich dabei gewesen, ganz sicher nicht hätte durchgehen lassen. Etwas, das mit einem einzigen Wort zusammengefasst werden konnte: unangebracht.

Man musste kein Genie sein, um zu erkennen, dass dieser Augenblick vermutlich der wichtigste in meiner bisherigen Karriere als Vater war. Meine Tochter, in einem kurzen, enganliegenden, glitzernden lila Kleid und schwarzen Plateau-Sandalen, experimentierte mit ihrer Identität und versuchte herauszufinden, wer sie war und wer sie sein wollte. Würde ich ihr Outfit kritisieren, lief ich Gefahr, alles, was ich bisher geleistet hatte, zu zerstören und sie für den Rest ihres Lebens zu zeichnen. Würde ich ihr aber meinen Segen geben und sie so zur Schuldisko fahren lassen, würde sie zweifellos den Rest des Abends damit verbringen, die Avancen jedes einzelnen Jungen ihres Jahrgangs abzuwehren. Bei diesem Gedanken lief mir ein Schauer über den Rücken.

Verzweifelt versuchte ich mir vorzustellen, was Laura in einer solchen Situation getan hätte. Eines zumindest hätte sie ganz sicher nicht getan: die Fassung verlieren. Also beschloss ich, auch meine zu bewahren. Und dann, fiel mir ein, hätte sie Evie niemals vor anderen Leuten bloßgestellt. Also wartete ich, bis Kuldip Anyas Mutter zum Auto gefolgt war, bevor ich Evie beiseitenahm. Und schließlich, dachte ich, sosehr Laura es auch unterstürzt hätte, dass ihre Töchter sich entfalteten, in diesem Kleid und diesen Schuhen hätte sie sie niemals aus dem Haus gehen lassen.

Jetzt war mit klar, was zu tun war.

»Du siehst sehr hübsch aus, Schatz.«

Obwohl sie den Blick zu Boden gerichtet hatte, wusste ich, dass Evie starr vor Angst war.

»Danke, Dad. Das sind ein paar von den Sachen, die ich am Samstag gekauft habe. Ich finde, sie sehen toll aus.«

In dem Moment kam Lola aus dem Wohnzimmer und schnappte nach Luft. »Daddy, sieh mal, was Evie mit ihrem Gesicht gemacht hat! Sie sieht aus wie ein Clown!«

Evie warf ihrer Schwester einen finsteren Blick zu. »Dich hat niemand gefragt, du Freak!«

Aus Angst vor einem dritten Weltkrieg manövrierte ich Lola zurück ins Wohnzimmer und schloss die Tür. Draußen hupte Anyas Mutter ungeduldig. Ich musste eine Entscheidung treffen.

»Hast du Geld?«

Evie nickte.

»Und dein Handy?«

Sie nickte wieder und seufzte. »Kann ich jetzt gehen?«

Ich küsste sie auf den Scheitel. »Okay, hab einen schönen Abend.«

Während ich ihr nachsah, als sie zum Auto trippelte, versuchte ich herauszufinden, warum genau ich meinen Plan nicht durchgezogen hatte, die Situation so zu handhaben, wie Laura es getan hätte. Ich hatte eine ganze Reihe unterschiedlicher Theorien, von akuter Angst bis zu totaler Rückgratlosigkeit, doch erst als das Auto mit Evie und ihren Freundinnen davonfuhr, wurde mir klar, dass es nicht mehr ausreichte, zu tun, was Laura getan hätte. Ich befand mich in unbekannten Gewässern. Evie war nicht nur ein vierzehnjähriges Mädchen, sie war eine Vierzehnjährige, die keine Mutter mehr hatte. Und ich war zwar immer noch ihr Vater, aber auch ein Ehemann ohne Frau, und irgendwie erschien es mir nicht mehr angebracht, die Dinge so zu handhaben, wie wir es früher getan hatten. Wenn ich der Vater dieser Mädchen sein wollte, an den sie sich wenden konnten, wenn sie Probleme hatten, wenn ich das potentielle Vorbild sein wollte, an dem sie ihr Männerbild ausrichten würden, dann musste ich meinen eigenen Weg finden, statt zu versuchen, Laura zu imitieren. Ich würde die Dinge auf meine Art tun und auch die Konsequenzen dafür tragen müssen.

14
Am anderen Ende der Welt

Tom

An den folgenden Tagen war es ruhig an der Heimatfront, und da ich mir verboten hatte, noch einmal in Evies Tagebuch zu schauen, hatte ich keine andere Wahl, als mich auf meine eigenen Beobachtungen zu verlassen. Evie verhielt sich Lola gegenüber eindeutig freundlicher, stöhnte und jammerte nicht mehr so viel (über das Leben generell, die Schule, Hausaufgaben, alles) und begann sogar, sich an den nachmittäglichen Aktivitäten an ihrer Schule zu beteiligen. Lola blieb Lola, ein stilles, nachdenkliches kleines Mädchen, das mit einem Buch in der Hand ebenso zufrieden war wie vor dem Fernseher. Und auch an der Freundschaftsfront schien es gut zu laufen. Ich selbst hatte mich in dieser Woche mit Ellie auf einen Kaffee verabredet, mit Clive einen belebenden Spaziergang durch den Park unternommen und mich sogar mit Rich und Marina getroffen. Und dank des Familienkalenders dachte ich in der folgenden Woche sogar daran, Lola später als üblich von der Schule abzuholen, weil ihre Klasse einen Ausflug ins Römische Museum gemacht hatte.

Der Bus erschien sehr viel später als angekündigt und wurde vom leicht sarkastischen Applaus der wartenden Eltern begrüßt. Ich hob Lola aus dem Bus und sah auf die Uhr. Da es schon fast halb fünf war, verwarf ich meine Pläne für ein selbstgekochtes Abendessen und beschloss, es durch Fish and Chips zu ersetzen, die wir auf dem Rückweg mitnehmen würden.

Lola wirkte stiller als sonst, aber ich schob es darauf, dass sie vermutlich müde war nach dem langen Tag. Statt sie auszufragen, erzählte ich ihr, was ich den Tag über gemacht hatte, und als ich gerade eine witzige Geschichte von einem Hund zum Besten gab, dem ich begegnet war und der ausgesehen hatte wie ein Schaf, unterbrach Lola mich.

»Dad«, sagte sie und zeigte auf die andere Straßenseite. »Was macht Evie mit dem Jungen da drüben?«

Auf der anderen Straßenseite auf Höhe der Bushaltestelle saßen zwei Teenager in Schuluniform knutschend auf einer Bank. Das Mädchen saß auf dem Schoß des Jungen, sodass wir nur ihren Hinterkopf sahen. Zugegeben, (zumindest von hinten) sah sie Evie ähnlich, aber ich wusste, dass sie es nicht sein konnte, denn a) hatte Evie keinen Freund und b) hatte sie mir vor zehn Minuten eine Nachricht geschickt, dass sie noch in der Schule sei, um für ein Stück zu proben, das ihr Jahrgang beim Schulfest aufführen sollte.

»Das ist nicht Evie, Süße«, sagte ich. »Das Mädchen da sieht ihr ähnlich, aber das ist sie nicht.«

Lola verzog wütend das Gesicht. Sie hasste es, korrigiert zu werden, wenn sie sicher war, recht zu haben. »Doch, es ist Evie, Dad. Ich kann sogar ihre Schultasche sehen.«

Zugegeben, die Tasche des Mädchens sah wirklich aus wie Evies, aber das war noch lange kein Beweis.

»Das ist ganz sicher nicht Evie«, sagte ich zu Lola. »Und um es dir zu beweisen, werde ich sie gleich mal anrufen.« Ich wählte Evies Nummer, und als es klingelte, hörte das Mädchen auf der Bank abrupt auf, ihren Freund zu küssen, und griff in ihren Blazer. Sie sah auf ihr Handy und steckte es wieder in die Tasche, und genau in diesem Moment wurde mein Anruf auf die Mailbox umgeleitet.

Während ich auf das knutschende Pärchen starrte, wurde mir allmählich bewusst, dass es nur zwei Möglichkeiten gab: Entweder war ich Zeuge einer unheimlichen Anhäufung von Zufällen geworden, oder meine vierzehnjährige Tochter saß tatsächlich auf der anderen Straßenseite, und ihr Gesicht klebte an einem mir völlig unbekannten Jungen. Das Geheimnis lüftete sich von selbst, als ebendieser Junge aufblickte und bemerkte, dass sie von Lola und mir beobachtet wurden. Er flüsterte dem Mädchen etwas zu, und sie drehte den Kopf, um zu uns rüberzusehen. Der Ausdruck des Entsetzens auf ihrem Gesicht sagte alles: Evie steckte mitten im tiefsten Schlamassel ihres jungen Lebens.

Linda

Ich hatte Moiras Angebot abgelehnt, den Vormittag mit ihr und ein paar Freundinnen mit einem Einkaufsbummel und anschließendem Mittagessen zu verbringen, und saß allein, noch im Bademantel, in der Küche vor dem Laptop und starrte auf den blinkenden Cursor der Google-Seite. Zum hundertsten Mal in den letzten Wochen hatte ich »Frank Smith« gefolgt von »Melbourne« in das Suchfeld eingegeben. Es war wirklich albern. Wenn die Definition von Wahnsinn lautete, dass man immer wieder dasselbe tat in der Hoffnung, ein anderes Ergebnis zu erhalten, dann bewies meine Handlung an diesem Morgen zweifelsfrei, dass ich völlig den Verstand verloren hatte.

»Ich glaube, ich habe Frank gesehen«, hatte ich Moira vor drei Wochen völlig aufgeregt erzählt, als ich vom Café zurückgekommen war.

Moira hatte ihren Teebecher auf den Tisch gestellt und mich

stirnrunzelnd angeschaut. »Welchen Frank? Ich kenne nicht viele …« Sie hielt inne. »Du meinst doch nicht *deinen* Frank, oder?« Die Ungläubigkeit in ihrer Stimme war so deutlich, als würde sie in Großbuchstaben sprechen.

»Glaub mir, Moira, ich weiß genau, wie verrückt und absolut unmöglich das klingt, aber ja, genau das meine ich: Ich glaube, ich habe Frank gesehen. Er hat Farbeimer auf die Ladefläche eines Pick-ups gepackt, der draußen vor dem Hardware-Store stand, gegenüber von Veronica's.«

»Du meinst Baxter's Hardware?«

»Ich habe sein Gesicht nur ganz kurz sehen können, und ich weiß, es ist fast vierzig Jahre her, aber ich bin mir sicher, dass er es war. Und das Schlimmste war: Genau in diesem Moment kam Desi rein, und ich wollte nicht, dass er mich für verrückt hält, also habe ich so getan, als wäre alles in Ordnung, aber ich fürchte, ich war nicht besonders überzeugend. Ich war völlig von der Rolle. Jedes Mal, wenn er etwas zu mir gesagt hat, habe ich ihm entweder gar nicht geantwortet, oder ich wusste schlicht nicht, was ich sagen wollte. Er muss denken, dass ich den Verstand verloren habe.«

»Okay, lassen wir Desi mal für einen Moment beiseite: Wie wahrscheinlich ist es, dass es tatsächlich Frank war, den du gesehen hast? Ich meine, warum sollte er in Australien sein? Und am helllichten Tag in einem Hardware-Store keine zwanzig Minuten von hier Farbe kaufen?«

»*Mir* brauchst du nicht zu sagen, dass es keinen Sinn ergibt. Ich kann mich nicht daran erinnern, ihn jemals davon sprechen gehört zu haben, dass er nach Australien auswandern wollte. Und dann ausgerechnet hierher, wo ich ihn zufällig nach vierzig Jahren wiedersehe.«

»Aber mal im Ernst, Linda, Liebes, wäre das nicht ein zu großer Zufall? Ist es nicht doch wahrscheinlicher, dass dein Unterbewusstsein dir einen Streich gespielt hat? Du trauerst immer noch um Laura. Vielleicht hast du ja darüber nachgedacht, wie anders die Dinge möglicherweise gelaufen wären, wenn Frank dich damals nicht verlassen hätte, und dein Unterbewusstsein hat diese beiden Dinge miteinander verknüpft, und plötzlich siehst du Personen aus deiner Vergangenheit über die Straße laufen.«

»Genau das habe ich mir auf der gesamten Rückfahrt versucht einzureden, aber es hat nicht funktioniert. Ich habe Desi sogar erzählt, ich müsste nach dem Essen noch ein paar Besorgungen machen, damit ich einen Grund hatte, in den Laden zu gehen.«

»Und?«

»Ich habe den jungen Mann hinter dem Tresen gefragt, ob er sich daran erinnern konnte, vor etwa anderthalb Stunden einen großen, grauhaarigen Gentleman bedient zu haben, und er hat mich angeschaut, als hätte ich nicht alle Tassen im Schrank, und erklärt, er sei erst seit ein paar Minuten da und hätte keine Ahnung, wovon ich redete. Ich hätte gerne noch weiter nachgehakt, aber hinter mir warteten jede Menge Kunden, und ich bin mir so albern vorgekommen, dass ich einfach rausgegangen und direkt hierhergekommen bin.«

»Und was hättest du getan, wenn er es tatsächlich gewesen wäre?«

»Ich habe keine Ahnung.«

»Genau«, sagte Moira. »Vielleicht solltest du einfach versuchen, die ganze Angelegenheit zu vergessen. Die Chancen stehen gut, dass er es gar nicht war, und selbst wenn, ist die Wahrscheinlichkeit, dass du ihn wiederfindest, minimal.«

»Ich habe mit meinem Handy im Internet nachgesehen. Allein in Melbourne gibt es sechshundertfünfundachtzig Frank Smiths, ganz zu schweigen von gut fünfzehnhundert F. Smiths.«

»Was bedeutet, dass du nach einer Nadel im Heuhaufen suchst«, sagte Moira und legte den Arm um mich. »Linda, ich weiß, die Sache hat dich ganz schön mitgenommen. Und du weißt, wenn ich das Gefühl hätte, an der ganzen Sache könnte irgendetwas dran sein, würde ich dir sofort helfen, aber ich denke wirklich, du solltest das Ganze vergessen und als einen Irrtum abhaken.«

Ich wusste, dass Moira recht hatte, doch sosehr ich mich auch bemühte, der Gedanke, dass der Mann, den ich gesehen hatte, Frank gewesen sein könnte, ließ mich nicht los. Und so nutzte ich jede erdenkliche Ausrede, um eine Gelegenheit zu haben, an Baxter's Hardware-Store vorbeizulaufen. Unter dem Vorwand, ein wenig fitter werden zu wollen, erzählte ich Moira, ich würde nachmittags walken gehen, während ich in Wahrheit bloß vor dem Ladengeschäft auf und ab spazierte. Veronica's wurde zu meinem Lieblingscafé, und plötzlich entwickelte ich mich, obwohl ich mich nie für Moiras Laptop interessiert hatte, zu einem wahren Internetfan – angeblich, um mich auf dem Laufenden zu halten, was zu Hause in England so los war, während ich in Wahrheit versuchte herauszufinden, welcher der Melbourner Frank Smiths, die ich im Internet gefunden hatte, derjenige gewesen sein könnte, der mich vor fast vierzig Jahren verlassen hatte. Ich war so besessen, dass ich sogar Moiras liebenswerte Angebote ablehnte, mit mir einen Ausflug zu machen, nur um zu Hause bleiben und das Internet durchforsten zu können. Und so kam es, dass ich – mal wieder – in der Küche saß und die Ergebnisse meiner Suche nach »Frank Smith« und »Melbourne« durchsah.

Ich war schon kurz davor aufzugeben, als ich beschloss,

noch einen letzten Versuch zu starten. Mittlerweile hatte ich schon alle möglichen Kombinationen mit »Frank Smith« durchprobiert. Doch als meine Finger über der Tastatur schwebten, fiel mir auf, dass ich eine einzige Kombination noch nicht getestet hatte: »Frank Smith«, »Melbourne« und »Baxter's Hardware«.

Das erste Ergebnis war ein vier Jahre alter Zeitungsartikel über eine Wohltätigkeitsveranstaltung, die Baxter's Hardware veranstaltet hatte, um Geld für das örtliche Kinderkrankenhaus zu sammeln. Der Name des Eigentümers, »Frank Smith«, wurde einige Male genannt, aber erst als ich ein Foto von ihm entdeckte und genauer betrachtete, erkannte ich, dass er es tatsächlich war. Nach all den Jahren und all den Kopfschmerzen, die er mir bereitet hatte, musste ich ausgerechnet hier unten, am anderen Ende der Welt, nachdem ich Tausende von Meilen geflogen war, um meinen Schwiegersohn zu retten, über das eine Skelett aus meiner Vergangenheit stolpern, das ich niemals hatte wiedersehen wollen: Lauras Vater.

Tom

Am Tag nachdem ich Evie mit ihrem neuen Freund an der Bushaltestelle erwischt hatte, räumte ich gerade die Supermarkt-Einkäufe in die Schränke und dachte mir dabei neue und innovative Möglichkeiten aus, meiner ältesten Tochter das Leben zur Hölle zu machen, als es an der Tür klingelte. Ich stellte das Paket Eis, das ich gerade in der Hand hielt, auf die Arbeitsplatte und ging nach vorn, um zu öffnen. Vor mir stand Fran.

Mit all den anderen Dingen, die mir durch den Kopf geschwirrt waren, hatte ich nicht mehr viel an Fran gedacht, aber das änderte sich gerade schlagartig.

Es war seltsam, sich zu einer Frau hingezogen zu fühlen, die nicht meine Ehefrau war, und noch seltsamer, weil es nicht auf Gegenseitigkeit beruhte. Plötzlich fühlte ich mich wieder wie vierzehn, als der gesamte Sinn meines Lebens darin bestand, mich immer wieder in ein neues, unerreichbares Mädchen zu verlieben.

»Ich bin nur kurz vorbeigekommen, um Ihnen das hier zu geben«, sagte Fran, nachdem sie meine Einladung abgelehnt hatte, auf einen Tee hereinzukommen. Sie griff in ihre Tasche und zog ein Buch heraus.

Ich erkannte das Cover, noch bevor sie es mir reichte. Es war *Über die Trauer* von C.S. Lewis, das sechste Exemplar dieses Buches, das ich seit Lauras Tod von gutmeinenden Freunden bekommen hatte. Ich hatte noch nicht eine einzige Seite davon gelesen. Der richtige Zeitpunkt, sich hinzusetzen und über die eine Sache zu lesen, die ich seit einem Jahr so gut wie möglich zu verdrängen versuchte, schien nie zu kommen.

»Oh, davon habe ich gehört«, sagte ich und nahm es entgegen. »Ist es gut?«

»Ich habe es nicht gelesen«, gestand Fran. »Mein Großvater jammert seit Tagen rum, dass er es Ihnen hatte leihen wollen, aber ich glaube, er war einfach zu schüchtern, um es Ihnen selbst vorbeizubringen.«

»Hat es ihm geholfen?«

»Sagen wir so«, antwortete Fran, »zwei Tage nachdem meine Mum es ihm gegeben hat, hat er es als Untersetzer für seinen Kaffee benutzt.« Lachend schob sie sich eine Haarsträhne hinters Ohr. Sie sah hinreißend aus. »Aber genug von meinem Großvater. Wie geht es Ihnen?«

Ich wollte ihr gerade erklären, dass es mir gut ging, doch stattdessen, warum auch immer, platzte es einfach aus mir heraus.

»Ehrlich gesagt, habe ich ein weibliches Problem.«

»Wie meinen Sie das, mit Ihrer Freundin?«

Ich schüttelte den Kopf und wünschte mir, ich hätte nicht versucht, besonders clever zu klingen. »Ich habe gestern herausgefunden, dass meine vierzehnjährige Tochter mich seit einer Woche angelogen hat, um mir zu verheimlichen, dass sie einen Freund hat.«

Ich schilderte Fran, wie ich Evie mit meiner Aktion, ihr Selbstvertrauen zu stärken, indirekt dabei geholfen hatte, Oliver zu verführen, den Jungen aus ihrer Klasse, der ihr auf ihrer Party die kalte Schulter gezeigt hatte, nur um seine Meinung augenblicklich zu ändern, als sie aufgedonnert wie eine Tänzerin aus einem Nachtclub bei der Klassendisko erschienen war. Und dass nun, nach unserem Riesenkrach am Vortag, mal wieder Funkstille zwischen uns herrschte.

»In diesem Alter können Mädchen ein wahrer Albtraum sein«, sagte Fran mitfühlend. »Wenn ich diese Geschichte höre, möchte ich meinem Vater einen Orden verleihen und ihn um Verzeihung bitten. Sie haben mein vollstes Mitgefühl.«

»Das kann ich gut gebrauchen, vielen Dank. Hätten Sie vielleicht auch noch einen guten Rat für mich, was ich jetzt tun soll?«

Fran lachte. »Ich bin bestimmt die Letzte, von der Sie sich einen Rat zum Thema Kindererziehung holen sollten. Bei mir überlebt nicht mal eine Topfpflanze. Ist das Problem eher das Lügen oder der Freund? Oder beides?«

»Das Lügen«, antwortete ich. »Aber wenn ich ehrlich bin, stört mich die Sache mit dem Freund mindestens genauso. Ich finde, dafür ist sie noch viel zu jung.«

»Alle Väter glauben, ihre Töchter seien zu jung, um sich mit Jungs abzugeben. Ich fürchte, meiner hat sich immer noch nicht daran gewöhnt. Und ich bin neunundzwanzig.«

»Sie denken also, ich bin zu streng?«

Sie schüttelte den Kopf. »Ich glaube, dass Sie nur das Beste für Ihre Tochter wollen.«

»Was also soll ich tun?«

Fran seufzte. »Sind Sie sicher, dass es niemand anderen gibt, den Sie fragen können?«

»Ich habe beschlossen, es nicht meiner Schwiegermutter zu erzählen oder irgendeinem meiner Freunde – zum einen, weil sie auch weiterhin denken sollen, dass ich gut zurechtkomme, aber vor allem, weil meine planlose Aktion Evie überhaupt erst dabei geholfen hat, sich einen Freund anzulachen. Also nein, es gibt niemanden, den ich sonst fragen könnte.«

Fran lachte. »Überhaupt kein Druck also.« Sie setzte sich auf die Treppe und dachte nach, und ich setzte mich ebenfalls. Es fühlte sich gut an, so neben ihr zu sitzen, als wären wir alte Freunde.

»Wie ich das sehe, haben Sie zwei Möglichkeiten«, sagte sie schließlich. »Entweder Sie verbieten ihr, einen Freund zu haben, und riskieren, dass sie es trotzdem tut, oder Sie vertrauen ihr und lassen sie ihre eigenen Entscheidungen treffen, und hoffen, dass sie die richtigen trifft.«

So wirklich gefiel mir keine der beiden. »Gibt es nicht vielleicht noch eine dritte Möglichkeit?«

Fran zuckte mit den Schultern. »Mmh, Sie könnten es natürlich auch so machen wie die Eltern einer Freundin von mir und den Jungen mal zum Abendessen einladen.«

»Bitte was?«

»Keine Sorge, es ist nicht annähernd so schlimm, wie es klingt. Immerhin ist es nur ein Essen, aber vielleicht löst es all Ihre Probleme. Die Sache ist, Mädchen in dem Alter wollen rebellieren. Wenn Sie ihn also zu sich einladen und tatsächlich nett zu ihm sind, dann zeigen Sie ihr, dass Sie ihre Gefühle ernst nehmen, und nehmen dem bösen Jungen Oliver seine Magie. Ehe Sie sich's versehen, hat sie ihn abserviert, weil er langweilig ist, und Sie brauchen sich keine Gedanken mehr um ihn machen.«

Es war ein guter Rat, sehr viel besser als alles, was ich mir selbst bisher überlegt hatte. »Also, ich finde, Sie sind ziemlich gut in so was.«

Fran lächelte. »Wenn ich nur auch so gut darin wäre, meine eigenen Probleme zu lösen.«

»Ich will Ihnen nicht zu nahe treten, aber ist alles in Ordnung?« Ich bemühte mich, nicht zu neugierig zu klingen, auch wenn ich heimlich alle Daumen drückte, dass sie vielleicht eine Schulter zum Ausweinen brauchte und wir so noch etwas länger hier zusammen sitzen würden.

»Es ist okay«, sagte Fran. »Oder sagen wir: Nichts, mit dem ich nicht umgehen könnte. Das Gleiche wie immer, fürchte ich.«

Ich wiederholte mein Angebot, auf eine Tasse Tee hereinzukommen, in der Hoffnung, etwas mehr zu erfahren, aber sie musste zur Arbeit. Ich winkte ihr zum Abschied zu, doch als ich gerade die Tür schließen wollte, drehte sie sich noch einmal um.

»Tom?«

»Ja?«

»Ich kenne Sie und Ihre Töchter nicht wirklich, aber ich wollte es trotzdem sagen: Ich glaube, Sie machen Ihre Sache schon ganz gut.« Sie lächelte, und einen Augenblick lang dachte ich, sie würde noch etwas sagen, aber dann blickte sie auf ihre Uhr und murmelte etwas von einem Chef, der ausrasten würde, wenn sie schon wieder zu spät käme. Sie war schon halb auf der Straße, als mir noch etwas einfiel.

»Fran?«

»Ja?«

»Wie ist die Sache mit Ihrer Freundin weitergegangen, deren Eltern den Freund zum Essen eingeladen haben? Hat sie ihn anschließend abserviert?«

Fran lachte. »Nicht ganz. Sie sind immer noch zusammen. Mittlerweile haben sie drei Kinder und wohnen in Halifax. Aber sie scheinen wirklich glücklich zu sein.«

Tatsächlich brachte ich Evie dazu, Oliver zum Abendessen bei uns einzuladen, und schon ein paar Tage später stand er vor der Tür. Er wirkte nicht wirklich wie ein Rebell, eher wie ein großer, pickeliger, entsetzlich dünner Teenager.

»Dad«, sagte Evie, »das ist Oliver.«

Wir gaben uns die Hand. Seine war bemerkenswert kalt und feucht, sodass ich mir am liebsten erst mal die Hände gewaschen hätte. »Freut mich, dich kennenzulernen, Oliver.«

»Freut mich auch, Mr Hope.«

Ich gab mein Bestes, um eine Unterhaltung mit dem Jungen in Gang zu bringen, aber jedes Mal, wenn ich ihm eine Frage stellte, funkelte Evie mich an, als würde ich ihn in die Mangel nehmen. Schließlich gab ich es auf und schlug den beiden vor, sich vor den Fernseher zu setzen, bis das Essen fertig war, was sie sofort annahmen.

Es war nach sechs, als wir uns endlich an den Tisch setzten. Oliver und Evie bedienten sich selbst und begannen zu essen, aber niemand sprach auch nur ein Wort. Irgendwann konnte ich das ohrenbetäubende Geräusch von vier Menschen, die schweigend auf ihren Nudeln mit Hackfleischsoße kauten, nicht länger ertragen.

»Also, Oliver …«

»Ja, Mr Hope?«

»Evie hat erzählt, dass du im Schachteam der Schule bist?«

»Ja, das stimmt. Ursprünglich gab es gar kein Schachteam, also habe ich Mr Laramie gefragt, ob wir eins aufstellen können, und er hat gesagt, er hilft uns.«

Ich nickte. »Beeindruckend. Das muss aufregend sein. Habt ihr schon ein paar Wettkämpfe gehabt?«

»Ja, sechs.«

»Und, wie viele Spiele hast du gewonnen?«

»Kein einziges.«

»Kein einziges?«

Evie funkelte mich über den Tisch hinweg an. »Dad, hör auf, du machst ihn nur verlegen!«

Oliver zog die Brauen zusammen und sah Evie an, als wären sie ein altes Ehepaar. »Macht er nicht. Er möchte sich bloß unterhalten.« Dann wandte er sich wieder an mich. »Das ist schon okay. Mein Dad sagt immer, der einzige Weg, sich zu verbessern, ist, gegen jemanden zu spielen, der besser ist als man selbst. Wenn ich danach gehe, muss ich schon ziemlich was gelernt haben!«

Er zwang sich zu einem höflichen Lachen, als wäre er von seiner Fähigkeit zur Selbstironie beeindruckt, aber es war ganz offensichtlich ein Scherz, den wohl sein Vater einmal gemacht hatte.

»Nun, ich drücke dir die Daumen, dass du irgendwann auch mal gewinnst.«

»Danke, Mr Hope. Mögen Sie Schach?«

»Nicht besonders, wenn ich ehrlich bin. Rugby war mehr mein Ding. Ich habe damals im Schulteam und fürs County gespielt. Machst du irgendeinen Sport?«

»In der Grundschule habe ich eine Zeitlang Fußball gespielt, aber ich war nie gut genug, um ins Team zu kommen.«

»Es geht nicht immer darum, gut zu sein, weißt du. Man kann auch einfach Sport treiben, weil's einem Spaß macht.«

»Ich war wirklich schlecht und habe es gehasst.«

Lola legte ihre Gabel hin und starrte Oliver an. »Warum hast du's dann gemacht?«

Oliver zuckte mit den Schultern. »Weil ich das Gefühl hatte, mein Dad freut sich darüber.«

Als wir fertig waren, half Oliver sofort, den Tisch abzuräumen, was mich wirklich beeindruckte, wenn man bedachte, wie oft ich hinter den Mädchen herbrüllen musste, bis sie überhaupt merkten, dass ich mit ihnen redete, geschweige denn sie dazu brachte, ein wenig im Haushalt zu helfen. Und als Lola ihre Mathehausaufgaben rausholte und mich fragte, ob ich helfen könnte, beeindruckte er mich noch einmal, als er stattdessen seine Hilfe anbot.

»Schon okay, Oliver«, sagte ich. »Ich kümmere mich darum, sobald ich die Küche aufgeräumt habe. Du kannst mit Evie rübergehen und fernsehen, wenn ihr mögt.«

»Ehrlich gesagt, würde ich ihr wirklich gerne helfen. Ich mag kleine Kinder. Wahrscheinlich, weil ich bei uns der Jüngste bin und meine Geschwister mich immer für dämlich halten. Jüngere Kinder halten einen wenigstens für schlau.«

Oliver blieb noch etwa anderthalb Stunden, bevor er erklärte, dass er jetzt gehen müsse. Ich wollte ihm ein Taxi bezahlen, aber er lehnte höflich ab und sagte, er sei mit dem Fahrrad da.

Als er sich verabschiedete, brachte Evie ihn zur Tür. Sie blieb gut zehn Minuten weg, und ich musste mich zusammenreißen, um nicht im Flur zu erscheinen und die Angelegenheit ein wenig zu beschleunigen, doch schließlich hörte ich, wie die Haustür ins Schloss fiel. Evie kam zu mir in die Küche.

»Also, was denkst du?«

»Über Oliver?«

»Dad!«

»Ich fand ihn nett.«

»Und?«

»Und was?«

»Darf ich mich weiter mit ihm treffen?«

Das war die Eine-Million-Pfund-Frage. Ich zuckte mit den Schultern. »Wenn ich ehrlich bin, finde ich, du bist noch zu jung, um einen Freund zu haben.«

»Mum war so alt wie ich, als sie ihren ersten Freund hatte.«

»Nein, war sie nicht.«

»Doch. Sie hat es mir erzählt. Sein Name war Andy, und er war ein Jahr älter als sie. Sie waren nur ein paar Wochen zusammen. Dann hat sie Schluss gemacht, weil er total langweilig war.« Irgendetwas an dieser Geschichte ließ mich aufhorchen. »Ich habc rccht, nicht wahr?«, fragtc Evic und bctrachtctc for schend mein Gesicht.

»Ich mache dir einen Vorschlag«, sagte ich. »Warum sehen wir nicht nach?«

Oben im Schlafzimmer musste ich eine Weile kramen, bis ich den alten Schuhkarton unten im Schrank fand. Ich zog ihn heraus und trug ihn rüber zu Evie, die auf ihrem Bett lag. Sie hob den Deckel. Im Karton lagen Fotos aus Lauras Kindheit und Jugend – Urlaube, Weihnachtsfeiern und Geburtstage. Es dauerte eine Weile, aber schließlich fand ich das Foto, das ich gesucht hatte: eine vierzehnjährige Laura mit Dauerwelle neben einem rothaarigen Jungen in engen Jeans und einem noch engeren T-Shirt. Ich reichte Evie das Foto.

»Ist das der Junge?«

»Ich glaube schon.«

»Er sieht nicht mal annähernd so gut aus wie du, Dad. Was hat Mum sich bloß gedacht?«

»Sie war vierzehn. Ich glaube nicht, dass sie irgendwas gedacht hat.«

»Auch Vierzehnjährige können denken«, protestierte Evie. »Wir sind nicht nur hormongesteuert. Wir denken sogar sehr viel!«

Ich fragte mich, ob es wohl das war, was mich in den nächsten Jahren erwarten würde, jetzt, wo meine Töchter älter wurden – der Wunsch, sie ganz nah bei mir zu halten, während meine Aufgabe zunehmend gerade darin bestand, sie loszulassen.

»Okay, du kannst dich weiter mit ihm treffen, wenn du willst. Aber keine Lügen mehr, okay?«

Evie nickte. »Versprochen.«

»Und die Schule darf nicht darunter leiden.«

»Okay.«

»Und ich möchte immer wissen, wo du bist.«

»Aber ich darf mich weiter mit ihm treffen?«

Ich nickte, und sie warf glücklich die Arme um meinen Hals. Jetzt war es offiziell. Mein kleines Mädchen hatte ihren ersten festen Freund.

15
Der Freak

Tom

Wenn ich bedachte, worum ich mich in den letzten Wochen alles hatte kümmern müssen, hätte ich eine kleine Krisen-Auszeit verdient. Leider verteilt das Leben die Herausforderungen für Eltern nicht gleichmäßig, sondern bombardiert einen gleich mit einem ganzen Bündel. Und so kam es, dass ich ein paar Tage nach der Geschichte mit Evie und Oliver auf den Familienkalender schaute und zu meinem Entsetzen feststellte, dass in knapp einer Woche Muttertag war.

Ich hatte keine Ahnung, wie die Mädchen letztes Jahr den Muttertag begangen hatten – ihren ersten ohne Laura. Das lag entweder daran, dass Linda mich nicht involviert hatte, oder – was wohl eher der Fall war –, dass sie mich eingeladen, aber ich mich mit irgendeiner Ausrede aus der Affäre gezogen hatte. Doch das war damals, und jetzt war jetzt, und sosehr ich es mir auch wünschte, ich konnte diesen Tag nicht verschwinden lassen. Also wappnete ich mich so gut es ging und berief eine Familiensitzung ein, um gemeinsam zu entscheiden, wie wir diesen Tag feiern wollten.

»Ich finde, wir sollten zu Mums Grab fahren, wie wir es letztes Jahr mit Nanny getan haben«, sagte Evie. »Es war so friedlich, und die Blumen, die wir ihr mitgebracht haben, waren wunderschön.«

Ich sah Lola an. »Und was ist mit dir, Süße?«

Sie zuckte mit den Schultern. »Okay.«

Das klang gar nicht nach einer typischen Lola-Antwort. Normalerweise kamen von ihr gleich ein halbes Dutzend Ideen, wie aus der Pistole geschossen. Ich hatte gehört, dass in der Schule ein Virus umging, der die Kinder gleich reihenweise niederstreckte. »Du bist doch nicht krank? Du wirkst so seltsam.«

»Mir geht's gut.«

»Bist du sicher?«

Sie nickte. »Ich bin mir sicher.«

»Was ist mit dir, Dad? Was willst du machen?«, fragte Evie.

Trotz meines Besuchs auf dem Friedhof mit Clive erschütterte mich der Gedanke, zum ersten Mal nach der Beerdigung wieder an Lauras Grab zu stehen, bis auf die Knochen.

»Ich finde, Mum besuchen zu gehen, ist eine großartige Idee«, sagte ich so unverkrampft wie möglich. »Wir könnten ihr ihre Lieblingsblumen mitbringen.«

»Weiße Rosen«, sagte Evie. »Das waren ihre Lieblingsblumen, nicht wahr?«

Ich nickte und erinnerte mich an ein Fragment vom Tag der Beerdigung: Linda, die einen Strauß weißer Rosen auf Lauras Sarg legte, als er in die Erde hinabgelassen wurde.

»Einverstanden. Wir fahren zum Friedhof und bringen ihr einen Strauß ihrer Lieblingsblumen mit«, sagte ich, und die beiden nickten zustimmend, bevor eine nach der anderen vom Tisch aufstand.

Hinterher herrschte eine seltsame Stimmung im Haus, als ob die Mädchen genau wüssten, dass dieser ganze Muttertags-Besuch eine große Sache für mich war, und sich bemühten, es bewusst herunterzuspielen. Vor allem Lola schien nicht weiter darüber sprechen zu wollen, selbst als ich sie am Freitag von der Schule abholte und jedes Kind auf dem Schulhof irgendeine selbstgebastelte Muttertags-Karte in der Hand hielt. Aber als ich sie nach ihrer Karte fragte, weigerte sie sich, sie mir zu zeigen.

Am Sonntagmorgen standen wir früh auf, und nach einem kräftigen Frühstück mit Bacon und Ei gingen wir alle in unsere Zimmer, um uns fertig zu machen. Ich schrieb den Mädchen nicht vor, was sie anziehen sollten, und ging einfach davon aus, dass sie das Gleiche anziehen würden wie jeden Tag, doch als ich in Jeans und Sweatshirt die Treppe hinunterkam, saßen beide in ihren schönsten Kleidern am Küchentisch. Also entschuldigte ich mich und ging wieder hinauf, um mir Anzug und Krawatte anzuziehen, bevor ich uns ein Taxi rief, das uns zum Friedhof bringen sollte.

Die Fahrt dauerte kaum zehn Minuten, aber sie war lang genug, um mich in einen Zustand zu versetzen, der einer Panikattacke nahekam: Mein Herz hämmerte doppelt so schnell in meiner Brust, ich hatte einen Tunnelblick, und jedes Geräusch, das an mein Ohr drang, hörte sich an, als käme es aus einer Konservendose. Mein Instinkt befahl mir, den Fahrer zu bitten, umzudrehen und uns wieder nach Hause zu fahren, aber ich konnte nicht. Die Mädchen brauchten das hier, und sie brauchten mich an ihrer Seite. Also kniff ich die Augen zu, schluckte meine Panik hinunter und wartete, dass der Sturm sich verzog.

»Dad«, sagte eins der Mädchen. Mein Kopf war noch so umnebelt, dass ich nicht einmal sagen konnte, welche von ihnen. »Dad, wir sind da.«

Ich öffnete die Augen. Das Taxi hatte auf dem Parkplatz vor dem Friedhof angehalten, und der Fahrer sah mich erwartungsvoll an. Zum Glück waren der Tunnelblick, das Herzrasen und das seltsame Konservengefühl verschwunden.

»Entschuldigung. Ich muss eingeschlafen sein.« Ich bezahlte den Fahrer, und wir stiegen aus.

Evie legte einen Arm um meine Hüfte. »Ist alles in Ordnung, Dad? Du siehst aus, als würdest du ein bisschen neben dir stehen.«

Tief einatmen. Ausatmen. Und noch einmal. »Es geht mir gut, Süße.«

Während wir über den Friedhof gingen, blitzten immer wieder Erinnerungsfetzen vom Tag der Beerdigung vor meinem inneren Auge auf: die Stille, die in der Luft lag, das Knirschen des feinen Kieses unter meinen Schuhen, die Form der Bäume vor uns – all die Erinnerungen, von denen ich gedacht hatte, ich hätte sie vergessen.

Mit sicherem Schritt, der mir selbst völlig abhandengekommen war, marschierte Evie, die Blumen an die Brust gepresst, voran, und Lola folgte ihr. Ich hatte keine Ahnung, wohin wir gingen. Ein paar Stücke des Weges kamen mir bekannt vor, andere überhaupt nicht. Schließlich blieben wir vor einem Grab mit einem schwarzen Marmorstein stehen, auf dem in goldener Schrift stand:

Laura Elizabeth Hope
Ehefrau, Mutter, Tochter, Freundin
4. August 1974 – 26. Oktober 2012

Ich las die Zeilen wieder und wieder. Knapp und auf den Punkt: Laura in vier Wörtern. Ich wollte gerade etwas in dieser Richtung sagen, als Lola an meiner Hand zupfte.

»Schau mal, Dad«, sagte sie und zeigte nach unten. »Irgendwer hat schon ein paar Blumen hingestellt.«

Am Grabstein stand ein kleiner Strauß weißer Rosen, der

noch recht frisch aussah. Ich überlegte, wer ihn wohl dorthin gelegt haben könnte. Marina? Wahrscheinlich, wobei ich mir eigentlich sicher war, dass sie es mir erzählt hätte. Vielleicht ein paar der Mütter aus Lolas Schule? Aber dann hätte Ellie es bestimmt erwähnt, oder nicht? Es war seltsam, dass jemand Blumen dort hingestellt hatte, dazu ausgerechnet weiße Rosen, zumal es nicht Lauras Geburtstag oder der Jahrestag ihres Todes war. Ich fragte mich, ob ein Trauernder geistesabwesend wohl das Grab verwechselt haben könnte, und zog die beiliegende Karte aus dem Strauß, auf der stand: »Für Laura, in Liebe, R.«

Wer auch immer R. war, musste eine so enge Beziehung zu Laura gehabt haben, dass sie ihr Blumen brachte. Und als ich die Karte wieder zurücksteckte, fiel es mir schwer, mich nicht noch schuldiger zu fühlen, als ich es ohnehin schon tat: Laura war meine Frau gewesen, und es hätte eigentlich meine Aufgabe sein sollen, ihr Grab zu besuchen. Was für ein erbärmliches Versagen meinerseits. Clive wäre entsetzt, wenn er das wüsste.

»Sie müssen von einer von Mums Freundinnen sein«, erklärte ich.

»Was machen wir jetzt?«, fragte Lola.

Evie gab ihr die Blumen. »Ich finde, du solltest sie hinlegen, Lolls. Ich habe es letztes Jahr getan.«

Lola nahm die Blumen und legte sie sorgsam am Fuß des Grabsteins nieder. Dann griff sie in ihre Umhängetasche, zog die Karte heraus, die sie in der Schule gebastelt hatte, und legte sie daneben. Auf der Vorderseite prangte eine leuchtende Narzisse, unter die Lola in ihrer schönsten Schrift »Alles Liebe zum Muttertag« geschrieben hatte. Sie stand wieder auf und nahm meine Hand. Keiner sagte ein Wort.

»Ich finde, wir sollten etwas sagen«, erklärte Evie nach einer Weile. »Zumindest hat Nanny das gemacht, als wir letztes Jahr hier waren.«

Die Mädchen sahen mich erwartungsvoll an. Ich war der Erwachsene, derjenige, der wissen musste, was zu tun war. Ich musste etwas sagen, aber mein Kopf war völlig leer. »Ich weiß nicht, was ich sagen könnte.«

Evie drückte meine Hand. »Sag einfach, was dir einfällt.«

Ich gab mir alle Mühe, aber es kam nichts. Jedenfalls nichts, das einen Sinn ergab. Aber ich durfte Evie und Lola jetzt nicht enttäuschen. In dieser Hinsicht war meine Stempelkarte bis ans Ende meines Lebens gefüllt.

»Laura, wir sind es«, sagte ich. »Wir sind gekommen, um dir alles Gute zum Muttertag zu wünschen und um dir zu sagen, dass du uns immer noch schrecklich fehlst ...«

Linda

Ich saß gerade in der Küche und trank einen Becher Tee, bevor ich mit Moira einen Spaziergang am Strand unternehmen wollte, als es an der Tür klingelte. Kurz darauf kam Moira mit Desi im Schlepptau zu mir in die Küche.

»Lang nicht gesehen«, sagte er und nahm mich in den Arm, eine Geste, bei der uns beiden sichtlich unbehaglich zumute war. »Hattet ihr eine schöne Reise?«

Ich wurde rot. Ich hasste es, ihn anzulügen, das hatte er nicht verdient.

»Wegen dieser Reise ...«, begann ich, und Moira verließ das Zimmer, um uns allein zu lassen. »Die Wahrheit ist ...«

Desie lächelte. »Dass ihr gar nicht weg wart?«

Ich nickte. »Wie lange weißt du schon, dass ich gelogen habe?«

»Um ehrlich zu sein, Linda, habe ich es mir von Anfang an gedacht. Du bist mir aus dem Weg gegangen, und da wusste ich, dass etwas nicht in Ordnung war. Habe ich was falsch gemacht?«

»Es liegt nicht an dir, wirklich nicht. Es gab einfach in letzter Zeit so vieles, über das ich nachdenken musste, und ich war ein wenig überfordert.«

»Probleme mit deinem Schwiegersohn?«

»Nein«, antwortete ich. »Es ist komplizierter.«

Desi und ich hatten seit dem Tag, an dem ich Frank gesehen hatte, kaum mehr miteinander gesprochen, und das war mittlerweile über einen Monat her. Und obwohl ich mir sicher war, dass er es verstanden hätte, wenn ich ihm die Sache mit Frank erklärt hätte, hatte ich mich so darauf konzentriert, Frank zu finden, dass in meinem Kopf einfach kein Platz für Desi gewesen war. Jedes Mal, wenn er angerufen hatte, um sich mit mir zu verabreden, hatte ich mir irgendeine Ausrede einfallen lassen, bis ich ihm schließlich erzählt hatte, Moira und ich hätten eine vierzehntägige Rundtour gebucht, und ich würde mich melden, sobald ich wieder zurück sei. Das war nicht sehr nett gewesen, aber ich hatte einfach nicht die Kraft gehabt, mich um ihn und um die Sache mit Frank gleichzeitig zu kümmern.

»Seit dem Tag, an dem ich zu unserer Verabredung bei Veronica's zu spät gekommen bin, ist es zwischen uns nicht mehr so wie vorher«, sagte Desi, als wir uns mit zwei dampfenden Bechern Tee an den Küchentisch gesetzt hatten. »Ich weiß, dass an diesem Tag etwas vorgefallen ist, aber ich habe keine Ahnung, was.«

»An dem Tag habe ich Frank gesehen.«

Desi zog fragend eine Augenbraue hoch. »Und wer genau ist dieser Frank?«

»Frank und ich waren einmal zusammen«, antwortete ich. »Er hat mich verlassen, als ich mit Laura schwanger war.«

Es war fünf Tage nach meinem fünfundzwanzigsten Geburtstag gewesen, als ich feststellte, dass ich schwanger war. Ich hatte mich schon seit ein paar Tagen nicht besonders gut gefühlt und einen Termin bei meinem Arzt gemacht. Der fragte mich als Erstes, ob ich schwanger sein könnte. Ich hielt das für unmöglich, schließlich nahm ich die Pille. Er hatte mir alle möglichen Fragen gestellt, mein Herz und meine Lunge abgehört und mir gesagt, ich sollte in ein paar Tagen wiederkommen, dann lägen die Ergebnisse vor. In den folgenden Nächten fand ich kaum Schlaf, und als ich wieder zu ihm in die Praxis ging, eröffnete er mir, dass ich tatsächlich schwanger war.

Obwohl ich die Neuigkeit sofort Moira erzählte, dauerte es eine ganze Woche, bis ich den Mut aufbrachte, es Frank zu sagen. Wir waren seit gut acht Monaten ein Paar, und obwohl unsere Beziehung in vielerlei Hinsicht noch ganz am Anfang stand, liebten wir uns sehr, zumindest ich ihn. Ich dachte Tag und Nacht nur an ihn und glaubte wirklich, dass wir eine Zukunft hätten.

Als ich ihm schließlich von der Schwangerschaft erzählte, fragte er als Erstes: »Wirst du es behalten?« Mir war bewusst, dass das Timing nicht besonders gut war – wir hatten beide gerade erst angefangen zu arbeiten und nicht viel Geld –, aber mir war nicht ein einziges Mal der Gedanke gekommen, das Baby nicht zu behalten. Wenn ich ehrlich war, so hatte ich mich bereits bis über beide Ohren in das winzige Wesen, das da in meinem Bauch heranwuchs, verliebt, und auch wenn ich nicht geplant hatte, so bald schon Mutter zu werden, so war ich doch absolut bereit, diese Rolle anzunehmen.

Aber Frank dachte da anders als ich. Er war der Meinung, wir wären zu jung, um schon eine Familie zu gründen, und flehte mich an, alles noch einmal zu überdenken. Als ich mich weigerte, stand er auf und ging ohne ein einziges Wort, und ich sah ihn nie wieder. Ich fragte in seiner WG nach ihm und erfuhr, dass er ausgezogen war und keine Adresse hinterlegt hatte.

Etwa eine Woche später erhielt ich einen Brief von ihm, dem Poststempel nach zu urteilen aus Bedford. Darin beschuldigte er mich, ihm eine Falle gestellt zu haben und absichtlich schwanger geworden zu sein. Er schrieb, dass er Gefühle für mich hätte, aber nicht Vater werden wollte, und beendete seinen Brief, indem er mir erklärte, ich solle nicht versuchen, ihn zu finden. Er würde sich bemühen, in Kontakt zu bleiben. Dann wünschte er mir noch »alles Gute für die Zukunft«, aber das hätte er sich sparen können, denn an diesem Punkt hatte ich bereits beschlossen, dass ich weder ihn noch seine guten Wünsche brauchte. Mein Kind und ich würden sehr gut allein zurechtkommen.

Und so war es auch gewesen. Laura und ich brauchten keinen Frank und vermissten ihn auch nicht, und ich bezweifle, dass ich abgesehen von einem kurzen »Was wäre wenn« einen weiteren Gedanken an ihn verschwendet hätte, wenn ich Laura nicht verloren hätte. Aber ihr Unfall hatte alles verändert. Seit ihrer Beerdigung hatte ich immer wieder an Frank gedacht und mich gefragt, wo er wohl war, was er machte und wie er auf die Neuigkeit reagieren würde, dass die Tochter, die er nie kennengelernt hatte, gestorben war. Und so hatte mich die Entdeckung, dass er nicht nur hier in Australien lebte, sondern auch noch ein Geschäft kaum eine halbe Meile von Moiras Haus entfernt hatte, förmlich umgehauen. Aber das Leben schreibt bekanntlich die absonderlichsten Zufälle. Und nun, da ich wusste, wo er war (oder zumindest, wo ich ihn finden konnte), musste ich eine Entscheidung treffen: Sollte ich Kontakt zu ihm aufnehmen? Und ihm von Laura erzählen? Hatte er es überhaupt verdient, Lauras Verlust zu betrauern, wenn sein einziger Beitrag zu ihrer Existenz sich auf den Zeugungsakt beschränkte?

Ich brauchte einen Rat, aber die Einzige, die ich mich bisher zu fragen getraut hatte, war Moira, und die war der Ansicht, dass ich Frank nichts schuldig war. Ich hatte schon überlegt, mit Tom darüber zu reden. Ein paarmal hätte ich es fast getan, aber am Ende hatte ich mich jedes Mal im letzten Augenblick zurückgehalten. Tom hatte schließlich schon genug um die Ohren. Am selbstverständlichsten wäre es natürlich gewesen, Desi zu fragen. Er hatte nicht nur einen neutralen Blick auf die Angelegenheit, ich war mir auch sicher, dass er mit seiner klugen und geduldigen Art in der Lage sein würde, den Kern des Problems zu erfassen.

Ich sah zu, wie Desi seinen Tee schlürfte, und platzte dann heraus: »Was soll ich jetzt nur tun?«

Tom

Es war mitten in der Woche, Anfang April, und Lola war oben in ihrem Zimmer. Ich saß am Tisch und las Zeitung, als Evie in die Küche kam. Sie setzte sich mir gegenüber, nahm einen Bleistift und begann damit auf den Tisch zu klopfen, als versuchte sie, zu irgendeinem Entschluss zu kommen. Was auch immer es war, meine Aufmerksamkeit war ihr jedenfalls sicher.

»Was ist los?«

»Nichts.«

»Wirklich?«

»Na ja, es ist nicht gerade nichts.«

»Also, was ist es?«

Sie zuckte mit den Schultern. »Ich möchte es dir sagen, aber ich bin mir nicht sicher, wie du es aufnehmen wirst.«

Mein Magen verknotete sich ein paarmal ineinander. Ich war eindeutig zu jung, um Großvater zu werden. »Du kannst mir alles erzählen.« Mein Mund war so trocken, dass ich kaum die Worte herausbrachte. »Na los, raus damit.«

Sie warf einen Blick über die Schulter zur Küchentür, als wollte sie sichergehen, dass die Luft rein war. »Es geht um Lolls.«

Ich seufzte erleichtert und schob die Gedanken an nächtliches Gebrüll und stinkende Windeln ganz nach hinten in meinem Kopf. »Was ist mit ihr?«

»Ich habe gestern etwas über sie gehört, von dem ich denke, dass du es wissen solltest.«

Ich legte die Zeitung zwischen uns auf den Tisch. »Sprich weiter.«

»Olivers Cousin Freddy ist im Jahrgang über Lola, und er hat Oliver erzählt, dass Lola der Freak ist.«

»Der was?«

»Der Freak.«

»Der Freak?«

»Du weißt schon«, sagte Evie und wackelte mit den Augenbrauen. »*Der Freak*. Jede Schule hat einen davon: Typen, die sich eklige Sachen in den Mund stecken, nur um die anderen zum Lachen zu bringen, oder die, die völlig ausrasten, bloß weil ein Lehrer ihnen gesagt hat, sie sollen aufhören zu quatschen; oder die, die tote Fliegen in ihrem Mäppchen sammeln und denken, das wäre normal. Freaks eben.«

»Ich weiß, was ein Freak ist«, sagte ich und musste an Adam Masterson aus meiner Schulzeit denken, den alle nur als den Jungen gekannt hatten, der sich weigerte, Schuhe anzuziehen. »Und du willst damit sagen, dass Lola der Freak an ihrer Schule ist? Was genau macht sie denn?«

»Nun, zuerst mal hat sie keine Freunde.«

»Das kann nicht sein. Als ich sie am ersten Tag zur Schule gebracht habe, hat sie eine ganze Liste an Freundinnen aufgezählt.«

»Das ist es ja«, sagt Evie. »Sie hatte Freunde, aber jetzt will keiner mehr mit ihr spielen.«

»Wieso? Was hat sie getan?«

»Das ist das Schlimmste«, sagte Evie. »Offenbar marschiert sie um den Schulhof, Kopf zurückgelegt und mit geradem Rücken und ganz starren Armen, wie in der Armee oder so, und wenn man sie fragt, was sie da macht, dann sagt sie, sie spricht mit Mum. Alle wissen, dass ihre Mum tot ist, Dad, sie wissen das. Und deshalb ist sie die arme Irre, die mit ihrer toten Mutter redet, und keiner will mehr was mit ihr zu tun haben.«

»Ich dachte, du wüsstest es«, sagte Ellie am nächsten Morgen, als ich sie auf die Sache ansprach. »Ganz ehrlich, ich hätte es dir gesagt, wenn ich nur geahnt hätte, dass du es nicht weißt.«

»Ich hatte keine Ahnung.«

»Was sagt Lola dazu?«

»Ich habe noch nicht mit ihr gesprochen. Ich bringe es einfach nicht übers Herz. Wieso müssen Kinder nur so grausam sein?«

»Ich fürchte, Kinder sind einfach so. Hast du mal darüber nachgedacht, ihr ein wenig zu helfen?«

»Wie?«

»Eine Verabredung für sie zu arrangieren oder so. Du weißt doch, wie es ist. Sobald eins der Kinder aus ihrer Klasse feststellt, dass sie eigentlich ganz nett ist, ziehen die anderen nach.«

Am nächsten Morgen nahm ich Ellies Rat zum Anlass und fragte ein paar der Eltern aus Lolas Klasse. Doch alles, was ich zu hören bekam, waren Ausreden. Die Antworten variierten von »Liebend gern, aber im Moment sind wir völlig ausgebucht« bis zu »Wir machen gerade keine Spielverabredungen, danke. Aber nett, dass du fragst«. Davon ließ ich mich aber nicht entmutigen und fragte weiter, bis zwei Mütter sich immerhin bereit erklärten, mal in den Kalender zu schauen und sich zu melden. Das klang zwar sehr nach einer Abfertigung, aber da ich keine andere Idee hatte, beschloss ich, es einfach als Hoffnungsschimmer zu betrachten.

Auf dem Heimweg schalt ich mich selbst dafür, dass ich so etwas nicht hatte kommen sehen. Schließlich war es nicht so, als hätte es keine Hinweise gegeben – der kleine Schrein, den sie sich mit Fotos von Laura für ihren Nachttisch gebastelt hatte, ihre zunehmend in sich gekehrte Art – und ich hatte die Dinge nur noch schlimmer gemacht, indem ich ihr Verhalten als normal verbucht hatte, ja sogar froh darüber war, dass Lola keine Schwierigkeiten machte. Nur hatte ich dabei übersehen, was all das eigentlich zu bedeuten hatte: Es war das Verhalten eines kleinen Mädchens, das sich verzweifelt nach seiner Mutter sehnte.

Ich musste etwas unternehmen, um dieses Problem zu lösen, aber nach meiner eigenen Erfahrung mit der Trauerberatung war ich mir nicht sicher, ob es das Richtige war, Lola zu irgendeinem Kinderpsychiater zu schleppen – eine Ansicht, die Clive aus ganzem Herzen unterstützte, als ich ihm beim Mittagessen davon erzählte.

»Ein Seelenklempner ist das Letzte, was sie braucht«, erklärte er und gab noch ein wenig Ketchup auf sein Bacon-Sandwich. »Alles Quacksalber, der ganze Haufen.«

»Aber was ist die Alternative? Ich kann schließlich nicht einfach danebensitzen und nichts tun, oder? Sie vermisst ganz offensichtlich ihre Mutter.«

»Weshalb es niemanden etwas angeht, was sie auf dem Schulhof treibt«, sagte Clive. »Dann redet sie eben mit ihrer Mum, na und?! Ich rede auch mit meiner Dot. Willst du mich auch zum Seelenklempner schicken? Armes Mäuschen. Wenn überhaupt jemand einen Klempner braucht, dann das Arschloch, das auf ihr rumhackt. Aber was weiß ich schon. Ist ja nicht so, als würde ich seit gut achtzig Jahren auf diesem Planeten rumhängen, was?«

Ich wollte gerade antworten, als mein Telefon klingelte. Clive rollte genervt mit den Augen, aber ich nahm den Anruf trotzdem an, für den Fall, dass es die Schule war. Die war es allerdings nicht, sondern Hayley Anderson, die Mutter von Scarlett, dem neuen Mädchen in Lolas Klasse. Sie war gerade mit ihrer Familie von Bristol nach Reigate gezogen, und Haley wollte mein Angebot einer Spielverabredung mit Lola aufgreifen. »Scarlett vermisst ihre Freunde aus der alten Schule sehr«, erklärte sie. »Ich bin mir sicher, es würde ihr guttun.«

Als ich Lola auf dem Rückweg von der Schule davon erzählte, sah sie mich verständnislos an.

»Sie kommt zu uns?«

»Am Freitag, nach der Schule.«

»Warum?«

»Nun, wir haben uns darüber unterhalten, wie schwierig es für ein Kind ist, sich in einer neuen Schule einzugewöhnen, und da dachte ich, ich lade sie einfach mal zu uns ein. Das ist doch in Ordnung, oder?«

Lola zuckte die Achseln. »Du weißt, dass ich sie eigentlich kaum kenne, oder?«

»Ich weiß, aber ...«

»Ehrlich gesagt, habe ich noch nie mit ihr gesprochen ...«

»... das wird sich ändern, wenn ...«

»... und letzte Woche habe ich gesehen, wie sie gemein zu Lottie Hannibal war.«

»... sie mal bei uns war.«

»Okay«, sagte sie unsicher, und dann, ohne Übergang, berichtete sie mir von dem Film, den sie in der Schule angeschaut hatten.

Am Freitag blieben nicht nur Scarlett und ihre Mutter zum Abendessen, sondern auch Evies Freund Oliver, und er war nicht einmal eingeladen. Er war einfach nach der Schule mit Evie aufgetaucht und hatte sich einen Teller genommen. Und während wir alle so am Tisch saßen, ertappte ich mich dabei, wie ich verblüfft all die Menschen um mich herum betrachtete, während Scarletts Mutter sich mit Oliver darüber unterhielt, wie man Schülern am besten die schriftliche Division beibrachte, Evie eine Frage nach der anderen zum Thema weiterführende Schulen beantwortete, die Scarlett ihr stellte, und Lola sich, unberührt von allem, was um sie herum geschah, ein weiteres Stück Pizza auf den Teller legte. Ich konnte mich nicht entscheiden, ob ich das alles nur schön oder auch ein wenig surreal fand.

Nach dem Essen ging Lola mit Scarlett nach oben, um in ihrem Zimmer zu spielen. Auch Evie und Oliver verzogen sich und ließen mich und Scarletts Mutter in der Küche zurück. Wir plauderten, bis sie gegen kurz nach sechs erklärte, dass sie nun aber wirklich losmüssten.

Als Lola und ich an der Tür standen und den Andersons hinterherwinkten, war ich mir ziemlich sicher, dass diese zarte Freundschaft, wenn überhaupt, wohl nicht länger als eine Woche lang anhalten würde. Doch selbst wenn sie nur einen einzigen Tag hielt, hoffte ich, dass es den Kindern in Lolas Klasse genügen würde, um zu erkennen, dass sie im Grunde gar nicht so seltsam war. Denn das war alles, was ich wollte: dass die Kinder Lola eine Chance gaben.

Um nicht gleich mit der Tür ins Haus zu fallen, wartete ich bis zum Schlafengehen, um Lola zu fragen, wie der Nachmittag mit Scarlett gelaufen war. Doch schon als ich in ihr Zimmer trat, wusste ich, dass etwas nicht in Ordnung war. Sie saß im Schlafanzug auf der Kante ihres Betts und tat so, als würde sie lesen. Doch ich spürte ihren Blick auf mir, während ich mich im Zimmer umsah. Zuerst fiel mir nichts Ungewöhnliches auf, aber dann entdeckte ich ihren Schrein, der aus dem Disney-Prinzessinnen-Abfalleimer in der Ecke des Zimmers herauslugte. Und der sorgenvolle Ausdruck auf Lolas Gesicht sagte mir, dass er dort nicht zufällig gelandet war. Aus irgendeinem Grund hatte sie das Bedürfnis gehabt, sich seiner zu entledigen. Ich zog ihn aus dem Abfalleimer und setzte mich neben Lola aufs Bett.

»Bist du sauer?«, fragte sie ganz leise.

»Nein, natürlich nicht. Ich habe mich nur gefragt, wieso er im Müll liegt.«

»Das kann ich nicht sagen.«

»Natürlich kannst du das.«

»Nein, kann ich nicht.«

»Warum nicht?«

»Darum eben.«

»Warum eben?«

»Ich will ihn einfach nicht mehr.«

»Das ist völlig in Ordnung. Ich möchte nur wissen, warum, das ist alles.«

»Kann ich ihn nicht einfach nicht mehr wollen?«

»Du kannst mit ihm tun, was du möchtest, mein Schatz, er gehört dir. Aber ich möchte trotzdem wissen, warum.«

Sie holte tief Luft und seufzte. »Die anderen Kinder lachen über mich, weil ich auf dem Schulhof mit Mum rede.«

»Ich weiß, Süße. Das ist nicht fair, oder?«

Einen Augenblick lang wirkte sie überrascht, aber dann zuckte sie mit den Schultern, als wäre es jetzt auch egal. »Scarlett hat mich gefragt, warum ich keine Mutter mehr habe, und ich habe ihr gesagt, dass sie gestorben ist, und dann hat sie nach dem Karton gefragt, und ich habe gesagt, das ist, damit ich Mum nicht vergesse, und sie hat gesagt, das wäre albern, es wäre doch bloß ein Schuhkarton, und ich habe gesagt, dass sie recht hat, und dann habe ich ihn in den Müll geschmissen.« Sie hob den Kopf und sah mich an. In ihren Augen standen Tränen. »Ich will keinen Schuhkarton mehr, Dad. Ich will bloß eine Mum.«

16
Jetzt wirst du zynisch

Tom

Marina goss den restlichen Fruchtsaft aus dem Krug in ein Glas und reichte es mir, während die Kinder in den Garten rannten, gefolgt von Rick, der mit in die Höhe gerissenen Armen und wildem Gebrüll hinter ihnen herwankte und so tat, als wäre er ein Monster.

»Und du bist dir sicher, dass sie genau das gesagt hat?«

»Wort für Wort.«

»Sie hat wirklich gesagt, sie möchte *eine* Mum, nicht *ihre* Mum?«

»Ich weiß, das ist seltsam, oder?«

Marina zuckte mit den Schultern. »Vielleicht auch nicht.«

»Wie meinst du das?«

»Nun, im Grunde sind es doch zwei ganz unterschiedliche Dinge, nicht wahr?«, sagte Marina und stellte ihr Glas vor sich auf den Wohnzimmertisch. »Auf der einen Seite ist es ganz offensichtlich, dass sie Laura nach wie vor schrecklich vermisst. Auf der anderen Seite jedoch fehlt ihr einfach all das, was sie von einer Mutter bekommen würde, wenn sie eine hätte: das Kuscheln, die Gespräche, solche Dinge.«

»Ich habe versucht, ihr all das zu geben.«

»Ich weiß«, sagte Marina. »Aber es ist einfach etwas anderes. Gerade du müsstest das verstehen.«

Natürlich hatte sie recht. Ich verstand es sehr gut. Ich wusste, wie es sich anfühlte, nur mit einem Vater groß zu werden.

Nicht dass mein Vater nicht versucht hätte, den Verlust meiner Mutter zu kompensieren, aber ohne sie war es einfach nicht dasselbe. Es war eher wie eine Imitation, eben ein Versuch, die Gegenwart aus den Überresten der Vergangenheit nachzubilden. Und niemand fiel darauf herein.

War es das, was Lola spürte? Und erging es Evie genauso? Die Vorstellung traf mich bis ins Mark.

»Du willst also damit sagen, sie braucht eine Frau in ihrem Leben?«

»Ganz so einfach ist es nun auch wieder nicht. Was ich damit sagen will, ist, dass sie es wahrscheinlich einfach satthat, das einzige Mädchen in der Klasse zu sein, das keine Mutter hat. Du weißt, wie Kinder in diesem Alter sind. Sie wollen nicht anders sein als die anderen, wollen nicht herausstechen. Sie will eine Mum, weil alle anderen auch eine haben, und sie weiß nicht, wie sie sich verhalten soll.«

»Was, denkst du, soll ich tun? Doch ein Kindermädchen einstellen und wieder arbeiten gehen?«

Marina schüttelte den Kopf. »Du musst mit ihr darüber sprechen, sie bestärken. Und was ich denke, das du noch tun könntest, willst du nicht wirklich wissen.«

»Warum nicht?«

»Weil es dir letztes Mal schon nicht gefallen hat, als ich es erwähnt habe.«

Sie bezog sich auf ein Gespräch vor ein paar Wochen, als sie mir von einer Freundin erzählt hatte, die Single war und mich gern kennenlernen wollte. Ich hatte den Vorschlag postwendend in den Wind geschossen und irgendetwas gesagt von wegen: »Ich werde es dich wissen lassen, wenn ich bereit dazu bin, mein Liebesleben crowdsourcen zu lassen.« Wir hatten das Thema seitdem nicht wieder angeschnitten.

»Diesmal schlägst du also vor, dass ich wieder mit Frauen ausgehen soll, um für die Mädchen eine neue Mutter zu finden? Ich bin mir sicher, die Frauen würden es lieben: ›Was hat dich an mir anfangs am meisten fasziniert? Meine Augen? Mein Lächeln? Oder meine Persönlichkeit?‹ ›Ehrlich gesagt die Tatsache, dass du eine Frau und mögliche Mutter für meine Töchter bist.‹«

»Jetzt wirst du zynisch«, sagte Marina.

»Ich bin nicht zynisch, ich bin realistisch. Keine Frau mit einem Hauch Selbstwertgefühl würde auch nur in meine Nähe kommen, wenn sie wüsste, dass ich sie bloß für die Mutterrolle bei meinen Kindern vorsprechen lasse!«

»Vielleicht«, sagte Marina. »Vielleicht aber auch nicht. Außerdem sage ich ja nicht, dass du nur deswegen wieder Frauen kennenlernen sollst. Aber ich fürchte, wir werden es nie erfahren, wenn du es nicht mal versuchst.«

»Ich habe es dir doch schon gesagt: Ich bin noch nicht bereit.«

Marina seufzte schwer. »Ganz ehrlich, Tom, ich bezweifle, dass du erkennen würdest, wie ›bereit‹ aussieht, wenn es dir ins Gesicht starren würde. Alles, was Lola sagt, ist, dass sie die Tatsache akzeptiert, dass ihre Mum nicht wieder zurückkommt, dass sie Linda schrecklich vermisst und sich wünscht, sie hätte jemanden, der eine ähnliche Rolle in ihrem Leben spielen würde. Und ob das so kommt oder nicht, hängt nun einmal mit dir zusammen. Es ist wie die Sache mit der langen Reise und dem ersten Schritt. Du weißt, wie sehr ich Laura vermisse. Sie fehlt mir wirklich. Aber vielleicht ist es an der Zeit, den ersten Schritt zu tun.«

»Lass mich raten: Du hättest da sogar schon jemanden im Kopf?«

Marina lächelte verlegen. »Witzig, dass du es erwähnst. Eine sehr gute Freundin von mir ist gerade nach acht Jahren aus Neuseeland zurückgekommen. Sie heißt Marie und ist Kinderkrankenschwester, blitzgescheit, lustig und dazu noch hübsch. Ich sage ja nicht, dass sie die nächste Mutter deiner Töchter sein muss, aber sie ist wirklich nett, und es macht Spaß, mit ihr zusammen zu sein. Und du könntest gerade davon durchaus ein wenig in deinem Leben gebrauchen, hab ich recht? Sag mir einfach Bescheid, wenn du so weit bist, dann rufe ich sie an.«

An diesem Abend las ich Lola vor dem Schlafengehen etwas vor, und danach plauderten wir noch ein Weilchen, bis ich ihr schließlich einen Kuss gab und eine Gute Nacht wünschte. Ich war schon halb aus dem Zimmer, als ich mich noch einmal umdrehte. »Lolls?«

»Ja?«

»Dein Schrein ...«

»Ja.«

»Ich wollte dir nur sagen, er steht auf dem Nachttisch in meinem Zimmer, und wenn du ihn wiederhaben möchtest, kannst du ihn dir einfach holen, okay?«

»Aber ich will ihn nicht.«

»Ich weiß, Süße. Ich wollte dir nur sagen, wo er ist, falls du deine Meinung änderst, okay?«

»Okay.«

Eine Weile herrschte Schweigen.

»Lo?«

»Ja.«

»Du weißt, dass Mum dich sehr lieb gehabt hat, nicht wahr?«

»Ja.«

»Und dass sie alles getan hätte, um jetzt hier mit dir sitzen zu können?«

»Was zum Beispiel?«

Das war nicht unbedingt die Frage, die ich erwartet hatte. »Ich weiß nicht genau«, druckste ich etwas verlegen herum.

»Was meinst du dann damit?«

»Also ... ich möchte nur, dass du weißt, dass Mum niemals freiwillig fortgegangen wäre. Wenn sie die Wahl gehabt hätte, dann wäre sie für immer bei euch geblieben.«

Evie saß am Küchentisch über ihren Französisch-Hausaufgaben, als ich hereinkam. Sie schaute kurz auf, und als unsere Blicke sich trafen, fühlte ich mich, als könnte sie meine Gedanken lesen. Ich musste mich zusammenreißen, um mich nicht bei ihr für das zu rechtfertigen, was ich gleich tun würde. Zum Glück verflog dieses Gefühl schnell wieder, und während sie sich auf ihre Hausaufgaben konzentrierte, nahm ich mein Handy und schrieb Marina eine Nachricht: »Ich bin's. Ich habe nachgedacht, vielleicht hast du recht. Wenn das Angebot noch steht, ruf Marie doch bitte an.«

Linda

Ich saß mal wieder in Veronica's Café, diesmal mit Moira, und beobachtete den Eingang von Baxter's Hardware-Store. Diesmal wusste ich genau, wann Frank kommen würde, und dieses Mal würde ich zu ihm hinübergehen und mit ihm reden.

»Wie fühlst du dich?«, fragte Moira.

»Panisch. Und du?«

»Wütend«, antwortete Moira. »Ich meine es ernst, Linda.

Wenn er auch nur ein falsches Wort sagt, werde ich mich nicht zurückhalten.«

»Glaub mir«, sagte ich, »dann will ich auch gar nicht, dass du dich zurückhältst.«

Es war Desi, der mir geholfen hatte, zu einem Entschluss zu kommen. Ich hatte damit gerechnet, dass er mit Moira übereinstimmen würde, die davon überzeugt war, dass es Frank nichts anginge, aber seine Antwort hatte mich überrascht. »Der einzige Mensch, dem du wehtust, indem du es ihm nicht erzählst, bist du selbst«, sagte er. »Du würdest dich schlecht fühlen, weil du dich Laura gegenüber nicht richtig verhalten hast, und er würde überhaupt nichts fühlen. Aber wenn du es ihm erzählst, dann weißt du wenigstens, dass du das Richtige getan hast, denn am Ende geht es hier nicht um Frank, sondern um dich und dein kleines Mädchen.«

Er hatte natürlich recht: Hier ging es nicht um mein Verhältnis zu Frank oder darum, ob er ein Recht darauf hatte, von Lauras Tod zu erfahren, oder sogar um meinen latenten Wunsch, dass er sich schuldig fühlen sollte. Hier ging es darum, dass ich meiner Tochter Gerechtigkeit widerfahren ließ, nicht mehr und nicht weniger. Ich würde es ihm erzählen, weil ich das Gefühl hatte, dass sie es so gewollt hätte.

Nachdem ich mit Desi gesprochen hatte, hatte ich den Hardware-Store angerufen und unter dem Vorwand, eine alte Schulfreundin von Frank zu sein, gefragt, wann er mal wieder im Laden sei, weil ich ihn überraschen wollte. Ich erfuhr, dass Frank mittlerweile halb im Ruhestand war und nur noch hin und wieder in den Laden kam, um nach dem Rechten zu sehen oder ein paar Lieferfahrten zu Kunden zu übernehmen. Niemand wusste, wann er das nächste Mal da sein würde. Also versuchte ich es in der darauffolgenden Woche einfach erneut, und diesmal sagte man mir, dass er sich für den Nachmittag angekündigt hätte; gegen vierzehn Uhr wollte er vorbeikommen. Der große Moment war gekommen.

Mein erster Anruf galt Desi, der mir erneut versicherte, dass ich das Richtige tat, und der zweite Tom und den Mädchen, die ich noch mehr vermisste als sonst. Es tat gut, mit ihnen zu reden, auch wenn ich das Gefühl hatte, dass irgendetwas nicht in Ordnung war. Lola wirkte stiller als sonst, Evie war in Eile, weil sie mit ihren Freunden verabredet war, und Tom schien irgendwie abgelenkt. Ich versuchte herauszufinden, was los war, aber alle erklärten mir auf ihre eigene Art, dass schon alles in Ordnung sei. Und irgendwie gab mir das das Vertrauen, dass ich dieses Gespräch mit Frank schon überstehen würde, egal wie es ausging.

Es war Viertel nach zwei, als ich Franks weißen Pick-up vor dem Hardware-Store vorfahren sah. Mir schlug das Herz bis zum Hals, und ich zitterte förmlich vor Angst, als wir das Café verließen. Unser Plan war simpel: Ich würde allein in den Laden gehen und einen Mitarbeiter bitten, Frank zu rufen. Sobald er auftauchte, würde ich ihm höflich, aber entschlossen erklären, dass ich ihm etwas mitzuteilen hätte, und zwar unter vier Augen. Ich hoffte, dass er mich in einen ruhigen Raum führen würde, wo ich ihm berichten würde, was er wissen musste, und dann aufstehen und gehen und ihn hoffentlich nie mehr wiedersehen würde.

Doch es begann schon damit, dass Frank nicht irgendwo hinten im Laden war, sondern gleich vorne neben dem Eingang am Tresen stand und sich mit einem seiner Mitarbeiter unterhielt. Als ich eintrat, sah er auf, sicherlich in der Annahme, eine Kundin zu begrüßen. Ich glaube, ich habe noch nie jemanden so fassungslos gesehen. Er erkannte mich sofort, und einen Augenblick lang stand er einfach nur da und starrte mich mit offenem Mund an wie ein nasser Fisch.

»Linda? Linda Wood? Du meine Güte ... Bist du es wirklich?«

»Ja, Frank«, antwortete ich mit unsicherer Stimme. »Ich bin es.«

»Ich kann es einfach nicht glauben! Linda Wood! Du bist es wirklich!« Er kam um den Tresen herum zu mir nach vorn. »Was machst du denn hier in Melbourne? Ist das ein Zufall, oder hast du gewusst, dass ich hier bin? Ich muss schon sagen, ich bin ...« Er hielt inne und blickte über meine Schulter, als zwei junge Männer in den Laden traten.

»Alles in Ordnung, Dad?«, fragte der Größere der beiden.

Ich betrachtete den jungen Mann, der gesprochen hatte. Er hatte die gleiche lange Nase wie Frank, aber sein Gesicht war runder. Der andere sah dem jungen Frank sehr ähnlich. All die Jahre hatte ich mich gefragt, wie Franks Leben wohl verlaufen war, und jetzt, innerhalb von wenigen Sekunden, lag es vor mir: Nachdem er mich verlassen und seine ungeborene Tochter im Stich gelassen hatte, hatte Frank sich in ein anderes Land abgesetzt und eine eigene Familie gegründet. So hatte ich mir das nun wirklich nicht vorgestellt.

»Ich muss gehen«, sagte ich.

»Aber du bist doch gerade erst gekommen«, protestierte Frank. Er sah zu seinen beiden Söhnen hinüber. »Jungs, das ist Linda, eine alte Freundin aus England. Sie ist buchstäblich von der Straße hier hereinspaziert, um hallo zu sagen.« Er sah wieder zu mir. »Bitte, Linda, bleib noch. Ich sage alles ab, was ich hier noch zu tun habe, und dann können wir uns in Ruhe unterhalten.«

»Wirklich, ich kann nicht«, antwortete ich. In meinem Kopf

drehte sich alles. Ich konnte keinen vernünftigen Gedanken fassen. »Ich muss gehen.«

»Gib mir wenigstens eine Nummer, unter der ich dich erreichen kann«, sagte er. »Wohnst du hier in der Gegend? Oder bist du zu Besuch?« Er rieb sich mit dem Handrücken über die Stirn. »Ich kann immer noch nicht glauben, dass du hier vor mir stehst!« Er rief seinem Mitarbeiter an der Kasse zu, ihm Zettel und Stift zu bringen, und reichte beides an mich weiter. Ich war so verwirrt, dass ich ohne nachzudenken Moiras Nummer aufschrieb, ihm Zettel und Stift wieder in die Hand drückte und aus dem Laden rannte.

Tom

Mittlerweile hatte ich mich daran gewöhnt, für die Mädchen unsichtbar zu sein. Es war nichts Neues, dass sie versuchten, durch mich hindurchzulaufen statt an mir vorbei, während sie mit ihren eigenen Dingen beschäftigt waren. Ich kannte Lolas selektive Taubheit, wenn ich nach ihr rief, damit sie mir zur Hand ging, und ich hatte mich schon lange damit abgefunden, dass die beiden ganz selbstverständlich ins Wohnzimmer kamen und durch die Fernsehkanäle zappten, obwohl ich gerade dort saß und mir etwas ansah. Tatsache ist, ich war so daran gewöhnt, unsichtbar zu sein, dass es mich völlig aus dem Konzept brachte, wenn sie mich tatsächlich einmal wahrnahmen, so wie am Ostermontag, als ich mich fertig machte, um zu Rich und Marina zu fahren und mich dort mit Marie zu treffen.

Lola saß mit der neunzehnjährigen Lucy – die älteste Tochter unserer Nachbarn zwei Häuser weiter und die Einzige, die es auf Lolas abgesegnete Liste der Notfall-Babysitter geschafft hatte – am Küchentisch und bastelte eine Karte für den Osterhasen, um ihm für die Schokoladeneier zu danken, die sie am Vortag bekommen hatte. Doch als ich die Küche betrat, stand sie auf und lief quer durch den Raum zu mir herüber, um mich genauer unter die Lupe zu nehmen.

»Wieso bist du so schick angezogen?«

Ich war ganz und gar nicht schick angezogen. Ich trug ein blaues Jackett, darunter ein schwarzes T-Shirt und Jeans, *smart casual* in Perfektion, genau worauf ich abgezielt hatte.

»Erstens bin ich nicht schick angezogen, Lo, das sind Daddys ganz normale Klamotten, und zweitens habe ich dir doch gestern erzählt, dass ich heute Abend zu Rich und Marina fahre.«

Evie, die über ihren Mathehausaufgaben gesessen hatte, kam ebenfalls herüber und stellte sich neben ihre Schwester. »Ich erinnere mich, dass du irgendwas von ausgehen gesagt hast, aber nicht, dass du Rich und Marina erwähnt hättest oder dass du dich schick machen würdest. Du machst dich nie schick. Du siehst aus wie einer aus der Werbung, der sich fürs Wochenende aufstylt.«

Oliver, der in den letzten Wochen zu einem Dauergast in unserem Haus geworden war, kam ebenfalls dazu und starrte mich an. »Sie hat recht, Mr H, Sie sehen echt scharf aus.« Er schnupperte. »Und Sie riechen auch gut.«

Die Babysitterin, die als Einzige keine Bemerkung über mein Aussehen gemacht hatte, rief Oliver und den beiden Mädchen zu, dass sie mich in Ruhe lassen sollten. »Kommt schon, Leute, warum lasst ihr euren Vater nicht in Frieden und spielt mit mir eine Runde Karten? *So* spannend ist er ja nun auch wieder nicht, oder?«

»Irgendwas ist hier los, ich weiß es«, sagte Evie. »Du gehst gar nicht zu Rich und Marina, du hast ein Bewerbungsgespräch und willst wieder anfangen zu arbeiten, hab ich recht?«

»Aber wenn du wieder arbeiten gehst, wer holt mich dann von der Schule ab?«, fragte Lola entsetzt. »Ich will nicht in die Nachmittagsbetreuung!«

Während ich von einer Tochter zur anderen blickte, fragte ich mich, warum immer alles so kompliziert werden musste. Warum konnten sie mich ausgerechnet heute nicht einfach genauso ignorieren, wie sie es sonst immer taten?

»Ich habe kein Bewerbungsgespräch«, erklärte ich, »und ich habe auch nicht vor, wieder arbeiten zu gehen. Und Lola, du brauchst dir keine Gedanken wegen der Nachmittagsbetreuung zu machen. Ich bin wirklich auf dem Weg zu Rich und Marina, um mit ihnen einen netten Erwachsenenabend mit langweiligen Erwachsenenthemen zu verbringen. Ihr könnt mir also entweder glauben oder den Rest des Abends rumspekulieren. Ich muss jetzt jedenfalls los.«

Es war kein Date. Das war eine der Bedingungen gewesen, die ich gestellt hatte, als Marina mich angerufen hatte, um die Details des Abends zu besprechen. Marie und ich waren einfach zwei Menschen, die sich nicht kannten und bei gemeinsamen Freunden eine selbstgekochte Mahlzeit am selben Tisch einnehmen würden. Daran war nichts Romantisches. Keine Spur. Das hier war nicht mal der Vorläufer zu einem Date. Es sollte keinerlei Erwartungen an diesen Abend geben. Und was Marie anbelangte, so war ich bloß da, damit sie sich nicht wie das fünfte Rad am Wagen fühlte.

Marie war groß, aber nicht zu groß, und modisch, aber nicht zu modisch. Sie hatte schulterlanges braunes Haar und ein hübsches Gesicht, und sie trug ein gemustertes Oberteil zu einem langen grünen Rock und hellbraunen Stiefeln. Unter den richtigen Umständen (wie diese hier es ganz sicher nicht waren) hätte ich sie sicherlich attraktiv gefunden.

»Marina hat erzählt, du bist Kinderkrankenschwester«, sagte ich zu Marie, als Rich hinausgegangen war, um seiner Frau in der Küche zu helfen. »Das muss ein sehr bereichernder Beruf sein.«

»Das ist er«, antwortete sie. »Sehr sogar. Aber genauso oft bricht es einem auch das Herz. Und Marina hat erzählt, dass du fürs Fernsehen arbeitest. Das klingt aufregend.«

»Ich habe fürs Fernsehen gearbeitet, ja. Aber jetzt bin ich gerade zu Hause und kümmere mich um meine beiden Töchter – die Jüngere ist acht, die Ältere vierzehn –, was, wie ich festgestellt habe, sehr viel aufregender ist, als die Arbeit beim Fernsehen es je war.«

Eine Weile herrschte ein leicht unbehagliches Schweigen, während wir beide uns für die nächste Fragerunde rüsteten. Ich wollte sie gerade nach ihrer Zeit in Neuseeland fragen, doch bevor ich den Mund aufmachen konnte, kam sie mir zuvor.

»Wie lange ist es her, dass deine Frau gestorben ist?«

»Letzten Oktober war es ein Jahr.«

»Ich kann mir gar nicht vorstellen, wie sich das anfühlen muss. Es muss wirklich hart sein, für dich und die Mädchen.«

»Das ist es, aber wir tun, was wir können.« Ein wenig verlegen nippte ich an meinem Glas, und dann redeten wir gleichzeitig los.

»Nein«, entschuldigte sie sich. »Du zuerst.«

»Es war nichts Wichtiges«, antwortete ich. »Ich wollte dich bloß fragen, was dich wieder nach England zurückgeführt hat.«

»Ich habe mich von meinem Freund getrennt. Wir waren

sehr lange zusammen, und die Trennung hat mir einen ziemlichen Knacks verliehen. Ich habe zwei Jahre gebraucht, um wieder auf die Beine zu kommen, und da ist mir klargeworden, dass ich einfach wieder nach Hause wollte. Also habe ich gekündigt und bin zurückgekommen.«

»Bereust du es?«

»Nur dass ich es nicht schon viel früher getan habe. Ich habe viel zu viel Zeit darauf verschwendet, jemandem nachzutrauern, der es nicht wert war. Aber besser spät als nie, was?«

Marina hatte ein Fischgericht gekocht, das sie schon seit Monaten hatte ausprobieren wollen. Es war wohl äußerst kompliziert zuzubereiten, dafür schmeckte es köstlich, und während ich das Essen und den Wein genoss, begann ich mich allmählich zu entspannen. Marie ging es offenbar ähnlich, denn plötzlich kam das Gespräch wirklich in Gang. Sie berichtete nicht nur von ihrem Leben in Neuseeland, ich erfuhr auch, dass sie mit Mitte zwanzig eine Zeitlang in einem Krankenhaus in Botswana gearbeitet hatte, dass sie eine erfahrene Taucherin war und vor Kurzem, während eines Urlaubs auf den Philippinen, um das Wrack eines japanischen Kriegsschiffs aus dem Zweiten Weltkrieg herumgeschwommen war. Neben dem Tauchen konnte sie außerdem noch Klavier spielen und sprach fließend Französisch und Italienisch. Irgendwann merkte ich an, dass sie klang wie Superwoman, und das wurde zum Running Gag des Abends, wobei die Pointen mit zunehmendem Weingenuss auch zunehmend zu wünschen übrigließen: »Oh, Marie, würdest du bitte mal mit deinem Röntgenblick den Kühlschrank scannen und mir sagen, wo ich den Streichrahm hingestellt habe?« Und: »Ist es ein Vogel? Ist es ein Flugzeug? Nein, es ist Marie, die mir noch ein Glas Merlot einschenkt.«

Am nächsten Vormittag nahm Evie Lola mit zum Kinder-

Kunstverein, wo sie während der Ostertage aushalf, was mir Gelegenheit gab, mich mit Clive bei Morrison's zum Frühstück zu treffen. Als ich ihm von meinem Nicht-Date mit Marie erzählte, rechnete ich fast damit, dass er mich einen Verräter schimpfen würde. Doch er hätte kaum sanftmütiger reagieren können.

»Allein zu sein ist nichts für jedermann«, seufzte er. »Wer weiß, wenn ich jünger wäre und eine Familie hätte, so wie du, dann würde ich vielleicht auch so denken. Und nur weil du nicht allein sein willst, heißt das nicht, dass du Laura abgeschrieben hast. Es heißt bloß, dass das Leben weitergeht.«

»Es spielt ohnehin keine Rolle«, antwortete ich. »Ich glaube nicht, dass wir uns wiedersehen werden. Sie war wirklich nett, aber zwischen uns hat es nicht gefunkt.«

»Was soll sie denn sein?«, fragte Clive. »Ein Sendemast oder was? Was meinst du damit?«

»Ich meine, dass wir uns gut verstanden haben, aber mehr auch nicht.«

»War sie hässlich?«

»Ehrlich gesagt, war sie sogar ziemlich hübsch.«

»Dann also ein bisschen unterbelichtet?«

»Sie ist Krankenschwester, und sie spricht zwei Fremdsprachen, also nein.«

»Also was ist dann verkehrt an ihr?«

»Wie schon gesagt, zwischen uns hat es nicht gefunkt. Wir haben uns gut verstanden, aber die Magie, die man bei einem anderen Menschen spüren möchte, war einfach nicht da.«

»Hast Glück gehabt, dass du überhaupt jemanden zum Heiraten gefunden hast, mit deinen ganzen Funken und diesem Unsinn«, sagte Clive. »Glaubst du, ich hätte jemals meine Dot bekommen, wenn ich auf irgendwelche Funken gewartet hätte? Wir sind nur zusammengekommen, weil Freunde von uns miteinander ausgingen, und die wollten einfach jemanden zum Reden dabeihaben. Wir beide hätten uns nicht gleichgültiger sein können. Funken, oder wie auch immer du sie nennen willst, passieren nicht einfach, die macht man sich.«

Clives Worte beschäftigten mich noch den Rest des Tages. Möglicherweise hatte er recht. Bloß weil es zwischen Laura und mir gleich bei unserem ersten Treffen *gefunkt* hatte, musste es nicht zwangsläufig bedeuten, dass es bei Marie ebenso war. Vielleicht war es sogar besser so, denn so hatten wir die Möglichkeit, uns in Ruhe kennenzulernen, ohne die üblichen Schmetterlinge im Bauch.

»Tom, schön dich zu hören«, sagte Marina, als ich sie später am Tag anrief. »Bist du gut nach Hause gekommen?«

»Ja, alles gut«, antwortete ich. »Ich wollte mich nur noch mal für gestern Abend bedanken. Das Essen war großartig.«

»Ich weiß nicht, ob ich mir das Dessert noch einmal antun werde. Dieses ganze Theater für ein Trifle, nein danke. Aber ich freue mich, dass es dir gefallen hat.«

Es entstand eine Pause.

»Und ... äh ... hat es Marie auch gefallen?«

»Ja, ich glaube schon. Sie ist erst ziemlich spät gegangen. Wir haben noch lange über alte Zeiten geplaudert.«

Ich fühlte mich wie ein Schuljunge, der ein Mädchen aus seiner Klasse fragte, ob ihre Freundin ihn mochte. »Und, hat sie mich irgendwie erwähnt?«

»Oh, ich dachte, du wolltest den Abend nicht als Date betrachten.«

»Wollte ich auch nicht. Aber ein Freund hat heute etwas zu mir gesagt, das mich nachdenklich gemacht hat. Also ... hat Marie irgendwas über mich gesagt?«

»Sie hat gesagt, dass sie dich sehr nett fand ...«

»Aber?«

»Die Sache ist, na ja, sie ist im Moment ziemlich beschäftigt.«

»Das ist genau das, was Leute sagen, wenn sie einen abblitzen lassen.«

»Was heißt hier abblitzen? Du hast doch selbst gesagt, dass es kein Date war.«

Jetzt wurde ich hellhörig. Es war eine Sache, dass ich beschlossen hatte, diesen Abend nicht als Date zu betrachten, aber eine ganz andere, wenn sie das Gleiche getan hatte. »Komm schon, Marina, was war so verkehrt an mir, dass sie nach dem ersten Abend wusste, dass sie mich nicht wiedersehen will?«

Mit einem tiefen Seufzer gab Marina sich geschlagen. »Sie hat gesagt, dass an dir im Grunde überhaupt nichts verkehrt ist, okay? Ihre Worte waren: ›Er ist wirklich nett, aber es hat einfach nicht gefunkt.‹«

Dritter Teil

»Niemand liebt den Boten schlimmer Worte.«
Sophokles, *Antigone*

17
Das hier ist nicht mein erstes Rodeo

Tom

Da mein Streifzug in die Welt des Nicht-Datens sich nach dem Abend mit Marie wieder erledigt hatte, beschloss ich, mich auf die Kinder zu konzentrieren, vor allem auf Lola, die dringend ein Erfolgserlebnis brauchte. Obwohl sich bislang noch kein Anzeichen für neue Freundschaften erkennen ließ, weigerte sie sich standhaft, sich davon entmutigen zu lassen, und marschierte jeden Tag tapfer und ohne zu jammern zur Schule. Sie war meine absolute Superheldin. Und als die Nachricht kam, dass es einen Irrtum um den anstehenden historischen Tag der dritten Klasse gegeben hatte, der statt eines viktorianischen vielmehr ein ägyptischer sein sollte, sah ich meine Chance, Lola den Schub zu geben, den sie verdiente.

Wenn man nach Ellie ging, dann waren die historischen Tage von allen Veranstaltungen des Schuljahres die schlimmsten. Es wurde von den Eltern erwartet, dass sie ihre Kinder in der entsprechenden Kostümierung zum Unterricht brachten, je nachdem, welche Epoche gerade thematisiert wurde. Und um einen freundschaftlichen Wettbewerb zu fördern, gab es jeweils einen Klassen- sowie einen Schulsieger für das beste Kostüm des Jahres. Mit Blick auf meine maximal lückenhaften Fähigkeiten, die Probleme meiner Kinder zu lösen, hätte ich es wohl besser wissen müssen, als auf die Idee zu kommen, Lolas Beliebtheit bei ihren Schulkameraden dadurch zu steigern, dass sie den Preis für das beste Kostüm gewann. Doch als ich sie fragte, als was sie sich am Ägypten-Tag verkleiden wollte, und sie antwortete: »Als die hübscheste Prinzessin, die es je gegeben hat«, konnte ich mir nicht helfen. »Und das sollst du sein«, erklärte ich ihr beim Abendessen, als wir mit Evie und Oliver am Tisch saßen. »Ich werde dir das beste Prinzessinnenkostüm basteln, das die Schule je gesehen hat.«

Am nächsten Morgen wachte ich in Erinnerung an mein etwas voreiliges Versprechen völlig schweißgebadet auf. Was für eine Schnapsidee. Ich konnte kaum einen Knopf annähen, wie sollte ich da nur ein Kostüm für eine ägyptische Prinzessin zustande bringen? Ein kurzer frühmorgendlicher Blick ins Internet jedoch zeigte, dass sich eine ganze Industrie dem historischen Tag an britischen Schulen verschrieben hatte, und für die geringe Summe von achtundzwanzig Pfund plus Versandkosten würde ich bis Ende der Woche ein sehr hübsches Kostüm in den Händen halten. Auf dem Weg zur Schule versuchte ich von Lola zu erfahren, was sie von einer solchen Kaufversion hielt. Nicht sehr viel, wie sich herausstellte.

»Aber Mrs Barclay hat gesagt, es ist viel schöner, wenn die Kostüme selbstgemacht sind.«

»Ich denke, das war bestimmt eher eine Art Vorschlag, meinst du nicht? Was, wenn die Eltern von einem Kind nicht besonders gut im Kostümbasteln sind? Es wäre nicht gerade fair, wenn die dann kein Kostüm kaufen dürften, oder?«

Nachdem sie sorgfältig über meine Frage nachgedacht hatte, sagte sie: »Nein, das wäre es nicht.«

»Du wärst also einverstanden, wenn wir eins kaufen?«

Lola schüttelte den Kopf. »Aber ich dachte, du meintest andere Eltern!«

»Meinte ich auch.«

»Gut, denn ich glaube, ich hätte lieber ein selbstgemachtes.

Mum hat mir immer ein Kostüm genäht, und das waren die besten.«

Wenn Lola nicht Laura erwähnt hätte, hätte ich ihr vermutlich gestanden, dass es um meine Versiertheit mit Nadel und Faden nicht besonders gut bestellt war, aber das hier war das Netteste, was sie über Laura gesagt hatte, seit sie sich von ihrem Schrein getrennt hatte. Wenn es ihr half, die Erinnerung an ihre Mum lebendig zu halten, indem ich die Tradition weiterführte, dann hatte ich keine Wahl: Ich musste anfangen zu nähen.

Eine kurze Google-Suche zum Thema »historische Kostüme für Kinder nähen« offenbarte zu meiner Überraschung massenweise Websites, Blogs und YouTube-Videos, die sich diesem Thema widmeten. Es gab Hilfestellungen, wie man aus Fellimitaten und Decken Steinzeit-Kostüme herstellte oder sogar authentisch aussehende Abraham-Lincoln-Bärte, wozu es bloß schwarzer Tinte, Watte und einer leeren Cornflakes-Packung bedurfte.

Ich reduzierte meine Suche auf »Kostüm ägyptische Prinzessin« und stieß schließlich auf einen Blog, in dem ein Kleid beschrieben wurde, das Lola gefallen könnte und das vor allem in der Herstellung einfach genug zu sein schien, sodass auch ich es mir zutrauen konnte. Ich schrieb mir auf, was ich für mein Projekt benötigte, und am nächsten Tag, nachdem ich Lola zur Schule gebracht hatte, machte ich mich auf die Suche. Obwohl es mich vier Stunden und zahlreiche Touren zu den unterschiedlichsten Geschäften in der Umgebung von Reigate kostete, hatte ich am Nachmittag alles zusammen, was ich brauchte: weißes Garn, eine Klebepistole, goldene Sprühfarbe, weißen Stoff, eine goldene Borte, einen Kajalstift und ein Paar goldene Sandalen in Größe 34. Während ich meine Beute auspackte, bereitete meine hyperaktive Fantasie bereits meine Rede zur Aufnahme in den Club der Besten Väter der Welt vor, direkt neben Brad Pitt, David Beckham und Barack Obama. Wie schwer konnte so was schon sein? Ich hatte das Schnittmuster, das Material und genug Zeit. Alles, was ich jetzt tun musste, war, es zusammenzubringen.

Linda

Moira und ich saßen in der Küche und beendeten gerade unser Mittagessen, als Frank zum sechsten Mal in zwei Wochen anrief. »Hi, wer auch immer diese Nachricht abhört. Es tut mir leid, dass ich schon wieder anrufe, aber diese Nummer wurde mir als Kontaktnummer von Linda Wood genannt – Wood ist ihr Mädchenname, und sie hat ihn offenbar nie geändert. Sie ist Englischlehrerin – vermutlich mittlerweile pensioniert –, ursprünglich aus Wetherby in Yorkshire. Ich habe ihr schon ein paar Nachrichten hinterlassen, aber sie scheint sie nicht bekommen zu haben. Wenn Sie wissen, wo ich sie erreichen kann, könnten Sie mich bitte zurückrufen? Es ist wichtig.«

Moira seufzte. »Sieht nicht so aus, als würde er aufgeben, weißt du. Du hast seine Neugier geweckt.«

»Ich wünschte, ich hätte es nicht getan«, antwortete ich. »Ich wünschte, ich hätte niemals einen Fuß in diesen dämlichen Laden gesetzt.«

War es naiv von mir gewesen zu glauben, dass Frank zu seinem Wort stehen würde? Dass er nie eine Familie gründen würde, nachdem er mich, die Frau, die er angeblich geliebt hatte und die mit seinem Kind schwanger war, verlassen hatte, weil er sich nicht hatte »anbinden« lassen wollen? In all den

Jahren hatte ich mir Frank nie mit einer eigenen Familie vorgestellt. Ich hatte mir natürlich ausgemalt, dass er eine hübschere, glamourösere Frau geheiratet hatte. Schließlich war er einer der bestaussehenden und intelligentesten Männer gewesen, denen ich je begegnet war. Oder wenn schon nicht verheiratet, dann hatte ich ihn als ewigen Junggesellen vor mir gesehen, der den Damen das Herz brach, sobald sie ihm zu nahe kamen. Egoistisch genug war er ja. Aber als Vater von zwei jungen Männern, die höchstens zehn Jahre jünger sein konnten als die Tochter, die er nicht hatte haben wollen? Ich hätte es nicht geglaubt, wenn ich es nicht mit eigenen Augen gesehen hätte.

Das war der Grund, warum ich nicht ans Telefon ging. Alle Zweifel, ihn vielleicht doch als etwas Besseres als einen verlogenen und egoistischen Mistkerl zu betrachten, waren verpufft, als ich ihn mit diesen beiden jungen Männern gesehen hatte. Moiras einzige Worte, als ich aus Franks Laden gerannt kam, waren: »Ich wusste, dass er sich nicht verändert hat. Diese Typen ändern sich nie.« Und Desi hatte mich einfach nur in den Arm genommen und gesagt: »Vielleicht ist es am Ende doch am besten so.« Und so hatte ich beschlossen, keinen weiteren Gedanken mehr an Frank zu verschwenden. Doch das war einfacher gesagt als getan, wenn er immer wieder anrief.

»Warum hast du dir nicht einfach irgendeine Nummer ausgedacht?«, schalt Moira, während sie die Teller abräumte.

»Ich habe es dir doch gesagt«, antwortete ich. »Ich konnte nicht mehr klar denken. Er hat darauf bestanden, dass ich ihm meine Nummer gebe, und alle haben mich angestarrt. Was hätte ich denn tun sollen?« Ich sah hinüber zum Anrufbeantworter. Wie lange würde er wohl durchhalten?

»Ich hätte große Lust, mir so eine Tröte zu besorgen, wie

man sie immer bei den Fußballspielen hört«, sagte Moira. »Eine, die richtig laut ist. Und das nächste Mal, wenn er anruft, kriegt er was zu hören!« Sie richtete ihre imaginäre Tröte auf das Telefon. »Hoffentlich hört er noch gut genug, um wenigstens ein paar Nächte lang einen richtig schönen Tinnitus zu haben.«

Ich stützte mich auf die Arbeitsplatte und rieb mir die Augen. Das Ganze lief außer Kontrolle. »Ich weiß nicht ...«

»Du wirst doch nicht weich werden?«

Ich öffnete die Augen und sah, wie Moira mich anstarrte. »Nicht unbedingt weich ... Aber ich weiß einfach nicht, wie lange ich das hier noch durchhalte. Ich bin nach Melbourne gekommen, um mich zu entspannen und die Zeit mit dir zu genießen, und alles, was ich in den letzten Wochen getan habe, ist, darüber nachzudenken, möglichst nicht an Frank zu denken. Das ist doch verrückt. Und gestern Abend hätte er beinahe mein Essen mit Desi ruiniert. Da erzählt mir Desi eine Geschichte aus seiner Vergangenheit, und dann hört er mitten im Satz auf und hält mir vor, dass ich ihm nicht zuhöre. Und er hat recht! Ich habe nicht ein einziges Wort von dem gehört, was er gesagt hat, weil ich die ganze Zeit daran gedacht habe, wie wütend ich auf Frank bin. Zum Glück ist Desi der geduldigste Mann auf dieser Welt, aber auch er hat eine Grenze. Und ich kann mir nicht helfen, aber wenn ich mich mit Frank treffen würde, würde er vielleicht aufhören anzurufen. Dann hätte ich wieder meine Ruhe und könnte ihn wirklich aus meinen Gedanken und meinem Leben verbannen. Und vielleicht endgültig einen Schlussstrich ziehen. Ein für alle Mal.«

»Du meinst das wirklich ernst, nicht wahr?«

Ich nickte. »Ich muss es hinter mich bringen.« Es war wirklich reizend, wie sehr Moira sich bemühte, mich zu beschützen, und es tat gut zu wissen, dass es auf dieser Welt einen Menschen gab, der so überzeugt und entschlossen auf meiner Seite stand. »Ich muss es einfach tun. Als Laura klein war, habe ich immer zu ihr gesagt: Du kannst nicht ewig vor deinen Problemen davonlaufen. Vielleicht ist es an der Zeit, dass ich meinen eigenen Rat befolge.«

Tom

Es war der Abend vor dem Ägyptentag und schon eine Stunde nach Lolas üblicher Schlafenszeit, als sie gähnend in dem Kostüm, das ich für sie genäht hatte, auf dem Küchentisch stand.

»Was denkst du?«, fragte ich Evie, die ihre kleine Schwester beäugte.

Sie stemmte die Hand in die Hüfte, als wollte sie ihre innere Coco Chanel heraufbeschwören, und ließ ihren kritischen Blick über mein Werk gleiten. »Sie sieht aus wie ein Flittchen im Kopfkissenbezug«, erklärte sie. »Alle werden sie auslachen.« Und dann, nur für den Fall, dass ich es nicht gerafft hatte, fügte sie hinzu: »Bitte, Dad, lass sie nicht so zur Schule gehen.«

Offenbar schien sich mein Talent, Fernsehsendungen zu produzieren, Regale aufzuhängen und Songtexte aus den Achtzigern zu rezitieren, nicht darauf zu erstrecken, die schrittweisen Nähanleitungen im gedehnten Amerikanisch von Hausfrauen und Müttern aus dem Mittleren Westen zu befolgen. Evie hatte recht. Meine Bemühungen, Lola wie eine Prinzessin aussehen zu lassen, hatten sie in ein Flittchen im Kopfkissenbezug verwandelt. Nichts an diesem Kostüm schien zu stimmen. An zahlreichen Stellen klafften Löcher, wo die Nähte wieder aufgegangen waren, die Goldborte war krumm und schief, und überall waren Kleberflecken. Selbst die Sandalen, die ich gekauft hatte, waren eine Nummer zu klein.

Lola, tapfer und loyal wie immer, war sehr viel freundlicher in ihrer Kritik meiner Nähkünste als ihre Schwester. »Es sieht überhaupt nicht aus wie ein Kopfkissen, Daddy. Ich finde es schön.«

»Das ist wirklich nett von dir, Lo«, sagte ich und half ihr vom Tisch herunter. »Aber ich fürchte, das ist der Moment, in dem wir uns geschlagen geben müssen.«

Ihre Unterlippe zitterte, und die Tränen quollen ihr aus den Augen. »Aber Mrs Barclay hat gesagt, alle müssen ein Kostüm tragen! Ich will nicht die Einzige in der Klasse sein, die keins hat!«

Ich konnte es kaum ertragen. Ich nahm sie in den Arm und versprach ihr, dass alles gut werden würde. »Keine Sorge, Süße«, versicherte ich ihr. »Überlass das nur mir. Ich werde eine Lösung finden.«

»Aber wie?«

»Sie hat recht, Dad«, sagte Evie, was nicht sehr hilfreich war. »Wie genau willst du das anstellen? Du weißt schon, dass es keinen Elfenzauber gibt, oder?«

Die Uhr an der Wand über Evies Kopf zeigte Viertel nach neun. Alle Geschäfte in Reigate und Redhill hatten bereits geschlossen, und es war zu spät, um etwas über Nacht im Internet zu bestellen. Ich brauchte ein Wunder.

»Zerbrecht euch mal nicht meinen Kopf«, sagte ich und scheuchte die beiden ins Bett. »Seid ganz beruhigt: Daddy macht das schon.«

Meine erste Anlaufstation war mein Handy. Als ehemaliger TV-Produzent musste ich doch genug Leute kennen, die vielleicht Kostümdesigner kannten, und ich brauchte nur eine einzige Person, die Zeit hatte und bereit war, uns zu retten. Doch als ich auch nach einer Stunde am Telefon noch immer keine brauchbare Spur hatte, half nur noch querdenken – was mich über Frans Visitenkarte stolpern ließ, die sie mir bei unserer ersten Begegnung gegeben hatte. Es war nicht mehr als ein Strohhalm, nach dem ich griff, denn nur weil sie in einem Bereich kreativ war, bedeutete das nicht, dass sie es auch in einem anderen sein würde, aber selbst wenn sie keine Ahnung von Kostümen hatte, dann bestand doch zumindest die Chance, dass sie jemanden kannte, der mir gegen einen entsprechenden finanziellen Anreiz so kurzfristig aus der Misere helfen könnte. Schnell tippte ich eine kurze Nachricht – »Brauche Hilfe. Ziemlich dringend. Können Sie sprechen?« –, und kaum eine Minute später klingelte mein Handy.

»Tom? Was ist los? Ist alles in Ordnung?«

»Kurz gesagt: Nein. Ich weiß, es ist ein Schuss ins Blaue, aber können Sie zufällig nähen oder kennen jemanden, der es kann und mir heute Abend helfen könnte?«

»Sie meinen Kleider und so?«

»Um genau zu sein, meine ich ein Kostüm für eine ägyptische Prinzessin.«

Meine Ohren füllten sich augenblicklich mit Frans lautem Lachen. Sie amüsierte sich köstlich. »In was für eine Bredouille haben Sie sich denn jetzt manövriert?«

»Sagen wir einfach, ich habe mich ein bisschen zu weit aus dem Fenster gelehnt und meiner jüngsten Tochter versprochen, ihr ein Kostüm zu nähen, und jetzt muss ich es ausbaden. Ich brauche bis morgen früh ein Kostüm. Kennen Sie zufällig irgendjemanden, der mir da aushelfen könnte?«

»Heute ist Ihr Glückstag, Tom Hope. Ich habe selbst schon mal ein bisschen mit Nadel und Faden rumdilettiert, vielleicht kann ich Ihnen ja helfen. Haben Sie alles da, was wir brauchen?«

»Wie es scheint, habe ich sogar viel zu viel.«

»Sehr gut«, sagte Fran. »Das klingt, als hätten wir noch eine lange Nacht vor uns. Setzen Sie schon mal Teewasser auf, ich komme, so schnell ich kann.«

Es war kurz nach elf, als Fran vor der Tür stand. Sie trug einen dicken Wintermantel und in jeder Hand eine große Kunststoffkiste. Zwischen ihren Füßen stand eine Nähmaschine in einer Tragebox. Sie sah anders aus als beim letzten Mal. Ihre Haare waren kürzer, und wenn ich es richtig erkannte, dann hatte sie auch ihr Make-up geändert, denn aus irgendeinem Grund konnte ich einfach nicht aufhören, ihr in die Augen zu sehen.

»Alles in Ordnung? Sie wirken ein wenig abwesend.«

»Das müssen die Auswirkungen tagelanger Internetrecherche auf der Suche nach einem ägyptischen Prinzessinnenkostüm sein«, antwortete ich scherzhaft, um mein Starren zu überspielen. »Wenn ich das noch mal machen muss, laufe ich wahrscheinlich für den Rest meiner Tage mit diesem Blick durch die Gegend.«

Sie lachte, und ich atmete erleichtert auf, während ich ihr half, die Ausrüstung ins Haus zu tragen.

»Haben Sie genug Zeug mitgebracht?«

»Ehrlich gesagt, habe ich noch mehr dabei.« Sie winkte mir, ihr zu ihrem Auto zu folgen, wo drei Rollen Stoff, zwei weitere Kisten und mehrere große Supermarkt-Kunststofftragetaschen voll »Zeug« im Kofferraum warteten.

»Als Sie erwähnten, dass Sie schon mal mit Nadel und Faden ›dilettiert‹ hätten, meinten Sie das ironisch, nicht wahr?«, bemerkte ich und stapelte die letzte Ladung von ihrem »Zeug« auf den Küchentisch.

»Sagen wir einfach«, begann Fran und hielt Lolas Kostüm hoch, um es mit einem raschen Blick zu eruieren, »das hier ist nicht mein erstes Rodeo.«

Wie ich bald erfuhr, hatte Fran nicht nur Textilarbeit in ihren A-Levels belegt, sie hatte auch zwei Jahre hintereinander den Preis für das beste selbstentworfene und selbstgenähte Kleid gewonnen. »Eine Zeitlang habe ich mir eingebildet, ich könnte die nächste Vivienne Westwood werden«, erklärte Fran, während sie ihre Nähmaschine auf dem Küchentisch aufbaute. »Dann habe ich einen Sommerkurs an der Uni belegt, und die ganzen Modetypen waren so was von eingebildet, dass ich mich entschieden habe, lieber Bildende Kunst zu studieren. Ich habe es nie bereut. Die Modewelt scheint mir immer ein bisschen zu heftig für meinen Geschmack.«

Als Fran ihre gesamte Ausrüstung aufgebaut hatte, zeigte ich ihr auf meinem Laptop ein paar der Kostüme, die ich rausgesucht hatte. Sie fand sie allesamt hässlich, also nahm sie mir den Laptop ab und begann, nach Alternativen zu suchen.

»Wenn Sie möchten, dass Lola den Wettbewerb gewinnt, dann wollen Sie so was hier.« Sie drehte den Bildschirm zu mir um und zeigte auf ein Kostüm, das aussah wie aus einem Film.

»Lola wäre hin und weg«, sagte ich. »Aber das schaffen wir doch niemals bis morgen früh.«

Fran lächelte. »Klingt nach einer Herausforderung. Sie kümmern sich um den Tee, und ich schau mal, was meine Zauberkünste so hergeben.«

Neben meiner Verantwortung für den Teenachschub ging ich Fran zur Hand, wo ich konnte, während sie ein komplett neues Kostüm zuschnitt und anfing, die einzelnen Teile zusammenzusetzen. Sehr bald wurde allerdings deutlich, dass meine Bemühungen, ihr zu helfen, sie eher ausbremsten, und so übertrug sie mir einzig die Aufgabe, den Tee fließen zu lassen und hin und wieder etwas zu halten oder zu reichen. Es war fantastisch, ihr bei der Arbeit zuzusehen und zu beobachten, wie die einzelnen Stoffstücke allmählich Form annahmen und sich dem Bild auf dem Laptop annäherten. Um kurz nach halb drei und unzählige Tassen Tee später nähte Fran schließlich das letzte Band an den Halsausschnitt von Lolas Kostüm, stand mit einer ausladenden Geste auf und erklärte: »Und so näht man ein ägyptisches Kostüm in nicht einmal vier Stunden!«

Sie hielt es hoch, damit ich es betrachten konnte. Das Kleid hatte nicht nur eine Schleppe, die mit einer Reihe steinchenbesetzter Armbänder verbunden war, nein, Fran hatte auch noch einen Kragen, Stirnband und Gürtel genäht und einen alten Besenstiel mit Goldfarbe besprüht, sodass Lola ihn als goldenen Stab benutzen konnte. In einem Wort, es war atemberaubend. Lola war der Preis für das beste Kostüm sicher. Ich würde für den Rest meines Lebens in Frans Schuld stehen.

»Lola wird ausrasten vor Freude. Ich weiß gar nicht, wie ich Ihnen danken soll. Was immer Sie wollen – Kreditkarte, Haus, Niere –, Sie brauchen es nur zu sagen, und es gehört Ihnen.«

Fran lachte. »Betrachten Sie es als Entschädigung für unsere erste Begegnung. Ich bekomme immer noch Schweißausbrüche, wenn ich daran denke, wie ich über Sie hergefallen bin. Sie müssen mich für vollkommen verrückt gehalten haben.«

»Ehrlich gesagt, fand ich es eigentlich ziemlich beeindruckend, wie Sie sich um Ihren Großvater gekümmert haben. Nicht dass er irgendjemanden bräuchte, der sich um ihn kümmert, aber es war trotzdem nett.«

Nachdem das Kostümwunder vollbracht war, begannen wir, ihre Utensilien wieder zusammenzupacken und zum Auto zu tragen. Als sie mit dem Arm voll Tüten und Kisten am Wohnzimmer vorbeikam, blieb sie plötzlich stehen, als hätte irgendetwas darin ihre Aufmerksamkeit erregt.

»Das ist wunderschön«, sagte sie. Ich trat zu ihr und sah, dass sie das große gerahmte Foto über dem Kamin meinte. Es war eine Schwarz-Weiß-Aufnahme einer Baumreihe auf einem Hügel, die beinahe wirkte wie eine Armee, die in den Krieg zog. Es war eines der ersten Fotos von Laura gewesen, nachdem sie den neuen Kurs an der Universität begonnen hatte, in dem Jahr vor ihrem Tod.

»Das ist eins von Lauras Bildern«, sagte ich.

»Sie hatte offensichtlich großes Talent.«

»Ja, das hatte sie«, antwortete ich. »Deshalb habe ich sie auch ermutigt, zurück an die Uni zu gehen, als Lola in die Schule kam. Zuerst wollte sie eigentlich gar nicht, aber als sie einmal angefangen hatte, war es, als hätte sie einen Teil von sich wiederentdeckt, den sie vergessen hatte.«

Es war nach drei, als wir die letzten Sachen in Frans Wagen verstaut hatten. Die Straße lag still da. Der Himmel war klar, nur ein paar einzelne Wolkenfetzen zogen vor dem Mond vorüber. Wäre es nicht so eisig gewesen, hätte man es sogar als eine schöne Nacht bezeichnen können.

»Sie sollten wieder reingehen«, sagte Fran und zog den Reißverschluss ihres Mantels hoch. »Wenn Sie noch länger hier draußen rumstehen, holen Sie sich noch den Tod.«

»So kalt ist es gar nicht«, log ich und unterdrückte ein Bibbern. »Und ich wollte mich noch bei Ihnen bedanken. Es gibt nicht viele Menschen, die mitten in der Nacht auf Kostüm-Rettungs-Mission ausrücken. Sie haben etwas gut bei mir.«

»Keine Ursache, wirklich«, sagte Fran. »Außerdem sind Sie so nett zu meinem Großvater, da war es das Mindeste, was ich tun konnte. Seit er Sie kennt, ist er ein ganz anderer Mensch.«

»Das bezweifle ich. Ich kann mir nicht vorstellen, dass Ihr Großvater sich ändern könnte, selbst wenn er es wollte. Er ist der Paradetyp des unbeweglichen Objekts.«

»Das könnte man denken, aber ich weiß, was ich gesehen habe. Er wirkt in letzter Zeit einfach so viel optimistischer. Hat er Ihnen von seinen Plänen für seinen Geburtstag erzählt?«

Bei unserem letzten Treffen hatte Clive erklärt, alles, was er sich zu seinem bevorstehenden achtzigsten Geburtstag wünsche, sei ein Picknick im Hyde Park mit den Mädchen, mir und Fran. Offenbar war das so etwas wie eine Familientradition.

»Als Nan noch lebte, haben sie es ständig gemacht«, sagte Fran. »Aber nach ihrem Tod hat er erklärt, er will das nicht mehr. Doch kaum treten Sie in sein Leben, ist es das Einzige, wovon er spricht. Sie werden doch kommen, oder?«

»Das würde ich mir niemals entgehen lassen«, antwortete ich. »Außerdem beruht es auf Gegenseitigkeit. Clive hat mir sehr geholfen.«

»Er wird sich freuen, das zu hören«, sagte Fran. »Wissen Sie, er macht sich Sorgen um Sie.«

»Clive macht sich Sorgen um mich? Das kann ich mir kaum vorstellen.«

»Er würde es Ihnen gegenüber nicht zugeben, aber er hat es mal erwähnt. Er glaubt, dass Sie immer noch Probleme haben ... Sie wissen schon, dass Sie zu jung sind, um das Leben abzuhaken, so wie er. Ich glaube, seine Worte waren: ›Der Kerl ist noch nicht völlig am Boden, ich sag's dir.‹«

Als wir gemeinsam darüber lachten, beging ich den Fehler, Fran wieder in die Augen zu sehen. Sie war so warmherzig, witzig und charmant, und ich stand so komplett in ihrer Schuld; und dieser Moment – mitten in der Nacht hier draußen unter dem leuchtenden Vollmond – schien die perfekte Begleitung für einen ersten Kuss, von dem man noch seinen Enkeln erzählt, wenn man alt und grau ist. Und ich war mir sicher, dass sie dasselbe fühlen musste wie ich, weil sie ebenso tief in meine Augen zu blicken schien wie ich in ihre. Ich wollte sie wirklich küssen. Ich wusste, dass es mich glücklicher machen würde, als ich mich seit langer Zeit gefühlt hatte, und ich zweifelte keine Sekunde daran, dass dieser Kuss genauso sein würde, wie ich ihn mir wünschte. Aber gleichzeitig konnte ich die Tatsache nicht ignorieren, dass sie einen Freund hatte. Und dass ein solcher Kuss mit Sicherheit zu Problemen führen würde. Sie würde es wahrscheinlich bereuen. Und noch während ich zu diesem Ergebnis kam, schlang ich schon einen Arm um ihre Taille und zog sie an mich, und sie erwiderte meinen Kuss so stürmisch, wie ich es nicht zu hoffen gewagt hatte. Doch im nächsten Augenblick war es vorbei, und ein einziger Blick in ihre Augen sagte mir, dass es nicht noch einmal geschehen würde. Ohne ein Wort zu sagen, drückte sie ihre Lippen auf meine Wange, stieg in ihr Auto und fuhr davon.

18
Du bist mit einem Achtzigjährigen befreundet?

Tom

Am nächsten Morgen wurde ich von einem lauten Schreien aus der Küche geweckt. Noch im Halbschlaf rannte ich mit Evie auf den Fersen die Treppe hinunter, nur um zu hören, wie das Schreien sich in ein Lachen verwandelte, das sehr nach Lola klang. Als wir in die Küche kamen, stand sie da und hielt ihr Kostüm in die Luft. Sie wandte sich um und sah mich schuldbewusst an.

»Ich bin früh aufgewacht und konnte nicht mehr schlafen, und deshalb bin ich runtergegangen, um nach meinem Kostüm zu sehen, und Daddy, es ist so schön! Ist das wirklich für mich?«

»Wieso ziehst du es nicht an und findest es heraus?«, sagte ich.

Sie schlüpfte aus ihrem Schlafanzug und zog sich das Kostüm über den Kopf. Ich half ihr noch mit dem Kragen und dem Umhang, dann drehte sie sich einmal um sich selbst. Es war perfekt.

»Ich muss schon sagen, Dad, das ist echt beeindruckend«, sagte Evie. »Aber selbst ich kann sehen, dass du das niemals allein gemacht hast. Wie hast du das hingekriegt?«

»Ich hatte ein bisschen Hilfe.«

»Von wem?«

Ich tippte mir mit einer bewusst nervigen Geste an die Nase. »Du hast dich wohl getäuscht, was die Elfen angeht.«

Evie zuckte die Achseln. »Ist auch egal«, sagte sie und lächelte, als Lola die Treppe hochstürmte, um sich im großen Spiegel oben im Flur zu betrachten. »Wie auch immer du das hingekriegt hast, Dad, es ist auf jeden Fall ein Sieg auf ganzer Linie.« Sie drückte mir einen Kuss auf die Wange. »Gut gemacht.«

Mein »Daddy-Sieg« zahlte sich während unserer gesamten allmorgendlichen Rushhour aus. Während des Frühstücks hielt Lola immer wieder mit dem Löffel voll Shreddies auf halbem Weg zu ihrem Mund inne und plapperte aufgeregt über ihr Kostüm. Auf dem Weg zur Schule kamen wir an Pharaonen, Kleopatras, Tutanchamuns, Mumien und sogar einigen Pyramiden vorbei, und alle, ohne Ausnahme, baten Lola kurz stehen zu bleiben, damit sie ihr Kostüm bewundern konnten. Ich glaube nicht, dass ich sie jemals so stolz erlebt hatte.

»Dad«, flüsterte sie mir ins Ohr, als wir auf dem Schulhof standen und auf das Läuten der Glocke warteten. »Alle finden mich toll.«

»Weil du *toll bist*, Süße«, antwortete ich und zwang mich, sie nicht anzusehen. Das Letzte, was sie jetzt brauchte, war ein Vater mit Tränen in den Augen. »Und das warst du immer. Die anderen Kinder haben nur eine Weile gebraucht, um es zu erkennen.«

Nachdem der Unterricht begonnen hatte, unterhielt ich mich noch eine Weile mit ein paar der anderen Eltern, die wissen wollten, woher ich dieses Kostüm hatte, und als es mir endlich gelang, mich loszueisen, fing Ellie mich ab.

»Der Schulfunk flüstert, dass Lola gute Chancen auf den Preis für das beste Kostüm hat.«

»Darauf würde ich mich mal nicht verlassen. Aber ich freue mich, dass sie sich freut.«

»Wie hast du das hingebogen?«

»Ich hatte Hilfe. Eine Bekannte ist gestern Abend noch vorbeigekommen und hat den größten Teil der Arbeit gemacht. Sie ist unglaublich.«

»Eine Bekannte?« Ellie zog die Augenbrauen hoch.

»Nun, eigentlich ist Fran die Verwandte von einem Freund.«

Ellie lachte. »Einen Moment lang dachte ich doch glatt, du hättest dir eine neue Freundin angelacht.«

Es war eine so unpassende Bemerkung, zumal sie den leicht vorwurfsvollen Ton trotz ihres Lachens nicht ganz überspielen konnte, dass ich erst einmal gar nichts sagte, und zum Glück schien Ellie das gespürt zu haben, denn sie sah auf ihre Uhr und erklärte: »Jedenfalls bin ich froh, dass es geklappt hat. Ich muss mich beeilen, aber wie wäre es mit einem Kaffee irgendwann diese Woche?«

Wenn sie sich nicht so merkwürdig verhalten hätte, hätte ich vermutlich zugestimmt, aber so beschloss ich auszuweichen und erklärte, dass ich aktuell nichts sagen könne und mich bei ihr melden würde.

»Natürlich«, antwortete sie mit einem schmalen Lächeln. »Ich muss jetzt los, aber ich freue mich, wenn es klappt.«

Auf dem Weg nach Hause dachte ich über Ellies Kommentar nach. Hatte sie es aus irgendeinem deplatzierten Gefühl der Loyalität Laura gegenüber gesagt? Was auch immer dahintersteckte, irgendwie hatte sie eine Grenze überschritten. Ich grübelte immer noch über Ellie nach, als ich an unserem Gartentor ankam und Fran vor der Haustür stehen sah.

»Ich hatte schon befürchtet, dass du den ganzen Tag unterwegs bist.«

»Entschuldige«, antwortete ich. »Lolas Kostüm war so ein Hit, dass ich kaum vom Schulhof wegkam. Solltest du jemals deinen Job in der Agentur aufgeben, um Kinderkostüme zu nähen, garantiere ich dir, du wirst ein Vermögen machen.«

Fran lachte. »Also hat es gepasst? Ich habe mir die halbe Nacht Sorgen gemacht, weil ich es ja nicht anpassen konnte. Fast hätte ich heute Morgen angerufen und wäre noch mal vorbeigekommen, um sicherzugehen, dass alles sitzt.«

»Das hättest du gern tun können.«

»Ich weiß«, antwortete sie und blickte zu Boden. »Aber ich dachte, es wäre besser, es nicht zu tun.«

Sie sprach ganz offensichtlich von gestern Abend. Aber weniger offensichtlich war, was genau sie meinte. Bereute sie unseren Kuss oder hoffte sie, wie ich, dass es wieder passieren würde? Je länger ich sie ansah, desto überzeugter war ich, dass sie es bereute. Sie war seit Jahren mit ihrem Freund zusammen, und mich kannte sie erst seit ein paar Wochen. Ich weiß nicht, mit wem von uns beiden ich mehr Mitleid hatte – mit mir selbst, der ich mir doch tatsächlich eingebildet hatte, eine Chance bei ihr zu haben, oder mit Fran, der die wenig beneidenswerte Aufgabe zukam, mir möglichst schonend beizubringen, dass zwischen uns nichts lief.

»Ich weiß, was du jetzt sagen willst«, sagte ich eilig in dem Versuch, ihr die Peinlichkeit zu ersparen, die uns bevorstand. »Und ich möchte mich bei dir entschuldigen. Was du gestern Nacht für mich getan hast, war einfach unglaublich, und ich hätte mich niemals dazu hinreißen lassen dürfen, dich einfach zu küssen.«

Fran lachte. Womit ich jetzt nicht gerechnet hatte. »Und ich habe gedacht, ich wäre diejenige gewesen, die sich hat hinreißen lassen.« Sie lächelte. »Ich habe nicht nur die ganze Nacht wach gelegen, weil ich mir Sorgen wegen Lolas Kostüm gemacht habe. Ich habe mir auch Sorgen gemacht, dass ich die Situation ausgenutzt haben könnte. Deswegen bin ich auch so schnell verschwunden. Nachdem wir uns geküsst haben, konnte ich nur noch daran denken, dass ich dich jetzt auch noch in mein ganzes Drama hineinziehe.«

»Du meinst deinen Freund?«

»Wenn man ihn als solchen überhaupt bezeichnen kann.«

»Als was würdest du ihn sonst bezeichnen?«

Fran zog die Nase kraus und überlegte. »Als schlechten Deal?«, sagte sie schließlich.

Ich kam nicht mehr mit. »Ich habe keine Ahnung, wovon du sprichst.«

Fran seufzte und setzte sich auf die Stufen, und weil es sich komisch anfühlte, vor ihr stehen zu bleiben, tat ich es ihr gleich.

»Es ist so«, begann sie. »Es heißt doch immer, dass man seine Bank, den Stromanbieter oder den Internet- oder Fernseh-Provider alle paar Jahre wechseln soll, um einen besseren Deal zu bekommen. Aber am Ende tut man es nie, weil es ein Riesendrama ist, das alles auseinanderzuklamüsern. Na ja, und genauso ist es im Grunde mit Johnny und mir: Er ist wie ein überteuerter, schlechter Anbieter, und ich bin der Trottel, der ihm nicht kündigt, weil es mehr mentale Energie kosten würde, als ich zu haben glaube.«

»Und was bedeutet das für uns?« Es schien mir eine gute Frage zu sein, doch sobald sie aus meinem Mund war, wünschte ich, sie wieder zurücknehmen zu können. Es klang zu endgültig dafür, dass eigentlich ja gar nichts passiert war, als müsste sie sich zwischen mir, den sie gerade mal seit fünf Minuten kannte, und Johnny, mit dem sie seit Jahren zusammen war, entscheiden.

»Es ist vermutlich das Beste, wenn wir einfach Freunde sind«, sagte Fran.

»Oh, okay«, antwortete ich, unfähig, meine Enttäuschung zu verbergen. »Ehrlich gesagt, hatte ich darauf gehofft, du würdest jetzt sagen, dass es an der Zeit ist, dir einen besseren Deal zu suchen. Vielleicht ist ja gerade ein ganz guter auf dem Markt.«

»›Ganz gut‹ trifft es nicht mal annähernd«, sagte Fran und ließ wie nebenbei die Arme sinken, sodass ihre Hand direkt neben meiner auf der Treppenstufe landete. »Ich habe von einem Deal gehört, bei dem es buchstäblich verrückt wäre, ihn sich entgehen zu lassen.«

»Und wieso greifst du nicht zu?«

»Das ist die Eine-Million-Pfund-Frage«, sagte Fran. »Und ich fürchte, ich habe darauf keine Antwort.«

Sosehr ich sie mochte, es schien nicht viel Sinn zu machen, diese Sache weiterzutreiben und uns noch mehr in Verlegenheit zu bringen, und doch konnte ich es noch nicht ganz lassen. »Und du bist dir ganz sicher?«

Fran nickte. »Ich würde so gern etwas anderes sagen können, aber zumindest im Moment bin ich mir sicher. Es tut mir leid, Tom, wirklich.«

»Vermutlich ist es das Beste«, antwortete ich. »Du weißt ja, wie es mit diesen Deals meistens ist. Auf den ersten Blick sehen sie gut aus, bis man das Kleingedruckte liest.« Ich reichte ihr meine Hand. »Freunde?«

»Unbedingt.« Wir standen auf, und sie nahm mich fest in die Arme. Dann sah sie auf: »Also sehen wir uns nächste Woche zu Großvaters Geburtstag?«

»Aber klar«, antwortete ich mit einem seltsamen Gefühl, als würde ich schweben und als hätte man mir gleichzeitig die Luft rausgelassen. »Wie gesagt, das würde ich mir niemals entgehen lassen.«

Linda

Manche Momente im Leben sind so bedeutend, dass sie etwas Surreales, Traumhaftes haben. Lauras Geburt war so ein Moment. Nach neun Monaten voller Planen und Warten schien es grotesk, dass ich sie endlich in den Armen halten würde, ihr in die Augen sehen und die Wärme ihrer Haut spüren könnte. Es war alles zu unwirklich. Frank nach vierzig Jahren wieder an einem Tisch gegenüberzusitzen, gehörte ohne Zweifel ebenfalls in diese Kategorie. Ich rechnete fest damit, jede Sekunde schweißgebadet aufzuwachen.

»Ich kann einfach nicht glauben, dass das hier wirklich geschieht«, sagte Frank, als hätte er meine Gedanken gelesen. »Sieh mich nur an.« Er hob seine Hände, und tatsächlich zitterten sie. »Ich bin fix und fertig. Ich sage dir, ich konnte es einfach nicht glauben, als du in meinen Laden spaziert bist, Linda. Sobald ich dich gesehen habe, wusste ich, dass du es warst, aber ich habe mir immer wieder gesagt: Das kann nicht sein. Es ergab einfach keinen Sinn. Ich war überzeugt, dass ich einen Herzinfarkt habe und du eine Halluzination bist. Und dann warst du so schnell wieder verschwunden. Wenn ich nicht den Zettel mit deiner Nummer in der Hand gehabt und die Jungs dich nicht mit eigenen Augen gesehen hätten, ich bezweifle, dass ich es wirklich geglaubt hätte. Ich kann dir gar nicht sagen, wie sehr ich mich freue, dich zu sehen, Linda. Ich habe in meinem Leben viele Dinge getan, die ich bereue und für die ich mich bis heute schäme, aber das Schlimmste war, wie ich dich damals behandelt habe. Niemand hat das verdient, und ganz sicher nicht du.«

Während ich da saß und Frank zuhörte, aus dessen Stimme sämtliche Spuren seiner englischen Herkunft verschwunden und von einem australischen Akzent ersetzt worden waren, wurde mir bewusst, dass ich ein Leben lang auf diese Entschuldigung gewartet hatte. Doch jetzt, wo es so weit war, fühlte ich gar nichts. Überhaupt nichts. Er hätte genauso gut Kinderreime aufsagen können, es hätte keinen Unterschied gemacht.

»Es ist sehr anständig von dir, das zu sagen, Frank, aber ich bin nicht hergekommen, weil ich eine Entschuldigung erwartet habe.«

»Oh, natürlich. Du hast recht. Du hast mir sicher eine Menge zu sagen. Immerhin hattest du vierzig Jahre Zeit.«

Eine wahre Sturzflut der Empörung ließ meine rechte Augenbraue nach oben schießen. Die Arroganz dieses Mannes machte mich wütend. »Wenn du glaubst, du wärst so wichtig gewesen, dass ich vierzig Jahre lang Anschuldigungen gegen dich gesammelt hätte, dann täuschst du dich aber gewaltig. Ich habe mir nicht eine Sekunde lang gewünscht, du würdest zurückkehren, Frank Smith. Du warst die Energie und die Tränen gar nicht wert.«

»So habe ich es nicht gemeint«, sagte er schnell. »Ich meinte bloß ... Ich weiß nicht ... Vielleicht sollte ich einfach den Mund halten und zuhören.«

»Das würde dir gefallen, was?« Ich spürte, wie die Wut in mir brodelte. »Hier zu sitzen und mir zuzuhören, während ich schimpfe und mich beklage, was für ein schlechter Mann du doch warst, mich damals so schäbig zu behandeln. Und dann was? Dann stehst du einfach auf und gehst und fühlst dich ein oder zwei Tage schlecht, bevor du einfach so weitermachst wie bisher?«

»Ich weiß nicht, was du von mir hören willst, Linda.«

»Nein, du hast keine Ahnung, nicht wahr? Jedenfalls nicht, nachdem du dir kurzerhand eine eigene Familie zugelegt hast, obwohl du mir mehr als deutlich zu verstehen gegeben hast, dass das das Letzte ist, was du willst! Wie alt ist dein ältester Sohn jetzt? Dreißig? Einunddreißig?«

Frank schluckte, und Schuldbewusstsein verschleierte seinen Blick. »Sechsunddreißig.«

»Sechsunddreißig?« Mein Blut kochte. »Er ist sechsunddreißig?« Ich bemühte mich verzweifelt, Sinn in das Gehörte zu bringen. Aber egal, wie oft ich nachrechnete, das Ergebnis blieb dasselbe. »Nur damit ich das richtig verstehe: zwei, drei Jahre nachdem du mich schwanger hast sitzenlassen, bist du losgezogen, und Ehefrau und Kind waren plötzlich kein Problem mehr? Was bist du nur für ein Mensch?«

»Ich weiß, wie das klingt, Linda, glaub mir, aber so war es nicht. Ich war jung und naiv, als wir zusammen waren, und als du mir gesagt hast, dass du schwanger bist, sah ich plötzlich meine ganze Zukunft in Stein gemeißelt vor mir liegen, und ich hatte einfach eine Scheißangst und bin abgehauen.«

»Und wie, glaubst du, habe ich mich damals gefühlt? Hast du nie daran gedacht, dass ich vielleicht auch eine Scheißangst hatte? Dass ich vielleicht auch am liebsten weggelaufen wäre? Oder hast du geglaubt, du wärst der Einzige mit Hoffnungen und Plänen?«

»Ich weiß nicht, was ich gedacht habe, ehrlich, ich weiß es nicht. Alles, was ich wusste, war, dass ich wegmusste.«

»Und wohin?«

»Zuerst nach St Albans – Verwandte von mir haben dort gelebt – und dann nach London.«

»Und dann hast du eine andere Frau getroffen?«

Frank nickte. »Sie war auch eine Lehrerin, an einer Schule in Kilburn. Ihr Vater kam aus Australien, sie hatte die doppelte Staatsbürgerschaft. Und als sie nach einem Jahr gesagt hat, sie würde nach Melbourne auswandern, habe ich mich entschieden mitzugehen.«

»Und ihr seid immer noch zusammen?«

»Wir haben uns vor fünfzehn Jahren scheiden lassen – unsere Ehe war nie wirklich gut. Sie ist mittlerweile wieder verheiratet und lebt in Wallington, nicht weit von meinem jüngsten …«

»Sie ist tot.«

Den ganzen Vormittag lang hatte ich überlegt, wie ich Frank von Laura erzählen sollte, aber ich hatte nicht gedacht, dass es so passieren würde. Frank sah mich verwirrt an.

»Ich kann dir nicht ganz folgen. Wer ist tot?«

»Unsere Tochter«, antwortete ich. »Die du im Stich gelassen hast. Die ich allein großgezogen habe. Sie ist … bei einem Autounfall gestorben. Ihr Name war Laura Elizabeth Wood. Sie wurde am 4. August 1974 um 14.32 Uhr im St Margaret's Hospital geboren und wog 2948 Gramm. Als ich ihr zum ersten Mal in die Augen sah, waren sie erfüllt mit Licht und Liebe, und so blieben sie, während sie zu einer leidenschaftlichen, warmherzigen und liebevollen jungen Frau herangewachsen ist. Ich habe sie so sehr geliebt. Sie war achtunddreißig, als sie starb, die Mutter von zwei Mädchen – die beiden sind jetzt vierzehn und acht und die tollsten Mädchen unter der Sonne. Und keine von ihnen braucht oder will dich in ihrem Leben. Also, um deine Frage zu beantworten, die Tochter, die wir beide gezeugt haben, ist tot, und ich habe keine Ahnung, warum, aber ich dachte, du solltest es wissen.«

Tom

Es war der zweite Samstag im Mai, der Morgen von Clives Geburtstag, und die Kinder und ich standen vor seinem Gartentor und verstrickten uns in eine kleine Diskussion.

»Sind wir mit ihm verwandt oder so?«, fragte Lola.

»Nein«, antwortete ich. »Er ist einfach ein Freund von mir.«

»Aber du hast gesagt, er wird achtzig?«

»Ja, das stimmt.«

»Du bist mit einem Achtzigjährigen befreundet?«

Ich ahnte, wo das hinführen würde, und versuchte ihr von vornherein den Wind aus den Segeln zu nehmen. »Ich bin mit vielen Menschen befreundet. Deren Alter interessiert mich dabei nicht.«

»Vielleicht sollte es das aber«, sagte Evie. »Denn achtzig ist wie eine Million Jahre alt. War er noch im Krieg?«

»Damals war er noch ein kleiner Junge, also nein.«

»Und du hast gesagt, er hat eine Enkelin?«, fragte Lola.

»Sie heißt Fran.«

»Ist sie so alt wie wir?«

»Nein, sie ist älter.«

»Also ist sie so alt wie du?«

»Nicht ganz.«

»Und sie hat mein ägyptisches Kostüm genäht?«

»Ja, das hat sie.«

»Ich habe damit den Preis für das beste Kostüm gewonnen.«

»Ich weiß, Süße. Könnten wir jetzt vielleicht die Fragerunde beenden und reingehen?«

Während wir den Weg zu Clives Haustür entlangliefen, fiel mir auf, dass die Kinder selbst in ihrer nörglerischsten Stimmung nicht in der Lage waren, mir die gute Laune zu verderben. Und die kam nicht nur daher, dass Lola seit dem Kostümtag vor einer guten Woche nicht nur eine, sondern gleich zwei Freundinnen zu Besuch gehabt hatte, oder daher, dass es mir gelungen war, Clive ein halbwegs anständiges Geburtstagsgeschenk zu besorgen – ein Essen in London (keine Bacon-Sandwiches erlaubt), gefolgt von Studiokarten für die BBC-Sendung *Question Time* (die Vorstellung, dass ein ahnungsloser Politiker in ein Studio marschierte, in dem Clive unter den Zuschauern saß, war einfach unwiderstehlich) –, oder daher, dass ich letzte Woche beim Wechseln von Lolas Bettwäsche Lauras Schuhkarton-Schrein wieder auf seinem alten Platz auf dem Nachttisch gefunden hatte, sondern daher, dass ich nach einer ganzen Woche endlich Fran wiedersehen würde.

In einem klassischen Versuch, der im positivsten Sinne als dumm, im negativsten als absolut hoffnungslos bezeichnet werden konnte, war ich zu dem überraschenden Ergebnis gekommen, dass ich zwar nicht in Fran verliebt war (selbst ich konnte sehen, dass es ein wenig übertrieben wäre), aber doch nah dran. Ich mochte einfach alles an ihr – die Art, wie sie ihre Unterlippe vorschob, wenn sie in ihren zu heißen Tee blies, den Umstand, dass ihr Leben chronisch unorganisiert zu sein schien, ihren Blick auf die Welt, die Tatsache, dass sie mich zum Lachen brachte. Und obwohl ich wusste, dass es nicht gut enden würde, mich »nah dran« in Fran zu verlieben, so konnte ich doch nicht ignorieren, wie gut es sich anfühlte. Umso mehr, als ich, bevor ich ihr begegnet war, nie gedacht hätte, dass ich mich jemals wieder so fühlen würde.

Clive öffnete uns in einem cremefarbenen kurzärmeligen Hemd und dunkelblauer Hose die Tür und sah darin aus wie ein Polizist in Zivil. Er führte uns ins Haus und machte eine Riesenschau daraus, mich völlig zu ignorieren und den Mädchen seine beste Uropa-Vorführung zu geben. Er zog lustige Grimassen und riss einen Witz nach dem anderen auf meine Kosten, wobei seine Scherze nicht nur witzig, sondern allesamt auch wahr waren. Die Mädchen schmissen sich förmlich weg vor Lachen. Bis wir im Wohnzimmer angekommen waren, hatte er schon seine Geldbörse herausgeholt und den beiden jeweils einen Zehn-Pfund-Schein in die Hand gedrückt mit der Aufforderung, sich davon Süßigkeiten zu kaufen. Es wurde Zeit einzuschreiten.

»Das ist wirklich nett, Clive«, erklärte ich. »Aber das können sie nicht annehmen.«

»Oh verdammt, und wie sie das können!«, sagte Clive. »Schließlich ist es mein Geld!«

Lola schien fasziniert und entsetzt zugleich, einen Erwachsenen in ihrer Gegenwart fluchen zu hören. Evie dagegen warf mir nur einen kurzen fragenden Blick zu, der besagte: »Wer ist dieser Typ?«

Clive ignorierte mich und wandte sich wieder an die Mädchen. Er fragte sie, ob ich immer so langweilig sei, und die beiden bestätigten es ihm voller Überzeugung.

»Er hat mir nicht mal erlaubt, meinen Freund mitzubringen«, jammerte Evie.

»Nur, weil er nicht eingeladen war«, erwiderte ich.

»Das ist ja wirklich unglaublich!«, rief Clive. »Warum rufst du ihn nicht an und fragst ihn, ob er nachkommen will?«

Während Evie Oliver anrief, kehrte Fran mit den Einkäufen für das Picknick zurück. »Ich wäre schon früher hier gewesen«, erklärte sie, als ich ihr mit den Tüten half, »aber offenbar sind die Schweinefleischpasteten von Marks & Spencer meinem Großvater nicht gut genug. Es mussten die von dem Metzger sein, bei dem er immer sein Fleisch kauft.« Sie schien noch einiges mehr über Clives Lebensmittel-Diktate auf Lager zu haben, doch dann sah sie die Mädchen.

»Entschuldigt, Mädels«, sagte sie. »Ich habe euch ja noch nicht einmal hallo gesagt.«

»Du bist die Lady, die mein ägyptisches Prinzessinnenkostüm genäht hat«, sagte Lola. »Es war wunderschön, und es hat den ersten Preis gewonnen.« Sie griff in ihren pinkfarbenen Rucksack, der auf dem Boden lag, und reichte Fran eine Karte. »Die ist für dich«, sagte sie. »Evie und ich haben sie gebastelt, um danke zu sagen.«

Auf der Vorderseite war eine Zeichnung von Lola in ihrem Kostüm, und in einer Sprechblase stand: »Ich bin die Beste der Welt«. Innen stand: »Liebe Fran, danke, dass du mich die Beste der Welt gemacht hast. Liebe Grüße, Lola.«

»Sie ist wunderschön«, sagte Fran. »Und wie ihr die ganzen Details am Kostüm gemalt habt, kann ich sehen, dass ihr wahre Künstleraugen habt. Ich werde diese Karte für immer aufbewahren.«

»Okay«, sagte Clive und klatschte in die Hände. »Wir können nicht den ganzen Tag hier rumstehen! Los geht's, schließlich haben wir einen achtzigsten Geburtstag zu feiern!«

Es war früher Nachmittag, als wir uns schließlich an einem schattigen Fleckchen mit Blick auf den Serpentine niederließen. Während Fran die Picknickdecken ausbreitete, bestand Clive darauf, für uns alle Liegestühle zu mieten, auch wenn ich mir sicher war, dass die Kinder kaum fünf Minuten in ihnen sitzen würden. Bald stand das Essen ausgepackt auf den Decken, und Teller wurden herumgereicht, und dann erschien Oliver mit weiteren Tüten voller Leckereien, die seine Mutter ihm eingepackt hatte.

Als die Kinder sich an den Chips bedienten und Clive in seine Schweinefleischpastete biss und während Fran in den Taschen und Tüten, die wir mitgebracht hatten, nach Besteck kramte, fragte ich mich, wie wir wohl für die konstanten Horden an Touristen aussahen, die an uns vorbeiströmten. Hielten sie uns für eine Familie? Mann und Frau, Kinder, ein liebevoller Großvater? Ich war überrascht, wie gut es sich anfühlte, dass sie uns so betrachten könnten – dass wir statt unvollständig zumindest in den Augen Fremder wieder vollständig waren.

Wie bei den meisten Picknicks war die Zeit, die es brauchte, um das Essen zu verputzen, nichts im Vergleich zu dem Aufwand, den wir nicht gescheut hatten, alles vorzubereiten und hierherzuschleppen. Während ich dabei half, die Reste zusammenzupacken, erklärte Clive, dass er eine Runde Eis ausgeben würde, und ignorierte jegliche Versuche, sich dagegen zu wehren. Eins der Kinder entdeckte einen Fisch im See, und die drei liefen zum Wasser, um besser sehen zu können; und so waren Fran und ich endlich einmal allein.

Ein paar Minuten lang packten wir weiter das Essen zusammen, und dann, einfach so, stellte Fran die große Schüssel Kartoffelsalat, die sie in der Hand hielt, wieder auf die Decke.

»Ich glaube, du solltest wissen, dass ich deinen Rat befolgt habe.«

»Welchen Rat?«

Fran lächelte. »In Bezug auf den Anbieterwechsel. Es war nicht leicht, aber langfristig ist es definitiv die richtige Entscheidung, vor allem, weil ich den besseren Deal einfach nicht ignorieren kann.«

Ihr Blick glitt über mein Gesicht, als versuchte sie, meine Gedanken zu lesen, und dann, ganz zaghaft, lehnte sie sich weiter zu mir herüber und küsste mich.

»Wurde aber auch Zeit.«

Ertappt drehten wir uns um und sahen Clive hinter uns stehen. »Ich dachte, du holst Eis«, sagte Fran und wurde rot.

»Habe ich auch gedacht, bis ich rausgefunden hab, was sie für das Zeug haben wollen! Für den Preis könnte ich mir meinen eigenen Eiswagen besorgen und selbst Eis verkaufen.«

Fran griff in ihre Tasche. »Hier«, sagte sie und gab ihm einen Zwanzig-Pfund-Schein. »Das geht auf mich. Schließlich hast du heute Geburtstag.«

»Einverstanden«, sagte Clive. »Außerdem weiß ich, wenn meine Anwesenheit unerwünscht ist. Sieh nur zu, dass du den Kartoffelsalat wieder in die Kühltasche packst, bevor es zu spät ist.«

Wir warteten, bis er außer Sicht- und Hörweite war, bevor wir laut loslachten wie Teenager.

»Gehe ich recht in der Annahme, dass dein Großvater uns gerade seinen Segen gegeben hat?«, fragte ich.

»Sagen wir mal so«, bemerkte Fran. »Wenn er irgendwelche Einwände gehabt hätte, dann könntest du den Kartoffelsalat jetzt von dir abkratzen, anstatt ihn wegzupacken.«

19
Ich will mein Hochzeitskleid zurück

Tom

Ich stand in der Küche und packte gerade ein gutes Dutzend Einkaufstüten von Sainsbury's aus, als ich eine Nachricht von Fran bekam. Sie war für ein paar Tage zu ihren Eltern nach Middlesbrough gefahren. Die Nachricht lautete: »Du fehlst mir. Hoffe, alles gut bei dir. xxx«. Ich schrieb ihr zurück: »Alles gut, aber es wäre noch besser, wenn du hier wärst. Sprechen später. xxx«.

Es war lange her, seit ich das letzte Mal so glücklich gewesen war. So lange, dass ich sogar vergessen hatte, dass es möglich war, dieses Gefühl zu bewahren. In den zwei Wochen, seit wir zusammen waren, hatten wir acht offizielle »Dates« gehabt und ein inoffizielles (wir waren uns zufällig bei Morrison's über den Weg gelaufen und hatten beschlossen, den Einkauf zu verschieben und lieber etwas Nettes zu unternehmen), und jedes Mal war es noch besser gewesen als beim letzten Mal. Sie war so lebhaft und optimistisch, dass es allmählich auf mich abfärbte. Und obwohl ich beschlossen hatte, dass es noch zu früh war, um den Kindern von uns zu erzählen, bemerkten sie die Veränderung in mir sofort.

»Weißt du eigentlich, dass du manchmal ohne Grund lächelst?«, fragte Evie mich eines Abends, als sie mich dabei erwischte, wie ich heimlich an Fran dachte. »Du siehst aus wie ein Idiot.«

Lolas Beobachtung war deutlich liebenswerter. Auf dem

Weg zur Schule sah sie eines Tages zu mir hoch und sagte: »Du bist so fröhlich, Dad.« Und damit lag sie völlig richtig.

Gleichzeitig jedoch wurde ich von Schuldgefühlen geplagt. Mit Fran zusammen zu sein, brachte jede Menge Fragen mit sich, auf die ich keine Antworten hatte. Bedeutete es, dass ich über Lauras Tod hinweg war? Oder war ich es nach anderthalb Jahren einfach nur leid, allein zu sein? Und wenn man mal beiseiteließ, ob ich nun über Laura hinweg war oder nicht, waren anderthalb Jahre eine angemessene Zeit, um eine neue Beziehung einzugehen? Und dann war da natürlich die Frage, wohin sich diese Sache mit Fran überhaupt entwickeln würde. War es nur eine lockere Geschichte, oder war es etwas Ernstes? Und falls es ernst war, konnte ich mir vorstellen, dass sie eines Tages bei mir und den Mädchen einziehen würde? Und falls sie bei uns einzog, was wäre sie dann für meine Kinder? Zu viele Fragen, die meinen Kopf in ein Karussell verwandelten, und nicht genug Antworten, um es wieder zu stoppen. Aber solange ich einfach nicht darüber nachdachte, war ich glücklich.

Nachdem ich die Einkäufe weggeräumt hatte, wollte ich mich daranmachen, die Zimmer der Mädchen aufzuräumen, als mir auffiel, dass ich vergessen hatte, den Familienkalender umzublättern. Es war mittlerweile Juni. Die nächste Woche sah gut aus: Am Dienstag wurde eine neue Gartenhütte geliefert, am Tag darauf hatte Evie eine Kunstausstellung an ihrer Schule, und am nächsten Tag würde Lola ihre neue Freundin Tamsin besuchen; doch als ich die folgenden Wochen durchging, um zu sehen, was anstand, entdeckte ich auf einer der Seiten etwas Seltsames in der rechten unteren Ecke. Am 4. Juli stand mit rotem Stift in Lindas Handschrift: »Nanny zurück aus Australien!!! Holt die Fähnchen raus!!!« Es war mehrfach unterstrichen, als könnte ich tatsächlich vergessen, wann meine Schwiegermutter zurückkam. Offensichtlich hatte sie auch in diesem Punkt recht behalten.

Als sie abgeflogen war, waren mir sechs Monate wie eine Ewigkeit erschienen, und nun stand ich hier, einen Monat vor ihrer Rückkehr, und ich hatte es überlebt. Anfangs hatte ich Lola nicht einmal ein Sandwich für die Schule vorbereiten können, ohne es zu verpfuschen, aber inzwischen hatte ich mein Familienunternehmen so im Griff wie früher meine Fernsehproduktionen. So weit war ich gekommen: Ich war der offizielle Einkäufer von Mädchenunterwäsche und Hygieneartikeln; ich war der Tröster vom Dienst in einem Haus, das mehr Tränen gesehen hatte als die meisten anderen; ich war der Chef-Ausbesserer von Schuluniformen, der führende Unterzeichner von Elternheften, der Haupt-Lieferant von überfälligen Bibliotheksbüchern, der Top-Zulieferer von Sandwiches und Snacks, und der Oberbefehlshaber der Hausaufgabenhilfe. Irgendwie war ich in den letzten fünf Monaten nicht nur wieder zu einem Vater geworden, sondern hatte auch gleich die Rollen der Mutter und Großmutter mitbesetzt. Ich hätte es nicht für möglich gehalten, und das hatte ich Linda zu verdanken.

Ich hängte den Familienkalender wieder an die Wand und beschloss, dass ich etwas Besonderes für Lindas Rückkehr vorbereiten wollte. Etwas, das sie stolz machen und ihr beweisen würde, dass ich mich verändert hatte und nicht länger der Mann war, den sie hatte zwingen müssen, sich um seine Familie zu kümmern. Ich wollte etwas tun, das ihr zeigen sollte, dass ich mich nicht mehr vor der Welt versteckte und meinen Frieden mit der Vergangenheit geschlossen hatte. Da erinnerte ich mich an die Liste und wusste, was zu tun war.

Linda

Es ist schon seltsam, wie Trauer arbeitet. Irgendwo hatte ich mal gelesen, dass man sie sich am besten wie Wellen an einer Küste vorstellen kann. Anfangs, wenn man jemanden verliert, den man liebt, treffen einen die Wellen schnell und hart, als befände man sich mitten in einem Sturm – ich nehme an, das war die Phase, in der Tom so lange festgesteckt hatte –, doch mit der Zeit werden die Abstände zwischen den Wellen länger, sodass friedliche Momente die Momente der Trauer ablösen und irgendwann überwiegen, je mehr das Meer sich beruhigt. Ich hatte mir eingeredet, dass ich diese ersten, brutalen Wellen überstanden hatte, doch als ich den vor Schock starren Frank mit Tränen in den Augen zurückließ und mich auf den Weg zurück zu Moiras Haus machte, wurde mir bewusst, wie sehr ich mich geirrt hatte.

Sobald ich Moiras Haustür hinter mir geschlossen hatte, sackte ich zu Boden und schluchzte, als würde mir das Herz noch einmal brechen. Moira lief zu mir und flehte mich an, ihr zu sagen, was los war, aber ich konnte nur weinen und heulen vor Schmerz. Und inmitten all dieser Tränen, all dieser Wut, der überwältigenden Angst vor diesem Verlust, musste ich mir eingestehen, dass der Frieden, den ich während des vergangenen Jahres gespürt hatte, kein wirklicher Frieden gewesen war. Indem ich mich auf die Aufgabe gestürzt hatte, mich um meine Enkelinnen zu kümmern, das Haus in Ordnung und Tom über Wasser zu halten, hatte ich mich vor meiner eigenen Trauer nur versteckt und mich geweigert, der Realität meines Verlustes wirklich ins Auge zu blicken. Nun aber hatte die Realität mich eingeholt, und es gab nichts, wohin ich fliehen oder wo ich mich verstecken konnte, und nichts, was ich tun konnte, als mich seiner Macht zu ergeben. Es war, als wäre ich wieder zurück ins Krankenhaus katapultiert worden, und ich sah wie in Zeitlupe alles noch einmal: den Arzt, der auf uns zukam, das Mitgefühl in seinen Augen, als er Tom und mir die Nachricht überbrachte, und das Gefühl zu ertrinken. Doch statt für Tom wieder aufzutauchen, versank ich diesmal immer weiter in einer endlosen Tiefe, als mir, wie zum allerersten Mal, bewusst wurde, dass ich nie wieder das Gesicht meiner geliebten Laura sehen, ihre Wangen küssen, nie wieder ihre Haut berühren und ihre Stimme hören würde. Ich würde ihr nie wieder sagen können, wie sehr ich sie liebte, oder diese Worte von ihr hören. Ich würde sie nie wieder lachen hören oder sie trösten können, wenn sie traurig war. Ich würde ihr nie die Geschichten aus meiner Vergangenheit erzählen oder die Geschichten aus ihrer Gegenwart und Zukunft hören können. Sie war fort, und ich hatte mich noch nicht einmal von ihr verabschieden können.

Ich erinnere mich nicht mehr genau, was danach geschah, aber Moira sagte, ich sei tagelang wie weggetreten gewesen. Ich verkroch mich in meinem Zimmer, zog die Gardinen zu und versteckte mich vor der Welt. Ich weigerte mich, ans Telefon zu gehen, selbst wenn die Mädchen anriefen. Jedes Mal, wenn ich versuchte, auf die Beine zu kommen, schlug eine neue Welle über mir zusammen, gefolgt von noch einer und noch einer. Ich fühlte mich verloren und unfähig, mir selbst zu helfen, und ich weiß nicht, was ich ohne Moira und Desi getan hätte, die dafür sorgten, dass ich aß und trank, und abwechselnd Tag und Nacht bei mir saßen.

Es dauerte lange, bis ich mich wieder in der Lage fühlte, das Haus zu verlassen, aber eines Nachmittags schlug Desi vor, ein wenig am Strand spazieren zu gehen, und ich willigte ein. Es fühlte sich gut an, wieder draußen zu sein, die frische Luft zu atmen und den Sand zwischen meinen Zehen zu spüren.

Hand in Hand gingen wir schweigend am Strand entlang und sahen zu, wie die Kinder in den Wellen herumsprangen, wie Gruppen von Freunden in der Sonne saßen und Pärchen wie wir durch den Sand spazierten. Nach einer Weile blieben wir stehen und blickten aufs Meer hinaus.

Ich drehte mich zu Desi um und fragte mich, wie es kam, dass ich einen so großartigen Menschen in meinem Leben hatte. »Du warst einfach wundervoll«, sagte ich. »Du hast keine Ahnung, wie dankbar ich dir und Moira für all das bin, was ihr in der letzten Woche für mich getan habt.«

»Das war nichts, was du nicht ebenso für mich getan hättest, wenn es andersrum gewesen wäre.«

»Vielleicht«, antwortete ich. »Trotzdem möchte ich, dass du weißt, wie viel mir das bedeutet.«

Er zog übermütig eine Augenbraue hoch. »Bedeutet das, ich habe was gut bei dir? Wenn dem so ist, dann hätte ich da möglicherweise eine Idee, die ich dir gern vortragen würde.«

»Und die wäre?«

»Ich würde gerne ein paar Tage mit dir wegfahren. Ich habe einen Kollegen aus dem Baugeschäft, der mir noch einen Gefallen schuldet, und er hat gesagt, er leiht mir sein Strandhaus auf Hamilton Island. Ich war schon einmal dort, und Linda, ich sage dir, es ist einer der schönsten Orte auf dieser Welt.«

»Das klingt herrlich«, antwortete ich, während ich im Kopf eine ganze Reihe an Gründen auflistete, wieso ich nicht mit ihm dorthin fahren konnte. »Aber ich bin mir nicht sicher, ob ich im Moment überhaupt irgendwo hinfahren möchte.«

»Das ist genau der Grund, warum du mitkommen solltest«, sagte Desi. »Du glaubst, du hast einen unerschöpflichen Vorrat an ›Steh auf und lauf los‹-Befehlen in dir, wie ein Roboter. Aber das hast du nicht, Linda. Du bist ein Mensch, so wie alle anderen, und wenn die letzte Woche eines bewiesen hat, dann, dass du dich nicht dein ganzes Leben lang nur um die Bedürfnisse der anderen kümmern kannst. Manchmal musst du zulassen, dass sich auch mal jemand um dich kümmert.«

Tom

Die »Liste«, wie ich sie nannte, gab es nicht wirklich. Es war mehr eine Art mentales Inventar an Dingen, die mit Laura zu tun hatten und die Linda mich gebeten hatte zu erledigen – und die ich bis jetzt erfolgreich ignoriert hatte. Dinge, bei denen Linda darauf bestanden hatte, dass nur ich mich darum kümmern konnte, da sie zu persönlich waren, um sie jemand anderem zu überlassen, oder zu kompliziert, als dass Linda selbst sie hätte bewältigen können. Manches war nicht sehr aufwändig, wie Lauras Make-up und ihre Toilettenartikel wegzuwerfen oder ihre Kleider aus dem Schrank zu räumen, aber nichts davon hatte mich interessiert, während ich mich vor dem Leben versteckt hatte.

Jetzt allerdings lagen die Dinge anders. Und so bot ich in dieser Woche Lauras Wagen zum Verkauf an, ließ ihren Namen von allen Rechnungen entfernen (keine Briefe mehr an Mr und Mrs Hope), kündigte ihren Facebook-Account und ihre Zeitschriften-Abonnements, schob ihre Kreditkarten-Abrechnungen durch den Schredder, packte ihre Zeugnisse in einen Karton, schloss ihre Konten, leerte die Schubladen ihrer Frisierkommode und packte alle Make-up-Döschen, Cremes etc. in einen Müllsack. Was mir jetzt noch bevorstand, war der schwierigste Teil von allem: ihre Seite unseres gemeinsamen Kleiderschranks auszuräumen.

Ich hatte immer gemocht, wie Laura sich gekleidet hatte, von dem orangefarbenen T-Shirt mit der Latzhose, die sie bei unserer ersten Begegnung trug, bis zu dem Kleid, das sie sich zu unserer Hochzeit selbst genäht hatte. Sie schien einfach ein Gefühl für die Sachen zu haben, die ihr standen. Vielleicht hatte ich deshalb nie den Eindruck gehabt, dass der richtige Zeitpunkt gekommen war, mich von ihren Sachen zu trennen, einfach weil sie ein bedeutender Teil ihrer Persönlichkeit gewesen waren. Andererseits hatte ich mich vielleicht auch einfach davor gescheut, jeden Tag damit konfrontiert zu werden, vor einem drei viertel leeren Kleiderschrank zu stehen.

Fest entschlossen, die Aufgabe so schnell wie möglich hinter mich zu bringen, ging ich mit einer Rolle Müllsäcke nach oben. Das hier würde keine Reise in die Vergangenheit oder ein letzter zärtlicher Abschied werden. Ich würde einfach die Kleider von den Bügeln nehmen, sie in die Säcke packen und diesen Vorgang wiederholen, bis der Schrank leer war. So lautete zumindest der Plan.

Die ersten Sachen – ein paar Blusen, Sweatshirts und Strickjacken – verschwanden ohne große Probleme im Sack, doch dann griff ich nach einer weißen, mit Silberfäden durchwirkten Strickjacke und hielt inne. Das war eins von Lolas Lieblingsteilen gewesen, sie hatte es »Mums Glitzerchen« genannt. Immer wenn Laura diese Strickjacke getragen hatte, selbst mitten im März, hatte Lola angefangen Weihnachtslieder zu singen. Ich konnte diese Jacke unmöglich weggeben, oder? Und was war mit Evie? Ohne genauer hinzusehen, konnte ich mindestens ein Dutzend Schals und Oberteile nennen, die sie liebend gern in ihren Fundus übernommen hätte.

Einen Augenblick lang spielte ich mit dem Gedanken zu warten, bis die Kinder nach Hause kamen, damit sie sich selbst aussuchen konnten, was sie haben wollten. Doch ich kannte sie gut genug, um zu wissen, dass sie alles würden behalten wollen. Und wer konnte es ihnen verübeln, wenn jeder Rock, jede Bluse, jeder Schal, Mantel und Pullover Erinnerungen an ihre Mutter heraufbeschwor?

Nach einigem Hin-und-Her-Überlegen beschloss ich, die weiße Glitzerjacke und einen bunten Schal für Lola und eine schwarze Jacke im Militärstil sowie eine kamelhaarfarbene Strickjacke aus Kaschmir für Evie zu behalten. Falls sich eines Tages herausstellen sollte, dass sie ein Problem damit hatten, dass ich die Kleider ihrer Mutter so einfach fortgegeben hatte, dann sollte es so sein. Für diesen Moment war ich mir sicher, dass es die richtige Entscheidung für uns alle war.

Als ich bis auf den letzten alle Müllsäcke gefüllt hatte, fiel mir ein, dass ich den obersten Regalboden noch nicht leergeräumt hatte. Zwischen zahlreichen Tüten voller Sachen, die sie nicht länger getragen hatte, lag ein großer durchsichtiger Kleidersack, den ich sofort erkannte: Lauras Hochzeitskleid. Obwohl jede Faser meines Körpers sich danach sehnte, einen letzten Blick darauf zu werfen, stopfte ich das Kleid in den letzten Müllsack und verknotete ihn, als fürchtete ich, es könnte sich selbst befreien. Dann holte ich noch ein paar Mülltüten von unten, packte auch die letzten von Lauras Sachen hinein und rief mir ein Taxi zum nächsten Oxfam-Laden.

In dieser Nacht wälzte ich mich im Bett hin und her und tat kaum ein Auge zu. Und sobald ich Lola am nächsten Morgen zur Schule gebracht hatte, lief ich zum Oxfam-Laden.

»Sie wollen was?«

»Ich will mein Hochzeitskleid zurück«, wiederholte ich.

»Ich habe es gestern mit etwa sieben oder acht Tüten voller Kleidung hier abgegeben.«

Die ältere Dame hinter der Kasse sah mich ratlos an. »Es tut mir leid, aber ich weiß nichts von einem Hochzeitskleid.« Sie drückte auf eine Klingel unter dem Tresen, und wenige Augenblicke später erschien die Geschäftsführerin, der ich meine Spende am Vortag übergeben hatte, aus einem der Hinterzimmer. »Dieser Gentleman sucht nach einem Hochzeitskleid.«

»Ich erinnere mich an Sie«, sagte die Geschäftsführerin. »Sie haben mehrere Säcke vorbeigebracht, nicht wahr? Leider habe ich die Sachen nicht selbst sortiert. Ein paar von Ihren Sachen könnten also schon etikettiert und im Laden gelandet sein. Ist es wichtig?«

»Sehr«, antwortete ich. »Würde es Ihnen etwas ausmachen, hinten nachzusehen, ob es noch da ist?«

»Natürlich nicht«, antwortete sie. »Einen Augenblick.«

Aus dem einen Augenblick wurden mehrere, während derer ich nicht nur jedes einzelne Kleidungsstück im Laden zweimal unter die Lupe nahm für den Fall, dass das Kleid durch einen Zufall tatsächlich bereits hier draußen hing, sondern mich auch mit dem Gedanken quälte, dass ich es möglicherweise nie mehr wiedersehen würde – das Kleid, das sie an dem Tag getragen hatte, an dem ich ihr versprach, sie immer zu lieben, ohne zu ahnen, wie kurz unser gemeinsames »immer« sein würde.

Schließlich rief die Geschäftsführerin aus dem Lager, dass sie es gefunden hatte. Der Müllbeutel, in den ich es gestopft hatte, war unter einen anderen mit Gardinen geraten. Sie reichte mir den durchsichtigen Kleidersack mit dem Kleid, und ich presste es an meine Brust.

»Wie viel bekommen Sie dafür?«

»Es gehört Ihnen«, antwortete sie. »Ich konnte ohnehin kaum glauben, wie viele Sachen Sie uns gestern gebracht haben, und in einer so guten Qualität.«

Ich zog zwei Zwanzig-Pfund-Noten aus meiner Geldbörse und legte sie auf den Tresen. Das Kleid war gerettet. Es war in Sicherheit. Alles war gut. Und ich hatte etwas Entscheidendes begriffen: Ich war bereit, manche Dinge hinter mir zu lassen. Bei anderen würde es noch ein Weilchen dauern.

Ein paar Tage später verkaufte ich Lauras Auto. Ein Mann Mitte fünfzig kam mit seinem deutlich jüngeren Sohn vorbei und nahm es mit auf eine Probefahrt. Es sprang nicht gleich an, und ich erklärte, dass es seit etwas über einem Jahr in der Einfahrt gestanden hatte. Nachdem sie jedoch ein wenig unter der Haube rumgewerkelt hatten, ließ es sich starten, und sie drehten eine kleine Runde. Im Gegensatz zu dem Hochzeitskleid hatte ich kein Problem damit, zuzusehen, wie der Jüngere der beiden schließlich mit Lauras Auto davonfuhr. Damit hatte ich den letzten Eintrag der Liste abgehakt.

Voller Elan beschloss ich, den Scheck gleich zur Bank zu bringen, doch ich war noch nicht ganz auf der High Street angekommen, als ich jemanden meinen Namen rufen hörte. Als ich mich umdrehte, sah ich, wie eine elegant gekleidete Frau mir zuwinkte. Es war Gill, eine von Lauras alten College-Freundinnen. Das letzte Mal hatte ich sie auf der Beerdigung gesehen. Sie sah älter aus, als ich sie in Erinnerung hatte. Laura wäre im August vierzig geworden. Wäre sie noch am Leben, würde sie sich jetzt vielleicht wie so viele andere Frauen Gedanken über erste graue Haare machen und ein kleines Vermögen für Cremes und irgendwelche Zaubermittelchen ausgeben, in der Hoffnung, ihre Jugendlichkeit noch eine Weile zu bewahren. Doch stattdessen würde sie immer achtunddreißig bleiben, für immer vor den Launen des Alters geschützt. Einen kurzen Augenblick lang, während ich Gill ansah, spürte ich eine schreckliche Leere in mir, wenn ich an all die Versionen von Laura dachte, die ich nie sehen, nie erleben und niemals berühren würde.

Meine Unterhaltung mit Gill unterschied sich nicht von all denen, die ich mit Lauras anderen Freundinnen führte, wenn ich einer von ihnen begegnete. Sie fragten mich, wie es mir ging, und ich erklärte, alles sei gut. Sie fragten nach den Mädchen, und ich gab die Highlights von Evies und Lolas schulischen Erfolgen zum Besten und zeigte ihnen ein paar Fotos der beiden auf meinem Handy. Sie waren überrascht, wie groß die Mädchen mittlerweile waren und wie sehr sie Laura ähnelten, und dann schlossen sie mich fest in die Arme und nahmen mir das Versprechen ab, mich zu melden und ihnen zu sagen, wann sie mal vorbeikommen und uns besuchen konnten, und ich antwortete: »Das klingt gut, ich melde mich«, obwohl ich nichts dergleichen jemals tun würde. Es war wie ein Tanz, der »Höfliche Witwer«-Walzer, der mir den Vorteil bot, so zu tun, als stünde ich den Menschen, die Laura nahegestanden hatten, ebenfalls nahe, ohne jedoch den Nachteil, mich weiter mit ihnen beschäftigen zu müssen.

In all den Monaten, in denen ich diesen Tanz nun schon aufführte, hatte ich mir keinen einzigen Fehltritt geleistet, aber als Gill mich jetzt zum Abschied in die Arme schloss und mir das Versprechen abnahm, mich zu melden und ihr zu sagen, wann sie einmal vorbeikommen und uns besuchen konnte, wurde mir klar, dass den Kontakt zu Lauras ehemaligen Freundinnen zu halten ebenfalls auf der Liste stand. Ich war es ihr schuldig, ihre Freundinnen wieder zusammenzubringen. Ich war es ihr schuldig, ihnen einen Grund zum Feiern zu geben.

Die ganze Zeit über hatten sie ihren Verlust alleine betrauert, und ich hatte all ihre Versuche abgeblockt, durch mich und die Kinder eine Verbindung zu Laura herzustellen. Ich hatte sie von mir gestoßen, weil ich nur an mich selbst gedacht hatte. Das musste aufhören.

»Wie wäre es nächsten Samstag?«

Gill schien über diese konkrete Einladung fast so überrascht zu sein wie ich. »Bist du dir sicher, dass es dir nicht zu viel wird?«

»Überhaupt nicht«, antwortete ich, und langsam gefiel mir die Idee sogar. »Wenn ich darüber nachdenke, warum machen wir nicht eine kleine Party daraus, mit Essen und Trinken und Musik, und wir laden alle ein, die Laura kannten, um sie mit uns zu feiern. Was hältst du davon?«

Sie schien ebenso begeistert von dieser spontanen Idee zu sein wie ich. Gill und ich schmiedeten noch ein paar Pläne für die Party und verabschiedeten uns. Kurz darauf summte mein Handy. Es war eine Nachricht von Fran: »Komm grad von meinen Eltern zurück. Lust auf einen Kaffee? 10 min? xxx«. Ich tippte rasch eine Antwort: »Klingt gut. In 10 Min im Café Roma. xxx«. Erst als ich schon halb dort war, wurde mir bewusst, in welch seltsame Lage ich mich gerade manövriert hatte. Es gab keinen Weg drum herum – irgendwann in der nächsten Stunde würde ich meiner neuen Freundin verklickern müssen, dass ich vorhatte, eine Party für meine tote Frau zu geben.

20
Lauras Party

Tom

Fran und ich hatten bisher nicht viel über Laura gesprochen. Sie wusste, was passiert war, und ich hatte ihr eine grobe Zusammenfassung meines »Sabbaticals« gegeben, doch wir hielten uns hauptsächlich an die Themen, über die neue Paare üblicherweise redeten: Arbeit, Schule, Eltern, Hoffnungen, Träume und dergleichen. Es war nicht so, dass ich das Thema bewusst vermeiden wollte. Wenn sie mich gebeten hätte, ihr mehr über Laura zu erzählen, hätte ich das getan, aber das hatte sie nicht, ebenso wenig, wie ich sie nach ihrem Ex gefragt hatte.

Fran warf die Arme um meinen Hals und gab mir einen langen, innigen Kuss, ohne sich davon im mindesten beeinflussen zu lassen, dass wir in einem vollen Café auf der High Street saßen und alle möglichen Leute uns sehen konnten. Es war ein Kuss, dem jegliche Befangenheit fehlte, und obwohl ich ein eher zurückhaltender Mensch und nicht unbedingt der größte Freund öffentlicher Liebesbekundungen bin, küsste ich sie ebenso innig zurück, ohne einen weiteren Gedanken an meine übliche Reserviertheit zu verschwenden. Wenn ich mit Fran zusammen war, fühlte ich mich irgendwie freier und leichter, und ich wollte das, was wir hatten, unter keinen Umständen gefährden, weswegen ich so bald wie möglich die Karten auf den Tisch legen und ihr von der Party erzählen musste. Auch wenn wir noch ganz am Anfang standen, wollte ich nicht riskieren, sie wegen eines dummen kleinen Missverständnisses zu verlieren. Sie sollte wissen, dass dies etwas war, das ich tun musste und das langfristig auch für uns gut sein würde. Doch während sie mir von der Zeit bei ihren Eltern erzählte und wie sehr ich ihr gefehlt hatte, fragte ich mich, ob meine Neuigkeiten sie nicht möglicherweise davon überzeugen würden, dass die Geschichte zwischen uns eine Nummer zu kompliziert war.

»Ich muss dir was sagen.«

Fran lehnte sich in ihrem Stuhl zurück. »Das klingt aber sehr geheimnisvoll.«

»Während du weg warst, habe ich viel nachgedacht, und ...«

Sie lehnte sich vor. Ein unsicherer Blick erschien in ihren Augen, und auf ihrer Stirn zeigte sich eine sorgenvolle Falte. »Willst du damit sagen, dass du dir nicht sicher bist, ob das mit uns beiden funktioniert?«

Ich griff nach ihrer Hand. »Nein, ganz und gar nicht! Das will ich damit überhaupt nicht sagen.«

»Was willst du dann sagen?«

»Ich habe mich breitschlagen lassen, am Samstag bei uns zu Hause ein Fest zu machen. Eine Art Party.«

»Und?«

»Na ja, die Sache ist die ... es ist eine Party in Erinnerung an Laura ...«

Fran blinzelte ein paarmal, aber es war schwer zu sagen, was sie dachte. »Oh ... okay«, sagte sie schließlich. »Und was für eine Art von Party soll das werden?«

»Party ist vielleicht das falsche Wort dafür«, antwortete ich. »Es wird wohl eher so was wie ein lockeres Zusammentreffen. Es ist so ... Während du weg warst, ist mir klar geworden, dass ich ein paar Dinge klären muss, die ich seit ihrem Tod vor mir hergeschoben habe.«

»Was für Dinge?«

»Ihre Schränke ausräumen, ihr Auto verkaufen, ihre Kleidung wegbringen, solche Sachen.«

Fran biss sich auf die Lippe und drückte meine Hand. »Oh Tom, es muss furchtbar gewesen sein, das alles allein zu machen. Du hättest es mir sagen sollen, dann hätte ich dir helfen können.«

»Das ist nett von dir, aber das wäre vielleicht ein wenig seltsam gewesen, denkst du nicht?«

Fran nickte. »Du hast recht. Trotzdem finde ich es schrecklich, dass du all das allein durchmachen musstest.«

»Es war schon in Ordnung ... zumindest am Ende, als dann alles erledigt war. Und ... na ja, kurz bevor du zurückkamst, bin ich einer alten Freundin von Laura über den Weg gelaufen, die ich seit der Beerdigung nicht mehr gesehen habe. Und sie hat nach den Mädchen gefragt, wie alle von Lauras Freundinnen es tun, und bisher bin ich immer allen ausgewichen. Aber jetzt habe ich gedacht ...«

»... lad doch einfach alle ein?«

»Ist das verrückt?«

Fran schüttelte den Kopf. »Natürlich nicht. Es ergibt absolut Sinn. Für jeden ist es hart, einen Menschen zu verlieren. Und all die Menschen für einen Nachmittag zusammenzubringen, die Laura wichtig waren, um sich gemeinsam zu erinnern, klingt nach einem guten Plan.«

Ich nickte. »Ich denke, es wird Evie und Lola guttun, und unseren Freunden und mir auch. Und wenn du möchtest, bist du natürlich auch eingeladen.«

Fran lächelte. »Das ist wirklich lieb von dir, Tom, aber das ist wohl kaum der richtige Moment, um seine neue Freundin zu präsentieren, oder?«

Ich musste lachen. »Du bist also offiziell meine neue Freundin, ja?«

Ihre Wangen röteten sich verlegen. »Du weißt, was ich meine. Aber ich gehöre da einfach nicht hin. Das bedeutet jedoch nicht, dass ich es nicht für eine gute Idee halte, okay?« Wieder drückte sie meine Hand. »Ich weiß, es ist noch sehr früh, aber du bist mir sehr wichtig, Tom. Ich weiß, dass die Umstände nicht ganz einfach sind und es ein paar Hindernisse zu überwinden gilt, aber ich glaube an uns, das tue ich wirklich. Und ich möchte, dass du weißt: Was mich betrifft, brauchst du dir keine Gedanken zu machen.«

»In diesem Fall«, antwortete ich grinsend, »befördere ich dich offiziell zu meiner ›Freundin‹ und lade dich für heute Abend zum Essen ein. Auch wenn wir noch ganz am Anfang stehen, es ist an der Zeit, den Mädchen von uns beiden zu erzählen.«

Linda

Als Desi das Haus auf Hamilton Island als Strandhaus bezeichnet hatte, war ich von einem kleinen Bungalow ausgegangen. Ich hätte nicht weiter danebenliegen können. Es war ein Haus mit zehn Schlafzimmern, ziemlich viel Glas und architektonisch designten Winkeln, mit eigenem Pool und einem riesigen Grundstück. Es sah aus wie aus einem Hochglanzmagazin oder wie die Häuser in den Boulevardblättern, in denen irgendwelche wichtigen Leute beim Urlaub mit ihrer Familie gesichtet werden. Doch hier war ich, ein altes Mädchen aus Wetherby, und starrte hinauf zu dem Haus, das für die nächsten sieben Nächte mein Zuhause sein würde. Ich fühlte mich, als würde ich träumen.

Von innen war das Ganze mindestens so beeindruckend wie von außen. Alles, von der Granitarbeitsplatte in der Küche bis zu den Marmorfußböden, war von höchster Qualität und exquisitem Design und musste ein Vermögen gekostet haben.

»Wer genau ist dieser Freund von dir, sagtest du?«, fragte ich, als ich den Kühlschrank öffnete, der bis oben hin mit Lebensmitteln und Getränken gefüllt war. »Ist er ein Millionär?«

»Um genau zu sein«, sagte Desi, »eher Multimillionär.«

»Das ist wirklich beeindruckend.«

»Nicht wirklich.« Desi zuckte mit den Schultern. »Er hatte einfach Glück, und jetzt hat er mehr Geld, als er ausgeben kann.«

Desi zeigte mir die restlichen Räume im Erdgeschoss, in dem sich unter anderem ein Snooker- und Billard-Zimmer mit eigener Bar und eine Bibliothek befanden. Dann gingen wir hinauf zu den Schlafzimmern.

Das war der Moment, vor dem ich mich am meisten gefürchtet hatte. Es mag altmodisch sein, aber so attraktiv ich Desi fand und es genoss, mit ihm zusammen zu sein, ich war mir nicht sicher, ob ich schon bereit war, mit ihm ein Zimmer zu teilen. Und so hatte ich mir jede Menge Ausreden einfallen lassen, um diese Situation zu vermeiden. Doch ich hätte mir keine Sorgen zu machen brauchen.

»Ich dachte, dieses hier würde dir vielleicht gefallen«, sagte er und öffnete die Tür zu einem Zimmer, dessen bodentiefe Fenster auf die Bucht hinausgingen.

»Es ist umwerfend«, antwortete ich. »Aber wo wirst du schlafen?«

»Nebenan«, erklärte er. »Der Blick dort ist nicht ganz so großartig wie deiner, aber es ist auch kein Betonbunker.« Er nahm meinen Koffer und legte ihn auf eine Ablage neben dem Kleiderschrank. Dann entschuldigte er sich. »Ich lasse dich mal in Ruhe auspacken. Und wenn du fertig bist, können wir einen kleinen Spaziergang machen.«

Eine halbe Stunde später war ich bereit. Doch kaum waren wir ein paar Schritte über den schmalen Pfad gelaufen, sodass ich den Strand und den Ozean dahinter sehen konnte, blieb ich abrupt stehen. Desi hatte ein wenig untertrieben, als er die Insel als einen der schönsten Orte auf dieser Welt bezeichnet hatte. Ich hatte noch nie eine solch atemberaubende Aussicht gesehen, jedenfalls nicht außerhalb der Seiten eines Reisekatalogs. So stellte ich mir das Paradies vor: weicher weißer Sand, mit Kokosnüssen beladene Palmen, eine Lagune mit kristallklarem Wasser und das saftige Grün der Hügel im Hintergrund. Und während Desi sich dafür entschuldigte, dass es ein wenig kühl sei, schien es mir nach dem zu dieser Jahreszeit kalten und windigen Melbourne einfach nur perfekt.

Nach einem herrlichen Nachmittag, an dem wir kaum mehr unternahmen als nebeneinander im Sand zu sitzen, zu plaudern und auf das Meer hinauszublicken, kehrten wir ins Haus zurück. Wir machten es uns mit einem leckeren Abendessen, Nudeln mit Garnelen in Chili-Sauce, und einer Flasche gut gekühltem Chardonnay auf der Terrasse gemütlich. Und beschlossen dann, warm eingepackt und mit einer zweiten Flasche und zwei Gläsern, wieder zum Strand hinunterzugehen, um zuzusehen, wie die Sonne das Meer erst orange färbte und dann darin versank.

Als sich die Dunkelheit herabsenkte und es kühl wurde, kuschelten wir uns aneinander und redeten bis spät in die Nacht. Desi erzählte mir von seinem Vater, einem gewalttätigen Alkoholiker, und davon, wie er als neunjähriger Junge mit seiner Mutter abgehauen war. Er erzählte mir von seinem Bruder, zu dem er seit einem Familienstreit keinen Kontakt mehr hatte, und wie schmerzhaft es für ihn war, wenn die Geschenke, die er für seine Nichten und Neffen gekauft hatte, ungeöffnet wieder zurückkamen. Er sprach davon, wie sehr er es bereute, dass er nicht stärker um seine Ehe gekämpft und es seiner Frau zu leicht gemacht hatte, ihn zu verlassen. Und dann gestand er mir, dass die Tage, seit er auf einer Party zufällig neben einem Terrassentisch gestanden hatte und ihm eine Frau in die Arme gefallen war, wohl zu den glücklichsten seines Lebens gehörten.

Es war schon spät, als wir ins Haus zurückkehrten, und ich half Desi, die Fenster und Türen im Erdgeschoss zu verriegeln, bevor wir nach oben gingen. Als wir an meiner Zimmertür vorbeikamen, wünschte Desi mir eine gute Nacht, doch als er weitergehen wollte, streckte ich die Hand nach ihm aus, machte einen Schritt auf ihn zu und küsste ihn. Ich glaube nicht, dass ich jemals einen Mann so gewollt hatte wie ihn in diesem Moment.

»Bist du sicher?«, fragte er.

»Ich war mir noch nie in meinem Leben so sicher«, antwortete ich, und dann zog ich ihn ohne ein weiteres Wort in mein Zimmer und schloss die Tür hinter uns.

Tom

Das »lockere Zusammentreffen« hatte am Ende doch sehr viel mehr von einer Party als geplant, nicht zuletzt dank der enormen Anzahl an Gästen, die gekommen waren, um Laura zu feiern. Mit Gills, Richs und Marinas Hilfe hatte ich all ihre Freunde kontaktiert und sie gebeten, es weiterzuerzählen. Da alles so kurzfristig war, hatte ich vielleicht mit einem halben Dutzend Leuten gerechnet, doch schon eine Stunde nachdem die ersten Gäste aufgetaucht waren, platzte das Wohnzimmer aus allen Nähten, und noch eine halbe Stunde später auch der Rest des Hauses. Freunde aus allen Phasen von Lauras Leben waren gekommen, von der Grundschule über das College hin zu denen, die sie auf dem Schulhof ihrer eigenen Kinder kennengelernt hatte. Alle hatten etwas zu essen und zu trinken beigesteuert, sodass es in der Küche keinen Quadratzentimeter mehr gab, auf dem nichts stand.

Und was die Mädchen anging, auch wenn ich sie seit einer guten Stunde nicht mehr gesehen hatte, so zweifelte ich nicht im Geringsten daran, dass sie es in vollen Zügen genossen, im Mittelpunkt der Aufmerksamkeit zu stehen. Alle von Lauras Freunden wollten Evie und Lola sehen, sie in den Arm nehmen und dumm und dusselig kuscheln, und die ständige Beteuerung, wie ähnlich sie ihrer Mutter doch seien, nicht nur äußerlich, sondern in ihrer ganzen Art, ließ sie beinahe platzen vor Stolz. Dies war ihr Tag und der Tag ihrer Mutter, und sie würden ihn nie vergessen.

Ich entschuldigte mich bei einer alten Schulfreundin von Laura, die extra aus Edinburgh gekommen war, und machte mich auf die Suche nach meinen Mädchen. Doch ich hatte kaum drei Schritte getan, als sie schon auf mich zugelaufen kamen.

»Hast du gewusst, dass Mum mal an Silvester so betrunken war, dass sie ihr Oberteil ausgezogen und im BH auf der Theke getanzt hat?«, fragte Evie strahlend.

»Und hast du gewusst, dass Mum ein Blue-Peter-Abzeichen bekommen hat, weil sie die meisten Milchflaschendeckel in ihrer Schule gesammelt hat?«, haspelte Lola eifrig hinterher. »Meinst du, wir haben es noch irgendwo?«

»Und als Studentin ist Mum angeblich mal beinahe verhaftet worden, weil sie gegen Studiengebühren protestiert hat«, sagte Evie. »Und in der Schule hat sie immer den Direktor nachgemacht, und sie war so gut darin, dass alle immer lachen mussten, und einmal hat er es gehört, und dann musste sie es für ihn noch mal machen.«

Die Freude in ihren Augen, als sie mir diese Geschichten erzählten, vertrieb auch die letzten Zweifel daran, ob es die richtige Entscheidung gewesen war, Lauras Freunde einzuladen. In nur wenigen Stunden hatte ihre tote Mutter sich von einer zweidimensionalen Heiligen, an die sie nur mit dem Schmerz des Verlustes hatten denken können, zu einem lebendigen, lachenden, tanzenden, lebensbejahenden dreidimensionalen Menschen entwickelt. Lola schien es vor allem zu gefallen, dass ihre Mum andere zum Lachen gebracht hatte, und nachdem Evie die Geschichte mit dem Schuldirektor erzählt hatte, flüsterte sie mir ins Ohr: »Dad, wenn ich groß bin, möchte ich so werden wie Mum.«

Und dann, ohne Vorwarnung oder ein weiteres Wort, drehten die beiden sich um und ließen mich einfach stehen. Ich griff nach meinem Handy, um Fran eine Nachricht zu schreiben und ihr zu sagen, wie die Party lief, doch im selben Moment kam eine Nachricht von ihr: »Hoffe, alles läuft gut! Großvater versucht gerade, mir Gin Rummy beizubringen. Hoffnungslos. Bis morgen xxx«. Ich antwortete: »Hier ist der Teufel los! Die Mädchen lieben es. Du fehlst mir. Bis morgen.«

Es war eine seltsame Situation gewesen, als ich Evie und Lola von Fran und mir erzählt hatte. Wir saßen alle drei gemeinsam am Küchentisch vor unseren Schüsseln mit Nachtisch – den Baiser hatte ich selbst gemacht –, und die Mädchen tauchten gerade spielerisch die Finger in die süße, klebrige Masse und taten so, als wollten sie sie sich gegenseitig ins Gesicht schnippen, als ich meinen Löffel auf den Tisch legte und erklärte, dass ich ihnen etwas zu sagen hätte.

»Ihr erinnert euch doch noch an Fran, oder?«

Die Mädchen nickten. »Das ist die Lady, die mein Kostüm genäht hat«, sagte Lola. »Und Mr Clive ist ihr Großvater.«

»Richtig«, antwortete ich. »Und ... na ja ... ihr wisst, dass Fran und ich Freunde sind, richtig?« Die Mädchen nickten. »Nun, in den letzten Wochen sind wir ein bisschen mehr geworden als das. Und, auch wenn es noch ziemlich früh ist ... nun, ich wollte, dass ihr es wisst.«

Lola runzelte die Brauen. »Das verstehe ich nicht. Willst du damit sagen, dass ihr jetzt keine Freunde mehr seid?«

Evie stieß ihrer Schwester den Ellbogen in die Rippen. »Nein, du Dummkopf, er meint genau das Gegenteil. Er will damit sagen, dass Fran seine Freundin ist. So wie ich Olivers Freundin bin.«

Lolas durchdringender Blick traf mich mit der Wucht einer Kanonenkugel. Er war nicht wütend oder anklagend, eher überrascht, vielleicht eine Spur neugierig. »Das heißt also, du und Fran, ihr seid wie Evie und Oliver?«

»Nein«, antwortete ich, entsetzt von diesem schrägen Vergleich, bekam aber zum Glück noch die Kurve: »Nun ... ja, doch, aber es ist anders, weil wir erwachsen sind. Jedenfalls, der Grund, warum ich euch das sage, ist: Ich möchte nicht, dass ihr euch irgendwelche Sorgen macht, okay? Es wird sich nichts ändern. Es bedeutet bloß, dass ich sie mag und dass ich gerne Zeit mit ihr verbringe, so wie ich gerne Zeit mit euch verbringe.« Es herrschte langes Schweigen, während die Mädchen mich mit ausdruckslosen Gesichtern anstarrten. »So, jetzt, da es raus ist: Irgendwelche Fragen?«

Die Mädchen wechselten einen verstohlenen Blick, und dann hob Lola die Hand und sagte: »Ich hab eine.«

»Ja?«

»Aber es ist keine Frage.«

»Okay.«

»Ich wollte nur sagen: Ich mag sie, Daddy. Ich finde sie nett.«

»Ich auch«, sagte Evie. »Sie macht dich glücklich.«

Und das war's dann. Eine der schwierigsten Unterhaltungen, die ich mit meinen Mädchen erwartet hatte, war vorbei. Einfach so.

Sie fragten, ob sie ihren Nachtisch vor dem Fernseher essen durften, und ich sagte ja. Und so ließen die beiden mich verschwitzt und völlig erledigt mit zwei leeren Stühlen am Tisch zurück.

Obwohl Lauras Party offiziell nur den Nachmittag über dauern sollte, löste sich das Ganze erst gegen acht Uhr allmählich auf, und ich verbrachte den Großteil der folgenden Stunde damit, unseren Gästen zu danken, dass sie gekommen waren, und ihnen eine gute Heimfahrt zu wünschen. Ich weiß nicht mehr, wie oft Lauras Freunde mich fragten, ob ich von jetzt an jedes Jahr so eine Gedenkparty machen würde.

Um zehn lag Lola im Tiefschlaf auf dem Sofa, während Evie vor dem Fernseher hockte und mit aller Kraft versuchte, die Augen offen zu halten, und ich den letzten Nachzüglern nachwinkte. Doch als ich in die Küche zurückkehrte, um mit dem Aufräumen zu beginnen, stellte ich fest, dass noch ein Partygast übrig geblieben war.

Ich hatte während der Party kaum mit Ellie gesprochen, vor allem weil so viele andere Gäste da gewesen waren, die meine Aufmerksamkeit verlangten, und so war mir die Verkettung der Umstände, die dazu geführt hatten, dass Ellie nun halb in sich zusammengesunken mit einem großen Glas Rotwein am Küchentisch hing, ein Rätsel. Aber mir war sofort klar, dass Ärger in der Luft lag – die Stimmung zwischen uns war schon seit Lolas Ägyptentag in der Schule angespannt. In der vergangenen Woche hatte Ellie mich ignoriert oder mir kaum mehr als ein knappes »Hallo« geschenkt, und doch war sie eine der Ersten gewesen, die auf meine Einladung zu Lauras Party geantwortet hatten.

Da ich sie schnellstmöglich aus meiner Küche und in ein Taxi befördern wollte, beschloss ich, höflich, aber bestimmt aufzutreten.

»Oh, hi Ellie. Ich habe gar nicht gemerkt, dass noch jemand da ist. Ich rufe dir ein Taxi, in Ordnung?«

Sie hob den Kopf und starrte in meine Richtung. »Wie spät ist es?«

»Spät genug«, antwortete ich. »Ein Taxi ist vielleicht die beste Idee, dann bist du schnell zu Hause.«

»Wozu? Es interessiert ohnehin niemanden, wo ich bin. Ich könnte die ganze Nacht wegbleiben, und es würde keinen Unterschied machen.«

Obwohl ich wusste, dass es ein Fehler war, setzte ich mich zu ihr. »Ich bin mir sicher, das stimmt nicht.«

»Nicht? Marco hat mich verlassen. Er hat mich wegen irgendeinem Flittchen, das er auf einem seiner Jungs-Wochenenden aufgegabelt hat, abserviert.«

»Es tut mir leid, das zu hören.«

Ellie ließ den Kopf wieder auf die Tischplatte sinken. Sie tat mir wirklich leid, und wäre sie nüchtern gewesen, wäre ich sicher sitzen geblieben und hätte sie sich ihren Kummer von der Seele reden lassen. Aber alles an dieser Situation fühlte sich falsch an.

»Hör zu, wie wäre es mit einem Kaffee?«

Sie antwortete nicht, und so stand ich auf und schaltete den Wasserkocher an, bevor ich in die Diele flüchtete, um ein Taxi zu rufen. Als mir die Dame in der Zentrale sagte, in zehn Minuten sei ein Wagen hier, erklärte ich ihr, ich würde das Doppelte zahlen, wenn der Fahrer in fünf hier wäre.

Ich schickte die Mädchen nach oben ins Bett und ging zurück in die Küche. Ich goss heißes Wasser in die mit Kaffeepulver gefüllte French Press, ließ die dunkle Flüssigkeit kurz ziehen und schenkte dann eine Tasse ein, die ich vor Ellie auf den Tisch stellte. Obwohl sie mittlerweile aufrecht saß, würdigte sie den Kaffee kaum eines Blickes.

»Ich habe gerade an Laura gedacht.«

Ich sah sie überrascht an. »Oh. Okay.«

»Sie war so hübsch, nicht wahr?«

Es klang wie eine ganz und gar unschuldige Frage, aber es fühlte sich an wie eine Falle.

»Ja, ja das war sie.«

Sie drehte den Kopf und sah mich aus dem Augenwinkel heraus an. »Weißt du, ich habe dich letztens mit diesem Mädchen gesehen.«

Ich spürte, wie ich mich verspannte. »Welchem Mädchen?«

»In dem Café in der High Street. Auch so ein hübsches junges Ding. Du hast ein gutes Händchen für schöne Frauen. Und sie schien sehr erfreut zu sein, dich zu sehen.«

Ellie musste an dem Tag im Café gewesen sein, als ich mich mit Fran dort getroffen hatte. »Ja, richtig, das war vermutlich ich.«

»Mit Lauras Ersatz.«

Sie schien es wirklich auf eine Konfrontation abgesehen zu haben, aber ich hatte nicht die geringste Lust, mich darauf einzulassen. »Komm, lass uns deine Sachen zusammensuchen. Das Taxi ist gleich da«, sagte ich und stand auf.

»Jetzt willst du mich also auch noch loswerden, was?«

»Es tut mir leid, wenn du das denkst, Ellie. Aber es wird jetzt wirklich Zeit zu gehen.« Ich half ihr aufzustehen, und sie stützte sich schwer auf den Tisch, während sie ihre Sachen zusammensuchte.

»Du warst nicht fair, Tom. Du hast mich reingelegt.«

Ich versuchte, sie zu ignorieren, und es gelang mir, sie bis in die Diele zu bringen, wo sie dann jedoch erst richtig loslegte.

»Was ist nur los mit euch Männern?«, lallte sie wütend. »Warum könnt ihr nicht einfach mit dem zufrieden sein, was ihr habt? Marco sagt, dass er sie liebt! Kannst du das glauben? Er behauptet doch allen Ernstes, dass er sie liebt!« Sie fing an zu schluchzen, und ich legte instinktiv den Arm um sie, doch das schien alles nur noch schlimmer zu machen. Sie schluchzte noch heftiger, zog mich an sich und versuchte mich zu küssen.

Da fiel es mir wie Schuppen von den Augen. Darum ging es also? Hatte sie geglaubt, dass zwischen uns etwas lief? Ich hatte keine Ahnung, wie sie darauf gekommen war, und gerade auch nicht die Energie, das weiter zu ergründen. Ich wollte sie einfach nur aus dem Haus haben.

»Du musst jetzt gehen«, sagte ich und schob sie von mir.

»Oh, Tom, sei doch nicht so«, lallte sie. »Was auch immer da zwischen dir und diesem Mädchen läuft, ist doch nichts Echtes, nicht so wie zwischen uns beiden. Ich habe dich den ganzen Nachmittag beobachtet, wie du mit deinen Kindern umgehst, wie du dich verhältst. Wir wären ein großartiges Team, Tom. Du bist so unglaublich, das bist du wirklich. Laura muss völlig von Sinnen gewesen sein, dich zu betrügen. Wenn ich dir gehört hätte, hättest du dir niemals Sorgen zu machen brauchen, dass ich mit einem anderen Mann ins Bett gehen könnte.«

Jedes Mitgefühl, das ich bis zu diesem Augenblick noch für Ellie verspürt hatte, war verflogen. »Du bist betrunken und redest völligen Unsinn«, sagte ich und schob sie zur Haustür hinaus. »Aber was noch schlimmer ist: Dein Unsinn ist beleidigend. Ich denke, es ist das Beste, wenn du jetzt gehst.«

Ellie schien von meiner Reaktion ernsthaft überrascht zu sein, und in ihrem betrunkenen Gesicht konnte ich sehen, wie sie versuchte, meine Miene zu lesen, bis sie schließlich sagte: »Du hast es nicht gewusst, oder?«

Ich war jetzt so wütend, dass es mir schwerfiel, sie nicht anzubrüllen. »Verschwinde aus meinem Haus«, sagte ich so kontrolliert, wie es irgendwie ging.

Ellie lachte und stemmte sich gegen meine Versuche, sie zur Tür hinauszubugsieren. »Sie hat dir nie davon erzählt, oder? Von ihrer Affäre? Sie hat zu mir gesagt, dass sie es dir sagen wollte. Ich bin davon ausgegangen, dass sie es auch getan hat.«

In meinem Kopf begann sich alles zu drehen. »Du bist betrunken. Und du musst jetzt gehen. Ich möchte dich nie wieder sehen oder auch nur ein Wort mit dir wechseln. Hast du verstanden?« Damit ließ ich sie stehen und knallte die Tür zu, egal ob das Taxi nun da war oder nicht.

»Stimmt, ich bin betrunken!«, brüllte Ellie draußen vor der Tür so laut, dass ich Angst hatte, sie könnte die Mädchen aufwecken. »Aber das macht mich noch lange nicht zu einer Lügnerin!«

21
Nein. Heute.

Tom

Ich konnte nicht schlafen. Ellies schreckliches Gefasel und ihre Lügen über Laura ließen mich nicht zur Ruhe kommen. Warum erfand sie solche Geschichten? Um sich an mir zu rächen, bloß weil ich nicht auf ihre Avancen eingegangen war? Laura hätte mich betrogen? Niemals. Sie hätte nie irgendetwas in dieser Richtung getan. Sie hatte uns – mich und ihre Familie – zu sehr geliebt, um auch nur an so etwas zu denken. Nicht, dass so etwas nicht passieren konnte, natürlich. Immer wieder gingen Beziehungen in die Brüche, weil einer von beiden jemand Neuen kennengelernt hatte. Unzufrieden mit den aktuellen Umständen oder aus einem Gefühl der Vernachlässigung ließen sie zu, dass ein anderer Mann oder eine andere Frau ihnen den Kopf verdrehte, und glaubten, der neue Partner sei die Antwort auf alle Fragen. Aber so war Laura nicht gewesen. Sie war glücklich gewesen, hatte unser Leben geliebt. Sie ging wieder zur Uni und schmiedete Pläne für die Zukunft. Wir waren ihr Leben gewesen.

Ich hätte es besser wissen sollen, als mich auf jemanden wie Ellie zu verlassen. Schließlich war es nicht das erste Mal gewesen, dass ich einem Menschen wie ihr begegnet war – ewige Opfer, immer auf der Suche nach ihrem ganz persönlichen Retter. Ich hätte die Warnsignale von Anfang an erkennen müssen. Ihre seltsame Annäherung auf dem Schulhof, als würde sie mir einen Gefallen tun. Die unschuldigen Treffen im Café, bei denen sie mir von ihrer schwierigen Ehe und den Verständigungsproblemen zwischen sich und ihrem Mann erzählt hatte. Ich hätte sehen müssen, worauf das hinauslaufen würde, und ihr von Anfang an klarmachen, dass ich nichts von ihr wollte. Ich hätte mich von ihr fernhalten sollen. Wenn ich nur ein wenig besser aufgepasst hätte, dann hätte sie mich niemals mit ihrem giftigen Stachel stechen können.

Und doch ... etwas in ihren Augen, als sie es mir gesagt hatte, ihre Überraschung, als ob sie wirklich davon ausgegangen war, dass ich es bereits wusste, ließen mich nicht los. Zugegeben, sie war betrunken gewesen, und mehr als nur ein bisschen aufgewühlt. Und ihr war – mit Blick auf ihre Kommentare über Fran – nicht zu trauen. Und dennoch war ihre Reaktion seltsam gewesen. Der Versuch, mich als Opfer darzustellen, ergab keinen Sinn. Ich war der Witwer, nicht der betrogene Ehemann. Ich war der Mann ohne Frau, der zwei junge Mädchen allein großzog, nicht das Opfer eines Betrugs.

Da ich ohnehin nicht mehr würde einschlafen können, warf ich die Bettdecke zurück, zog mich an und ging nach unten. Dort räumte ich noch eine Weile herum, aber bald gab ich es auf und begann, die Schubladen der Kommode neben dem Sofa zu durchsuchen. Erst als ich ihren Inhalt schon fast komplett auf dem Küchentisch verteilt hatte, fand ich endlich, was ich gesucht hatte: den Familienkalender aus dem Jahr, in dem wir Laura verloren hatten.

Ich wusste, dass wir ihn noch hatten, weil Linda mich darüber informiert hatte, dass sie einen neuen Kalender gekauft und den alten in die Schublade gelegt habe, falls ich ihn als Erinnerungsstück behalten wolle. Damals hatte ich mich überhaupt nicht dafür interessiert. Wozu ein Erinnerungsstück, wenn ich doch nichts anderes wollte, als zu vergessen? Und so hatte der Kalender bis jetzt unangerührt in der Schublade gelegen.

Ich blätterte vor bis zu dem Monat, in dem Laura gestorben war, und las jedes Wort, das sie dort eingetragen hatte. Aber ich fand nichts Ungewöhnliches, bloß die üblichen Verabredungen der Mädchen, Termine und Deadlines für Lauras Seminararbeiten. Nichts, was nicht dazu passte oder irgendwie aus der Reihe fiel, und auch nichts, was darauf hätte hinweisen können, dass Laura vorgehabt hatte, mir etwas Furchtbares zu offenbaren. Andererseits hätte sie das wohl auch kaum in den Kalender geschrieben. Und trotzdem konnte ich nicht aufhören zu suchen. Nach und nach erinnerte ich mich bei manchen Einträgen an Einzelheiten, die für sich betrachtet nicht bemerkenswert waren, mir in ihrer Gesamtheit jedoch plötzlich ein zunehmend mulmiges Gefühl gaben. Ich erinnerte mich an den Tag, an dem Laura im Kalender »Elternabend« eingetragen hatte, einfach weil mir an diesem Tag eine neue Fernsehshow übertragen worden war. Ich hatte sie angerufen, um ihr davon zu berichten, und war überrascht gewesen, als der Anruf direkt auf ihre Mailbox umgeleitet worden war. Fünf Minuten später hatte sie mich zurückgerufen und es auf den schlechten Empfang im Haus geschoben, obwohl wir normalerweise zu Hause nie Probleme mit dem Empfang gehabt hatten.

Ein anderes Mal hatte sie einen Zahnarzttermin für die Mädchen eingetragen, der aber nie stattgefunden hatte, denn an dem Tag war sie nach Brighton gefahren, um sich mit einer Schulfreundin zu treffen. Unterwegs war ihr Auto liegengeblieben. Sie hatte Marina anrufen und bitten müssen, Lola von der Schule abzuholen, und der Wagen musste abgeschleppt werden. Seltsamerweise konnte ich mich nicht mehr daran erinnern, wer diese Freundin war, mit der sie sich getroffen hatte, oder ob Laura überhaupt noch einmal von ihr gesprochen hatte.

Ich blätterte weiter zurück, bis in den August, wo unser zehntägiger Familienurlaub in St Ives eingetragen war. Dabei erinnerte ich mich, dass Laura während dieser Ferien ständig auf ihr Handy geschaut hatte. Sie hatte erklärt, eine Freundin aus einem ihrer Unikurse stecke gerade in einer heftigen Ehekrise, aber trotzdem war es ganz untypisch, dass sie geistig so abwesend war, besonders weil wir mit den Mädchen unterwegs waren.

Einzeln betrachtet, konnte man keinen einzigen dieser Vorfälle als auffällig interpretieren, und selbst gemeinsam ergaben sie nicht viel. Und doch wollte die Unruhe, die Ellie in mir entfacht hatte, nicht abebben. Verrannte ich mich da in irgendwas? Begann ich, Gespenster zu sehen? Ich hatte das Gefühl, als wollten diese Tage, auf die ich starrte, mir etwas mitteilen, aber ich kam einfach nicht darauf, was es war. Dann dachte ich an die anderen Dinge, die keinen Sinn ergaben und die ich eigentlich schon wieder völlig verdrängt hatte, wie die Frage, warum sie an dem Tag ihres Unfalls auf der Autobahn unterwegs gewesen war, oder die Blumen auf ihrem Grab von »R« – vielleicht doch keine Freundin von ihr? Und dann erinnerte ich mich noch an eine andere merkwürdige Sache: Am Tag des Unfalls hatte Linda mir gesagt, dass sie seit einer Woche nicht mehr mit Laura gesprochen hatte, was mir selbst damals schon merkwürdig vorgekommen war. Die beiden hatten fast jeden Tag miteinander telefoniert, so nahe hatten sie sich gestanden; musste da nicht etwas dahinterstecken, wenn sie eine ganze Woche lang nicht miteinander gesprochen hatten?

Ich konnte mir nicht helfen, aber der Giftstachel, den Ellie mir verpasst hatte, sank tiefer und tiefer in mich hinein. All diese Dinge passten irgendwie nicht zusammen, ich sah nur noch Ungereimtheiten und Zweifel. Am liebsten hätte ich Linda angerufen, aber ihr gegenüber konnte ich meinen Verdacht unmöglich erwähnen. Ich brauchte Beweise. Und da erinnerte ich mich an Lauras Handy.

Linda

Desi und ich lagen im Bett und lachten. Und es war kein leises Kichern, Tränen liefen uns übers Gesicht, und wir krümmten uns keuchend, weil uns die Bäuche vor Lachen schmerzten. Es war die Art von Gelächter, bei dem man, sosehr man auch versucht, sich zusammenreißen, einfach nicht aufhören kann. Ich habe keinen Schimmer, was genau diese Ausgelassenheit hervorgerufen hatte, aber der eigentliche Grund für unser Lachen war auch gar nicht wichtig, ich genoss es einfach, wie sorglos und glücklich ich mich fühlte.

Die letzten Tage mit Desi waren einfach wundervoll gewesen. Als der Schmerz über Lauras Verlust mich wieder übermannt hatte, hatte ich an Lachen gar nicht denken können, und hier war ich nun, mit einem permanenten Lächeln auf dem Gesicht, und das alles verdankte ich Desi. Er gab mir das Gefühl, ein völlig neuer Mensch zu sein. Er gab mir das Gefühl, dass das Glück nicht für immer außerhalb meiner Reichweite lag. Ich hatte noch nie einen so sanften, fürsorglichen, liebevollen, witzigen Mann kennengelernt, und ich hatte kein Problem damit, ihm das auch zu sagen.

»Denkst du das wirklich?«

»Warum sollte ich es sonst sagen?«

Desi lachte. »Die Leute sagen ständig Dinge, die sie nicht so meinen.«

»Nun, ich nicht. Ich meine jedes einzelne Wort so, wie ich es gesagt habe.« Ich strich mit der Hand über sein Kinn und spürte das sanfte Kribbeln seiner Barthaare an meinen Fingerspitzen. »Ich habe noch nie einen Menschen wie dich getroffen.«

»Und ich habe noch nie jemanden wie dich getroffen. Deswegen möchte ich dich auch was fragen ... also ...« – Desi räusperte sich – »Hast du schon mal darüber nachgedacht, hier zu bleiben.«

»Hier auf der Insel?«

»Nein, in Melbourne, bei mir. Du könntest bei mir wohnen, und ich zeige dir, was Australien sonst noch zu bieten hat. Danach könnten wir vielleicht ein wenig reisen und all die Orte besuchen, die noch keiner von uns gesehen hat, und all die Dinge tun, die wir immer schon mal tun wollten.«

»Das klingt wunderbar, Desi, wirklich, aber ich muss auch an die Mädchen denken.«

»Aber du hast doch selbst gesagt, dass dein Schwiegersohn das alles ganz hervorragend im Griff hat.«

»Hat er auch.«

»Also hast du vor, wieder bei ihnen einzuziehen und dort weiterzumachen, wo du aufgehört hast?«

»Das habe ich nicht gesagt.«

»Dann willst du nach York zurückgehen und irgendwie versuchen, deine leeren Tage zu füllen?«

»Desi, bitte, so einfach ist es nicht. Die Mädchen sind das Letzte, was mir von Laura geblieben ist. Ich brauche sie in meinem Leben.«

»Natürlich tust du das, das ist doch völlig klar«, erwiderte

Desi. »Aber du brauchst auch ein eigenes Leben, eins, in das du sie einladen kannst, eins, in dem du nicht nur darauf wartest, dass du an ihrem teilhaben darfst.«

Desi zog sich den Bademantel über und verließ das Zimmer, ohne auf meine Bitte, zu bleiben, zu reagieren. So vieles von dem, was er gesagt hatte, war richtig, aber ich konnte nicht einfach Tausende von Meilen von ihnen entfernt leben. Ich konnte es ja nicht einmal ertragen, daran zu denken.

Ich nahm meinen Bademantel und folgte ihm. Er musste verstehen, dass es bei meiner Entscheidung nicht darum ging, dass er mir nichts bedeutete, sondern darum, für die Menschen da zu sein, die mich brauchten.

Ich war schon halb die Treppe hinunter, als ich zum ersten Mal, seit wir in diesem Haus waren, das Telefon klingeln hörte. Am Fuß der Treppe kam Desi mir mit dem Hörer in der Hand entgegen.

»Es ist für dich.«

»Ist es Moira? Ist alles in Ordnung?«

»Es ist nicht Moira«, sagte Desi. »Es ist dein Schwiegersohn. Offenbar hat er es ein paarmal auf deinem Handy versucht und ist nicht durchgekommen. Also hat er Moira angerufen, und die hat ihm diese Nummer gegeben.« Er legte eine Hand über das Mikrofon. »Ich möchte dich nicht beunruhigen, aber er klingt überhaupt nicht gut. Ziemlich aufgebracht, wenn du mich fragst.«

Ich warf einen Blick auf die Uhr am Kühlschrank. Es war kurz vor fünf am Nachmittag, was bedeutete, dass es in England vier Uhr morgens sein musste. Mein Herz raste. Welchen Grund konnte er haben, um diese Uhrzeit anzurufen? Es konnte nichts Gutes sein.

»Tom, was ist passiert?«

»Nichts ist passiert«, sagte Tom. »Alles in Ordnung.«

»Geht es den Mädchen gut?«

»Sie schlafen tief und fest.«

»Warum bist du dann so früh auf? Es ist erst vier Uhr bei euch. Was ist los?«

»Witzig, dass du das fragst, Linda, denn genau das wollte ich dich fragen.«

Er verhielt sich so merkwürdig, dass ich mir ernsthaft Sorgen machte. »Hör auf damit, Tom. Erzähl mir einfach, wo das Problem liegt, und dann werden wir es lösen.«

»Tatsächlich?« Seine Stimme klang scharf und böse. »Nun, wieso fängst du nicht damit an, endlich aufzuhören, die Unschuldige zu spielen.«

»Ich verstehe nicht, was du damit sagen willst, Tom. Glaubst du, dass ich dir zu irgendetwas nicht die Wahrheit gesagt habe?«

»Ich denke es nicht, ich weiß es«, sagte Tom. »All die Monate, all dieser Schmerz, und du hast es gewusst, nicht wahr? Aber du warst zu feige, es mir zu sagen.«

»Dir was zu sagen? Ich verstehe immer noch nicht, was du willst, Tom. Ich kann dir gar nichts erklären, wenn du mir nicht sagst, wovon du sprichst!«

»Wovon spreche ich wohl, Linda? Ich spreche davon, dass Laura mich betrogen hat!«

Ich ließ mich auf die unterste Treppenstufe sinken und fragte mich, wie er es erfahren hatte. Hatte er es selbst herausgefunden, oder hatte es ihm jemand erzählt? Im Grunde spielte das jetzt gar keine Rolle mehr. Die Katze war aus dem Sack. Er würde mir das nie verzeihen, und ich war mir auch nicht sicher, ob ich es überhaupt verdient hatte. Abgesehen von den Mädchen war ich die Einzige, die er als Teil seiner Familie bezeichnet hätte, und ich hatte ihn auf die schrecklichste Art und Weise verraten. Ich hätte es ihm sagen müssen, als ich die Gelegenheit dazu hatte.

»Es tut mir leid, Tom, wirklich«, sagte ich, während mir die Tränen über die Wangen rollten. »Ich habe ehrlich gedacht, es wäre am besten so.«

Tom

Es war Lauras Handy, das alles verändert hatte. Ohne Rücksicht darauf, ob ich die Kinder wecken würde, war ich die Treppe hinaufgerannt und hatte es aus ihrer Nachttischschublade geholt. Es war das Einzige, was noch dort gelegen hatte. Alles andere war ausgeräumt, aber ihr Handy hatte ich beschlossen noch eine Weile aufzubewahren, da auf ihm noch Fotos und Nachrichten gespeichert waren, für den Fall, dass ich sie irgendwann würde anschauen oder herunterkopieren wollen. Ich holte mein Ladegerät, stöpselte es in das Handy und wartete halb hoffend und halb betend auf ein Lebenszeichen. Nach knapp zwei Minuten erschien Lauras Screensaver: Ein Schnappschuss von mir und den Mädchen im herbstlichen Gatton Park, ein Jahr vor ihrem Tod. Sie hatte immer gesagt, dass es ihr Lieblingsfoto von uns sei und dass es selbst an den furchtbarsten Tagen immer ihre Laune hob.

Ich tippte ihr Passwort ein (Evies und Lolas Geburtstage) und hatte plötzlich Zugriff auf alles, was Laura da gespeichert hatte. Ich fühlte mich komisch, es wäre mir früher nie in den Sinn gekommen, ihre privaten Nachrichten oder E-Mails zu lesen, und doch machte ich mich jetzt in Windeseile über sie her. Ich konzentrierte mich auf die Textnachrichten. Nach zehn Minuten hatte ich allerdings noch keinen einzigen belastenden Beweis gefunden. Falls Laura und ihr angeblicher Liebhaber sich geschrieben hatten, dann war sie clever genug gewesen, die Nachrichten zu löschen. Also wechselte ich zu ihrer Anrufliste, die ich ungeduldig durchscrollte. Und da war es. Immer wieder tauchte eine Nummer auf, die sie unter »R« abgespeichert hatte. Plötzlich wich alle Energie aus mir. Egal wie sehr ich auch versuchte, es mir einzureden, ich wusste, dass es kein Zufall war. Die Anrufe von »R« hatten drei Monate vor Lauras Tod begonnen, und der letzte war just von dem Tag, an dem sie gestorben war. Ich fühlte mich elend und wütend und wünschte mir nichts sehnlicher, als dass ich mich irrte. Und wenn irgendjemand mich davon überzeugen konnte, dass ich die falschen Schlüsse gezogen hatte, dann war es Linda. Doch dann stieß ich auf eine Nachricht von Linda, ihre letzte an Laura, von dem Tag, als sie nach Lolas Geburtstagsparty nach York zurückgekehrt war – eine Woche vor Lauras Tod: »Hallo mein Schatz, ich wollte nur sagen: Ich denke an dich. Ich weiß, es wird nicht leicht, aber je schneller du es tust, desto schneller können wir diesen ganzen Schlamassel hinter uns lassen. Hab dich lieb, Mum xxx«.

Linda

Er hatte recht. Ich hatte von Lauras Affäre gewusst. Es war einer der letzten Tage, an denen ich sie gesehen hatte. Wir hatten gerade den ganzen Nachmittag damit verbracht, für Lolas siebten Geburtstag einzukaufen. Mit Tüten und Taschen voll Essen und letzten Geschenken legten wir eine kleine Pause in einem Café ein, bevor wir Lola von der Schule abholen mussten. Ich hatte kaum meinen Kräutertee an die Lippen gehoben, als Laura plötzlich mit Tränen in den Augen erklärte, sie müsse mir etwas sagen.

»Liebling, was ist denn passiert?«

Sie starrte hinunter auf die Tischplatte. »Mum, ich habe eine Affäre.«

Laura berichtete mir keine Details. Sie sagte nur, dass sie in einem ihrer Kurse an der Universität einen Mann kennengelernt habe und dass sie beide sich sofort voneinander angezogen gefühlt hätten und dass sie versucht habe, dem zu widerstehen, doch es sei ihr nicht gelungen. Es gehe schon seit einer ganzen Weile so, doch die Schuldgefühle zerfräßen sie förmlich, und sie wolle es so schnell wie möglich beenden und Tom reinen Wein einschenken. Zuletzt sagte sie noch, dass es ihr leidtue, mich zu enttäuschen. Ich versicherte ihr, dass sie sich darum nun wirklich keine Sorgen machen müsse, schließlich war ich ihre Mutter. Aber in Wahrheit ging es auch viel weniger um mich und darum, ob sie mich enttäuscht hatte oder nicht. Am meisten hatte sie sich nämlich selbst enttäuscht.

Natürlich machte ich mir Vorwürfe – Mütter machen sich immer Vorwürfe, und ich erst recht. Das war sicher alles nur passiert, weil sie ohne Vater aufgewachsen war. Das war alles nur passiert, weil ich bei der Erziehung versagt hatte. Das war nur passiert, weil ich zu streng mit ihr gewesen war oder zu nachsichtig oder weil ich ihr mehr Unabhängigkeit hätte einräumen müssen.

An dem Tag, als ich nach York zurückfuhr, brachte sie mich zum Bahnhof. Die ganze Fahrt über sagte ich kaum ein Wort, doch als ich ausstieg, platzte es aus mir heraus, wie sie Tom nur so etwas hatte antun können, wo er ihr gegenüber immer so ein wunderbarer Mann gewesen sei.

»Ich weiß es nicht, Mum«, antwortete sie. »Ich wünschte, ich wüsste es, aber ich weiß es einfach nicht.«

Laura ließ mich schwören, es niemandem zu verraten, was mich in eine entsetzliche Lage brachte, doch sie versprach mir, die Sache so schnell wie möglich zu beenden. Sie würde sich darum kümmern und Tom alles sagen. Aber dann kam der Unfall und veränderte alles. Und ich wurde von einer unschuldigen Zuschauerin zur Bewahrerin des letzten Geheimnisses meiner Tochter. Ich musste dastehen und zusehen, wie Toms Herz brach. War es ein Wunder, dass ich alles tat, um sein Leben ein wenig erträglicher zu machen? Warum ich so viel Geduld aufbrachte und sein Verhalten so lange ertrug? Ich hatte mich schuldig gefühlt, so einfach war das. Und ich hatte die Wahrheit gekannt, aber nicht die Charakterstärke gehabt, sie mit ihm zu teilen.

Tom

Ich dachte nicht weiter darüber nach, was passieren würde, als ich auf »R«s Nummer tippte. Seit ich mein Telefonat mit Linda beendet hatte, dachte ich überhaupt nicht mehr viel. Stattdessen folgte ich allein meinem Instinkt, und der befahl mir, die Nummer von Lauras Liebhaber zu wählen, auch wenn es fünf Uhr am Sonntagmorgen war. Bei den ersten Versuchen klingelte es ein paarmal, bevor ich auf die Mailbox umgeleitet wurde, doch beim fünften Versuch antwortete dieselbe männliche Stimme, die auch den Ansagetext auf der Mailbox gesprochen hatte – tief und mit einem leichten amerikanischen Akzent.

»Laura? Wer ist da? Was soll das?«, fragte er irritiert und ein wenig besorgt.

Ich konnte mir vorstellen, wie verwirrt er sein musste, in aller Herrgottsfrühe einen Anruf von einer Frau zu erhalten, die er für tot hielt. »Sie kennen mich nicht«, antwortete ich. »Aber ich denke, Sie kannten meine Frau, Laura Hope.«

Kurzes Zögern am anderen Ende der Leitung. Dann: »Selbstverständlich, ja, ich kannte Laura«, sagte er. »Sie war eine Studentin von mir.«

»Sie war eine *Studentin* von Ihnen?« Mir wurde übel. Das also war die hässliche Wahrheit: Laura hatte eine Affäre mit einem Mann von der Uni gehabt, an die zurückzukehren ausgerechnet ich sie ermuntert hatte.

»Eine Zeitlang, ja. Was kann ich für Sie tun? Sie wissen schon, wie viel Uhr es ist, o …«

Ich spürte, wie die Wut in mir hochstieg. »Lassen Sie's einfach, okay? Lassen Sie's. Ich weiß, was zwischen Ihnen gelaufen ist, also ersparen Sie mir die Lügen, okay? Wir müssen reden, und zwar heute.«

Nach langem Schweigen meldete sich seine Stimme zurück, diesmal leiser und resigniert. »Das ist unmöglich. Wie wäre es morgen?«

»Nein. Heute.«

Erneut langes Schweigen. »Wenn Sie nach Brighton kommen, können wir uns gleich heute früh treffen. Sonntags morgens gehe ich üblicherweise unten am Strand joggen. Da gibt es ein Café, *The View*, es liegt zwischen den beiden Piers. Wir könnten uns dort treffen, sagen wir um acht?«

»Ich werde da sein«, antwortete ich und legte auf. Dann weckte ich die Mädchen und erklärte ihnen, es gebe einen Notfall bei meiner alten Arbeitsstelle und ich müsse sie zu Rich und Marina bringen. Evie gab sich nicht einmal die Mühe so zu tun, als würde sie mir glauben, während Lola, noch halb schlafend, das Ganze mit leerem Blick verfolgte, als wäre sie mitten in einem Traum. Rich und Marina hatten ebenfalls ein paar Fragen, nicht zuletzt, wieso ich am Sonntagmorgen um diese Uhrzeit vor ihrer Tür stand. Ich sagte ihnen, dass ich sie nicht um ihre Hilfe bitten würde, wenn es nicht wirklich ein Notfall wäre, und die Dringlichkeit in meiner Stimme schien sie zu alarmieren, denn sie erklärten sich sofort bereit, sich um die Mädchen zu kümmern, sodass ich nach Hause eilen, meine Autoschlüssel schnappen und nach Brighton fahren konnte.

Die Autofahrt verlief ohne besondere Vorkommnisse, wofür ich dankbar war, denn schließlich verstieß ich damit gegen meine Auflagen. Wenn die Polizei mich gestoppt hätte, hätte mir am Ende vermutlich doch noch eine Gefängnisstrafe gedroht, doch als ich in Brighton auf dem leeren Parkplatz aus dem Wagen stieg und den Schildern Richtung Meer folgte, gehörte dieser Gedanke nicht einmal annähernd zu den Top Ten der Dinge, die mir Sorgen bereiteten.

Nach fünf Minuten Fußweg überquerte ich die Hauptstraße und blickte, nur durch einen Kiesstrand vom Wasser getrennt, hinaus aufs Meer. Ich folgte den Anweisungen, die ich bekommen hatte, und lief die Promenade entlang. Als das Café in Sichtweite kam, sah ich jemanden im schwarz-gelben Joggingdress neben einem der Außentische stehen.

»Sie müssen Tom sein«, sagte der Mann. »Ich bin Rob.« Er streckte die Hand zur Begrüßung aus, doch ich reagierte nicht und blickte nur auf seinen Ehering.

Er war Ende vierzig, groß und schlank, mit ersten grauen Haaren und einem gepflegten Bart. Er sah gut aus für sein Alter und erfolgreich, wie jemand aus einem Artikel in der Wochenendbeilage über die Vorzüge des Lebens jenseits der Vierzig.

Das Café war noch geschlossen, doch wir setzten uns trotzdem an einen der Bistro-Tische.

»Sie sind also verheiratet?«

»Jetzt ja, aber als ich Laura getroffen habe, war ich nicht verheiratet.«

»Und für wen genau soll das einen Unterschied machen?«

»Für niemanden. Ich ... es spielt keine Rolle. Wie lange wissen Sie es schon?«

»Seit etwa vier Uhr heute Morgen.«

Er rutschte unbehaglich auf seinem Stuhl hin und her. »Sie müssen sich gerade ziemlich schrecklich fühlen. Und auch wenn es vielleicht seltsam klingt: Es tut mir leid, dass Sie es überhaupt herausfinden mussten. Ich kann mir vorstellen, wie schwierig das für Sie ist.«

Wir schwiegen, während ein paar frühe Jogger an uns vorbeiliefen. Schließlich wandte er sich wieder zu mir um.

»Also, was genau wollen Sie von mir?«

»Ich will es wissen.«

»Die Affäre?«

»Alles.«

Sie hatten sich in Lauras erster Woche nach ihrer Rückkehr an die Uni kennengelernt, etwa ein Jahr vor ihrem Tod. Rob kam ursprünglich aus New York und hatte sich in England niedergelassen, nachdem ihm eine Dozentenstelle in London angeboten worden war. Er hatte Laura vom ersten Moment an gemocht, doch ihre Beziehung war rein professionell gewesen, bis Laura Anfang des Herbstsemesters mit ihrer Abschlussarbeit begonnen hatte und sie von da an enger zusammenarbeiteten. Zum ersten Kuss war es bei einem gemeinsamen Drink nach einer seiner Vorlesungen gekommen, und drei Tage später hatten sie in einem Hotel in London zum ersten Mal miteinander geschlafen. Sie hatten beide gewusst, dass es nicht richtig war – auch Rob hatte seit fünf Jahren eine Lebensgefährtin –, aber sie waren einfach nicht dagegen angekommen.

Nach anderthalb Monaten gestohlener Momente hatte Laura es schließlich beendet. Offenbar war ihr alles zu viel geworden. Sie hatte es gehasst, mich zu hintergehen, und das Gefühl gehabt, alles zu riskieren, was ihr wichtig war. An dem Tag, als der Unfall passierte, war sie in Brighton gewesen, um Rob persönlich zu sagen, dass es zwischen ihnen vorbei war. Er hatte sie angefleht, es sich noch einmal zu überlegen, hatte ihr gesagt, dass er sie liebe und für immer mit ihr zusammen sein wolle. Aber offenbar hatte Laura ihm erklärt, dass sie den größten Fehler ihres Lebens begangen habe und dass sie mir, sobald sie zu Hause sei, alles erzählen und mich um Vergebung bitten würde.

Aber sie ist nie zu Hause angekommen.

»Ich habe alles versucht, sie umzustimmen«, sagte Rob. »Aber nichts, was ich tat, hatte irgendeine Wirkung. Am Ende wollte sie Sie. Sie und nur Sie. Ich hatte keine Chance.«

22
Es ist schließlich deine Familie

Tom

Auf der Rückfahrt ließ ich das Gespräch mit Lauras Liebhaber wieder und wieder in meinem Kopf Revue passieren. Was mich besonders überraschte, war, dass ich in seiner Gegenwart so ruhig geblieben war. Ich hatte nicht einmal das Bedürfnis gehabt, ihm eine reinzuhauen. Selbst dann nicht, als er davon gesprochen hatte, wie es ihn vor Schmerz fast zerrissen hatte, als er von Lauras Tod in den Abendnachrichten erfahren hatte. Selbst dann nicht, als er gesagt hatte, wie schuldig er sich fühlte, weil er der Grund für Lauras Fahrt nach Brighton gewesen war. Ich hatte kaum eine Regung gezeigt, als er erzählte, wie er, überwältigt von Trauer, beschlossen hatte, sich von seiner Freundin zu trennen – bis er erfahren hatte, dass sie schwanger war. Selbst als er davon sprach, dass er sich entschlossen hatte, bei ihr zu bleiben – »so ein Typ« sei er schließlich nicht –, zuckte ich nicht einmal mit der Wimper. Als er mir gestand, dass er in den vergangenen anderthalb Jahren jeden Monat einen Strauß von Lauras Lieblingsblumen auf ihrem Grab abgelegt hatte, beinahe so, als wäre sein Schmerz mit meinem vergleichbar, rührte ich mich nicht. Es war, als hätte nichts, was er tat oder sagte, mich provozieren können, und ich fragte mich, wie kaputt ich innerlich eigentlich sein musste, um nichts mehr zu spüren. Doch als ich ihm in Gedanken noch einmal nachsah, wie er zu seiner Frau und seinem Kind zurückjoggte, die nichts von Lauras Existenz wussten, erkannte ich, dass ich nicht wütend auf Rob war, weil nicht er es gewesen war, der mein Vertrauen missbraucht hatte. Er bedeutete mir nichts, so wenig wie ich ihm etwas bedeutete. Er war nichts weiter als ein Komparse, ein Gesicht in der Menge. Die eigentliche Geschichte drehte sich nicht um ihn, sondern um Laura, und jeder Funken Wut, der in mir glühte, richtete sich allein gegen sie. Wie sollte ich sie nach dem, was sie mir angetan hatte, noch lieben? Wie konnte ich jetzt noch einen Sinn erkennen in all der Zeit, in der ich um sie getrauert hatte, ohne mir wie der letzte Idiot vorzukommen? Ich fühlte nichts als Wut auf sie, ein Gefühl, das nirgendwo hinkonnte und keine Möglichkeit hatte, sich Luft zu machen. Jeder Muskel, jede Sehne schien von einem unkontrollierbaren Zorn erfüllt zu sein. Ich hätte nie für möglich gehalten, dass ich jemals so etwas empfinden würde, und erst recht nicht in Bezug auf jemanden, den ich mehr geliebt hatte als mein Leben. Vielleicht war die Liebe schuld, vielleicht auch Laura, aber ich sollte verdammt sein, wenn ich ihr weiterhin gestattete, unser Zuhause mit ihrer Präsenz einzunehmen, das sie nicht genug geliebt hatte, um ihm treu zu bleiben.

Mein Zorn hatte sich nicht gelegt, als ich zu Hause ankam. Und diese blinde, unbändige Wut suchte sich ein Ventil. Als mir die Schwarz-Weiß-Aufnahme von Laura und mir vor der Kirche am Tag unserer Hochzeit ins Auge fiel, schleuderte ich sie mit einer solchen Wucht zu Boden, dass das Glas in tausend winzige Scherben zersprang, die unter meinen Schuhen knirschten, als ich in die Küche ging und eine Rolle Mülltüten aus dem Schrank unter der Spüle holte, eine abriss und anfing, alles, was mich an Laura erinnerte, hineinzuwerfen. Ich marschierte durch die Zimmer, nahm Bücher und CDs aus den Regalen, riss Familienfotos von der Wand, sammelte all die sorgsam bewahrten Erinnerungsstücke vergangener Urlaube zusammen und warf alles in die Mülltüte. Ich holte auch das Bild von der Wand, das Fran so bewundert hatte. Wie ein Verrückter machte ich mich über alles her, was ich finden konnte, sogar ein Foto von Laura, das auf Evies Nachttisch gestanden hatte, und Lolas Schuhkarton-Schrein. Ein besserer Mensch als ich hätte seinen Kindern niemals etwas so Grausames angetan. Er hätte einen Weg gefunden, sie aus den Problemen, mit denen sie wahrlich nichts zu tun hatten, herauszuhalten. Aber falls ich einmal ein besserer Mensch gewesen war, so war das jetzt ganz sicher vorbei. Alles, was mich interessierte, war, Laura aus meinem Leben zu tilgen. Alles, was zählte, war, dass sie endgültig verschwand.

Linda

Es war spät am Montagabend, und nach einem Tag, den ich nur als den turbulentesten meines Lebens beschreiben kann, standen Desi und ich mit gepackten Koffern im Foyer unserer Ferienunterkunft und warteten auf das Taxi, das uns zum Flughafen von Hamilton Island bringen sollte, von wo aus wir nach Melbourne zurückfliegen würden.

Ich seufzte und sah Desi an. »Ich kann einfach nicht glauben, dass wir nur so wenig Zeit hier verbringen konnten.«

»Ein Grund mehr für uns, eines Tages wieder herzukommen.«

Ich legte sanft eine Hand auf seinen Arm. Ich fühlte mich schrecklich, nach all dem Aufwand, den Desi unternommen hatte, um uns hierherzubringen, nun diejenige zu sein, die für unseren übereilten Aufbruch verantwortlich war. »Du verstehst, warum ich nicht bleiben kann, nicht wahr?«

»Natürlich tue ich das. Es ist schließlich deine Familie.«

»Warum habe ich dann das Gefühl, dass du wütend bist?«

Er sah mich an und lächelte. »Ich bin nicht wütend auf dich, natürlich nicht. Du tust nur, was richtig ist. Ich bin einfach enttäuscht, das ist alles. Das hier sollte eine schöne Zeit für uns werden, und ich wollte derjenige sein, der dich glücklich macht.«

»Aber das hast du. Wirklich. Es liegt nicht an dir oder an mir, nicht einmal wirklich an Tom: Ich fürchte, am Ende war es einfach schlechtes Timing.«

Vor dem Haus ertönte ein Hupen. Unser Taxi war da und verkündete das Ende unserer Zeit auf der Insel. Während der Fahrer unsere Koffer verstaute, gingen Desi und ich noch einmal hinaus auf die Terrasse und warfen, Arm in Arm, einen letzten Blick auf die Bucht.

»Weißt du, ich werde dir niemals genug danken können für alles, was du während meiner Zeit hier für mich getan hast. Du warst einfach wunderbar. Ich weiß nicht, was ich ohne dich getan hätte.«

Desi lachte. »Darüber möchte ich lieber nicht nachdenken.«

»Du weißt, was ich meine. Du warst so lieb und so unendlich geduldig mit mir. Ich wünschte, es gäbe eine Möglichkeit, mich zu revanchieren.«

»Nun, hierzubleiben wäre schon mal ein Anfang. Oder zumindest das Versprechen, zurückzukommen.«

Ich lächelte leise. »Du weißt, dass ich das nicht kann.«

»Gut. Dann komme ich mit nach England, wenn du möchtest.«

»Das würdest du tun?«

»Sofort.«

»Du würdest all deine Freunde und deine Familie für mich aufgeben?«

»Linda, wir sind beide zu alt, um irgendwelche Spielchen zu spielen. Wenn wir zwanzig Jahre jünger wären, wäre es vielleicht keine so große Sache. Aber du und ich, wir wissen, dass wir uns mögen. Warum sollten wir uns also etwas vormachen? Du brauchst nur ein Wort zu sagen, und ich sitze mit dir im Flugzeug.«

In seinen Augen konnte ich sehen, dass er jedes Wort ernst meinte. Er würde sein gesamtes Leben umkrempeln, nur um mit mir zusammen zu sein. Was sagte es dann über mich, dass ich nicht dasselbe tun würde? Ich hatte ihn wirklich sehr gern, und ich war mir sicher, nicht noch einmal jemandem wie ihm zu begegnen, und doch brachte ich es genauso wenig über mich, ihn zu bitten, mit mir nach England zu kommen, wie ich hier in Australien bleiben konnte.

»Du weißt, wie gerne ich ja sagen würde. Wie sehr ich mir wünsche, dass das unser Happy End wird. Aber wir kennen uns gerade mal ein paar Wochen, und diese Entscheidung ist einfach zu groß, um sie übers Knie zu brechen.«

»Also war's das? Du gehst, und ich sehe dich nie wieder?«

»Natürlich nicht. Wir werden immer Freunde bleiben.«

»Für mich klingt das sehr nach einer Abfuhr, der zweite Preis in der Quiz-Show. Sie waren ein würdiger Kandidat, aber an dieser Stelle müssen wir uns leider von Ihnen verabschieden.«

»Wir könnten es auch ganz anders sehen: Du, Desmond Reginald Banks, hast das Leben einer vollkommen unbelehrbaren Närrin verändert, die stockbetrunken auf einem Tisch tanzte und herunterfiel. Bevor ich dich kennengelernt habe, hätte ich nie geglaubt, dass es wahre Helden auf dieser Welt gibt, aber du hast mich gerettet, Desi, du hast mich gerettet, und das werde ich dir nie vergessen.«

Tom

Auf dem Weg zur Schule am Montagmorgen sprach Lola kein Wort mit mir, und wenn ich ehrlich bin, war mir das im Grunde ganz recht. Es war ein furchtbarer Sonntag gewesen, und die Reaktion der Mädchen auf meinen erbärmlichen Versuch, ihre Mutter aus dem Haus zu verbannen, hatte es nur noch schlimmer gemacht. Evie hatte verstört auf das Chaos gestarrt, das ich verursacht hatte, und voller Zorn darauf bestanden zu erfahren, was ich mir dabei bitte gedacht hatte. Lolas Reaktion war in vielerlei Hinsicht noch schlimmer. Ihr verstörtes Schweigen und der fragende Blick, mit dem sie mich angesehen hatte, trafen mich tiefer, als Worte es vermocht hätten. Es wäre so einfach gewesen, ihnen alles zu sagen, mein Verhalten mit ein paar Sätzen zu erklären. Doch selbst in meiner verzweifelten Wut hatte ich mich zum Glück besonnen. Und so hatte ich wenigstens nicht auch noch das Bild, das sie von ihrer Mutter hatten, zerstört, war es doch alles, was ihnen noch blieb. Stattdessen erklärte ich ihnen, dass ich einfach noch zu traurig war, um all diese Erinnerungen an Mum noch länger im Haus ertragen zu können. Aber auch wenn sie mir die Lüge abnahmen, so hassten sie doch meine Entscheidung. Evie flehte mich an, alles wieder zurückzustellen, und als ich mich weigerte, nahm sie ihre Schwester an die Hand, und die beiden verbarrikadierten sich in Evies Zimmer und kamen nicht wieder heraus, egal wie sehr ich sie anflehte.

Am nächsten Morgen, kaum an der Schule angekommen, konnte Lola gar nicht schnell genug von mir wegkommen. Sobald die Glocke läutete, lief sie in ihren Klassenraum, ohne sich noch einmal umzudrehen oder mir wie sonst einen Abschiedskuss zu geben. Wenn sie mir damit hatte wehtun wollen, dann war ihr das gelungen. Wenn sie mir damit hatte sagen wollen, wie sehr ich sie verletzt hatte, dann hatte ich es laut und deutlich vernommen. Bis zu diesem Moment war mir gar nicht bewusst gewesen, wie dringend ich die Liebesbekundungen meines kleinen Mädchens brauchte, um durch den Tag zu kommen. Und als ich dastand und durch das Fenster zusah, wie sie ihre Büchertasche und ihre Wasserflasche verstaute, musste ich all meine Kraft aufbieten, um meine Tränen zurückzuhalten, die mir jetzt hinter den Lidern brannten.

Auf dem Weg zum Schultor sprachen mich einige der Eltern an, die auf Lauras Party gewesen waren, um mir zu sagen, was für eine tolle Feier es gewesen war und was für eine wundervolle Idee, auf diese Weise die Erinnerung an sie hochzuhalten. Wie soll man darauf reagieren? Ich hatte noch immer einen Kloß im Hals, und jetzt gratulierte man mir noch für etwas, das ich zutiefst bereute. Hatten sie, wie Ellie, von Lauras Affäre gewusst? Betrachteten diese Menschen mich mit Mitleid oder Verachtung? War das der Grund, warum so viele zu der Party gekommen waren? Um sich den Mann anzusehen, der gar nicht bemerkt hatte, wie seine Frau ihn selbst nach ihrem Tod noch zum Trottel machte? Aus Angst, meinen Verdächtigungen am Ende noch Luft zu machen, wenn ich auch nur einen Augenblick länger blieb, entschuldigte ich mich und ging nach Hause, nur um – wie bereits zweimal unter angenehmeren Umständen – Fran vor meiner Haustür vorzufinden.

Ich hatte sie seit einer Woche nicht mehr gesehen. Damals hatten wir verabredet, am Sonntag nach der Party gemeinsam zu Mittag zu essen. Doch ich hatte sie mit der Ausrede abgebügelt, Lola fühle sich nicht gut, und seitdem auch nicht auf ihre Anrufe oder Nachrichten reagiert. Kurze Erkundigungen, wie es Lola ging, kleine Erinnerungen, wie viel ich ihr bedeutete. Vor meiner Entdeckung von Lauras Affäre waren diese kleinen Botschaften die Höhepunkte meines Tages gewesen, jetzt erinnerten sie mich allerdings nur daran, wie hart und verbittert ich war. Sie berührten mich nicht, zauberten kein Lächeln auf mein Gesicht. Schlimmer noch, innerhalb nur eines Tages hatten sie mich sogar davon überzeugt, dass Fran und ich von nun an getrennte Wege gehen würden.

Alles, von ihrem Blick bis zu der Art, wie sie da mit hängenden Schultern stand, zeigte, dass sie mein Schweigen richtig gedeutet hatte.

»Du wirkst überrascht, mich zu sehen.«

»Nein ... ähm, ich freue mich«, stotterte ich unbeholfen. Ich versuchte sie in den Arm zu nehmen, aber sie blieb ganz steif. Sie wusste es. Also bat ich sie einfach ins Haus und kochte ihr einen Tee. Sie fragte nach Lola und ihrem angeblichen Unwohlsein, ich erklärte, dass es ihr wieder besser ging. Doch Fran zuckte bloß mit den Schultern und setzte sich schweigend an den Küchentisch.

»Ich weiß, dass irgendwas ist, Tom«, sagte sie, nachdem ich einen Becher Tee auf den Tisch gestellt und mich ihr gegenüber auf einen Stuhl gesetzt hatte. »Ich weiß nicht, was es ist, aber ich wäre dir dankbar, wenn du es mir einfach sagen würdest, anstatt dich wie ein Idiot zu benehmen. Ich hatte genug davon mit Johnny. Sag mir einfach, was los ist, damit ich mir überlegen kann, wie ich darauf reagieren soll.«

»In Bezug auf was?«

Sie hob den Blick und sah mir in die Augen. »In Bezug auf uns«, antwortete sie. »Sag mir, was los ist, damit ich entscheiden kann, wie es mit uns weitergeht.«

Plötzlich wollte ich es ihr nicht mehr sagen. Ich konnte mir nicht vorstellen, was es bringen sollte, außer uns aus unseren Flitterwochen in das harte, grelle, unverzeihliche Licht der Wirklichkeit zu katapultieren. Vielleicht, wenn ich einfach den Mund hielt, wenn wir nicht über alles reden würden, könnten wir es irgendwie überstehen.

»Glaub mir, du willst es nicht wissen«, sagte ich und starrte auf einen Stapel ungeöffneter Rechnungen auf dem Tisch. »Wenn ich ehrlich bin, will ich es nicht einmal selbst wissen. Ich wünschte, dieser Samstag hätte nie stattgefunden.«

Ich blickte kurz hoch. Fran betrachtete konzentriert mein Gesicht. »Hast du ... du weißt schon ... mit jemandem auf der Party irgendwas ... gemacht?«

Sie dachte, ich hätte eine andere Frau getroffen. Ich war fast erleichtert. »Nein, nein, natürlich nicht.«

»Was ist dann passiert? Was hat dich so verändert?«

Ich atmete tief durch, setzte an und erzählte ihr alles, ohne einmal Luft zu holen.

»Es tut mir leid, Tom«, sagte sie. »Das ist schrecklich. Du musst völlig erledigt sein.«

»Ich bin ... Ehrlich gesagt, weiß ich nicht, was ich bin. Im einen Moment habe ich das Gefühl, ihre Affäre befleckt jede gute Erinnerung, die ich an sie habe. Dann bin ich wütend, weil sie mich so lange angelogen hat, aber vor allem fühle ich mich dumm und naiv. Die ganze Zeit über habe ich ihr nachgetrauert, nur um festzustellen, dass ich ihr scheißegal war.«

Fran drückte beruhigend meinen Arm. »Hast du überlegt, dass es vielleicht wirklich so war, wie dieser Rob gesagt hat: Sie hat eine Entscheidung getroffen, und sie hat sich für dich entschieden. Sie hatte nur nicht mehr die Gelegenheit, es dir zu sagen.«

»Und das soll es jetzt besser machen?«

»Nein, das wollte ich damit nicht sagen, nur ...«

Ich sah Fran an, und mein Herz zerbrach in Millionen kleiner Scherben. Sie hatte es nicht verdient, aber es war unumgänglich. »Ich kann das nicht mehr, Fran. Es liegt nicht an dir, bitte glaube mir, wenn ich dir sage, dass es nichts mit dir zu tun hat. Es liegt einfach an allem, was passiert ist. Ich kann einfach nicht.«

Fran griff über den Tisch und nahm meine Hand, während ihr Tränen über die Wangen rollten.

»Tom, das meinst du nicht so. Du bist verletzt, du bist wütend und du schlägst um dich. Aber es gibt keinen Grund, das zu zerstören, was wir haben.«

»Aber genau das ist es. Was Laura getan hat, färbt jeden einzelnen meiner Gedanken, ich kann an nichts anderes denken. Ich will dich nicht durch diesen Filter aus Bitterkeit betrachten.«

Sie flehte mich unter Tränen an, noch einmal darüber zu schlafen, versicherte mir, dass wir es irgendwie gemeinsam überstehen würden. Doch sosehr ich mir auch wünschte, ihr zu glauben, ich konnte nicht. Sosehr ich mich auch bemühte, mir eine Zeit nach dieser hier vorzustellen, es gelang mir nicht. Alles, was ich sehen konnte, war der Albtraum, in dem ich gefangen war.

Ab da ging mein Leben mehr oder weniger in Eilgeschwindigkeit den Bach runter. Und das nicht nur, weil ich nach meiner Trennung von Fran ständig nur schlechte Laune hatte oder weil die Mädchen sich nach wie vor weigerten, mit mir zu reden, oder weil Clive mich damit nervte, dass er alle fünf Minuten anrief und fragte, wann wir uns mal wieder treffen würden, oder weil ich immer noch wütend auf Linda war, weil sie mich genauso wie Laura verraten hatte, oder weil meine Wut auf Laura allmählich richtiggehend in Hass umschlug. Es war alles, jedes einzelne Detail. Die gesamte verdammte Menge. Es war einfach zu viel. Ich fühlte mich, als würde es mich niederdrücken und mich zerquetschen, und es gab nichts, was ich dagegen tun konnte. Und dann, am Freitag, knapp eine Woche später, erreichte ich mein Limit, und alles kam mit quietschenden Reifen zum Stehen.

Ich stand in der Küche und bereitete das Abendessen für die Kinder vor, als Evie heulend von der Schule nach Hause kam und sofort die Treppe hoch in ihr Zimmer rannte. Ich rief ihr hinterher, weil ich wissen wollte, was los war, doch sie ignorierte mich und schlug die Tür zu. Nach einer halben Stunde sanften Nachhakens erfuhr ich schließlich, dass Oliver per SMS mit ihr Schluss gemacht hatte. Ich nahm sie in die Arme und sagte ihr, dass solche Dinge passierten, aber es nicht das Ende der Welt sei. Es würde andere Jungs geben, bessere Jungs, Jungs, die nicht so eigensüchtig seien. Meine tröstenden Worte waren vielleicht nicht unbedingt Oprah-verdächtig, aber sie waren das Beste, was ich zu bieten hatte, wenn man meinen eigenen aktuellen Status quo bedachte. Evie machte jedoch keinen Hehl daraus, wie dermaßen daneben sie meine Bemerkungen fand.

»Du verstehst das nicht«, schluchzte sie. »Ich habe ihn geliebt, er war alles für mich!«

Im Nachhinein betrachtet, hätte ich es besser wissen müssen, als ausgerechnet diesen Moment zu wählen, aber die Worte waren schon über meine Lippen, bevor mir überhaupt bewusst war, dass ich sie aussprach.

»Du warst nicht verliebt, Evie, du dachtest nur, dass du es bist, weil du glaubst, die Liebe ist eine Riesensache, die tatsächlich etwas bewegen kann.« Meine Stimme klang kalt und überdrüssig, das exakte Spiegelbild dessen, was ich innerlich fühlte. »Du wirst es wissen, wenn du wirklich liebst, denn das wird sehr viel schmerzhafter sein als das, was du jetzt fühlst. Und wenn du diesen Schmerz spürst, wirst du den Unterschied erkennen.«

Evie sah mich mit weit aufgerissenen Augen an. »Wie kannst du so etwas sagen?«

Gute Frage. »Okay, du hast recht und ich habe unrecht. Niemand auf dieser Welt hat Oliver jemals mehr geliebt als du.«

Evie war zwar erst vierzehn, aber sie erkannte billigen Sarkasmus, wenn sie ihn hörte. Sie sah mich mit ihren traurigen braunen Augen an, in denen Tränen standen, und erklärte, dass sie mich hasste. »Ich wünschte, du wärst gestorben statt Mum! Ich will Mum zurückhaben! Warum konntest du nicht an ihrer Stelle sterben?«

Mir war sehr wohl bewusst, dass es Teenager gab, die zu ihren Eltern absichtlich schmerzhafte Dinge sagten, aber Evie war nie so gewesen. Egal wie wütend sie war, sie hatte immer gewusst, dass es eine Grenze gab, die sie nicht überschreiten sollte, und da stand sie nun, deutlich auf der anderen Seite. Sie hatte jedes Wort ernst gemeint. Sie wünschte sich wirklich, dass ich diesen Unfall gehabt hätte und nicht Laura, und ich war mir nicht einmal sicher, ob Lauras Affäre irgendeinen Unterschied für Evie gemacht hätte. Sosehr ich mich bemüht hatte, ich war nur die Ersatzlösung. In ihren Herzen würde Laura für immer unangefochten an erster Stelle stehen, dagegen konnte ich nichts ausrichten. Es war eine Ironie, die ich nicht ignorieren konnte: Selbst als Tote war und blieb Laura der bessere Elternteil.

Evie starrte mich halb panisch, halb trotzig an, während ihre Schwester im Türrahmen stand und uns beobachtete. Keiner von uns wusste, wie wir aus dieser Situation wieder herauskamen. Das war der Moment, in dem das Skript endete.

Als mein Handy klingelte, war es, als ob ein Stoßgebet erhört worden wäre. Normalerweise hätte ich es ignoriert, aber gerade jetzt war ich so dankbar für die Unterbrechung, dass ich den Anruf annahm, auch wenn es Fran war, die anrief.

»Tom, ich bin's«, sagte sie. Ihre Stimme klang fremd, beinahe erstickt. »Großvater hatte heute Nacht einen heftigen Schlaganfall. Die Ärzte haben getan, was sie konnten, aber er hat es nicht geschafft.«

Es fühlte sich so irreal an. Clive konnte nicht tot sein. Er war gar nicht darauf ausgelegt zu sterben. Langsam, sehr langsam löste sich die Wut, die seit Tagen wie ein Feuerball in meinem Inneren rumorte, und an ihre Stelle traten Unglaube und eine tiefe Traurigkeit. Ich kannte diese Gefühle nur allzu gut. Es war wie der Tag, als Laura starb; wie der Tag, an dem Mum uns verließ, der Tag, an dem Dad starb, der Tag, an dem ich herausfand, dass meine heile Ehe nichts als eine Täuschung gewesen war. Es war zu viel.

Als die Mädchen den Schock in meinem Gesicht sahen, liefen sie zu mir, schlangen ihre Arme um mich und versicherten mir, wie lieb sie mich hatten. Ich versuchte zu sprechen, ihnen zu erklären, was passiert war, ihnen zu sagen, dass ich sie mehr liebte als alles andere auf der Welt, dass irgendwie schon alles wieder gut werden würde, aber die Worte wollten einfach nicht über meine Lippen kommen, und alles, was ich in diesem Augenblick denken konnte, war: Das war's. Da sind wir wieder. Das ist der Moment, in dem ich endgültig den Verstand verliere. Doch dann hörte ich plötzlich Lindas Stimme in meinem

Kopf. Sie sagte genau die Worte, die sie damals im Krankenhaus zu mir gesagt hatte. Ich müsse stark sein, für die Mädchen, für Laura. Ich hätte die Wahl: mich dem Schmerz zu ergeben oder aufzustehen. Wenn man die schlimmere Option bereits durchlebt hatte, gab es im Grunde keine Wahl. Ich drückte die Mädchen so fest an mich, dass sie kaum noch Luft bekamen, und versicherte ihnen, dass alles gut werden würde. Dann rief ich uns ein Taxi, das uns zu Fran brachte.

23
Aber das hilft mir auch nicht weiter, oder?

Tom

»Bist du sicher, dass das alles ist, was du haben möchtest?«, fragte Fran.

Ihre Mutter nickte, auch wenn ihr Blick die Entschlossenheit hinter ihrer Entscheidung Lügen strafte. »Wenn dir noch was einfällt, dann kauf es einfach ein. Ich kann mir nicht vorstellen, dass irgendjemand viel Hunger haben wird, aber man weiß ja nie, nicht wahr?« Sie schloss Fran fest in die Arme. »Fahr vorsichtig, ja?«

»Versprochen.«

»Tom, du passt auf sie auf, ja?«

»Natürlich, Mary«, antwortete ich. »Ich passe auf sie auf.«

Es war drei Tage her, dass Clive gestorben war, nicht einmal annähernd genug Zeit für Fran und ihre Familie, sich dessen wirklich bewusst zu werden, aber mehr als genug Zeit für Frans Eltern, Onkel und Tanten, auch den letzten Krümel an Essbarem in diesem Haus zu vertilgen, weswegen Fran und ich nun auf dem Weg zum Supermarkt waren.

»Jedes Mal, wenn ich das Haus verlasse, rechnet Mum mit dem Schlimmsten«, erklärte Fran, als wir in ihr Auto stiegen und sie den Motor startete. »Ich weiß, dass sie es nur gut meint, aber wenn sie so weitermacht, werde ich noch wahnsinnig.«

»Ich weiß«, sagte ich. »Aber sei nicht so streng mit ihr. Sie kann einfach nicht anders. Trauer lässt einen auf die seltsamsten Gedanken kommen, und sie lässt dich die unmöglichsten Regeln aufstellen.«

Fran berührte sanft meine Hand. »Du hast recht. Ich sollte nachsichtiger mit ihr sein. Sie hat gerade ihren Vater verloren, sie hat jedes Recht, so zu sein.«

Es stimmte, jeder Mensch hatte seine eigene Art, mit Verlust umzugehen. Andererseits, nicht jeder Betroffene musste es ins Extreme führen. Nicht jeder musste so sein wie ich.

»Sie wird es verkraften. Sie braucht einfach ein wenig Zeit.«

Den Rest des Weges fuhren wir schweigend, und ich musste an die letzten Tage mit Fran denken. Egal ob im Krankenhaus oder wenn sie versuchte, sich ihrer Familie zuliebe zusammenzureißen, es war seltsam für mich, der Trauer so nah zu sein und gleichzeitig zu wissen, dass ich kein Anrecht auf sie hatte, ein wenig wie ein Alkoholiker in einem Schnapsladen. Die Gefühle waren mir so vertraut, dass es schwer war, sich ihnen nicht zu sehr hinzugeben und mich nicht damit zu identifizieren, was Fran und ihre Familie durchmachten. Ja, Clive war in den letzten Monaten ein guter Freund geworden, aber er war auch ein Vater für Frans Mutter und Großvater für Fran gewesen, und zwar ihr gesamtes Leben lang. Sie trauerten um ihn, wie ich es nie können würde. Und doch vermisste ich den alten Herrn mehr, als ich es für möglich gehalten hätte, und ich wusste, dass auch mein Leben ohne seine führende Hand nicht mehr dasselbe sein würde.

Fran und ich brauchten nicht lange, um alles einzukaufen. Aber als wir die Tüten im Auto verstaut hatten, spürte ich, dass es ihr widerstrebte, direkt wieder nach Hause zu fahren. Ich schlug vor, noch was trinken zu gehen, und sie stimmte sofort zu. Wir waren schon auf halbem Weg ins Supermarktcafé, als uns klar wurde, was wir da taten.

Ich schlug vor, in ein anderes Café zu gehen, aber sie schüttelte den Kopf. »Ich will mich nicht vor ihm verstecken, bloß um ein paar Tränen weniger zu vergießen«, sagte sie und nahm meine Hand. »Ich möchte keine Angst davor haben, mich an Großvater zu erinnern, vor allem jetzt, wo mir außer den Erinnerungen nichts mehr bleibt.«

Wir stellten uns in die Schlange, und als wir dran waren, bestellte Fran mit hocherhobenem Kopf zwei Bacon-Sandwiches und zwei Becher Tee, und das mit einer stoischen Ruhe, die selbst dann nicht bröckelte, als eine der Frauen hinter der Theke sie erkannte und sich nach Clive erkundigte, und Fran wohl oder übel die traurige Nachricht übermitteln musste.

»Es tut mir so leid, das zu hören«, sagte die Frau hinter der Theke. »Er war ein Gentleman und mein absoluter Lieblingskunde.« Sie schüttelte den Kopf und schnalzte mit der Zunge. »Er hat immer gesagt, bei uns gäbe es das beste Essen der Stadt. Er wird uns fehlen.«

Während wir aßen, erzählte ich Fran von meiner ersten Begegnung mit Clive, und wir sprachen darüber, was für ein seltsamer Zufall es war, dass ausgerechnet sie ihn an diesem Abend von dem COPE-Treffen abgeholt hatte. Zwei Fremde, die sich noch begegnen sollten, ohne eine Ahnung, was das Leben für sie bereithielt. Es wäre der perfekte Einstieg für ein Gespräch über uns beide gewesen, meine Gelegenheit ihr zu sagen, wie leid es mir tat, dass ich so ein Chaos angerichtet hatte, wie sehr sie mir fehlte und ich mir wünschte, es noch einmal miteinander zu versuchen, doch gerade als ich dazu ansetzen wollte, pingte mein Handy in meiner Jackentasche. Ich musste die Nachricht ein halbes Dutzend Mal lesen, bis mir ihre ganze Bedeutung klargeworden war.

»Ist alles in Ordnung?«

»Es ist Linda. Sie kommt nach Hause.«

»Aber ich dachte, du hättest gesagt, sie kommt erst in zwei Wochen?«

»Sie muss ihren Flug umgebucht haben«, sagte ich. »Sie kommt nach Hause. Sie landet am Samstag.«

Linda

Es war später Nachmittag am Melbourne Airport. Moira war losgegangen, um Kaffee zu besorgen, und so stand ich allein in der Schlange vor dem Check-in-Schalter für meinen Rückflug nach London. Ich war auf dem Weg nach Hause, zu meinen Mädchen, und konnte es kaum erwarten, sie in die Arme zu schließen.

Desi hatte zugestimmt, dass es das Beste war, wenn er nicht mit zum Flughafen kam. Stattdessen hatte ich meine letzte Nacht in Melbourne bei ihm verbracht. Er hatte Essen gemacht, und auch wenn er kein großer Koch war, so war es doch eine der köstlichsten Mahlzeiten gewesen, die ich seit langem gegessen hatte. Als ich an diesem Abend in seinen Armen lag und gegen den Schlaf ankämpfte, damit ich unsere letzten gemeinsamen Stunden noch genießen konnte, spürte ich, wie er den Griff um meine Hüfte noch einmal verstärkte, als er einschlief. Noch nie hatte ich mich so sicher, so beschützt gefühlt wie in dieser Nacht in seinen Armen, und am liebsten wollte ich für immer dort bleiben. Aber ich hatte keine Wahl. Es war Zeit für mich, nach Hause zurückzukehren.

Desi verstand, dass ich mich mit Tom aussprechen musste, aber er verstand nicht, wieso ich mich so vehement gegen eine gemeinsame Zukunft mit ihm wehrte. Wieder und wieder hatte er mir versichert, dass er gerne mit mir nach England gehen würde, und wieder und wieder hatte ich ihn mit fadenscheinigen Entschuldigungen davon abgebracht: Es war noch zu früh, wir würden uns damit nur zu viel Druck machen, sollten wir nicht wenigstens abwarten, was passieren würde? Desi war nicht überzeugt, und im Grunde war ich es auch nicht. Alles, was ich sicher wusste, war, dass ich Angst davor hatte, wohin es führen würde, Angst vor den Ansprüchen, die es mit sich brachte, verliebt zu sein. Vor allem aber hatte ich Angst vor der Veränderung. Ein Leben mit Desi, ob in Australien oder zu Hause, war einfach ein zu unbekanntes Terrain, als dass ich dafür alles riskiert hätte. Ich war kein junges Mädchen mehr, im Gegenteil, ich war zu alt, um an Märchen zu glauben. Und auch wenn ich mein Happy End nicht bekommen würde, so besaß ich doch so viel mehr als die meisten Menschen. Ich hatte die Mädchen und – wenn Tom mir jemals vergab – einen Ort, den ich mein Zuhause nennen konnte.

Nach dem Frühstück fuhr Desi noch einmal mit mir die Great Ocean Road mit ihrer atemberaubenden Küstenlandschaft entlang. Wir aßen in einem wunderhübschen kleinen Café mit Blick auf die Bucht zu Mittag, und als wir gerade wieder aufbrechen wollten, sagte er mir, dass er mich liebte. Ich erwiderte es nicht, auch wenn ich es mit jeder einzelnen Faser meines Körpers spürte. Stattdessen nahm ich seine Hand und drückte sie fest, als wir zum Auto zurückgingen, um uns auf den Heimweg zu machen.

Es war schon später Nachmittag, als Moira mich abholte. Sie kam noch für eine Tasse Tee ins Haus, und wir alle bemühten uns, die Unterhaltung locker und unverfänglich zu halten, doch als es an der Zeit war, sich zu verabschieden, konnte ich mir nicht helfen, es sprudelte einfach aus mir heraus. Der Gedanke, Desi möglicherweise nie wiederzusehen, ihn nie wieder zu berühren, war einfach zu viel. Er zog mich in seine Arme und flüsterte: »Du musst jetzt stark sein.« Und es war, als würden die Worte selbst die Führung übernehmen, meine Laune heben und mich wieder aufrichten. Ich küsste ihn und versprach anzurufen, sobald ich in England angekommen war.

Nachdem ich eingecheckt hatte, setzten Moira und ich uns auf eine Bank, um unseren Kaffee zu trinken, und Moira fragte mich, was ich jetzt vorhatte.

»Du meinst in Bezug auf Tom?«

»Ehrlich gesagt, habe ich eher an dich gedacht, und wo du wohnen wirst«, sagte Moira. »Aber ja, auch in Bezug auf ihn. Ich kann mir nicht vorstellen, was er gerade durchmachen muss.«

»Ich würde es selbst meinem ärgsten Feind nicht wünschen. Als wir das letzte Mal gesprochen haben, hat er so verloren geklungen. Ich fühle mich, als hätte ich ihn verraten.«

»Du hast nichts dergleichen getan. Du warst in einer unmöglichen Situation.«

»Aber ich fürchte, so wird er das nicht sehen. Er denkt, dass ich ihn belogen habe, und ich kann es ihm nicht einmal verübeln. Ich hoffe nur, dass er einen Weg findet, es zu verarbeiten, ohne den Blick für das Wesentliche zu verlieren.«

»Und was ist mit der Frage, wo du in Zukunft wohnen wirst?«

»Ich habe keine Ahnung. Im Augenblick hängt alles ein wenig in der Luft. Ich komme erst mal an und sehe dann, was sich ergibt.«

Wir redeten noch eine gute Stunde über meine Zeit in Australien und wie sehr wir einander vermissen würden. Es hatte mir so gut getan, Moira an meiner Seite zu haben, und auch wenn mein Besuch bei ihr nicht ganz so verlaufen war, wie ich es erwartet hatte, so hatte ich es doch genossen, meine alte Freundin wiederzusehen.

»Du warst einfach wunderbar«, sagte ich noch, als mein Flug aufgerufen wurde. »Eine wahre Freundin. Ich weiß gar nicht, wie ich dir für all das danken soll, was du in den letzten Monaten für mich getan hast.« Mir versagte die Stimme. »Du musst mir versprechen, dass du mich besuchen kommst, damit ich mich revanchieren kann, ja?«

Moira lächelte, und in ihren Augen schimmerten Tränen, als sie lachend erwiderte: »Keine Sorge, der Flug ist schon gebucht.«

Tom

Es war Samstagmorgen, zwei Stunden bevor Lindas Flugzeug landen sollte. Die Mädchen platzten vor Aufregung bei dem Gedanken, dass sie wieder nach Hause kommen würde.

»Meinst du, sie spricht jetzt mit einem lustigen Akzent?«, fragte Lola, als wir ins Taxi stiegen.

»Sei nicht so dumm«, sagte Evie und schnallte sich an. »Sie war doch nur ein paar Monate weg. Man muss eine Ewigkeit weg sein, um einen Akzent zu kriegen, oder Dad?« Wie ein Pfeil schoss ihr Blick zu mir, um den Wahrheitsgehalt ihrer Aussage zu überprüfen, bevor ihre Schwester irgendeinen Zweifel wittern konnte.

»Ihr habt doch zig Mal mit ihr am Telefon gesprochen«, sagte ich in einem Ton, der – so hoffte ich – ausdrückte, dass sie beide gleich dumm waren. »Dann wisst ihr doch, dass sie keinen Akzent hat.«

Während die Mädchen sich noch ein wenig gegenseitig piesackten, weil sie das Offensichtliche nicht gesehen hatten, fuhr der Fahrer los und versicherte sich noch einmal bei mir, dass er den richtigen Flughafen ansteuerte.

»Gatwick, richtig?«

»Korrekt.«

»Aber Sie selbst wollen nicht verreisen?«

Er sprach von unserem nicht vorhandenen Gepäck. »Wir wollen die Großmutter der Mädchen abholen, meine Schwiegermutter.«

Der Fahrer kicherte laut, und ich wusste genau, was jetzt kam. »Sie fahren also den alten Drachen wieder einsammeln, was? Ich hoffe, sie ist nicht so eine Qual wie meine. Ehrlich, wenn Blicke töten könnten, dann wäre meine eine Massenmörderin.«

Er sah mich mit einem breiten schmierigen Grinsen im Gesicht an und wartete auf eine Bestätigung meinerseits, wie ein schlechter Stand-up-Comedian.

»Zugegeben«, fuhr er fort, »ich hab mit meiner schon seit Monaten nicht mehr gesprochen. Wir haben uns nicht gestritten oder so, nein, nein, ich will sie bloß nicht unterbrechen!«

Er lachte wieder schallend über seinen Witz, und ich spürte, wie er auf eine entsprechende Antwort von mir wartete, aber er hatte mich falsch eingeschätzt. Auch wenn ich mit Linda noch ein paar Hühnchen zu rupften hatte, so lag das ganz sicher nicht daran, dass sie eines dieser klischeebeladenen Schwiegermonster gewesen wäre. Und mit Blick auf Clives Tod waren selbst unsere zu rupfenden Hühner nicht mehr so wichtig.

»Meine ist da anders.«

Sein Gesichtsausdruck zeigte ehrliche Überraschung. »Sie machen Witze, oder? Die sind doch alle gleich!«

»Nun«, antwortete ich, »da habe ich ganz offensichtlich Glück gehabt.«

Linda

Die Aufregung, die mich erfasste, als das Flugzeug in Gatwick aufsetzte, war förmlich berauschend. Nach fast einem Tag zwischen Zeit und Raum, Stunden voller Sitzen und Nachdenken, schlechten Filmen und noch schlechteren Mahlzeiten, hatte ich mein Ziel erreicht. Das war's. Ich war da. Ich würde endlich meine Mädchen wiedersehen. Und sobald ich nach einer endlosen Schlange an der Passkontrolle meine Koffer vom Band gezogen hatte, begann ich zu rennen. Jetzt trennten mich nur noch wenige Meter davon, Evie und Lola in die Arme zu schließen.

Ich trat durch die automatischen Türen in die Ankunftshalle und ließ den Blick über die Menge hinter der Absperrung schweifen. Taxifahrer hielten Schilder mit den Namen von Geschäftsleuten in die Luft, ganze Familiengruppen warteten auf ihre Angehörigen und einige einzeln Herumstehende darauf, mit ihren Liebsten wieder vereint zu werden. Aber kein Zeichen von Tom und den Mädchen. Sosehr ich auch suchte, sie waren nirgendwo zu sehen, und so sicher ich auch wusste, dass es eine Million logische Gründe dafür geben konnte, dachte ich doch sofort an das Schlimmste. Während sich Familien und Freunde um mich herum in die Arme fielen, griff ich nach meinem Handy, schaltete es an und wartete ungeduldig darauf, dass der Bildschirm aufleuchtete und seinen Begrüßungstext zeigte, damit ich sie anrufen konnte. Mit jedem Augenblick, der verging, wurden die Katastrophen, die ich mir ausmalte, in meinem Kopf lebendiger.

Endlich vibrierte mein Handy: Ich hatte eine Nachricht auf der Mailbox. Und gerade als ich es ans Ohr drückte, um zu hören, was passiert war, sah ich etwas im Augenwinkel, und mein Herz tat einen Sprung. Es waren Evie und Lola, die einen kleinen Wirbel verursachten, als sie auf mich zu gerannt kamen. Es war mir egal, dass sie mich fast von den Füßen rissen, ich war viel zu dankbar, sie wieder in meinen Armen zu halten. Ich wollte sie festhalten, ihren Duft einatmen und sie mit Küssen überschütten.

Dann hielt ich sie auf Armeslänge von mir, um ihnen ins Gesicht sehen zu können, und konnte es kaum glauben, wie sehr sie sich in der kurzen Zeit verändert hatten. Sie waren beide größer, als ich sie in Erinnerung hatte. Lolas Gesicht war schmaler geworden, Evies Haare viel länger, und ihre Haut litt unter den Strapazen der Pubertät. Sie waren beide so wunderschön wie immer, eine lebendige, atmende Hommage an ihre Mutter.

»Tut uns leid, dass wir zu spät sind«, keuchte Lola, immer noch atemlos vor Aufregung. »Es war so voll auf den Straßen, und wir haben im Stau gestanden.«

Evie schloss mich fest in die Arme. »Es ist so schön, dass du wieder zu Hause bist, Nanny.«

»Ihr könnt euch nicht vorstellen, wie sehr ich mich freue, wieder zu Hause zu sein, ich …« Ich verstummte, als Tom mit einer ganzen Ladung an Taschen in Sicht kam, die die Mädchen offenbar bei ihm zurückgelassen hatten. Er sah größer und sehr viel gesünder aus, als ich ihn in Erinnerung hatte – und ich war mir nicht sicher, aber vielleicht hatte er sogar ein paar Pfunde an seine mageren Knochen gepackt. Doch als er näher kam, konnte ich sehen, dass die Traurigkeit in seinen Augen noch immer dieselbe war, und ich fragte mich, ob sie nicht sogar stärker geworden war.

Es gab so viel, was ich ihm sagen wollte, über Laura, über die Kinder und alles, was ich in den letzten Monaten gelernt hatte, aber jetzt streckte ich einfach nur die Arme aus und zog ihn fest an mich, während die Mädchen sich an meine Seite drückten. Und mitten in diesem Menschenknäuel atmete ich tief ein, und mein Herz sagte: »Hier gehöre ich hin.«

Tom

Ich hatte viel Zeit damit verbracht, mir vorzustellen, wie dieser Moment wohl aussehen würde. Ein Teil von mir dachte, dass ich vielleicht wütend sein würde, ein anderer, dass ich voller Freude sein würde. Doch ich hatte nicht damit gerechnet, dass ich beides zugleich fühlen würde, und zwar mit einer solchen Wucht. Linda hatte mir gefehlt. Wirklich. Aber gleichzeitig war ich wütend auf sie, und ich musste mich zusammenreißen, damit meine Körpersprache mich nicht verriet. Das hier war weder der Ort noch der richtige Zeitpunkt für eine Aussprache. Fürs Erste blieb mir nur, dankbar zu sein, dass sie sicher wieder nach Hause zurückgekehrt war.

Linda

Die Mädchen und ich redeten und redeten die ganze Heimfahrt über. Sie wollten alles über meine Zeit in Australien erfahren: was ich gesehen hatte, wo ich gewesen war, wen ich getroffen hatte. Selbstverständlich gab ich ihnen die zensierte Version – in der sich ihre Großmutter nicht Hals über Kopf in einen gutaussehenden, soliden Bauunternehmer verliebt hatte und dem Großvater begegnet war, den sie nie kennengelernt hatten –, doch abgesehen vom ein oder anderen Gähnen, schienen meine recht farblosen Schilderungen sie zu unterhalten. Eines Tages würde ich ihnen die Wahrheit über meine Zeit in Australien erzählen, und wenn auch nur, um ihre ungläubigen Blicke zu sehen. Doch fürs Erste fühlte ich mich sehr wohl damit, einfach wieder ihre brave alte Nanny zu sein.

Tom

Kaum waren wir zu Hause, zogen die Mädchen Linda unter dem Vorwand, ihr ihre Zimmer zeigen zu wollen, aufgeregt nach oben. Ich war mir sicher, dass mehr dahintersteckte. Auf dem Weg zum Flughafen hatten sie mich mehrfach gefragt, ob sie ihr alles erzählen durften, was in den letzten sechs Monaten passiert war, und ich hatte ihnen gesagt, dass sie ihr erzählen konnten, was sie wollten, da ich wusste, dass sie es ohnehin tun würden. Auf dem Heimweg hatten die Mädchen weder Clive noch Fran oder den Tag, an dem ich durchgedreht war und alle Erinnerungen an Laura in den Müll geworfen hatte, erwähnt. Ich konnte also nur annehmen, dass sie es sich für den Moment aufbewahrt hatten, sobald ich außer Hörweite war.

Linda

Die Mädchen erzählten und erzählten, eine gute Stunde lang, bevor sie nach unten gingen, um fernzusehen. Ich nutzte die Gelegenheit, um schnell unter die Dusche zu springen, und legte mich dann aufs Bett, um für einen Moment die Augen zu schließen. Ich weiß nicht, wie lange ich geschlafen hatte, aber es waren nicht nur fünfzehn Minuten. Als ich aufwachte, war es dunkel draußen, und die Straßenlaternen leuchteten bereits. Ich zog mir schnell etwas über und ging runter in die Küche, wo Tom gerade die Waschmaschine belud.

»Oh, Tom«, sagte ich und fühlte mich seltsam schuldbewusst, weil ich direkt den Tag meiner Ankunft verschlafen hatte.

Er verzog das Gesicht zu seinem mir wohlbekannten Grinsen. »Du hast einen Jetlag, Linda. Möchtest du einen Tee?«

Er schaltete den Wasserkocher an und holte Tee und Becher aus dem Schrank.

»Es hat mir so leidgetan, als ich die schlimmen Neuigkeiten gehört habe«, sagte ich, während er die Kühlschranktür öffnete, um Milch herauszuholen.

Er antwortete mit ernstem Gesicht: »Da musst du schon etwas konkreter werden.«

»Ich meine deinen Freund ... Clive. Ich habe nicht alles verstanden, was die Mädchen mir erzählt haben. War er ein Freund von der Arbeit?«

Tom schüttelte den Kopf. »Ich habe ihn bei dieser Trauerbewältigungsgruppe kennengelernt, zu der du mich geschickt hast. Ihn hat es auch nicht besonders angesprochen, und darüber sind wir mehr oder weniger Freunde geworden.«

»Die Kinder sagen, er sei schon etwas älter gewesen.«

»Er ist gerade achtzig geworden, aber er war immer noch fit. Ich weiß, dass es seltsam klingt, aber wir waren gute Freunde.«

Tom erlaubte es mir, ihn in den Arm zu nehmen, aber ich spürte, wie er sich dabei versteifte. »Wann ist die Beerdigung?«

»Montag, aber ich werde wahrscheinlich nicht hingehen.«

Ich brauchte ihn nicht zu fragen, warum. Es stand ihm quer über das ganze Gesicht geschrieben. »Nun, falls du deine Meinung ändern solltest, kann ich Lola gerne zur Schule bringen oder abholen.«

»Danke.«

Das Wasser kochte. Tom lehnte mein Angebot ab, ihm zu helfen, goss den Tee auf und kam dann zu mir an den Tisch. Es war unmöglich, seine Stimmung einzuschätzen. War er müde? War er wütend? Fühlte er überhaupt noch irgendwas?

»Die Mädchen sind so groß geworden«, sagte ich in der Hoffnung, dass ein Themawechsel seine Stimmung heben würde. »Lola vor allem. Ich kann einfach nicht glauben, wie groß sie ist.«

»Ich weiß, man braucht bloß zu blinzeln, und die neuen Schulhosen, die ihr gerade noch bis über die Schuhe gingen, hängen ihr schon wieder irgendwo an den Waden.«

»Und Evie – sie wächst mir im wahrsten Sinne des Wortes über den Kopf. Wie ihre ...« Ich hielt inne und sah Tom an, um seine Reaktion abzuschätzen.

»Schon okay«, sagte er. »Du kannst es ruhig sagen.«

Ich stellte meinen Becher ab und sah ihn an. »Es tut mir so leid, dass du auf diese Weise davon erfahren musstest. Und ich weiß, dass du immer noch wütend auf mich bist, aber bitte glaub mir, dass ich dir nie wehtun wollte. Ich war ebenso schockiert wie du, als sie es mir gesagt hat, und ich bin einfach davon ausgegangen, dass ihr beide das zu gegebener Zeit unter euch klären würdet. Und als sie dann starb ... Was hätte ich da tun sollen? Du warst so verloren, ich hätte es nie über mich gebracht, es noch schlimmer zu machen. Ich dachte mir, wenn du es nie erfährst, dann kann es dir auch nie wehtun.«

Er sah mich an. »Ich frage mich wieder und wieder: Was habe ich falsch gemacht? Warum war sie nicht glücklich?«

Das war die Eine-Million-Pfund-Frage, die gleiche Frage, wie ich sie mir fast mein ganzes Leben lang über Frank gestellt hatte.

»Ich glaube nicht, dass sie unglücklich mit dir war. Sie hat dich geliebt, und sie hat die Mädchen geliebt. Wenn überhaupt, dann glaube ich, dass sie mit sich selbst unzufrieden war. Sie ist immer so eine Perfektionistin gewesen, wollte immer, dass alles genau so lief, wie sie es sich vorstellte, und ich fürchte, durch mich und ohne Vater war dieser Drang in Bezug auf ihre Familie sogar noch stärker. Ich glaube, dass das mit ein Grund dafür war. Aber am Ende hat diese ganze Sache ihr nur bewusst gemacht, was sie tief in ihrem Innern immer gewusst hat: dass du und die Kinder alles wart, was sie brauchte. Und sie war entsetzt, dass sie das auch nur eine Sekunde lang aufs Spiel gesetzt hat.«

»Schön und gut«, sagte Tom. »Aber das hilft mir auch nicht weiter, oder? Ich fühle mich immer noch verraten und betrogen. Und ich weiß nicht, wie ich mich damit abfinden soll.«

»Aber du musst, schon wegen der Mädchen.« Ich senkte die Stimme, nicht nur, weil ich Angst hatte, die beiden könnten mich hören, sondern auch aus Scham über das, was ich als Nächstes sagen würde: »Sie haben mir erzählt, dass du alle Fotos von Laura weggeräumt hast.« Ich tat mein Bestes, um nicht anklagend zu klingen, aber ich war mir nicht sicher, ob es mir gelungen war.

»Es ist, als wäre jede Erinnerung, die ich an sie habe, beschmutzt«, sagte Tom, ohne mich anzusehen. »Alles, was ich noch hatte, waren die Erinnerungen an unsere guten Zeiten, und herauszufinden, dass diese Erinnerungen nicht real waren, dass sie nicht wahr sind, verhöhnt alles. Ich habe das Gefühl, als hätte ich sie nie wirklich gekannt.«

»Ich weiß, es ist nicht leicht, Tom. Aber ich mache mir schreckliche Sorgen, welchen Einfluss das auf Evie und Lola haben könnte.«

»Keine Sorge«, sagte er, und seine Stimme klang jetzt hart. »Sie ist immer noch die heilige Laura, gütig und milde und die beste Mutter aller Zeiten, und soweit es die Mädchen betrifft, wird sie es auch immer bleiben.«

»Aber sie wissen, dass etwas nicht stimmt.«

Er zuckte mit den Schultern. »Was soll ich denn deiner Meinung nach machen, Linda? So tun, als ob nichts wäre? Als wäre es nie geschehen?«

Ich musste unwillkürlich an meine Unterhaltung mit Frank denken. »Natürlich nicht«, antwortete ich. »Du hast jedes Recht, dich betrogen zu fühlen, aber du darfst nicht zulassen, dass es dein Leben bestimmt, dass es dich vergiftet. Dass es definiert, wer du bist, oder für immer deinen Blick auf die Welt färbt. Ich weiß, das alles ist leichter gesagt als getan, aber ich denke, es gibt einen Punkt, an dem man sich sagen muss: Genug ist genug.«

24
Nichts ist jemals einfach und unkompliziert

Tom

Es war der Morgen von Clives Beerdigung, doch statt mich mit Gedanken über die Fragilität des Lebens zu plagen, beschäftigte ich mich damit sicherzustellen, dass Evie pünktlich zur Schule kam und alles hatte, was sie brauchte.

»Hast du deinen Hockeyschläger?«

Sie nickte. »Steht vorne an der Tür.«

»Und die Arbeitsblätter mit deinen Mathe-Hausaufgaben?«

Sie nickte wieder, aber diesmal rollte sie dabei noch mit den Augen. »In meinem Mathe-Hefter.«

»Und was ist mit dem Geld für euren Erdkunde-Ausflug?«

Augenblicklich verschwand der selbstgefällige Ausdruck von ihrem Gesicht, und sie begann hektisch ihren Blazer und ihre Schultasche zu durchwühlen. »Ich habe es in die Reißverschlusstasche von meinem Blazer gesteckt, und jetzt ist es weg.«

Ich ließ sie noch eine Minute weitersuchen, bevor ich in meine Hosentasche griff und den Umschlag herauszog. »Er lag auf dem Küchentisch, wo du ihn liegengelassen hast, nachdem ich dir gesagt hatte, du sollst ihn in deine Tasche packen.«

Mit einem angemessen reuevollen Blick nahm sie den Umschlag mit dem Geld aus meiner ausgestreckten Hand und murmelte eine genervte Entschuldigung, bevor sie sich ihre Tasche schnappte und aus der Tür eilte. Lola und ich sahen ihr nach, bis sie außer Sichtweite war. Als wir wieder hineingingen, kam Linda gerade fertig angezogen die Treppe hinunter.

»Ist Evie schon weg?«, fragte sie. »Ich wollte ihr noch tschüs sagen.«

»Ich fürchte, sie hatte es ein wenig eilig«, erklärte ich. »Wie geht es dir? Bist du startklar?«

Heute würde Linda Lola zur Schule zu bringen, und beide wirkten fast ein wenig aufgeregt. Wir gingen in die Küche, und während Lola noch letzte malerische Hand an ihr Naturwissenschafts-Projekt legte, nahm ich den Familienkalender vom Haken und erklärte Linda alles, was sie für den Tag wissen musste.

»Lolas Sandwiches und ihr Obst sind im Kühlschrank«, begann ich, »und sie haben den Schrank für die Lunch-Boxen auf die andere Seite des Schulhofs verlagert, nur damit du dich nicht wunderst. Sie braucht heute ihre Schwimmsachen, die liegen schon vorne an der Tür, zusammen mit der unterschriebenen Erlaubnis für den Schulausflug nächste Woche und ein paar Kartons und anderen Sachen, die ihre Lehrerin für ein Müll-Projekt haben wollte. Sie schreibt irgendwann diese Woche ein Diktat, falls du also auf dem Weg zur Schule Gelegenheit hast, könnte sie noch ein bisschen Rechtschreibtraining vertragen. Die Liste ist in ihrer Büchertasche. Und sie schreibt heute einen Mathetest. Wir haben gestern Abend die Neuner-Reihe geübt, und sie war perfekt, aber wenn du sie noch einmal mit ihr durchgehen könntest, wäre das großartig ...« Ich hielt inne, hauptsächlich weil Linda mich mit einem breiten Grinsen ansah.

»Was ist?«

»Es ist nur ... du weißt schon ... alles. Es ist fast ein kleiner Schock für mich, dich zum ersten Mal so zu sehen. Du bist so organisiert ... Ich weiß nicht, im Vergleich zu vorher ist es ... na ja, ich bin einfach beeindruckt.«

Mit gemischten Gefühlen winkte ich Linda und Lola nach, als die beiden sich auf den Weg zur Schule machten. Ich fühlte mich, als würde ich einen Film oder ein Theaterstück über das Leben eines anderen Menschen betrachten, und ich dachte darüber nach, wie die Dinge wohl in Zukunft laufen würden. Würde ich wieder anfangen zu arbeiten? Würde ich Linda wieder die Verantwortung für meine Familie übergeben? Oder gab es einen Kompromiss, der uns beiden erlauben würde, eine Rolle zu spielen, ohne den anderen auszuschließen?

Es war eine Nachricht von Fran, die mich wieder in die Wirklichkeit zurückholte – eine Antwort auf meine Nachricht vor etwa einer Stunde, in der ich ihr versichert hatte, dass alles gut gehen würde. Es war kein langer Text, nur ein simples »Danke«, aber er reichte aus, um mich die Treppe hochlaufen und endlich den einen schwarzen Anzug anprobieren zu lassen, den ich besaß, den Anzug, den Linda mir für Lauras Beerdigung gekauft hatte, den Anzug, von dem ich gehofft hatte, ihn niemals wieder tragen zu müssen.

Obwohl sie damals alles rund um Lauras Beerdigung allein organisieren musste, hatte Linda noch die Zeit gefunden, meine Garderobe zu sichten, die Größe meiner Anzüge nachzusehen und nach Covent Garden zu fahren, wo sie ein halbes Dutzend Anzüge gekauft hatte, damit ich sie zu Hause anprobieren konnte. Und dann hatte sie sogar noch eine Schneiderin organisiert, die zu uns gekommen und die Länge der Hose anhand meiner anderen Anzüge im Schrank angepasst hatte. Am Tag der Beerdigung war ich aufgewacht und hatte an der Tür meines Kleiderschranks einen Anzug neben einem neuen Hemd, Gürtel und Krawatte hängen sehen.

Zurück in der Gegenwart, öffnete ich den Schrank, nahm Anzug, Hemd und Krawatte heraus und legte alles auf das Bett.

Dann stieg ich aus meiner Jogginghose und dem T-Shirt, das ich am Morgen nach der Dusche übergezogen hatte, und fing an, mich anzuziehen. Als ich fertig war und mich im Spiegel betrachtete, rechnete ich damit, wieder in die Vergangenheit katapultiert zu werden, aber in meinen Augen war kein einziger Funke des Wiedererkennens. Ich war immer noch hier. Dies war ein neuer Tag, eine neue Erfahrung, eine Reise ins Ungewisse, und ich konnte nur hoffen, dass ich am Ende immer noch aufrecht stand.

Linda

Es war kurz nach halb zwölf, als ich wieder zu Hause war. Auf dem Rückweg von Lolas Schule war ich ein paar Damen aus dem Buchclub über den Weg gelaufen, und sie hatten sich so gefreut, mich zu sehen, dass sie mich förmlich unter den Arm genommen und in ein Café geschleppt hatten. Obwohl ich protestierte, war es herrlich zu wissen, vermisst worden zu sein. Sie wollten alles über meine Zeit in Australien erfahren, aber vor allem wollten sie wissen, ob ich hierbleiben würde. »Im Moment hängt alles noch ein bisschen in der Luft«, erklärte ich ihnen, aber die mitfühlenden Blicke, mit denen sie mich betrachteten wie eine alte, ausgediente Mähre, zeigten mir, dass sie entschlossen waren, zwischen den Zeilen zu lesen, auch wenn es da gar nichts zu lesen gab.

Zurück im Haus, war alles leer. Tom schien sich also doch dazu entschieden haben, zur Beerdigung zu gehen. Einen Moment lang saß ich etwas ratlos, was ich tun sollte, am Küchentisch. Dann beschloss ich mich nützlich zu machen, räumte den Frühstückstisch ab, hängte eine Ladung Wäsche auf, brachte eine neue auf den Weg und machte eine Runde durch die Zimmer, um Wäsche für eine dritte zusammenzusammeln. Im Grunde war es jedoch nur der Versuch, mich abzulenken, damit ich nicht an Desi denken musste. Er fehlte mir, sehr sogar. Ich vermisste alles an ihm, von seinem tiefen, nachhallenden Lachen bis zu der sanften Art, mit der er über mein Gesicht strich, wenn ich in seinen Armen lag. Ich vermisste die Art, wie er mich morgens ansah – als wäre ich das Schönste, was er je gesehen hatte –, und die Fragen, die er stellte und die mich anders über die menschliche Natur und die Welt um mich herum denken ließen. Vor allem aber fehlte mir seine Gegenwart, der Raum, den er in meinem Leben füllte.

Seit meiner Rückkehr hatten wir einmal kurz miteinander gesprochen – ein kurzes Telefonat, in dem ich ihm erzählt hatte, dass ich gut angekommen war und wie sehr ich das Wiedersehen mit den Mädchen genoss –, aber ihn zu hören hatte alles nur noch schlimmer gemacht, den Herzschmerz verstärkt anstatt ihn gelindert. Je öfter wir uns hörten, umso schlimmer würde es wahrscheinlich werden, und so war es bloß eine Frage der Zeit, bis es zu viel werden und einer von uns beiden sagen würde, dass er so nicht weitermachen konnte. Ich tippte auf Desi. Er hatte schon weit mehr mitgemacht, als die meisten Männer es getan hätten, und obwohl es mich quälte, von ihm getrennt zu sein, so war doch der Schmerz, ihn zu vermissen, besser als gar nichts.

Mit dem Telefon in der Hand setzte ich mich hin, um ihn anzurufen in der Hoffnung, ihn zu Hause zu erwischen. Doch ich hatte kaum seine Nummer gewählt, als ich auch schon wieder auflegte, und nachdem ich eine Weile in meiner Handtasche herumgewühlt hatte, wählte ich eine ganz andere Nummer.

»Hallo?«

»Frank, ich bin es.«

Ich hatte seit dem Tag im Café nicht mehr mit ihm gesprochen und keine Ahnung, was mich dazu brachte, jetzt an ihn zu denken. Ich war mir nicht einmal sicher, was ich ihm sagen wollte, außer vielleicht einen Weg zu finden, um endgültig einen Strich unter diesen Abschnitt unseres Lebens zu ziehen. Das war mir in Australien nicht gelungen. Aber es brauchte einen Strich oder doch zumindest eine Art von Punkt – irgendein Zeichen, um anzuzeigen, dass diese Angelegenheit abgeschlossen war.

»Linda?« Er klang noch halb verschlafen. Hatte er gedöst? In Melbourne war es jetzt kurz nach halb zehn am Abend. »Ich hatte gehofft, dass du dich noch einmal meldest ... vor allem nach ... du weißt schon ... Ich bin so froh, dass du anrufst. Wollen wir uns noch einmal treffen? Wo auch immer du willst.«

»Ich kann nicht, ich bin wieder in England.«

»Oh ... ich hatte den Eindruck, du hättest vorgehabt, länger hier unten zu bleiben.«

»Eine Familienangelegenheit hat mich gezwungen, schon früher zurückzukehren.«

»Nichts Schlimmes, hoffe ich?«

»Nichts, was sich nicht mit der Zeit wieder lösen wird.«

»Und wie geht es der Familie?« Er sprach von den Mädchen, seinen Enkelinnen. »Geht es ihnen gut? Ich wette, sie haben dich vermisst, oder?«

»Ja, das haben sie«, antwortete ich. »Aber nicht so sehr, wie ich sie vermisst habe.«

Wir schwiegen lange, während jeder sich fragte, was der andere wohl gerade dachte. Schließlich sagte ich: »Hör zu, Frank, natürlich muss ich erst mit Tom darüber sprechen ... aber ... ich weiß nicht ... also was ich sagen will, ist ...«

»Was?«

»Ich versuche zu sagen, wenn du möchtest ... oder das Bedürfnis hast ... ich würde dir nicht im Wege stehen, wenn du Kontakt zu den Mädchen aufnehmen möchtest.«

Jetzt war es raus. Es war nicht so, als hätte ich das Für und Wider dieser Entscheidung nicht schon hundertmal abgewogen. Vermutlich entstammte es einem Wunsch nach Frieden. In den letzten Wochen hatte es so viel Unruhe gegeben, so viel aufgewühlten Schmerz, dass ich das Gefühl hatte, wir alle brauchten einen Neuanfang, Frank eingeschlossen. Ich meine, wie konnte ich von Tom verlangen, Laura zu vergeben, wenn ich nicht bereit war, Frank gegenüber dasselbe zu tun?

Wieder herrschte langes Schweigen, aber dieses Mal war es anders. Es fühlte sich an, als würde er die Jahrzehnte seines Lebens voller Reue Revue passieren lassen. Das Schweigen währte so lange, dass ich mich fragte, ob er noch dran war.

»Frank? Bist du noch da?«

»Linda.« In seiner Stimme lag eine Zärtlichkeit, die ich seit vierzig Jahren nicht mehr gehört hatte. Sie trug mich zurück zum letzten Mal, als er mir gesagt hatte, dass er mich liebte, ein lange vergessener Sonntagnachmittag, an dem wir Arm in Arm zusammengelegen und uns vor der Welt versteckt hatten. »Linda, ich bin sprachlos ... vollkommen sprachlos ... das ist so großzügig, und das, wo ich es so wenig verdient habe. Du bist eine bemerkenswerte Frau, und was für ein Idiot ich doch war, dich zu verlassen. Aber ich kann nicht Teil ihres Lebens sein, nicht nach all dem, was ich getan habe und wie ich mich verhalten habe. Ich habe kein Anrecht auf dieses Glück. Die Mädchen sind deine Belohnung und sie gehören dir allein, aber wenn sie jemals etwas brauchen sollten, wenn *du* jemals etwas brauchen solltest – egal was –, dann zögere bitte nicht, mich anzurufen. Ich verspreche, ich werde alles tun, um zu helfen.«

Nach diesem Gespräch fühlte ich mich ausgelaugt und erschöpft, und ich wollte mich nur noch unter der Bettdecke verkriechen, die Augen schließen und alles um mich herum vergessen, doch stattdessen griff ich wieder zum Telefon und wählte Desis Nummer, fest entschlossen, die Lage zwischen uns ein für alle Mal zu klären.

Tom

Clives Beerdigung war vorbei, und ich hatte es irgendwie überlebt. Während des ganzen Gottesdienstes hielt ich Frans Hand umklammert, und vieles an diesem Tag hatte Details von Lauras Beerdigung in meiner Erinnerung geweckt – von denen ich geglaubt hatte, sie längst vergessen zu haben. Aber vieles war auch anders gewesen, vor allem die Atmosphäre, die vom Tod eines alten Mannes und nicht von einer Tragödie sprach, von einem langen, ausgefüllten Leben, nicht von einem, das viel zu früh geendet hatte.

Es war unmöglich, beim Anblick der zahlreichen Kinder, Enkel, Freunde, Nachbarn und ehemaligen Kollegen, die sich in der Kapelle aufreihten, um ein paar Sätze über ihn zu sagen, nicht ein wenig Stolz zu verspüren. So mürrisch und grantig Clive auch gewesen war, irgendwie war es ihm offensichtlich gelungen, viele Leben, so wie auch meines, positiv zu berühren. Eine elegant gekleidete ältere Dame erzählte, wie Clive sich, nachdem ihr Mann Mitte der Neunziger gestorben war, jede Woche um ihren Garten gekümmert hatte, bis seine Knie nicht mehr mitspielten, und dabei jede Art von Bezahlung strikt verweigert hatte. Ein ehemaliger Kollege aus dem Polizeidienst erzählte, wie Clives Mut und Geistesgegenwart ihm das Leben gerettet hatten, als er beim Auflösen einer Prügelei in einem Pub einen Messerstich abbekam. Eine von Clives Urenkelinnen, kaum älter als Lola, erzählte von dem Nachmittag, an dem ihr Uropa mit ihr im Park Frösche gefangen hatte. Und eine von Frans Cousinen berichtete, wie er an dem Tag, als sie erfuhr, dass sie den Studienplatz an ihrer Wunschuni nicht bekam, mit einem riesigen Blumenstrauß vor ihrer Tür gestanden und sie richtig schick zum Essen ausgeführt hatte, um sie auf andere Gedanken zu bringen. Als der Trauergottesdienst sich seinem Ende zuneigte, war es unmöglich, sich niedergeschlagen zu fühlen. Es war, als hätte man ein Leben gefeiert und nicht dessen Ende betrauert.

Draußen vor der Kapelle legte Fran die Arme um mich. »Danke, dass du gekommen bist. Ich weiß, wie schwer es dir gefallen sein muss.«

»Ich bin einfach nur froh, dass es vorbei ist«, gestand ich. »Aber was ist mit dir? Wie geht es dir?«

Fran lächelte. »Ich hatte schon bessere Tage. Aber es war eine schöne Trauerfeier, findest du nicht? All die vielen Leute, die so schöne Dinge über Großvater gesagt haben, es war unglaublich. Ich habe die ganze Zeit geweint. Großvater hätte es natürlich gehasst. Ihm war es immer peinlich, wenn man was Nettes über ihn gesagt hat. Das hier wäre sein schlimmster Albtraum gewesen.«

Zwei Frauen, die sich als Freundinnen von einer von Frans Tanten vorstellten, unterbrachen uns und begannen, über die Trauerfeier zu sprechen. So nah Fran und ich uns auch standen, in dieser Runde fühlte ich mich wie ein Fremdkörper. Doch jedes Mal, wenn ich ihr ein wenig Raum geben wollte, hielt sie meine Hand nur noch fester, und als die beiden Frauen gegangen waren, flüsterte sie: »Lass uns ein Stück spazieren gehen.«

Es war ein herrlicher Junitag, perfektes T-Shirt-Wetter. Einer dieser Tage, die man am besten im Park verbrachte, sich mit dem Mädchen seiner Träume auf eine Wiese legte und einfach nur in den Himmel starrte und es nicht fassen konnte, wie viel Glück man doch hatte. Wir spazierten den mit Eiben gesäumten Weg entlang, der zum Grab von Frans Großmutter führte, und waren dabei so leise, dass wir nicht mal ein Amselpärchen bei seiner hektischen Futtersuche unterbrachen.

»Bei allem, was in letzter Zeit los war, habe ich dich kaum gesehen«, sagte Fran. »Wie geht es dir? Wie ist es zu Hause, jetzt, wo deine Schwiegermutter wieder da ist?«

»Die Kinder freuen sich riesig, dass sie wieder da ist. Sie hat schon alle Koffer ausgepackt und ist wieder in ihr Zimmer gezogen. Es ist, als wäre sie nie weg gewesen.«

»Heißt das, du wirst wieder arbeiten gehen?«

»Darüber habe ich noch nicht wirklich nachgedacht. Ich könnte bestimmt, aber wenn ich ehrlich bin, möchte ich nicht wieder rund um die Uhr arbeiten. Die Mädchen würden mir zu sehr fehlen.«

»Aber wenn ihr beide zu Hause seid, wird das nicht schwierig werden?«

»Am Anfang vielleicht, aber ich bin mir sicher, dass wir das irgendwie geregelt bekommen.«

»Und was ist mit der Sache mit Laura?«

Meine Gefühle für Laura hatten in letzter Zeit zwischen allen Extremen geschwankt, so sehr, dass ich mittlerweile gar nicht mehr wusste, was ich fühlte.

»Ich kann nicht wirklich sagen, dass sich was verändert hat. Mir fällt es nach wie vor schwer zu akzeptieren, dass Linda davon wusste. Und auch wenn Laura die Affäre bereut hat, schaffe ich es einfach nicht, ihr zu verzeihen. Und das Schlimmste ist, dass ich das Gefühl habe, als wäre ich der Böse in der ganzen Sache.«

»Wieso denkst du das?«

»Weil Laura nicht hier ist, um sich zu verteidigen.«

»Du hast jedes Recht, verletzt zu sein.«

»Aber so fühlt es sich nicht an. Es ist, als ob ich derjenige wäre, der das alles bereinigen muss, obwohl Laura Mist gebaut hat.« Ich blieb stehen, als mir bewusst wurde, wie unangebracht mein Ausbruch war. »Entschuldige. Du musst dir das nicht anhören, erst recht nicht heute.«

»Ich möchte einfach, dass es dir besser geht«, sagte sie. »Ich finde es schrecklich, dass du dich so fühlst.«

»Es ist in Ordnung, wirklich. Es wäre viel schlimmer ... wenn ich dich nicht mehr hätte ...«

Ich beobachtete ihr Gesicht und wartete auf eine Reaktion. Mir war klar, wie kompliziert alles war. Vor Clives Tod hatten wir uns getrennt, scheinbar endgültig, doch seitdem waren wir in eine Art Niemandsland abgedriftet. Aber ich wusste jetzt, was ich wollte: Fran. Die Frage war nur, ob sie mich noch wollte.

Wir blieben stehen, und sie drückte ihre Lippen sanft auf meine, aber es war unmöglich zu erraten, was das zu bedeuten hatte. Und weil sie nichts sagte, hielt auch ich den Mund, und wir gingen weiter, Hand in Hand, schweigend.

Neben Dots Grabstein blieben wir stehen, und ich beugte mich hinunter und sammelte ein verwittertes Rubbellos und ein paar Eschenblätter von ihrem Grab, das sie bald mit ihrem Mann teilen würde.

»Das musst du nicht tun«, sagte Fran. »Ich komme morgen noch mal her und mache es sauber.«

»Schon gut«, antwortete ich und blickte mich nach einem Abfalleimer um. Da ich keinen finden konnte, stopfte ich den Müll und das Laub in die Tasche meines Jacketts. »Ich weiß, dass es deinem Großvater ganz und gar nicht gefallen hätte, es so zu sehen.«

Fran lächelte. »Er hätte getobt wie ein wildgewordener Bulle.«

»Er muss deine Großmutter wirklich geliebt haben.«

»Er hat immer gesagt, sie sei seine beste Freundin.«

»Und wie hat sie ihn genannt?«

»Ihren Ritter in glänzender Rüstung.«

Wir standen noch eine Weile schweigend da und lauschten dem Wind in den Bäumen. Ein gut gekleideter Mann mit einem Blumenstrauß unter dem Arm kam den Weg entlang. Er nickte uns kurz zu und ging weiter. Fran drückte meine Hand, und als ich hinunter auf ihr Gesicht blickte, sah ich Tränen über ihre Wangen laufen.

»Ich vermisse sie immer noch«, sagte sie und wischte sich über die Augen. »Ich vermisse sie jeden Tag, und jetzt vermisse ich auch noch Großvater. Das ist einfach zu viel.«

Ich legte den Arm um sie, und wir setzten uns auf eine Bank, von der aus man den Friedhof überblicken konnte. Jeder von uns hing schweigend seinen Gedanken nach, doch nach einer Weile richtete Fran sich auf, trocknete sich die Augen und sah mich an.

»Ich habe nachgedacht«, sagte sie. »Über dich ... mich ... uns, und ich möchte, dass du weißt: Ich will keine Sekunde missen, die ich mit dir zusammen war. Du hast mich in den letzten Monaten sehr glücklich gemacht, du kannst dir gar nicht vorstellen, wie sehr du mein Leben beeinflusst hast.«

»Aber?«

Fran lächelte. »Es gibt immer ein Aber, nicht wahr? Nichts ist jemals einfach und unkompliziert. Ich habe das Gefühl, dass ich für eine Weile von hier fort muss.«

Mein Magen zog sich zusammen. Das war's also. Ich hatte es vermasselt. »Du gehst fort? Meinetwegen, nicht wahr?«

Fran schüttelte den Kopf. »Ich brauche einfach eine Auszeit, das ist alles«, sagte sie. »Großvater hat immer gesagt, ich sollte mir die Welt anschauen, wenn ich Gelegenheit dazu hätte, warum also nicht jetzt? Und nachdem er sich immer geweigert hat, auch nur ein Pfund Miete von mir zu nehmen, habe ich über die Zeit ein bisschen was gespart. Übernächste Woche fliege ich nach Thailand. Und dann, wer weiß? Ich habe den Flug gestern Abend erst gebucht.«

Ich konnte nicht glauben, was ich da hörte. »Meinst du nicht, dass du es ein wenig übereilst? Warum wartest du nicht noch, bis du dir sicher bist, dass es wirklich das ist, was du willst?«

»Ich weiß, es klingt, als wollte ich Hals über Kopf weglaufen, aber ich bin mir sicher. Ich habe das Gefühl, wenn ich jetzt nicht anhalte und eine gründliche Inventur mache, werde ich den Rest meines Lebens meinem eigenen Schwanz hinterherjagen. Bitte sag, dass du das verstehst, Tom. Es hat nichts mit dir zu tun, hier geht es allein um mich.«

Das Traurige daran war, dass ich sie nur zu gut verstand. Sie brauchte Zeit für sich, Zeit, um Clives Tod zu verarbeiten. Zeit, um herauszufinden, was sie wirklich im Leben wollte. Und sie bedeutete mir zu viel, um ihr dabei im Weg zu stehen.

»Klar verstehe ich dich«, sagte ich. »Du musst tun, was du tun musst. Aber was wird mit uns?«

»Ich weiß es nicht«, antwortete sie und nahm meine Hand. »Ich mag dich wirklich sehr, Tom, und ich habe mir so gewünscht, dass es funktioniert, aber es wäre nicht fair, von dir zu verlangen, dass du auf mich wartest.«

»Ist das nicht meine Entscheidung?«

»Schon, aber ...«

»Dann sehen wir uns, wenn du zurückkommst.«

»Aber ich habe keine Ahnung, wann das sein wird. Was, wenn ich ein Jahr unterwegs bin, oder länger? Wir waren gerade mal ein paar Wochen zusammen. Das wäre ziemlich viel Druck, findest du nicht?«

Natürlich fand ich das. Mir waren die Schwierigkeiten, die uns erwarteten, sehr wohl bewusst, aber es war mir egal. Ich wollte Fran. Ich wollte, dass wir eine Chance hatten, und nicht schon aufgeben, bevor wir überhaupt aus den Startlöchern gekommen waren.

»Du weißt genauso gut wie ich, wie gut wir zusammen sind. Warum sollten wir es nicht wenigstens probieren?«

»Das würde ich ja so gerne, und das weißt du.« Sie fing an zu weinen. »Das hier hat nichts mit dir zu tun, Tom, oder mit uns. Es hat etwas damit zu tun, wo wir im Moment stehen. Wir müssen uns beide über so viele Dinge klar werden, über so vieles nachdenken. Zu einem anderen Zeitpunkt, an einem anderen Ort, hätte das alles ganz anders laufen können. Aber ich fürchte, so sollte es einfach nicht sein.«

Sie hatte recht. Es ging um das richtige Timing, und unseres lag völlig daneben. Wäre Clive nicht gestorben oder hätte ich nicht die Wahrheit über Laura erfahren, wären die Dinge vielleicht anders gelaufen. Aber wir konnten die Zeit nicht zurückdrehen, sosehr wir es auch wollten.

Ich zog sie an mich und legte die Arme um sie. »Es gefällt mir nicht«, sagte ich. »Es gefällt mir überhaupt nicht, aber du hast recht. Und, hey, wir haben immer noch Morrison's.«

Fran lachte und wischte sich über die Augen. »Das wirst du mir für immer unter die Nase reiben, hab ich recht?«

»Du hast mir buchstäblich den Kopf abgerissen.«

»Ich dachte, du bist einer von den bösen Jungs.«

»Und jetzt?«

»Jetzt weiß ich, dass du ein wirklich guter Deal bist.«

Sie beugte sich vor, um mir einen letzten Kuss zu geben, doch bevor unsere Lippen sich berührten, vibrierte ihr Handy, und der Augenblick war vorbei.

»Das war Mum, die sich fragt, wo ich stecke«, sagte sie und legte den Kopf an meine Brust. »Ich sollte gehen.«

Als Fran und ich zur Kapelle zurückkehrten, standen dort noch zahlreiche Trauergäste, und sie stellte mich mindestens der Hälfte von ihnen vor. Jedes Mal, wenn sie gefragt wurde, ob ich ihr Freund sei, antwortete sie mit sichtlicher Zufriedenheit: »Nein, er ist mein Ritter in glänzender Rüstung.« Nach etwa einer halben Stunde begannen die Leute langsam aufzubrechen, bis nur noch ein Auto auf dem Parkplatz darauf wartete, Fran mit zurück zum Haus zu nehmen, wo Familie und Freunde sich noch einmal treffen würden.

»Ich muss los«, sagte sie. »Bist du sicher, dass du nicht mitkommen willst?«

Ich nickte. »Du solltest jetzt mit deiner Familie zusammen sein«, antwortete ich. »Aber ich rufe heute Abend an, um sicherzugehen, dass alles in Ordnung ist.«

Nun schließlich kam er, der letzte lange Abschiedskuss, und ich musste all meine Kraft aufbieten, um sie nicht anzuflehen, ihre Meinung doch noch zu ändern.

Wir hielten uns an den Händen, und sie sah mich aus ernsten Augen an. »Ich möchte etwas sagen, aber ich bin mir nicht sicher, wie du es aufnimmst.«

»Hey, ich bin es, mit dem du hier redest«, antwortete ich. »Du kannst alles sagen.«

»Selbst wenn es um Laura geht?«

»Selbst dann.«

»Ich weiß nicht, ob du es weißt, aber Großmutter ist an Alzheimer gestorben«, begann sie. »Sie war neunundsechzig, als sie die Diagnose erhielt, und es ist jedes Jahr schlechter geworden. Am Ende war ihr Kurzzeitgedächtnis völlig zerstört, und sie ist im Nachthemd aus dem Haus spaziert. Manchmal wurde sie sogar richtig aggressiv. Sie hat gebissen und um sich getreten. Es war ein Albtraum.«

»Armer Clive, ich kann gar nicht glauben, dass er nie ein Wort darüber verloren hat.«

»Er hat nicht darüber gesprochen. Er wollte nicht, dass die Leute es wussten – nicht mal, dass wir davon erfuhren. Was ich damit sagen will: Großvater hat sich geweigert, die Erinnerung an seine Ehe von diesen Jahren bestimmen zu lassen, und ich denke, auch du solltest nicht zulassen, dass Lauras Fehler solche Macht über deine Erinnerung bekommt. Du hast selbst gesagt, dass ihr die meiste Zeit glücklich wart. Und auch wenn ich nicht behaupten kann, alles über dich zu wissen, so bezweifle ich doch, dass du all die guten Jahre ohne zu zögern einfach weggeworfen hättest, wenn sie an diesem Abend nach Hause gekommen wäre und dir alles gebeichtet hätte. So bist du einfach nicht. Ich glaube, Großvater hat etwas erkannt, das viele von uns noch lernen müssen: Manchmal ist Liebe mehr eine Entscheidung als ein Gefühl. Und manchmal muss man eben die Entscheidung treffen, sich an die guten Zeiten zu erinnern und den Rest zu vergessen.«

25
Jedes Wort

Tom

Als ich durch den sonnigen Spätnachmittag nach Hause lief, fühlte ich mich erschöpft und zugleich seltsam beschwingt, während mir die Ereignisse der letzten Wochen durch den Kopf wirbelten und ich versuchte, mir einen Reim darauf zu machen. Wie sollte ich in irgendwas einen Sinn erkennen, wenn das Leben immer aus allen Richtungen auf mich einzuprasseln schien? Hätte ich Clive diese Fragen gestellt, so hätte er mir garantiert erklärt, dass ich mir zu viele Gedanken machte und »mich verdammt noch mal zusammenreißen und einfach weitermachen« sollte. Aber das war typisch Clive, nicht wahr? Seine Fähigkeit, sich auf die wichtigen Dinge zu konzentrieren und alles andere beiseitezuschieben. Vielleicht hatte es ein wenig auf mich abgefärbt, wenn ich an meine Entscheidung dachte, Frans Abwesenheit als eine Nebensächlichkeit zu betrachten. Mein altes Ich hätte diese Situation wohl als zu kompliziert betrachtet, aber mein neues Ich, zumindest in diesem Fall, schien in der Lage zu sein, sich auf das zu konzentrieren, was wirklich wichtig war.

Als ich die Hauptstraße am Fuß des Hügels überquerte, musste ich an die Parallele denken, die Fran zwischen der Alzheimer-Erkrankung ihrer Großmutter und Lauras Affäre gezogen hatte. Sollte ein einziger negativer Aspekt die Macht besitzen, eine ganze Ehe zu definieren? Zugegeben, in Lauras Fall war der negative Aspekt alles andere als zufällig gewesen, aber die Frage blieb dieselbe. Clives Art, die Welt zu betrachten, beruhte ganz einfach darauf, Prioritäten zu setzen: die wichtigen Dinge zuerst, alles andere danach. Und so hatte er seine Gefühle für seine Dot an erste Stelle gestellt und die Auswirkungen ihrer scheußlichen Krankheit auf ihre Ehe nicht weiter beachtet. Doch so einfach es auch bei Clive ausgesehen haben mochte, ich wusste, dass es alles andere als einfach war. Es fordert viel Kraft, eine Entscheidung zu treffen und dabei zu bleiben, vor allem wenn niemand es einem übelnehmen würde, sich als Opfer zu präsentieren. Stattdessen hatte Clive die Liebe dem Selbstmitleid vorgezogen, das Schlechte ignoriert und nur das Beste in Erinnerung behalten.

Mein verschwitztes T-Shirt klebte mir auf dem Rücken, als ich in unsere Straße einbog, und während ich auf unser Zuhause zusteuerte, dämmerte es mir allmählich, welchen Rat Clive mir in Bezug auf Laura gegeben hätte. Er hätte mir gesagt, dass ich eine Entscheidung zu treffen habe, statt rumzusitzen und darauf zu warten, dass es mir besser ging. Dass sie einen Fehler gemacht hatte, es aber meine Entscheidung sei, ihn hinter mir zu lassen und nach vorn zu blicken. Als ich vor unserem Haus ankam, blieb ich stehen und betrachtete das Heim, das Laura und ich gemeinsam geschaffen hatten. Hier hatten wir unsere Kinder großgezogen, Jahrestage gefeiert, Geburtstage und Weihnachtsfeste. Hier hatten wir unsere glücklichsten Momente erlebt, und auch unsere traurigsten; hierher kamen wir, wenn wir uns sicher und geborgen fühlen wollten. Dieses Haus bestand nicht nur aus Steinen und Mörtel, es war ein Denkmal für alles, wofür wir standen. Das hier war das Hauptquartier der Familie Hope. Unser Zuhause.

Ich schloss die Haustür auf und rief nach Linda, erhielt aber keine Antwort. Auf dem Küchentisch lag eine Nachricht: »Bin noch einkaufen und hole dann Lola ab. Fischstäbchen und Erbsen zum Abendessen, wenn du einverstanden bist. LG Linda. PS: Ich hoffe, alles lief gut. PPS: Vielleicht nehme ich Lola nach der Schule noch auf einen heißen Kakao und ein Schwätzchen mit auf die High Street. Sollten aber nicht zu spät zurück sein. xxx«. Ich musste lächeln. Das war Familie: Es ging nicht nur um die großen Dinge im Leben, sondern auch um die kleinen, darum, sich umeinander zu kümmern, füreinander zu sorgen, aufeinander aufzupassen. Und während ich ihre Nachricht in meine Tasche gleiten ließ, stellte ich mir vor, dass es ein Moment wie dieser gewesen sein musste, in dem Laura bewusst geworden war, wie viel sie tatsächlich aufs Spiel gesetzt hatte.

Ich klappte meinen Laptop auf und öffnete das Bildbearbeitungsprogramm. Der Bildschirm füllte sich mit winzigen Bildern aus der Vergangenheit – unser gesamtes digitales Leben, das meinen Wutanfall zum Glück unbeschädigt überstanden hatte. Ich klickte mich durch die Fotos und wählte die schönsten aus: Laura an ihrem achtzehnten Geburtstag, ein Scan von einem alten Papierabzug; Laura im Krankenhausbett, wie sie zum ersten Mal Evie im Arm hält; Laura und Lola im Hotelpool auf Kreta, wie sie in die Kamera winken. All diese Bilder ließen mich Laura aus einem anderen Blickwinkel betrachten, zum ersten Mal, seit Ellie mir die Hiobsbotschaft überbracht hatte. All diese Fotos, all die kleinen Schnitzel aus Lauras Leben fügten sich zusammen zu einem ganzen Bild eines Menschen, das eben viele Seiten hatte. Und so wie ein einziges Bild niemals alles über eine Person aussagen konnte, so hätte ich einer einzigen Handlung niemals erlauben dürfen, dasselbe zu tun.

Ich schloss den Laptop an meinen Farbdrucker an und druckte die Bilder aus, viel mehr als ich für mein Projekt benötigte, und während der Drucker Faksimiles dieser wertvollen Augenblicke ausspuckte, ging ich auf die Suche nach allem, was mir dabei helfen konnte, Lolas Schuhkarton-Schrein zu rekonstruieren.

Ich war immer noch mit Kleben, Schneiden und Anpassen beschäftigt, als Linda nicht nur mit Lola, sondern auch mit Evie im Schlepptau auftauchte. Und als die drei sich um mich herum versammelten, sprach niemand ein Wort, nicht einmal Lola.

Linda

Ich war sprachlos. Den ganzen Tag lang hatte ich mir Sorgen gemacht, wie es Tom wohl nach der Beerdigung gehen würde. Ich hatte erwartet, dass sie all die schrecklichen Erinnerungen heraufbeschwören würde, mit denen er möglicherweise noch schlechter würde umgehen können, seit er von Lauras Affäre erfahren hatte. Ich hatte Lola sogar darauf vorbereitet, dass ihr Vater möglicherweise ein wenig aufgewühlt sein würde, wenn wir nach Hause kamen, und dass sie besonders lieb zu ihm sein sollte. Und da saß er nun in der Küche und druckte Bilder von Laura aus, offenbar in dem Versuch, den Schuhkarton-Schrein nachzubauen, von dem Lola mir erzählt hatte. Die schweigende Eloquenz seiner Handlung ließ sich nicht mit Worten beschreiben. So wie er auf wundersame Weise seinen Frieden mit dem gemacht zu haben schien, was Laura getan hatte, so schien er auch einen Weg gefunden zu haben, ihr zu vergeben. Ich hätte nie gedacht, dass ein alter Schuhkarton, beklebt mit Fotos unserer Tochter, Mutter, Ehefrau und Freundin eine solche Auswirkung haben könnte. Aber er genügte, um uns zu erinnern, dass wir Laura, auch wenn sie nicht mehr bei uns war, niemals vergessen würden und dass, auch wenn sie Fehler gemacht hatte, das Vermächtnis ihrer Liebe für immer unverändert bleiben würde.

Tom

Als ich das letzte Foto von Laura auf den Karton geklebt hatte und mich in meinem Stuhl zurücklehnte, merkte ich, dass noch immer niemand ein Wort gesagt hatte. Ob meine Aktion wirklich richtig war? Ich hatte den Schaden der letzten Wochen wenigstens zu einem kleinen Teil wiedergutmachen wollen. Mir war der rein symbolische Charakter des Ganzen durchaus bewusst, ein armseliger Versuch, meinen Töchtern zu sagen, wie leid mir mein Verhalten tat. Aber als ich nun da saß und auf den Schuhkarton starrte, fragte ich mich, ob sie meine Motivation dahinter überhaupt nachvollziehen konnten oder ob sie einfach dachten, dass ich jetzt endgültig verrückt geworden war.

»Wow, Dad«, sagte Lola und strich mit dem Finger über eine Fotoecke, die sich gelöst hatte. »Der ist sogar noch schöner als meiner.«

»Ich fürchte, er kann deinen nicht ersetzen«, sagte ich. »Aber ich hoffe, dass dieser hier für den Moment ausreicht.« Ich legte jeweils einen Arm um die Mädchen. »Ich glaube, ich schulde euch beiden eine Entschuldigung.«

Lola sah mich an. »Wofür?«

»Ich habe mich in den letzten Wochen nicht richtig verhalten, und ihr sollt wissen, dass es mir leidtut.«

»Das wissen wir, Dad«, sagte Evie spitzbübisch. »Aber nur damit du es weißt: Du hast trotzdem zwei Wochen Hausarrest.«

Linda

Nachdem die Mädchen zu Bett gegangen waren, saß ich noch bis spät in den Abend vor dem Fernseher. Dann stand ich auf und ging in die Küche, wo Tom am Tisch saß und auf seinem Laptop herumtippte. Ich setzte mich zu ihm.

»Du musst todmüde sein. Warum gehst du nicht schlafen?«

»Es geht mir gut, wirklich. Außerdem bin ich fast fertig. Was hältst du davon?« Er drehte den Laptop um, sodass ich den Bildschirm sehen konnte, auf dem eine Ferienbuchungs-Webseite geöffnet war. Sie zeigte ein wunderschönes Cottage, so idyllisch, wie man es auf einer Pralinenschachtel finden würde.

»Es ist wunderhübsch. Wofür ist es?«

»Für uns«, antwortete er. »Also für dich, mich und die Kinder, in den Sommerferien. Der Beschreibung nach ist es nur fünf Minuten vom Strand entfernt. Die Kinder werden es lieben, meinst du nicht?«

»Ich bin mir sicher, sie werden eine herrliche Zeit haben.« Von der Anspannung in meiner Stimme alarmiert, blickte er auf. Ich hatte eigentlich vorgehabt, meine Neuigkeiten erst Ende der Woche zu verkünden, aber nun, da der Moment gekommen war, schien ich nicht darum herumzukommen.

»Das klingt, als hättest du andere Pläne für den Sommer.«

Ich nickte. Ich fühlte mich schrecklich. Obwohl Tom bewiesen hatte, dass er absolut in der Lage war, für sich und die Mädchen zu sorgen, fühlte ich mich, als würde ich ihn schon wieder im Stich lassen. »Ich habe mich heute erst entschieden, aber ja, ich werde diesen Sommer nicht hier sein ... ich werde nach Australien zurückgehen.«

»Du gehst zurück? Aber du bist doch gerade erst wieder hergekommen.«

»Ich weiß ... Aber die Sache ist, ich habe jemanden kennengelernt. Sein Name ist Desmond, eigentlich nennen ihn alle Desi, und er ist ein Freund von Moira und ... ich glaube ... also ich bin mir sogar sicher ... dass wir uns lieben.« Schon als die Worte sich in meinem Kopf formten, erschienen sie mir albern, und nun, da sie in der Welt waren, klangen sie sogar ausgesprochen töricht. Ich redete wie eine von diesen Frauen, über die man manchmal in Zeitschriften las, die nach zwei Wochen All-Inclusive-Urlaub in der Türkei ihre Familie verließen, um mit einem Kellner zusammenzuziehen, der gerade einmal halb so alt war wie sie. Mein Plan klang schlecht durchdacht und kurzsichtig. Es war ein Wunder, dass Tom die Fassung wahrte. Und doch meinte ich jedes Wort so, wie ich es gesagt hatte. Ich sah ihn an und wartete auf eine Reaktion. »Was denkst du?«

Er kam zu mir herüber und legte einen Arm um meine Schulter. »Ich denke, das sind die besten Neuigkeiten, die ich heute gehört habe.«

»Wirklich? Du bist mir nicht böse?«

»Natürlich nicht! Ich kann nicht behaupten, dass ich nicht überrascht wäre, denn ... nun, für dich zumindest ist das ziemlich ungewöhnlich. Aber wenn jemand es verdient, glücklich zu sein, Linda, dann du.«

Ich spürte, wie mir die Tränen in die Augen stiegen. »Meinst du das wirklich?«

Tom lachte und drückte mich fest an sich. »Jedes Wort.«

»Aber was wirst du tun? Mit deiner Arbeit? Ich habe keine Ahnung, wie lange ich weg sein werde. Hast du nicht gesagt, dass du nur sechs Monate frei genommen hast?«

»Mach dir darüber mal keine Gedanken. Mir wird schon was einfallen. Ich hatte ohnehin darüber nachgedacht, nur noch Teilzeit zu arbeiten. Im Moment gehen die Mädchen vor. Alles andere kann warten.« Tom grinste und drückte mich noch einmal. »Laura hat immer gesagt, ich sollte dich nicht unterschätzen, wenn es um Männer geht, aber mit so was hätte ich nicht gerechnet. Wie ist es passiert?«

Und da strömte alles aus mir heraus, die ganze Geschichte. Ich berichtete ihm von der Party, wie Desi mich aufgefangen hatte, als ich vom Tisch gefallen war, und von Frank, wie ich ihm in Melbourne über den Weg gelaufen war, und dass er sich, als wir endlich miteinander sprachen, für alles entschuldigt hatte.

Tom lächelte und schüttelte ungläubig den Kopf. »Das war ja mal ein Trip.«

»Kann man wohl sagen«, antwortete ich. »Ich kann es kaum erwarten, euch Desi vorzustellen. Er wird euch gefallen, da bin ich mir sicher. Er ist witzig und gütig und sehr aufmerksam. Manchmal erinnert er mich tatsächlich ein wenig an dich. Du wirst ihn mögen.«

Tom nickte. »Das werde ich ganz sicher«, antwortete er, und dann veränderte sich der Ausdruck auf seinem Gesicht, und ich wusste, dass auch er Neuigkeiten hatte.

Tom

Obwohl mir klar war, dass die Mädchen Linda von Fran erzählt haben mussten, sprach es doch Bände, dass sie mich noch nicht darauf angesprochen hatte. Es gab keinen einfachen Weg, der Mutter meiner toten Ehefrau zu sagen, dass ich mich in jemand anderen verliebt hatte. Und auch wenn Fran und ich uns getrennt hatten und sie von hier fortgehen würde, empfand ich doch das Bedürfnis, es Linda zu erklären. Vermutlich wäre es leichter für alle, einfach nichts zu sagen, aber die Wahrheit war, ich hatte immer noch Gefühle für Fran, die nicht einfach über Nacht verschwinden würden. Und die mich die heimliche Hoffnung hegen ließen, dass wir es eines Tages noch einmal miteinander versuchen würden. Und so war nun ich an der Reihe, alles zu erzählen.

Ich glaube nicht, dass sie vorhatte zu weinen. Tatsächlich schien sie sich sogar mit aller Kraft dagegen zu wehren, und als das nicht reichte, entschuldigte sie sich wieder und wieder und versicherte mir, wie sehr sie sich wünschte, dass ich glücklich war. Und dann saßen wir einfach da, ihr Kopf an meiner Schulter, bis sie sich beruhigt hatte.

Schließlich setzte sie sich auf und trocknete sich die Tränen. »Du musst mich für eine alte Kuh halten, so wie ich mich hier benehme.«

»Ich glaube, du kennst mich gut genug, um zu wissen, dass ich so etwas nie denken würde.«

»Ich möchte wirklich, dass du glücklich ...«

»Aber es ist kompliziert, ich weiß.«

»Laura fehlt mir einfach noch so sehr.«

Es war so viel geschehen, seit ich von Lauras Affäre erfahren hatte. Es hatte mich an unserem gesamten gemeinsamen Leben zweifeln lassen, hatte alles, was ich für selbstverständlich gehalten hatte, in seinen Grundfesten erschüttert. Ich hatte mich so ziemlich durch das gesamte Gefühlsspektrum gearbeitet, von Liebe über Wut hin zu Hass und wieder zurück, doch selbst jetzt hatte ich nur einen Wunsch: dass sie noch bei mir wäre.

Ich sah Linda an. »Mir auch.«

Sie trocknete sich die Augen. »Aber wir müssen weitermachen, nicht wahr? Wir können nicht in der Vergangenheit leben. Was willst du wegen Fran unternehmen?«

»Es gibt nichts zu unternehmen. Sie muss sich darüber klar werden, was sie will, und ich werde ihr nicht im Wege stehen.«

»Und wenn sie zurückkommt?«

»Ich weiß nicht mal, ob sie überhaupt zurückkommt, geschweige denn wann.«

»Aber willst du ihr nicht wenigstens sagen, was du für sie empfindest?«

»Sie weiß es. Im Moment kann ich nichts tun als warten. Und was auch immer in Zukunft geschieht, zwischen dir und mir wird sich nichts ändern. Das hier wird immer dein Zuhause bleiben, und wir werden immer deine Familie sein.«

Linda schüttelte resigniert den Kopf. »Aber Dinge ändern sich, nicht wahr?«, sagte sie leise. »Vielleicht nicht jetzt, vielleicht nicht in einem Jahr, aber irgendwann wirst du jemanden treffen, der all das mitbringt, was du dir wünschst, und sie wird nicht sonderlich begeistert sein, mich hier im Haus zu haben, denkst du nicht?«

»Linda, die Mädchen und du, ihr seid meine Familie. Ich habe niemanden sonst. Ich hatte nie wirklich eine Mutter, und mein Vater ist schon lange tot. Du hast mich vom ersten Tag mit offenen Armen aufgenommen, und du hast mich durch die furchtbarste Zeit meines Lebens gebracht. Ich möchte, dass du ein Teil unseres Lebens bleibst, egal was kommt. Du bedeutest mir sehr viel, Linda, und ich weiß nicht, was ich ohne dich tun würde.«

Linda wandte sich zu mir um und schloss mich in ihre Arme. »Ich hoffe wirklich, dass es mit Fran und dir funktioniert.«

»Und dasselbe wünsche ich dir und Desi.«

Sie nahm meine Hand. »Wir waren viel zu lange viel zu traurig, aber ich habe ein ziemlich gutes Gefühl, wenn ich an das nächste Kapitel unseres Lebens denke.«

Ich wollte gerade antworten, als mein Blick auf den Familienkalender fiel, der wie immer neben dem Kühlschrank hing. Egal wie gut wir alles planen und organisieren, keiner von uns kann wirklich wissen, was die Zukunft für uns bereithält, egal ob gut oder schlecht. Und doch kaufen wir diese Kalender, füllen sie mit unseren Vorstellungen, Träumen und alltäglichen Dingen und geben die Hoffnung nicht auf, dass die Dinge so laufen werden, wie wir es uns vorstellen.

Ich drückte Lindas Hand. »Ich habe auch ein gutes Gefühl«, sagte ich. »Und ich bin überzeugt, dass alles gut wird.«

Ich sagte das nicht einfach, weil sie es vielleicht hören wollte. Es war auch kein Versuch, sie mit einer schwammigen Phrase abzufertigen, damit sie sich besser fühlte. Ich war wirklich optimistisch, wenn ich an die Zukunft dachte. Und auch wenn dieses Gefühl auf nichts anderem beruhte als auf dem Wunsch, dass es wieder aufwärtsging, so war es doch alles, was wir brauchten, denn: Die Vergangenheit mag vergangen und nicht zu ändern sein, doch die Zukunft kann alles sein, was wir uns wünschen, solange wir nur die Hoffnung nicht aufgeben.

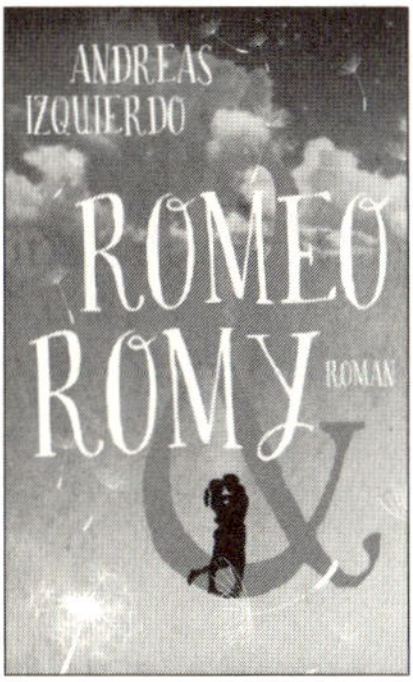

Willkommen im Theater der Träume!

Keinen Job, keinen Freund, keine Perspektive – das ist die nicht gerade erfreuliche Bilanz, als Romy in ihr winziges Dorf im schönsten Nirgendwo heimkehrt. Als Schauspielerin gescheitert, umgeben von schrulligen Alten, fasst sie einen tollkühnen Plan: Sie wird aus ihrer Scheune ein elisabethanisches Theater bauen. Und *Romeo & Julia* aufführen. Mit den Alten aus ihrem Dorf. Sie haben kein Geld, keine Erfahrung, aber einen Star: Ben, Herzensbrecher und liebenswerter Dilettant, dessen größter Erfolg ein Waschmittelspot war …

Andreas Izquierdo, Romeo & Romy. Roman. insel taschenbuch 4575. 490 Seiten

NF 311/1/10.17

Der Roman, der ganz Frankreich bezaubert

Seit Monaten sitzt die achtjährige Manon allein unter einer riesigen Birke im Garten. Sie verschlingt Bücher und spricht mit Ameisen und Katzen, um an eines nicht denken zu müssen: das spurlose Verschwinden der Mutter. Ihre Einsamkeit rührt den mürrischen Rentner Anatole. Als eines Tages Briefe der Mutter eintreffen, schmieden Manon und Anatole einen kühnen Plan, der sie auf eine abenteuerliche Reise quer durch Europa führt …
Bäume reisen nachts ist ein herzzerreißend schöner Roman über die Freundschaft ungleicher Menschen, über eine Familie, die sich neu erfindet, und den Mut eines kleinen Mädchens, Träume in Wirklichkeit zu verwandeln.

»Wenn Sie *Die Eleganz des Igels* mochten, werden Sie *Bäume reisen nachts* lieben.« *Gwordia*

Aude Le Corff, Bäume reisen nachts. Roman. Aus dem Französischen von Claudia Steinitz. insel taschenbuch 4408. 201 Seiten

NF 192/1/10.17